插图收藏版

中华民族神话与传说

上卷

萧兵 著

雪鱼 绘

译林出版社

目 录

前言

讲中国神话故事的书很多，在这本书里，我们准备“用神话讲文化，由文化讲神话”，结合神话传说介绍中国传统文化和历史的一些知识。

神话主要是讲人类与自然复杂关系的幻想性故事，传说主要是远古或上古历史和历史人物的民间传闻，也带幻想性或虚构性，但“真实”的成分也不少。它们的区别，鲁迅在《中国小说史略》中讲得比较明白。神话是关于“神”的故事，传说是“人”而兼“神”的奇闻。“迨神话演进，则为中枢者渐近人性，凡所叙述，今谓之传说。”然而并不容易区分。传说里的伟大祖先业绩，有重大发明创造的文化英雄故事，有的书归为“祖先神话”或“英雄神话”。我们则据其内容的侧重而划分。古人坚信为“历史”的三皇五帝事迹，一般列为传说，跟历史不同，难免添油加醋。我们写时，也有些想象、发挥。有时，传说人物的故事并不多，光辉业绩倒有一大堆，有些连当作“传说”都不可信，那是后世专制王朝的代言人杜撰的。我们试图根据较可靠的先秦（少量为汉魏）古籍挑选一些古老传说来讲述，必要时尽可能揭示其历史真相。我们的写法，大致是先简介神话传说人物的名字、事迹，再讲一些有趣故事。后面附“延伸阅读”，交代故事的背景、意义或问题。

汉字有个重要特征：它的字形、读音大多与其意义（能指和所指）相关，是用“象意”表示“意象”，“每一个字都是一部文化史”，有时居然能由人物的称号或名字推演出其“真面目”来。这跟西方的记音文字完全不同。那至多能由其语源推测出其意义变化来。而且，汉字古音相同或相似者，意义多有关联，可以从它们推知“文化关系”。现代人文社会科学已开始迈在“跨文化”与“跨学科”的通衢大道上。作为一本趣味性的知识普及读物，供读者开阔心胸，扩大眼界，发挥想象，提高创造性和鉴赏力，本书有意保留少量的“文言文”，对于学习历史、学习传统文化，都是有用的。

“延伸阅读”部分，有些内容小读者一时看不懂，可以暂时放置一边，将来有需要时再来读一读，也许会读出新的趣味来。这叫作“阶梯性阅读”。兴趣是会改变的，特别是会受时间、地点，或条件、水平的影响。当然可以跳着读，也可以倒过来读，翻来覆去地读。“阶梯”总是可上可下，可以反复走的。

我们希望这一套书能够图文并茂，雅俗共赏，具有“长期使用率”，不至于成为信息时代“看过就丢”的快餐文字。如果几年后，还能在各位的书架上看到这一套书，我们就心满意足了。

再者，创作这一套书，采用这种写法，还有一层意图：让一些“研究性学习”的方法潜移默化地影响孩子。孩子在学习的各个阶段，都要接触一些研究。所谓研究，无非是比较、分析大量资料，实事求是地从中寻找出一些规律性或真实性的事理来。神话传说，同样包含某些事实乃至真理。我们做个尝试，不着痕迹地介绍一些方法或道理，希望在机会适当或成熟之时，有助于读者们触类旁通，举一反三。这样，每一位读者最好根据自身特点，分层次、有步骤地阅读本书，各取所需。

『混沌』的解破

一团大得几乎无边无际的，似气非气，似尘土非尘土的东西，飞旋着，翻滚着，撞击着，里面乌黑乌黑，外边好像射着光，透着光，又吸着光，发出轰隆轰隆的巨响，似乎在不断地爆炸，就这样无休无止地“沉睡”着，又跃动着……

就像彝族创世史诗《查姆》所描述的：

远古的时候 / 天地连成一片 / 上面没有天 / 下面没有地 / 分不出黑夜 / 分不出白天 / 全是雾露一团团 / 只有雾露滚滚翻 / 雾露里有地 / 雾露里有天 / 时昏时暗多变 / 时清时浊年复年 / 天翻成地 / 地翻成天 / 天地混沌分不清 / 天地雾露难分辨

古人把这种“状态”叫作“混沌”。古希腊的赫西俄德在《神谱》里说：“最先产生的确实是卡俄斯（Chaos：混沌）。”这个“混沌”在文献中有不同写法，其具体形象也有好几种，但基本特征或结构大体相同。

混沌

“混沌”是一片混乱、模糊、无序、动荡的“黑暗”，是（可观察）宇宙的初始，只有解破了它才能进入“有文化的光明”。

有的神话把“混沌”说成是一个跟“宇宙”同样大的“巨人”（科学上叫作“人格化”），例如《山海经·西山经》说，有个大神，样子像个黄色的“气囊”，在那里盘旋，就像一团烧得通红的“丹火”。似乎有六只足，四副翅膀（一转起来，就模模糊糊的），连“面目”都似有若无，可又能歌善舞，转起来飞快，就叫作“浑敦”（又叫“帝江”，即“帝鸿”，鸿仍是混沌的意思；《左传·文公十八年》里，“混沌”被说成是帝鸿的“不才子”，特点是“不开通”）。

盘古也是这样的“混沌巨人”。

巨人“浑敦”像个圆球，好像是被什么包裹着的“气团”，在茫茫无际的“永恒”和“太空”中飘浮着，转动着——不，它就是“永恒”，超越了“时间”；它就是“太空”，没有边界，没有限制，就是个“完全的空间”。最重要的是它全身没有孔眼，什么也不会漏出，也没有什么能够渗入。

它被尊敬地称为处在“宇宙中心”的大神（中央之帝）。而时间之神，“倏”和“忽”看它这样浑然一团，连五官都没有，实在过于可怜，便要“解救”它，报答它的“招待”之情，要让它像普通人那样有“七窍”，可以看，可以听，可以吃，可以呼吸……于是，它们每天替它开一个“窍”：先用凿子在这颗圆滚滚的球体上，凿出两个耳朵孔；再用小刀，挖出两只眼睛；接着用锥子，替它钻出两个鼻孔；最后，用大刀为它开出一张大嘴。七天来，它天天“漏气”，一个星期下来，“气”都跑光了，“浑敦大帝”没了气，就死了（参见《庄子·应帝王篇》）。

在哲学家庄子看来，许多事物，都应该让它们保持“天然”的状态，没有必要刻意雕凿，更不能滥事开发，应当努力保护自然的完美，环境的健全，生态的平衡。可是，从这里我们也能看出，原初的“混沌”是什么形态。

帝江：混沌

（《山海经》插图，古人的构拟）

初民心目中，“混沌”可能变成某种神奇的动物，例如六足四翼的“帝江”。实际上这是一种大腹鸟旋舞时造成的错觉：好像有四副翅膀六只脚。但是更重要的是它那如“鼓”般的大肚子，那里面可能藏着万物。

在《神异经》里，混沌被说成是一种如犬似熊的野兽，还有些被“妖魔化”。它有眼却看不见，有耳却听不到。世界对于它是一片黑暗和寂静。正是混沌未被“开启”的封闭状态。它有肚子却没有五脏，“肠子”也是直通通的，食物注进去便淌出来。似乎也没有手足，像个球一样用滚动来代替走路。另一种说法是，它用嘴衔住自己的尾巴，将身子弯成圆圆的。衣、食、住、行对它毫无意义，正是所谓“蒙昧”。因此也没有是非、善恶观念，曲直不分，黑白混淆，完全不开通和“胡涂”（胡涂、混沌读音相近，标志着它的“负面”）。

所以，“混沌”也是有两面性的。

同样是“人格化”或“人形化”，《山海经》又创造了一个混沌式的“刑天”形象。《海外西经》说：这是一个造反的英雄。

刑天（或作“形天”）与天帝争夺“权威”的地位。天帝砍断他的头，把他埋在“常羊”之山（“天”是巅顶，“刑天”就是砍去头）。

失去头的刑天（就像“帝江”那样成为一个大囊袋）并没有屈服，它以双乳做眼睛，用肚脐做嘴，手里挥舞着大斧头和盾牌，舞动着。他还保留着最初的气团的形态，飞旋着，舞动着（“常羊”就是“徜徉”，是盘旋的意思）。

晋代诗人陶渊明赞颂这位“混沌英雄”说：

刑天舞干戚，猛志固常在。

鲁迅也高度赞扬他的反抗精神。

刑天：反抗的混沌

（《山海经》插图，古人构拟）

刑天反抗“上帝”，被其砍去脑袋，但是仍然手执斧头（戚）与盾牌（干），奋战不已。由于无头，只剩下滚圆的身子，就与“浑敦：帝江”相似。这是“反抗神的神”，曾受到陶渊明、鲁迅等思想家的称赞。

延伸阅读

目前科学界还没有找到一个合情合理的解释：为什么许多民族、许多地区的原住民，异口同声地说，在宇宙开辟、天地形成之前，世界是一团似尘非尘、似烟非烟、似雾非雾、似云非云的“混沌”；而这种说法，在某种程度上，既像康德的“星云”学说，又像霍金的大爆炸理论。为什么初民会有这种朴素而又智慧的共同感知？这本身就是一件奇妙的事情。

恩格斯在《自然辩证法》里说，上古哲学家（吸取或者接近这种说法）提出，“世界在本质上是某种从混沌中产生出来的东西，是某种发展起来的东西，某种逐渐生成的东西”。

例如中国的老子说，有一种“混成”的东西，在天地诞生以前就存在着：寂寞而又单调，却又“独立”地不改变其形态和性质，浑然一团地飞旋着，可以称为“天地的母亲”。

古希腊的德谟克利特说：“一切事物的本原是原子和虚空。……它们在宇宙中处于涡旋运动之中。”这些都是由“混沌”神话提炼出来的“宇宙（创始）哲学”。

由于“混沌”是不开通、封闭、没有孔眼的，所以又是“黑暗”的（或包裹着“黑暗”）。就像古印度的《摩奴法典》说的：“当时这宇宙沉浸于黑暗中。”基督教的（水体）混沌，也是黑暗。上帝说：“要有光。”于是有了“光”。中国的混沌（物化形式），如卵葫芦、昆仑，也都包孕着黑暗（黑暗就是冥昧，神秘，不确定和未可知）。

所以，从进化史上来看，“混沌”是无边无际，没有开端也没有结尾，没有“结构”，也没法观察的“前宇宙”。它是黑暗、模糊和“蒙昧”的，是毫无秩序的“混乱”。这样，解破混沌或蒙昧，就是“有文化的光明”，即所谓“文明”；克服“模糊”与“混乱”（无序）的，就是“秩序”或“有序”。

在西文里，“混沌”（Chaos），就是“无序”；克服黑暗与混乱之后，才是“秩序”，才是我们所面对的，有秩序、也可观察的“宇宙”（Cosmos 原义即是“秩序”）。

“混沌”有多种形态，各民族的“混沌”在形态上有所不同。最主要的是“气”：

气态混沌

例如纳西族巫师经典《人祖利恩》说：“洪荒时代，混沌未开，天地未分，这时候没有日月，没有星辰，更没有山河和生物，宇宙间只是一团绿气。”

杰出哲学家吸纳普通老百姓的说法，把它提升为“概念”或“概念系统”。

道家那“先天地生”的“混沌”之物，主要指的就是原初之气（原气）。它“可以为天地母”，所以又叫“气母”。道或者“太极”，实质上仍是气。如汉人郑玄所说：“极中之道，淳化未分之气也。”

同样，古希腊城邦米利都的阿那克西曼德把空气当作本原和基本元素，认为它是“无限的”。

屈原的《天问》形容这“气”是“冯翼惟像”，“冯翼”就是空气浮动飘荡变幻的样子。唐代柳宗元回答屈原“问题”的

《天对》说，一切都在变动，“惟元气存”。

作为一切的开端，所以叫“原气”，意思是第一性的；汉代儒学家董仲舒认为“元者为万物之本”，作为一切的根本，又叫“元气”，是基础性和“决定性”的，就像今天常说的，“存在决定意识”。

所谓“气”，就是超微粒物质。空气似乎无形无质、无声无臭，但仔细检测，仍然有微尘似的“粒子”。“原气”被科学家称为“原初星际弥漫物质”。这是无生命的气。有生命的气，就是呼吸。没有呼吸，就是“断气”，即死亡。所以初民把“气”看作最根本、最重要的东西。

世界上有许多民族都认为，宇宙初始是一片混沌。没有天地，不分万物。由于所处环境不同（例如沙漠、热带丛林、河海等等），混沌形态也有所不同，一般划分为“气态混沌”“雾态混沌”“水体混沌”“卵形混沌”等。但都是一团类（星际）弥漫物质在旋转，在冲激，在动荡……

雾态混沌

景颇族史诗《目瑙斋瓦》说：

在天和地出现之前，宇宙间只有一团小小的云雾在旋转，后来越来越大，变成稀泥一样的东西。

拉祜族史诗《牡帕密帕》说：

在很久很久以前 / 没有地也没有天 / 没有风也没有雨 / 日月星辰都看不见。

白天黑夜分不清 / 东西南北无法辨 / 迷雾茫茫的日子呵 / 不知过了多少年。

《苗族古歌》说：

云雾生最早 / 云雾算最老。

有人说，南方多云雾，清晨往往是云遮雾罩，什么也看不清；慢慢地，曙光透出，太阳露头，事物（天地和山川草木，人类和人工作品）才逐渐显现出来，让我们看清楚样子。用“一天”的经验来推测宇宙的初始和演变。这有些像西北地区的黄土旋风或“沙尘暴”，构成黄气式的“混沌景观”一样。

事情恐怕不会这么简单。因为混沌形态很多样，具体成因虽不同，却都以其为初始宇宙形态，北方也有“雾态混沌”，南方也有“气态混沌”。

云，本身就是一种气。古人称为“云气”。一旦与尘埃或雾霾结合，就成混沌的典型形式：原气。学者或认为，这跟南方清晨多雾霾天气分不开。太阳一出来，雾霾便消散，“光明”取代了“黑暗—混沌”。

水体混沌

苏美尔—巴比伦的《创世史诗》说，原初“混沌”汪洋一片（或称“原始大水”）。基督教《圣经·旧约·创世记》说，原初是一片混沌，“渊面黑暗，到处是水，只有上帝的灵运行在水面上”。

希腊神话说，海神（俄刻阿诺斯）“用水覆盖整个宇宙，从水中升出太阳和星星”。

中国彝族史诗《勒俄特依》说：“混沌演出水是一，浑水满盈盈是二。”

满族的原始宗教“萨满教”的文献说：“宇宙初开，遍地汪洋，黑夜中旋转着黑风，在水中生出生命。”不少“推源神话”都是这样，几乎把“混沌”的诸形态都“点”到了；这里首先列出的是“水”。满族神话《天宫大战》也说，最古时，是“不分天、不分地的水泡泡”。

这种宇宙起源于“水—混沌”的神话，反映并且升华到哲学上，就叫作“水源论宇宙观”。像中国的《管子·水地篇》说，水是“诸生（生物）之宗室”，或“万物之本源”。

希腊哲学家泰勒斯说：“水是万物的本源，而神则是用水创造出万物的精神。”恩格斯在《自然辩证法》中称赞他第一个在“物质性”的东西（即“水”）里，去寻找“自然现象的无限多样性的统一”。

宇宙卵

有些民族认为，宇宙初始，呈现为卵形；卵中孕育着万物或“生命”。这，开始于对鸟卵，尤其是鸡蛋的观察和认知：卵里有胚胎或雏鸟——万物当然也会这样孵化出来。

卵形混沌

原初之“气”是成团地飞旋着，滚动着，像一只飞快地打转的“鸡蛋”，里面包含着许多东西的“种子”或“始基”，特别是包孕着生命的“胚芽”或“胎盘”。这就是神话学上说的“宇宙卵”（Cosmos Egg），可以说是各种形态混沌的相对“凝聚”或相对“确定”的形式。它把宇宙看作一种有“生命”的活态构造，而不是一团死气或一汪死水。

古埃及人说：“宇宙及最初的神是从一颗卵子化生出来的。”古印度《奥义书》说，最初，从水里涌出“金蛋”，衍生出神、万物与人类。《摩奴法典》说，创世大神在水中放进种子，变成“金蛋”，生出万物。古希腊的神秘教派，也说最初的大神生自一个巨卵。

中国“盘古开天地”的神话，与“宇宙卵”密切相关。像葛宏的《枕中书》说，浑芒不分，阴阳未判，天地没有区分之时，宇宙“状如鸡子，混沌玄黄，（内种）已有盘古真人”。

这也就是《三五历记》说的：“天地混沌如鸡子，盘古生其中。”

彝族支系阿细人的《创世记》则说：“最古的时候，不分地和天，天和地不分，混沌如鸡蛋，到了盘古时，天造出来了，地造出来了。”

这以后生长为古代宇宙论上的“浑天说”：天（宇宙）像个鸡蛋，大地像蛋黄，飘浮在其中。——这已经在构想地球是圆球形的了。

“混沌”还有一些“物质”形态，体现它的特征。例如，“宇宙大山”昆仑，就是混沌山，其中包含着“气”和生命（传说伏羲和女娲就在这里成亲并创造人类）。“昆仑”又写成“混沦”，跟“混沌”的读音差不多。“昆仑”，在世界上不少的语言里，都念作 Kala（卡拉、喀喇），是“黑暗”的意思。“喀喇昆仑”就是“黑中之黑”的大山。黄帝或西王母，也执掌“昆仑”，表示他们占据“世界中心”。

西南方最常见的“混沌”，是葫芦，亦即“混沌”的植物模式。

“葫芦”的读音，也与“混沌”相似。它圆浑，中空，暗黑——我们还可以看到，一些通俗小说里，神仙把葫芦盖子一拔，就放出“仙气”来。葫芦相当于母腹、子宫，伏羲、女娲钻进“葫芦”躲避大水，以后又从这“母亲的怀抱”里“再生”。葫芦（像“肉球”）剁碎以后，变成许多小人儿（各个民族），所以象征“生命”。它本身也能“包藏”并且“释放”水。

古人把葫芦编起来，像救生圈似的，套在身上，用来帮助游水，叫作“（葫芦）腰舟”。规模再大一些，编成“葫芦筏”，可以像竹排、木筏那样渡过江河乃至大海。

也许是模仿葫芦，北方人把羊皮（或猪皮、牛皮）剥下来，剁头去脚，把通气的孔洞扎起来成为皮口袋，叫作“浑脱”（就是“混沌”）。小一些的，用来装牛羊奶，大一些的，可以伏在

世界中心的昆仑山

“昆仑”被看作“世界中心”，就像印度的“须弥”，希腊的奥林匹斯，西藏的冈底斯。它虽然白雪覆顶，内中却蕴藏着“原气”（“昆仑”或“卡拉”，原义是“黑暗”），是“混沌”的物化形式。中国最重要的人神，如黄帝、西王母等，都曾被传说居住在昆仑山。

其上渡过江河，这种“牛皮船”，西藏、青海等地至今还能看到，仍叫“浑脱”。

在纳西族支系“么些（摩梭）”人的洪水神话中，青蛙神教“再创生”的人祖“锉治路一苴”（人名）宰了一头牛，做了一个牛皮口袋，就是“浑脱”，代替葫芦（舟），在大水里漂动。

人类解破“浑脱：混沌”，摆脱“黑暗”，重见“光明”，是洪水后“第二次创世”的首要内容。

黄河边的保安族传说，南山魔王命令河神发动大水，毁灭人类。“大河家”三户：东家长兄“风里耳”（像顺风耳），西家二兄“穿山眼”（能够穿透群山的千里眼），北家三兄“万能手”，共同抵御洪水。“风里耳”听到洪水将来的信息，“穿山眼”看到雪山后有人正在宰牛，“万能手”用牛皮做成“浑脱”，架在木筏上，就成了“皮船”。“浑脱”使人和动物植物得以避灾获救，于是重建世界。

白族有个神话说，人类是生于“浑脱（皮袋）”的，而且是犬皮制成，这就与“槃瓠”（神犬）相关。或说，这里的“浑脱”，象征“母体：子宫”，子宫破开，像洪水横流那样爆出羊水，人类像婴儿般诞生。

“浑脱”除了可以“渡河”以外，还可以装牛羊奶，使其发酵，变成酸奶或奶酪，又可以盛水，在沙漠特别适用。先是“油囊取得天河水”，而后“故将寒水散庭前”。在一年一度的“迎新”仪式上，用“浑脱”（皮囊）装满天河之水（天山雪水或黄河水等），将其弄破，让天水泼洒庭前，象征或纪念“混沌”的分解，迎接新年的到来，亦即“新陈代谢，辞旧迎新”。这也是“泼寒胡戏”（北方泼水节）或《混沌舞》的一种形式。甚至在新年（春节）要开“馄饨”（食品化的混沌）或饺子，都有“辞别旧岁，万象更新”的意味。

“盘古”式“混沌”的解破，已经“动态化”，被人类用某种“仪式”再现出来，以纪念它的伟大“变化”或神奇“创造”。

古人认为，一年一度破旧迎新，都等于“重新创造一个新世界”，也就是解破“混沌”（黑暗，气或水），迎接“光明”（文明）。所以元旦或春节，往往要举行一些仪式，来庆祝这种新旧的转变，帮助“从混沌到文明”的“创世”，使之顺利。

唐代西域人，有一种特殊的“泼水节”（即“泼寒胡戏”），在新年时举行。其中最重要的仪节，是敲锣打鼓、唱歌跳舞，送走严寒。再用羊皮“浑脱”从“昆仑”或者“天山”取来“陈旧的雪水”，而后泼掉，表示“弃旧迎新”。诗人张说有诗《苏幕遮》咏唱大唐宫廷的“迎新年”说：

腊月凝阴积帝台，豪歌急鼓送寒来。
油囊取得天河水，将添上寿万年杯。亿岁乐！

“帝台”指宫廷（暗指天帝栖息的“昆仑”），迎新年过腊月时，必须把“阴气”与“酷寒”送走。“油囊”就是“浑脱”。“黄河之水天上来”，昆仑（或天山）代表“天”，黄河或吞里木河都被当成“天河”。解开“浑脱”，“天水”流出，迎来新春，并且借以祝寿。这个舞就叫《混沌舞》。《山海经》中所说的“帝江（浑敦）是识歌舞”，跳的也是这舞。侗族也会跳这种舞。

再简单一些，老百姓家也能做到的，就是过年吃馄饨或者饺子（饺子就是厚皮的馄饨）。一口咬开馄饨（或饺子），就是解破“混沌”，迎接新年。一年一度的辞旧迎新，通过这最“卑微”、最世俗的混沌破解仪式达成了。

盘古分天地

（古苗人）

我们看古时／哪个生最早／哪个算最老？
他来把天开／他来把地造……

《苗族古歌》一开头就有此一问。先说是巨人姜央，又说他不算最老。由后向前推：府方、养优、火耐、剖帕、修狃（巨兽）、黄虎、扒山扒岭与钻山潜水（半人半兽）……犹豫不定，最古老的巨人或巨兽，似乎很难判断。这种“混乱”或“模糊”正是神话原生态的一个特征。

“天地”总算从中“生”出来了。

天地刚生下，相连在一起。
筷子戳不进，耗子住不下。
虫虫压里头，水也不能流。

“哪个是好汉，辟开天和地”？是“剖帕”。

剖帕是好汉，打从东方来。

举斧猛一砍，天地两分开……

“剖帕”或“帕”，古音接近“槃”或“盘”（久处西南的苗族，自认从“东方”，即长江中游迁来）。他用大斧“剖”开天地，跟古傩戏的“开山盘古”形象完全一致。所以，较古老的“盘古分天地”神话，很可能传自苗人集群。

西南民族有丰富的“盘古（式）”开辟神话。

老话说：那时没有天，也没有地。只有一团圆滚滚的“黑气”在翻滚着，飞旋着，像圆圆的葫芦，又像巨大的鸟蛋，人们叫“混沌”。如彝族支系阿细人的《创世记》所说：“最古的时候，不分地和天。天和地不分，混沌如鸡蛋。到了盘古时，天造出来了，地造出来了。”混沌“黑气”中，含有生命种子的部分，慢慢凝聚成一个巨大无比的“人神”，叫盘古氏，他手执一柄大斧，威风极了（现在南方的古老“傩戏”里还有一位领头带路的大神，手执“开山大斧”，便是“盘古氏”）。这个盘古是“人格化”的混沌。

盘古分天地 ▶

原初是不分天地、阳阴的“混沌”，盘古劈开“封闭”与“黑暗”，分开了天地，区别了阳阴，才有了万物与人类。

土族诗歌说，盘古出现时，浑身是毛，顶天立地，“左手拿了开天钻，右手拿了劈地斧”。便用这“钻”与“斧”开天辟地。

侗族《开天辟地》里，唱道：

又是盘古开天地，开天辟地生乾坤。
生得乾坤生万物，生得万物人最灵。
四大名山为境界，天上日月分阳阴。

盘古分开天地以后，身子成为“支天”的“天地柱”。天向上升一丈，盘古就高一丈；地向下洼一丈，盘古就长一丈。他始终把天地分开着，支撑到天地相对固定为止。

“盘古分天地”，首先是他自己，全身解破，变生万物。华夏—汉人记录槃瓠或盘古故事，恐怕不会早于汉末。例如：

（盘古）气（呼吸）成风云，声为雷霆，左眼为日，右眼为月，四肢五体为四极五岳（山），血液为江河，筋脉为地理（纹路），肌肉为土田，发髭（须）为星辰，皮毛为草木，齿骨为金石，精髓为珠玉，汗流为雨泽。（《五运历年记》）

盘古身上的虫子，风一吹，就变成了人类。

“盘古”又叫“槃瓠”。“瓠”是瓜，又叫“朴”，“朴散则为器”，“瓜：瓠”或葫芦，解破成为人类和万物。“瓜：葫芦”，有时被“蛋”所替代，蛋里也有生命，蛋破成万物。如《三五历记》所说：“天地混沌如鸡子（蛋），盘古生其中。……一日九变。”土族古歌《混沌周末》也说：

周天一气生混沌，无天无地并无人。

有朝一日石卵破，内中走出盘古仙。

女娲（女瓜）也是“一日七十变”，变为宇宙万物，例如她的肠子，便化为神或神山，其他器官的变化，被“失落”了。这些都叫作“身化宇宙”神话。

有时，这种创世大神“身化宇宙”的神话，演变为杀掉或者解破某种（或神圣/或妖异的）动物，使其变为宇宙万物；例如把它的肉变成土地，把它的骨变成山，把它的血变成海，把它的双眼变成日、月……

湘西流传的“苗族史诗”中有《创天立地歌》，说到盘古和晴皓共同开辟天地，并创造万物，方法就是打死一只巨兽——“崩苟达王”（可惜不知道它究竟是什么）。

剥它的皮做青天啊，

用它的皮来做地，

眼睛来做星辰；

毛发来做竹木生灵，

拿它的肉汁做盐井油泉，

拿它的血液做泉洼水源；

脊骨来做天梁，

四根上腿骨来撑青天，

四根下腿骨来撑天顶……

从这里可以看到所谓“被动式”的身化宇宙万物；也可以知道在“另类神话”中，盘古也曾用巨兽或怪物制造万物。湘西苗族正是盛传槃瓠（神犬）故事的古苗人的大支。

四川宜宾的苗族有神话说，太古有“泥”两团，聚变为“盘”状。它像“息壤”那样能自我生长，亿万年后变成“卵”形（宇宙卵）。槃瓠王昏睡其中，因打喷嚏而醒，不愿处于“黑暗”中，遂用手脚破卵，卵的上半成了天，下半变为地，蛋白为大海，蛋黄是地心。槃瓠以手撑天。后来他的左眼变太阳，右眼变月亮，毛发化为草木，血液成为河流。虽然没有说他曾是犬身，但写成“槃瓠”很值得注意。

延伸阅读

中国的许多少数民族，如藏族、珞巴族、白族、彝族、纳西族、布朗族、苗族、瑶族、拉祜族、布依族、哈尼族、普米族、土家族、高山族等，都有类似“大神”（或神兽）“身化宇宙”的故事，只是或完整、或零散，或典型、或改型而已。很重要的一种，不是大神自己，而是大神把动物解破成为万物。世界各大古族也多有这类神话。最明显的是古印度的巨怪“布路沙”的身体各部分，被诸神变成了宇宙万物（有人还说，这影响了“盘古”神话）。

南方苗人集群的传说祖先——槃瓠的主要事迹是，以“龙犬”之神，为自己的群团杀了敌人首领，与小公主结婚，繁衍后代。（详情请参看下卷“槃瓠：神犬藏葜”一章）

巨犬“槃瓠”，也可能像“盘古”那样，躯体各部变成万物。两支神话，有分有合，时合时分。

或说这只巨犬，同时也是一枚“巨瓠”，即大葫芦，盘古用“开山”大斧一劈，劈开两半（瓢）：上半的瓢为天，能够滴下水来，滋润万物；下半的瓢为“地”，把滴下的水接住，汇入江河湖海。可惜，明确讲到“巨犬”被解破为万物的神话还有待“发现”或“再发现”。

英叭创造世界

（傣族）

原初——

它没有天地／它没有万物／

没有日月星辰／没有鬼怪和神

只有烟雾在滚动／只有气浪在升腾／

只有气风在逞能／只有大水在晃荡（傣族创世史诗）

这就是“混沌”。

创造大神“英叭”出现了。他是“巨人”的样子。“他母亲是气浪，他父亲是大风。”他在风与气、水与雾的激烈冲突中产生出来，有研究傣族历史的学者称他作“蒸气人”。“由于他是气体、烟雾和狂风变成的（最早的）神，所以名字叫英叭”（祜巴勐：《论傣族诗歌》）。“叭”是原气，“英”是大神；“英叭”

就是“气”的人格化，或称“大气之王”。

英叭要创造大地，材料是他身上的污垢：“英叭体大吓人，污垢附体十万层。”这是对原初人类身体的想象。他们时常要与野兽和种种自然力搏斗，沾上泥垢，又没有工夫多洗；而且泥垢夏天能防晒，冬天能御寒。

人为什么是泥做的呢？就因为身上能搓出泥来。这样一类推，当然由泥土构成的大地，也是由“宇宙巨人”身上搓下来的污垢形成的了。

[英叭]用力搓污垢，搓声响如雷……
随着他不住地搓擦，又黑又厚的污垢啊，
势如山倒地陷，密似倾盆大雨，
哗哗滚落下来，堆了一层又一层。（史诗）

这种“污垢”有点儿像伯鲧用来防堵洪水的“息壤”，能够无限地自我生长，“让它定在水面，使它膨胀变大，好在上面行走”。因为，它是神身上的“土垢”。

英叭制造的大地，不像别的民族想象的或方或圆的“大盘子”，而是像野果（麻宗补[1]），这就有点像“地球”了。它如同自我生长的“息壤”，在英叭的祷告下，“像有了心脏生命，慢慢向四周延伸，缓缓向上下扩展，膨胀了一千亿倍，增重了一万亿倍”（请参看下卷“鲧盗息壤”一章）。这是多么宏伟的景象！

为了维持“果形大地”的稳定，他又用同样的办法制造了“地柱”和“地架”，柱子架在大象身上（这大象浑身光芒，力大无比），一直“支”到天，天地大致形成。他还用脱落的手指

[1] 傣族地区一种野生的圆形水果。——编注

甲为大象做“蹄垫”，并且让四只蹄垫生长，连成一片，稳稳地支撑住上面所载的重物。

傣族的宇宙结构或层次是非常繁复的：大地浮在海面上，巨象负担着“宇宙轴”，支开天和地，还有地架等维持其稳定；地架外有“四门”，四门有“镇石”和守护神（兽），此外还有“四洲”与大山……这里肯定有印度的影响（傣族长期信仰佛教）。

史诗孤立而又具体地描写了一条像《庄子》中的鲲（鲸）那样的“宇宙大鱼”巴阿嫩，即水神鱼，“它主宰着大水／鱼身粗又长／体长超过二十万约／体粗一万约札拿[1]／花花绿绿的鳞片呀／一片就有一千约……”；它的母型是巨鲸，也就是通常说的“鳌”。

大水的泡沫和水气，
都从它的鼻孔涌出，
升腾到水面上，
就变成腾腾烟雾。
它张口大水晃荡，
它吐气浪柱冲天。

可大鱼在宇宙结构中有什么作用或功能呢？恐怕不仅仅是“英叭（气）管天，巴阿嫩（鲸）管水”。大地原来是驮载在它（或龟）身上的，史诗在传播过程中失落了这个情节。但它还是说，“插不到水底”的地柱晃荡，“或是神鱼在作怪”，会造成地震。所以，史诗在“回叙”这条神鱼时，就说：“它稍一睁眼，地盘就摇晃，海水就翻腾。”跟许多“巨鱼托地”相似，巴

[1] 约札拿，视力所及的距离，1 约相当于 50 华里。

阿嫩有金鸡立背看守，“鱼稍睁眼皮，金鸡用嘴啄”。但神特许它一百年眨一次眼，这就是地震的周期。

那么，地球上的火山或地震是怎么爆发的呢？

原来，天上曾出现过七个太阳。英雄惟鲁塔（相当于后羿）射落六个，“惩罚入海底，变成大油锅”。这就像地球内部炽热的岩浆。其上有一只大螃蟹，用硬壳盖住（油锅）火焰，使其“冲不出海面”。然而，“蟹挪动巨身，张口吸大气”——大概，海底火山就爆发了，海啸就发生了，海床地震就开始了！正常时，“锅底有岩缝，水随岩缝走，流向四方去，到时涌出地，有的成大江，有的成小河，有的成热泉，有的成龙潭”。这又是多么巧妙的构思！

巨蟹

东西方都有大蟹的奇闻。《逸周书·王会篇》说海阳有大蟹，孔注说，一只螃蟹能装满一辆车子。《山海经》有大蟹。郭璞注及《图赞》都说“大蟹千里（长）”。但是哪里有傣族这样巨大的怪蟹呢？

接着惟鲁塔用污垢造成一对“夫妻神”，给他们一个大金葫芦——“一切活的生命都在金葫芦里面”。夫妻二神把葫芦籽撒向四方：“大地上就生长出亿万种花草树木，变出无数的飞禽走兽、昆虫和鱼虾，分别生活在陆地和水里、高山和平地，它们有的会爬，有的会飞，有的会跑，有的会游。”（《论傣族诗歌》）可是葫芦籽用光了，还没有造人呢！于是他们用黄泥巴造出了人。

傣族对诸神“第二次创世”的构想很有民族特色。夫妻神桑嘎西和桑嘎赛从来没有见过“人”。“人”该是什么样呢？那么，按照“神”的样子来造人吧——基督教上帝耶和华也是按照自己的样子用泥土来造人的（或许，神才是按照人的样子来创造的；“不是神创造人，而是人创造神”）。人类用这类神话证明自己是“万物之灵”（好处是自觉、自尊、自重；坏处是容易恶化为“人类中心主义”，不懂得尊重动物和环境）。创造人类光用泥土还不行，还需要一种神秘的“人种果”：神“把仙果碾碎，用仙药拌拢，双手揉啊揉，使之变柔软，使之有黏性，像黄泥一样”，而后捏成神的样子，再吹七次仙气，“三对药果人，就有了生命，心脏跳动起来，渐渐睁开眼，变成活人了，开口说人话”。

延伸阅读

傣族创世史诗《巴塔麻嘎捧尚罗》[意思大致是“神王（英叭）头一次开创人类”，本是巫师经典，由歌手传唱增补而成；此处用岩温扁汉译本]，是一部不断在“生长”的神话活宝库，到当代还在繁殖增生，渗进多民族与各时代的成分，以致整顿与研究起来十分困难。

它的一个“原生性”特色，是大神用身上的“污垢”造大地、造地柱、造地架……造诸神。这好像“不雅”，却有其“神话的真实”（原初，他们很天真地想：人为什么身上会搓出泥来呢？就因为人是泥土造的）。作为原始性文学，神话绝不仅是优美、神奇的，有时不免荒诞、卑俗，这些都属于“野性思维”

或“原初想象”的艺术特征，我们要锻炼自己的“口味”或“兴趣”，既要会“审美”，还要会“审丑”（其实审丑也是一种审美）。

近年，傣族学者兼诗人祜巴勐写于1615年（傣历976年，相当于明朝末年）的文艺理论著作——《论傣族诗歌》（岩温扁汉译）被发现，它保存、简述了创世史诗的一些神话，有很独特的想法，可供对照研究。

傣族史诗好像对机械或建筑原理有极大兴趣，不管其来源或时代归属，许多想法是很独到的。例如巨大的地柱受不住海浪的冲击，便在“四向”掏了四个“通水孔”，以减少冲力。这是极为先进的设计思想。中国古代建造赵州桥，就在非主要桥墩上留了大孔，以减低洪水对它的冲击。

史诗开头，在开天辟地之前，“空气大王”创世者英叭就用身上污垢造了一辆有翼有头有尾的“飞车”（如果是机械化的大鸟，就相当于印度“迦楼罗”，中国“大鹏”）。

金光万道的神车 / 犹如披红的“烘相”（宝凤凰：大鹏）/
从雾浪中徐徐升腾 / 太空骤然豁亮……
［它］车身长达九亿约札拿 /
车头粗达七万座山 / 车尾可装纳海洋

车子的发明不过四五千年的事，何况“飞车”；哪里看得到这种天地开辟前就有“飞车”的想象？《山海经》注文有“飞车”，“从风远行”，是独臂国或独臂国人所造。上古中国与希腊都有人想装上鸟翅膀（扑翼机）飞上天。但这些都是很晚的事。印度史诗《摩诃婆罗多》里说，在一大片太阳般耀眼的光亮之中，英雄驾驶着某种会飞的装置，发出雷鸣的声音。史诗《罗摩衍那》也说，罗摩发令，让一辆“车子”带着巨大的声响升到云端。基督教《圣经·旧约·以西结书》说，天上有长着四张面孔的人形活物，脸旁有四个“水苍玉”色泽的轮子，“四轮都是一个样式、形状和做法，好像轮中套轮。轮行走的时候，向四方都能直行，并不掉转”。

飞车

（《山海经》“长肱国”插图，古人的构拟）

《山海经》长臂国人会造飞车——当然发明了轮车以后，才会有“飞车”的想象。南亚、东南亚（包括傣族）古代史诗里有一些对“飞车”的描写，反映初民对飞行或飞行器的向往或想象。

傣族史诗也写到，将要去造地的大神英叭——

他兴高采烈 / 跃身坐进车里 /
神车就飞响转动 / 驮着他上下飞行 /
飞向东又飞向西 / 飞向南又飞向北 /
在广阔的太空里遨游 / 如同穿行在海里的神鱼

我们不想从这里推出什么惊人的结论。但有一点可以肯定，“飞车”是后人掺杂进去的东西（《论傣族诗歌》没有提到“飞车”）。这说明民间口传文学的复杂性，也反映初民对飞行（器）的向往。

在这部史诗“最初的人”章节里，有个帝娃达，“冒犯了天规”，被大神赶下天宫。他变成“大绿蛇”，到“神果园”（伊甸园？）唆使守园的神兄弟品尝不准吃的“仙芒果”。他（极像魔鬼撒旦）带头吃，吃了不但不死，还变成更好看的黄蛇。神兄弟偷尝芒果以后变美了，又吃了另一种“禁果”，转化成男女二神。这很像基督教创世神话中的人祖亚当、夏娃。这种故事很可能是歌手们从西方传教士那里听来，并且编进他们的唱词的，失去了神话的原生形态和本来意义。

支格阿龙改造万物

（彝族）

一只雄鹰掠过天空，忽然滴下一滴血，不偏不倚地滴在蒲么列日姑娘的裙子上，她就怀孕了。

在彝族“十月历”的龙年、龙月、龙日、龙时，又是在“龙位”，她生下支格阿龙（又叫作“尼支呷洛”“支呷阿鲁”）。这孩子方脸大头，直鼻阔嘴，十分强壮。可他试了试母亲的初乳，马上就不再吃奶，大哭大喊起来，怎么哄都哄不住（妈妈不知道，他要吃大人吃的东西；母乳喂不饱他）。

过了一会儿，他不哭了，挣扎着要起来。妈妈没办法，只好使劲搂着他。第二夜，他不肯跟妈妈睡，翻来覆去，都要滚到地板上去了。他要“独立”生活。妈妈只好收拾一张小床，让他睡下。

第三夜，他不肯穿妈妈做的小衣裳，拼命挣扎哭叫；给他吃，依然不吃，也不知道怎么能“撑”到三天的。他不听妈妈的话，更不睬妈妈的哄。妈妈心疼，又气又急又狼狈，咬咬牙说：这是一个“凶煞儿”，你到石头山去住吧。

妈妈把他放在“岩缝”里（“岩缝”仍是母体、母腹的象征），躲在一旁偷偷看着。只见一条巨蟒游了过来，母亲吓坏了，正想扑上去抢救，那巨蟒却支起身子，一滴一滴的奶滴到孩子嘴里。他咕噜咕噜喝了半天。一吃饱，就会说话了。

我是一条龙！我叫支格阿龙！

他（彝族）把大蛇看成龙。母亲管不住他了。

从此，他“饿时吃龙饭 / 渴时吃龙乳 / 冷时穿龙衣”（参见彝文史诗《勒俄特依》），行为完全成了一条龙，却仍然是人的样子。

长到一岁，支格阿龙就要去闯天下。天底下危险很多，几乎所有的动物，个儿都比现在的他大，没有武器是不行的。

支格阿龙去为牧羊人赶羊（他知道牧人最善于骑马射箭，不然怎么能追上乱跑的牛羊呢）。牧人很欢喜，就为他做了一副“木弓竹箭”，让他射着玩。有一只豹子闯进羊群，他一箭射中它的眼睛，把它吓跑了。牧人很吃惊：三四岁大孩子，怎么能射豹？问他多大，他说：“我都一岁了。”牧人更吃惊。问谁是他爸爸，他说不知道；问他妈妈在哪里，他也不晓得。他只知道，是“龙”把他喂大的。牧人告诉他：人都是由妈妈生出来的，不是从石头缝里蹦出来的；妈妈为你吃尽千辛万苦，怎么可以连妈妈都“不知道”。阿龙明白了：“我一定要找到我的妈妈！”他谢过牧人，便上路了。

支格阿龙走遍千山万水，历经万险千难，问过牛马虎豹，求过草木山川，也没打听出妈妈在哪里。他长到七岁了。

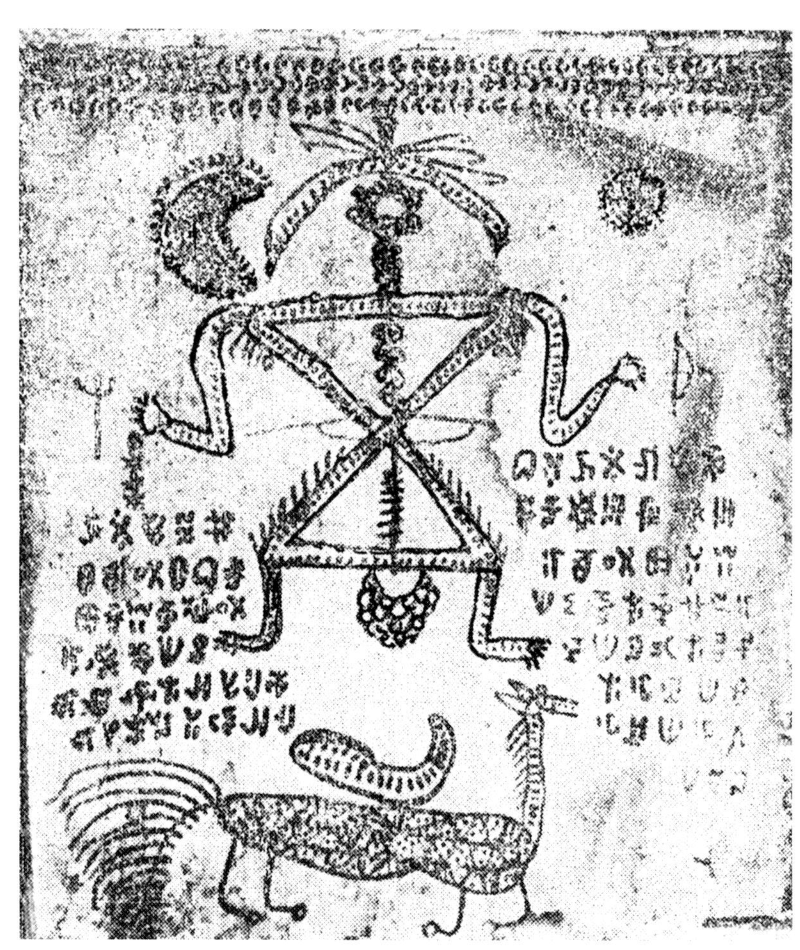

支格阿龙：鹰的血裔，龙的儿孙

（采自彝族传世经典）

支格阿龙是彝族大英雄，他跟日、月同在或伴生（注意他肩担日、月），他是鹰血致孕、龙乳哺育的救世者、除害者。他足下似鸟又似龙的神兽，是他的养育者，也是他的保护者。

好容易遇到一个老铁匠。他就帮他拉风箱，添炭拎水打下手。老铁匠很喜欢他，打听他的来历。他说，他是“龙”；还在找生身母亲哩。老铁匠说：“我想起来了。有个蒲么列日姑娘，丢失了儿子，十分难过。”“她如今在哪儿？”“因为家里没有男子汉，让吃人妖怪‘特比阿媙’抓走关起来，逼她为它干活。”“妖怪在哪里？”“在木刻地方。”阿龙就要去木刻救母。老铁匠说：“就你那竹箭，能敌过吃人妖？我来给你打些铁箭吧。”说完就叮叮当当地打了起来，并用清泉“淬火”（俗称“蘸火”），阿龙把它们磨得锋利无比。老铁匠说：“吃人的东西舌头都特别长，一卷就把人卷进去了。你等它吐出舌头，看准了再射。”老人又叮嘱他，弓箭只能射坏东西，决不能射好人。凡事，想好再做。

阿龙谢了铁匠，找到木刻地方，把那“特比阿媙”引出来。吃人妖看到一个半大不小的男孩，正是又嫩又脆的年纪，便吐出长舌头来。阿龙一箭把舌头射穿，妖怪要甩，甩不掉，又缩不回去，有箭横挡着哩。别说吃人，吃青蛙都不行了（据说，从此，会吃人的大兽，都不敢生“长舌头”）。

阿龙从洞穴里救出妈妈。妈妈一眼就认出这“鹰的孩子”，高兴得直哭。阿龙很能干，替妈妈做了所有家务活，让妈妈恢复体力。说起他刚生下时，种种淘气、胡闹、异常，母子笑成一团。阿龙又想去闯天下了。妈妈知道拦不住他，只叮咛他多做好事，不准干坏事。又说：“儿啊，你知道天地有多大，山川草木怎么分布吗？你一定要先丈量天下，找到了途径和办法，才能为民除害。”

听了妈妈和老铁匠的话，支格阿龙便去测量天地——这是许多文化中英雄创业伊始要做的“重整世界”的工作。

阿龙虽小，却已经“作战知进退 / 射箭懂其则”。俗话说，“寻找田产是天空 / 寻找地业是地面……/ 要去丈量田（天）/ 要去测量地”。在东南西北四个方向，找好适当地点——

东西两方交叉射，
射中“久拖木咕”（指“世界中心”）；
南北两方交叉射，
射中“久拖木咕”。
若是不相信，
如今还有箭痕在。（参见史诗《勒俄特依》）

这在民俗上，叫作“四箭定中心”。古人往往用箭的射程确定距离，比如我们今天还说的“一箭之遥”；如果由“中心”向外射箭，那就是确认“领地”范围，像“跑马圈地”一样，是另外一回事。

不久，气候剧变：天上出现了七个太阳、八个月亮，直“晒”得大地起火，草木焦枯，庄稼死灭；人没有饭吃，没有水喝，都要死光了。倒是动物，“热”得越来越大，因为只有“大”，才能跑到远方找水找食，才能吞食别的动物，才能吃人。

支格阿龙站在“蕨萁草”上，射出的箭够不到日、月，却把“蕨萁草”踏平了，至今长不高；站在“母猪桃树”顶上射，还是射不到，桃树枝至今垂着头，“向根长”；站在“其斯树”顶上射，还是射不到，却把“其斯树”踩矮了……至今长

不大；站在竹子上射，把竹子站弯了；站在松上射，折了不再长……仍然射不到。

亏得支格阿龙找到了“世界中心”（久拖木咕），这里有一座“中心山”——土尔（波）山（大概相当于“昆仑”“须弥山”），站在山顶杉树上，“嗖”“嗖”“嗖”几箭把太阳、月亮全射下来了（从此杉树长得又高又直）。射落的太阳、月亮全压在石板底下，怕它们再钻出来。只剩下一个太阳、一个月亮吓得躲起来，死也不肯再升起。

这样一来，世界沉入一片漆黑，白天、黑夜一个样，人们都没法生活了。

只好让许多好人和家畜去请“独日”“独月”出来，他们躲得更深了。阿龙好容易找到“独日”，问他为什么不肯复出，太阳说：“我的眼睛被你射瞎了，胆都吓破了，怎么好意思见人呢？”阿龙说：“我妈给我一包金针，全给你了；你把它全按在脸上，刺痛人的眼睛，这样谁都不敢看你了。”

太阳还是犹犹豫豫，白公鸡大叫：“你如果再不出来，金针全都给我，我的眼睛要更亮！”太阳一吓，赶紧出来。从此，公鸡早晨醒来，一叫，太阳马上出来，不敢怠慢。

月亮被阿龙的铁箭吓白了脸。阿龙让她晚上出来，她仍然不敢。“我脸上被你射出那么多疤痕，多么难看。”阿龙答应，给她许多云，遮遮挡挡，人们就看不清那些缺陷了。月亮也就羞羞答答出来了。有时露出疤痕，有时让云挡住半个面孔，有时只留下眉毛（月牙儿），有时什么都看不见。

那些太大的动物，对人类是严重威胁，必须重新改造。毒蛇比大树还粗，阿龙把它打得手指般粗细；谷仓那么大的癞蛤蟆，打成手掌那么大；斑鸠那么大的苍蝇，翅膀叠起来，飞不

远，吃不多，慢慢变小了；兔子一样大的蚂蚁，让他打折腰，再勒上一根头发，再也吃不多，长不大了；黄牛那么大的蝗虫，干脆砸碎，再活过来，也不过小手指甲那样大了……

只有马儿（本来只有家犬那么大，后来长得比虎豹还高大），还让它那样神气活现，哄它套上“套包”，为人类拉车；配上“笼头”“嚼口”，让人骑乘，跑得快，走得远。

这些都是阿龙的功绩。如高尔基所说，英雄都是劳动能手，像后羿、赫拉克里斯，都善于驯化、制服、培育野生动物，跟支格阿龙一样。

延伸阅读

支格阿龙是彝族家喻户晓的英雄，功绩极多，号称“创造万物”。限于篇幅与条件，我们只能选取较有特色、戏剧性和个性的故事；当然，“遗失”或“失落”的更多。我们只希望读者对这类英雄或故事有所了解，初步领略兄弟民族的创造性与文学天才，引起兴趣和想象。

这类英雄故事，在“展演”与传诵过程中，总是滚雪球一般越滚越大，其间不免吸收其他兄弟民族，包括华夏—汉族的英雄事迹。要想辨明谁是原有，谁是借用，谁是源头，谁是衍生，实在非常困难，大部分场合也无此必要（那是少数专家的事）。我们最看重的是个性或特色，即便尽力追求“原生”或接近“原生”，能否实现，也很难说。所以需要讨论、指导和批评。

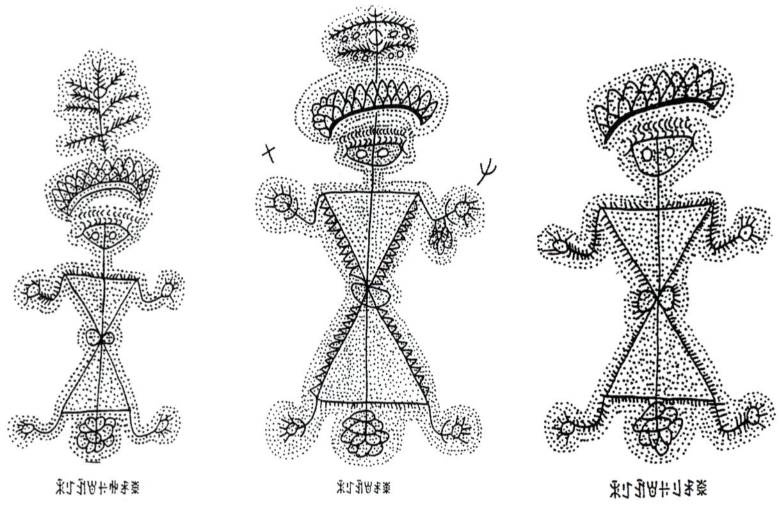

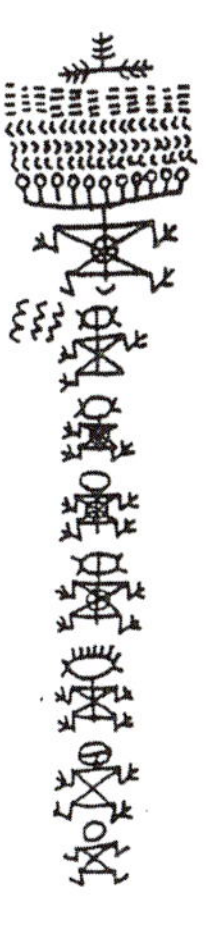

《尼支呷洛》，或《创造万物的支格阿龙》有好几种记录和整理本，还有作家更生动的再创作。我们尽可能依据原生性较强的史诗《勒俄特依》（片段）。

20世纪70年代某些整理本，比50、60年代的更真实，下的研究功夫也大，可是仍难免有一些是根据“时代需要”“主导思想”加以合理化或理想化的（我们有时也犯这个毛病）。例如支格阿龙生下来第一夜就不吃妈妈的奶……这太“古怪”了。于是改成“［第］一年不吃妈妈的奶（谁不是一年后不吃妈妈的奶呢？），两年不和妈妈睡在一起，三年不听妈妈的话”，这当然更“合理”。可还是神话吗？

孩子太古怪，妈妈只好把他扔在岩石缝里，这是“英雄弃子”常遇到的苦难或考验（有的材料说他吃石缝青苔、喝石泉的水长大，这也符合“神话逻辑”，岩缝本有所象征；不过本书采用“蛇龙哺乳”的说法，以与“龙子”之说相符）。有的改写本，大概觉得劳动人民妇女不应该如此残酷无情，就改成“轻轻放在岩边”，以便牧人救援。这样，就连故事都很难说下去了。

支格阿龙与妻子

（彝文经典插图，中间是祭仪道具）

支格阿龙是彝族的大英雄。他先后有两任妻子，助成他的勋业。至今他们还受到民众的崇祀。

司岗里：出葫芦记

（佤族）

天，刚刚形成的时候，像癞蛤蟆的脊背，坑坑洼洼，疙里疙瘩，实在难看。如果地像这个样子，还说得过去，天可不能这样。“癞蛤蟆公公，你能不能让一下，到地上去。要修天了！”天神“里”伸出巴掌，磨呀磨呀，不知磨了多少年，才把天“磨”成现在这个样子，光滑平坦，再安上太阳、月亮、星星，多美啊！所以天神叫“里”，就是“磨”的意思。

地，本来像知了的肚子，里面是空的，外面却是又“陡”又“滑”，站都困难，别说走了，而且太单调。传说有癞蛤蟆不时大喊：“大地啊，大地，愿你的形状固定下来，该凹的凹，该凸的凸。”地神“伦”就用泥巴堆呀堆呀，不知堆了多少年，才把地堆得有凸有凹，有高山，有谷地；还照着“马鬃蛇”的样子，堆出坑洼、坡岸，形成河道、湖海，曲曲弯弯，低低高高，很有点儿“模样”了。所以，地神叫“伦”，就是“堆”的意思。

天和地距离太近，有“链子”拴在一起，万物都觉得憋气，不能自由伸展和活动，纷纷叫苦。“里”和“伦”就派“达能”（管动物的老爷爷）砍断“链子”，天升地降，万物舒畅。可“天 / 地”是一对夫妻，分离得这样遥远，不免哭呀哭呀，“哭”出了雨水。

司岗里：洞穴或者葫芦——生命的孕育者

洞穴常常象征母体。它孕育生命。打开它，生命就会涌出。洞穴和葫芦“异质同构”，佤族“生命之源”的“司岗里”就既指葫芦，又指洞穴。

那个时候，“黑暗”（混沌）被赶走了，日升月落，月落日升，都一样光亮，只有白天，没有黑夜，万物都热得受不了，纷纷向“里”和“伦”抱怨。他们俩商量，在月亮里栽一棵树（汉族说是桂花树，西南兄弟民族多说是马桑树），这样就有了阴凉，也有了晚上，万物好休息。他们让太阳照样发光，但也有强有弱，有晴有阴，根据需要变化。

达能（动物神）很能吃，一顿吃一百多斤红米饭，一步跨出就是一千里，小手指头能勾起一头大象，十个人抬不动的“木鼓”，他拾起来当“耳柱”（耳朵饰物）。他砍断链子，又怕天塌下来，就用双手托住，从西盟（佤族聚居地）一直托到“安瓦”（在缅甸）。他踩“通”到大地深坑里去了，黑咕隆咚，什么也看不见。也不知过了多少年，他怕大地上的东西都死光了，就摇晃一下，问一下还有“生命”没有，于是，“地动”了。人们赶紧敲锣打鼓，放炮鸣枪，他听到后才放下心来，地也不动了。至今遇到地震，人们还要这样做。

大神“木依吉”（或译“莫伟”）造好万物以后才造人，把人放在葫芦——也有说是放在石洞里。鸟儿飞过，听到里面有说话的声音，就把这消息告诉“万物”；鸟儿，作为“神的使者”和“人神交通”的中介，要问一问万物，能不能让人出来。

问大树，大树说：“他们一出来，就会砍倒我。”

问豹子，豹子说：“他们会杀死我。”

鸟儿劝它们：“人，会做许多好事的。就是一时做错事，他们也能学会爱护他们住的世界。人最大的特点是能进步。”

大树说：“我不信。他们一出来，我就压死他们。”

蜘蛛听到，就笑了：“你连我的丝都压不断，还能压死会说话、会跑路的人？”

大树纷纷倒下，可是，压不断蛛丝——以后人们准许蜘蛛住在屋角、檐下结网，吃苍蝇、蚊子，还模仿蛛网做了渔网。

大树只好同意人类出“葫芦”啦。可是，葫芦（石洞）是密封的，不打破它，人出不来。

天神“木依吉”该派谁去打开葫芦呢？

大象有气力，可推来撞去，葫芦纹丝不动。

鹦鹉、犀鸟和老鹰都忙着用嘴来啄，把嘴都啄弯了，也啄不开葫芦。可见仅仅巨大或有力是不够的，还要“巧妙”与“适合”。

天神请了许多动物，全都打不开葫芦。

小米雀（或说就是麻雀）说：“你们的嘴太大，又性急。慢工出细活。要用小小尖尖的东西，使巧劲，慢慢啄，不断啄才行。”大家都同意让它来。

小米雀不慌不忙、不紧不慢地啄，嘴啄秃了，就沾点水，在岩石上磨一下；啄一阵，再用口水湿一湿葫芦壳，啄呀啄呀，

终于把葫芦啄开了一个洞——人们就像一股“气”似的，一个一个全出来了（从此，只有小米雀能够捡吃收割后漏下的谷子和孩子嘴中掉下的饭粒）。

人刚刚离开“葫芦”的时候，还不会说话，只会“啊啊哼哼”，事情稍微复杂一些就说不清楚，听的人更不明白，甚至误解。这样容易耽误大事。他们就向木依吉要“语言”。木依吉说：“语言是要自己去学的。你们先向身边的动物学习吧。”

牛是佤族的伙伴。佤族的语言，起初拐弯抹角很不利索，很“拗嘴”，后来才顺畅。

拉祜族先向斑鸠学语言，所以紧一声慢一声。

傣族向蜜蜂学语言，说话跟蜜一样甜。

汉族喜欢画眉鸟，学来的话像唱歌，复杂，可好听。

说的话不能记录下来，容易忘记。上一辈的宝贵经验，也很难传给下一代人，更不能在遥远的地方交流。

于是人们向木依吉要“文字”。木依吉说：“文字，最要紧的，要能记下来，传下去。你们先要准备好‘记’的东西。有什么要记下来，就先画个‘记号’，画个样子也行。慢慢就要记得准确、方便。”

佤族的牛多，就记在牛皮上吧。有一次闹饥荒，他们把牛皮煮吃了，所以就没有文字了。

拉祜族住的地方热，芭蕉树多，就记在芭蕉叶上吧。有一次下大雨，他们用芭蕉叶盖屋顶，给雨一淋，拉祜族的文字就残缺不全了。

傣族用贝叶做记录。贝叶很珍贵，因此文字跟它一起保存了下来。

汉族自己制造记录材料（牛骨头、乌龟甲，全用上了；还有金属，但是都太重，不容易搬运），终于造出了适合记录的丝帛和纸。所以他们有很复杂、很精细的文字。

人，开始只能采点儿野果、草叶吃，渐渐不够吃，力气大不了，脑筋也活不了。木依吉说：“你们跟野兽赛跑，哪个先跑到我这里，哪个就把慢的当食物吃。”野兽跑得快，可是人会抄近路。人类先到，从此就能吃野兽的肉。

最初只能吃生肉。人吃到森林野火（例如雷击引起的）烧死的兽肉，觉得又香又好吃，但不能取得并保存“火种”，就去向木依吉讨。木依吉说：“你们不能什么都跟我要，必须自己想办法，还可以请动物帮忙。”

人请动物去求有火种的“达赛”（雷神）和太阳。先让猫头鹰去。猫头鹰吃了雷神的部下“飞鼠”（蝙蝠），雷神生气了；它又吃了“太阳（神）”晒干的“老鼠干巴”，于是太阳不仅不给火种，还只许它夜里出来。萤火虫尾巴根有“火种”，可点不着火。请它去向雷神讨，它太爱吃甜，喝了雷神的米酒，什么都忘了，什么都讨不来啦。

后来，人看到蚱蜢常常擦它的腿，以为它在生火取暖，就模仿它，用两根藤擦来擦去（或者放在石头上敲），就擦出火星来了。于是，人允许蚱蜢吃一点儿人种的谷苗，以感谢它对人类取火的“启发”。

人越来越多，现成的动植物不够吃了。人看到种子落地，就会长出野谷子来，就向木依吉要好种子。木依吉看人不肯动脑筋，就哄他们说：“好种子都在水里哩。”人果然请蛇去“钩”，种出了庄稼（可能指的是水稻），并慢慢学会了留种，待明年再种。这样，人的生活逐渐好起来，身体与头脑也都更好，不再事事去求木依吉了。但人们还是很尊敬他，过年过节都要祭天，祭日、月、星辰。

延伸阅读

“司岗”（佤语 S’gang），古代穴居，或说是“石洞”（“里”即“离”，出来的意思）。但更有专家说，“司岗”是佤族语“葫芦”的意思。所以古代某些文献称阿佤山区为“葫芦国”或“葫芦王地”。

佤族有一则“创世记”神话（异文）说：大洪水，人们忙着逃难。只有一位孤儿把癞蛤蟆挪到高处，后者叫他带上家中的“小母牛”，躲到“木槽”里。只有他一人得救，跟母牛结合。九年后，从牛腹中剖出一颗葫芦籽，种出一只大葫芦，里面有小孩的哭声，但人们无法破开葫芦。后来一只小麻雀把它啄开了，人，包括佤族、汉族和一些兄弟民族才得以从中走出。这就是“司岗里”（即“出葫芦记”）。

专家们大都承认，在“创世—创生”神话的语言环境里，诸如此类的中空、近圆的葫芦、洞穴、木槽、竹筒，都是母体或母亲的象征，有时可以相互换用。他们的“起源史诗”说：

咱们所奉的竹筒出自同一个竹篷，
咱们所出的“司岗”是同一个“洞”。

《司岗里》是西南兄弟民族的一则很重要、很有特色的“创世神话”。版本很多，异文纷繁。本书参考中国社会科学院民族研究所的“直录本”等，有选择地改写了几段。它的篇幅较大，还有“长诗”传唱，凡是人类早期生活的重大创造、发明或者生活、生产大事，几乎都讲到了，追本溯源，寻根究底，且较具原生态和个性，与别的兄弟民族所讲的不雷同，不重复，无论研究、学习、欣赏都非常有意思。

从表面看，他们把大部分“创世功绩”都归于神，但这些神都是他们创造的，而且充分“人格化”；人对神的“启示”是有选择的，有思考的。

有些事物来源的“解释”，看起来好像没多大道理。比如蜘蛛，对人从葫芦中的“解放”起了重要作用，原因却不清楚。蜘蛛多子，有些民族奉其为“大母神”或“太阳神”。但这都不能按“常理”诠释。有些“解释”却暗藏着“道理”。例如，啄开葫芦或山洞（象征母体）的是小米雀，好像缺乏“神话逻辑”（有的专家说，它代表男性力量）；可是，故事强调，不要轻视弱小，“小家伙能干出大事业”，只要集中力量，坚持到底，就能针刺瓜破，水滴石穿。

佤族还有一则民间故事《我们是怎样生存到现在的》，可以看作《司岗里》的补充性“诠释”。

例如，蛇取得潭底的谷种以后，动物和人一起去耕种，“于是，用手的，用脚的，用嘴的，一起出力刨地”。谷子跟杂草一起长出，人说：“要得吃，就要把草拔掉。”野兽怕麻烦。天神说：“等谷子熟，你们都可以吃。”动物等不得，就去吃草，吃野果，吃别的动物。结论是：

野兽不想用力，依然吃草吃野果子（吃别的动物），所以仍然是野兽；人因为用力（包括用脑力），和野兽一天天不同，会说话，也把谷子留到今天。

可见，创作和讲述神话的人，是很懂得人与动物本质区别的。

又比如，山林起火，动物不是死就是吓跑。人当然也害怕，却逐渐“开始吃烧死的兽肉，学会了吃熟的食物，也留下了火种”。这跟鲁迅说的，只有人类勇士才敢于“第一个吃螃蟹”是同样的道理；蜘蛛，大概也吃过，不好吃，才不吃了。“神农尝百草”，也是如此，敢于尝试，敢于冒险，敢于创新，才能体现人的本质：自由能动精神。

夸父盗火

（华夏—汉人）

烈日高照。它每天从海涛中跃起，升上高天，在云彩的伴随之下横驰长空，带给人与生物“光、力、热”，似乎它的烈火是烧不尽、用不完的。奔跑了一天，它累了，懒洋洋地没入水中——然而，它的烈火，它的光芒，它的热力，并没有穷尽。第二天，它照样带着红光跃起，照样播散它的温热和能量，永无亏竭。

英国诗人雪莱的《阿波罗（太阳神）礼赞》，用太阳的口吻说：

我起来，登上碧蓝的天穹
沿着山峦和海波开始漫行，
我的衣袍就抛在海的泡沫上；
我的步履给云彩铺上火，山洞
充满了我光辉的存在，而雾气
让开路，任我拥抱青绿的大地。（查良铮译）

它是多么骄傲，多么伟大，多么辉煌！

可是，我们，渺小的人类，又是多么可怜！冬天，我们大多蜷缩在没有太阳光辉存在的洞穴里，或者裹在笨重的兽皮里，蹒跚在冻硬的土地上，连一块腐烂的兽肉都很难找到。夜晚，我们更是瞎子一般什么也看不见，哪儿也不能去；周围是一阵阵狼嚎和星星点点惨绿的眼睛……

夸父追日

（古人构拟的《山海经》插图）

夸父，控制着代表“土地”力量的蛇龙，在长空之气中奔跑，希望追上即将西沉的太阳——他“追日”的目的是什么，素有争论。

森林起火，才熄灭的时候，我们能拣到一两块烧焦的肉尝一尝，那是多香、多酥、多脆、多好吃啊！可是火一灭净，除了黑乎乎的焦炭、硬土，就什么都没有了。而那团火，一旦卷到我们身上，我们就跟烧成黑炭与灰烬的野狼差不多了。

我们多想能够掌控一些儿太阳的烈焰啊！要点就点，要灭就灭，要亮就亮，要热就热，要大就大，要小就小……

有一位“神中的人，人中的神”——高大得像山峰一般的夸父，拄着一根木杖，一步一步地跟着东升的太阳在蓝空中前进。太阳逐渐地加快滚动，他也迈起大步，急急追赶；看到太阳向西边飞驰，好像马上要钻进大海，他也赶紧奔跑起来。追啊追啊，跑啊跑啊，气喘吁吁，筋疲力尽，却不敢停下脚步休息一会儿。看着就要追上了，在太阳将要坠落的禺谷，在越来越浓的云雾之中，他一把抓住了它的一“角”，可仔细一看，不过是它变凉的影子。不行，非追上不可，就是死，也要追上它。终于，在它即将跃入汹涌的碧波的一刹那，夸父一步跃入它的烈焰之中，就好像跌进那沸腾喧嚣的活火山口……

《山海经》说他“入日”，却没说清楚“入日”干什么。总不能为入日而入日呀。最可能，是如某些民族神话所说，这位巨人是到太阳里取火种，用他的木杖，为人类取来能够自行掌控的太阳圣火。

他奔跑了这么久，累、饿都不必说，光是那渴，就实在受不了（人，四五天不吃东西还能活，两三天不喝水就得死）。走呀，快走呀，快回到大地河川吧；可跑得太快，会弄熄手杖上的“圣火”。他小心翼翼地高擎着神圣的“火把”，坚定而又迅疾地降落在黄河之滨，像巨鲸一样，他吸干了黄河水；又赶紧跪到渭水岸边，把渭水喝光了。走，北边还有“大泽”——贝加尔湖，西北方还有“盐泽”——罗布泊。走啊走啊，他看到的是赤地千里，田土龟裂，正是天干地旱的时节。不要紧，有旱就会有雨，我的太阳火把能够融化冰山，让所有的江河湖海都重新荡漾起碧波。有火就会有一切。可是，他支持不住了，大地震动，高山摇晃，夸父倒下了。倒下之前，他没有忘记，把“火杖”向中原大地扔去，那四散的火星，变成各处原始居民的火种；那手杖落下的地方，长出连片茂密的桃林；那灼灼的桃花，便是太阳圣火的意象。所以，一切邪恶肮脏都害怕太阳神树“桃木”及其制品。“爆竹一声除旧，桃符万户更新。”就是要用太阳火“净化”世界啊！

延伸阅读

“夸父追日”的记载说，他的手杖变成“邓林”；但夸父山附近有桃林，变成桃林较为合理。桃和桃林，在中国文化中有些特殊。桃，原生于西北。西王母就培养过大蟠桃，五百年开花，五百年结果，吃了“长生不老”（传说汉代的滑稽“方士”东方朔就偷过王母蟠桃）。但是，鬼很怕桃。也许因为鬼都躲在黑暗的阴间，害怕阳光似的灼灼桃花吧。

古本《山海经》说：大海中度朔山上，有大桃树，独木成林一般“屈蟠三千里”，其上有两个神人：

神荼：一种工具的神化。

郁垒：雷，或“雷斧”之神。

神人管理万鬼。做坏事的，用“苇索”绑起来喂老虎。

桃弓、桃箭、桃（木）偶、桃版（桃符）、桃枝、桃针……鬼都很害怕（也有人说“桃”谐音“逃”，鬼遇见桃，赶快逃吧）。

作为“万鬼的首领”的英雄神后羿，据说死在桃（木）棒之下（有人说，后羿射落太阳，太阳神木之“桃”，为被射的太阳复仇）。

值得注意的是，猿猴跟桃子有一种“共生”关系：猴子最喜欢吃桃，桃也依赖猴子把“种子”（桃核）带到各地繁殖。

夸父身具“猴”形，是“人猿”或者“猿人”，所以手持桃杖去盗火，桃杖落下变成桃林。

《西游记》里看蟠桃园的是谁？孙猴子。玉皇大帝委派猴子去看守蟠桃园，可以说是“人尽其才，物尽其用”，孙悟空当然要尽职尽责地把蟠桃都吃光了。

神荼、郁垒：桃木辟鬼

神荼（瑹），本是一种石器，后来演化为桃（木）椎。郁垒（雷）本是“雷石”（雷公斧）。他们以“门神”面目辟邪，凭借妖鬼害怕的桃树保护人家。中国民间称他们为“门神”，左为神荼，右为郁垒。

羌族取火者：猴子冉必娃

（羌族）

古老的时候，大地上还没有多少人。天上有个“阿爸”（就是汉族讲的“老天爷”），他有个美丽而聪明的姑娘，叫“木姐珠”（羌族智慧女神，叫 mu-gee，与之声近）。她到江边洗麻布，把她那“命根子”一般的手镯放在石头上，就怕摔坏了。洗啊洗啊，洗完后她却发现，手镯不见了。她急坏了。这时，出现了一只浑身都是长毛的猴子，指了指旁边的清水：手镯不是好好地躺在水中，泛着绿光吗？木姐珠高兴了，赶紧去捞，却捞了个空，手镯连影子都没有了；可是，水面一平静，手镯又出现了。猴子“冉必娃”嘻嘻地笑了，指了指树梢上挂着的手镯——看来是这调皮鬼偷走挂上去的。

木姐珠正气恼着，冉必娃却主动攀上树巅，把镯子取下来，亲自为她戴上，说了一声：“真漂亮！”不知道是说镯子还是夸姑娘，或者都称赞了。姑娘又高兴又惊讶：“猴子怎么会说话？”冉必娃说：“我一生下来，就会说话了。”木姐珠说：“我不信。”冉必娃就为她讲起自己的生平和来历。

原来，冉必娃的母亲“阿勿巴吉”是尼罗甲格山一带漂亮而健壮的女首领。这时，大地上四季如春，香花似海，“红雨随心翻作浪，青山着意化为桥”（毛泽东诗）。人与神仙能够自由交往，就是不许恋爱结婚。

《山海经》中如人的猿猴

（古人的构拟）

古代神话与“神话书”（如《山海经》），有时“人猿不分”，猿猴具有人形或人性，某些人神又很像猿——夸父就被说成一只猿（也许暗示，他“入日”得火以后变成了人）。可能已有些“猿变成人”的简单想象，与所谓“猴祖”传说相关。

天上有个年轻的大神叫“蒙格西”，见人间实在太热闹，太快活了，情不自禁地降到尼罗甲格山，跟阿勿巴吉姑娘对起歌来（这无非是简化了手续的“人神之恋”，冉必娃不过继承并发扬了父母的传统罢了）。一男一女，又说又唱又跳，玩得正高兴，“天神”蒙格西忽然看到阿勿巴吉上身没有穿衣，就说：“天马上要变冷了（暗示冰河期将临；也有说是坏人故意把大地冰冻起来），我送你一件长上衣吧。”阿勿巴吉欢欢喜喜穿上了，天果然越来越冷，只有靠在蒙格西身上才暖和。蒙格西还赠给她一只通红的仙果，阿勿巴吉吃下去以后，不但觉得温暖、饱实而且血液涌动，容光焕发，她像简狄、弗库伦那样怀孕了。蒙格西这时才告诉她自己是天上的火神，叫她多穿衣，抵御不断来袭的寒冷（羌族妇女果然从此穿长衣）。

不久，孩子生下来了，却浑身长毛，像只猴子（或说，这是因为人神恋爱，触犯“禁忌”的结果）。他一生下来就会说话：“阿妈，我的‘阿大’（爸爸）呢？”阿勿巴吉吓一大跳，看他太小，只好敷衍说：“以后你自己去找他吧。”孩子越长越大，嘴越来越能说，还能攀岩走壁，登山上树，就像飞一样；就是整天只顾着玩，还时不时捣乱。妈妈说：“好孩子，你长大了，还这样顽皮。该找个人管管你了。”

冉必娃没找到爸爸，却找了一个大美女。

木姐珠带着冉必娃去见天上的“阿爸”，天阿爸大吃一惊：“怎么是只猴子？”木姐珠说：“可他比人还聪明，还能干。”阿爸说：“不行，不行。我决不能让我的女儿嫁给一只猴子。”木姐珠说：“我答应他了，说过的话要算话。我非嫁不可。”阿爸真气了：“那你滚出我的家，永远不许回到天上来。”木姐珠说：“滚就滚，顶多搭上一条命就是了。”阿爸心疼小女儿，“私奔”

是天上地下都常有的事，真不回来，还就不好办，便改口说："你不是说他聪明能干吗？我要他替我办三件事，他办到了好商量；办不到，别妄想。"冉必娃说："行。三件就三件。我拼死拼活也要办到。"

第一件，阿爸要从山上往山下扔木材，要求冉必娃必须一根一根地接住，再扛到几百里以外的地方去。"行！"木姐珠偷偷嘱咐他："放下来的树干千万别去碰。我爸爸会变化，你只要把奇形怪状的木头紧紧抱住就行了。"冉必娃连夜修了冰道，修得不宽不窄，正好一根树干溜溜地通过；他把冰道一直修到河边，让木姐珠准备一大捆绳子在那儿等着。果然，山上砍好的树干一根接一根从冰道上风驰电掣般滑下来。冉必娃碰都不碰它们，只在冰道尽头的江边站着，用根竹篙把它们理理顺当整齐，再让木姐珠用绳子把它们编成筏子，准备漂流到阿爸指定的目的地——从此人们就用这个办法运送山上的木头。

最后滚下来的是一块奇形怪状的木疙瘩，滚得并不快，冉必娃抢上前去，把它紧紧抱住，只听那疙瘩叫道："你揪住我耳朵了！你盖住我眼睛了！你掩住我鼻孔了！"冉必娃笑着看了看，原来是抓住"准丈人"了，便放了他。纵身一跳，跳上木筏，竹篙一点，那木筏载着这一对和一块"木疙瘩"，顺流而下，没多大工夫，便到了几百里地开外的目的地。天阿爸说："这一场，算你胜了。"

第二件难事，是要冉必娃到一块田地里去收稻子。"我种下的稻子，要收成一万粒，一天内，统统给我收回来，一粒也不许少！"冉必娃便到那块地去割稻子，割下打粒，再仔仔细细地用口袋一粒不剩地都装起来，让天阿爸验收。他以极大耐心一粒粒数过，最后又生气又欢喜地叫起来："怎么只有九千九百九十七粒，还有三粒到哪里去了？”小两口赶紧再数一遍，果然少了三粒，找遍稻田、土路都找不到。这下坏了。冉必娃想啊想啊，好容易想起割稻子时，有一只布谷鸟从身旁飞过，明白了。于是他拾掇好弓箭，上山去了。果然，那只布谷鸟飞过，被他射落，他在嗉囊里发现了那三粒稻子，便拾起回去交账。木姐珠说：“布谷鸟年年催我们种稻，让我们不误农时；偷吃三粒稻子，罪也不大。”说完喷一口水把它救活，让它飞走了。

天阿爸只好认账，提出第三件最难的事：“我今年要多种旱稻，三天之内，你必须把一大片荒地上的乱树杂草给我清除干净！”冉必娃“步”了一下，足足有九千九百九十九亩，这怎么能整理干净，他发愁了。

木姐珠提醒他说：“你爸爸蒙格西不是火神吗？你不能找他想想办法吗？”

猴子冉必娃说：“对啦。他住在天上最热的地方。我要是能从他那里要来一点火种，把这荒地上的乱树杂草全都烧光，不就有了‘火田’吗？”

于是，他折了一根“葵花秆”（或说木棍、油竹、竹篙）拄着，跋山涉水去找爸爸寻火种了。

让我们引一段四川茂县羌族流传的故事，看看猴子冉必娃跟“与日逐走”的夸父追日之路是多么相像（特别是夸父的“原形”也是一只大猴子）。

踏上为人类取火的道路，他朝着太阳运行的方向，不停地往前走，逢岩攀过，遇水飞过，走呀走呀，走了三年三月，翻过了三十三道峻岭，飞过三十三条大河，走得精疲力竭……

好容易追上太阳，冉必娃发现爸爸蒙格西（火神，或说找到了天神）正在里面换衣裳哩，便跪在地上，把来意说了一遍。可蒙格西不乐意了。

“你们不是有火用吗？还要太阳火种干什么？”

“我们只能等到雷打森林、火冒山口时才有火用，用过就熄。我们一定要保管火种，烧山开地，煮饭点灯……”

他把火的好处说得越多，“火神”越不肯给火种。

“你们猴子和人掌控了火种，不就跟我们神一样了吗？”

猴子冉必娃求了半天也无用，只好辞别了阿爸大神。可临走时，他把一点太阳火星藏到葵花秆（或白石头）里去——葵花永远记得藏着这火种的温暖、快乐和光荣，所以至今还一直朝着太阳。回来以后，他跟“天女”木姐珠一起从葵花秆中取出太阳火种，放进干稻草堆里吹旺，再用稻草火把将荒地烧着。没多大一会儿，便把九千九百九十九亩的“火田”烧出来了（草木灰正好当肥料）。猴子冉必娃不免得意忘形，玩心大发，又是大叫，又是大跳，又是狂歌；谁知道“乐极生悲”，一阵狂风吹过，那烈火烧着他身上的长毛，只烧得焦烟四起，满身乌黑，痛得他紧紧蜷缩起身子，用手护住要害，悲号呻吟……木姐珠也慌了，赶紧近身安慰他，好了好了，火灭了，到水里洗一洗吧。冉必娃忍住痛苦，在木姐珠的搀扶下，在山泉里洗了洗身子。“奇迹”出现了：冉必娃全身黑毛烧光了（只有手护着的地方还留下一点儿），他变成一个又白又高大的“帅哥”！有了火，他从“人猿”变成“猿人”，再彻底变成“人”。跟天女木姐珠一起重新去拜见天阿爸。这下，老头子还有什么话好说呢？

夸父，原来是猿猴

（《山海经》中“举父”即夸父的形象，古人的构拟）

夸父，跟冉必娃同样是一只猿猴，而且都出于炎帝部族或其后裔；也许是“入日”（取得了火种）以后才变成人——也跟冉必娃一样。喻示人类只有掌握了火，才真正告别动物界。

猴子冉必娃的故事，实在意味深长，发人深省。我们的先人居然能用神话和艺术表达如此深刻的智慧。许多兄弟民族都有“猿猴是人的祖先”的信仰或传说（又称“猴祖”或“猴图腾”观念）。特别是藏族、彝族、纳西族与羌族（例如，与岷江上游民族关系密切的党项羌，“皆自称猕猴种”）。英国人查理斯·贝尔曾感叹过：

西藏人在达尔文未生之前，早已自言为猴之苗裔。

华夏—汉人缺乏类似明确的故事。然而，专家指出，殷商祖先神“高祖夒”在甲骨文里是大猴子的形象；妻子简狄属“戎”族，“戎”就是“狨”（金丝猴）；他们的儿子“契”，有一个异名，念“狒”：都是猴类。连华夏的“夏”，也有专家说原是猿猴的样子。但这些都有争论。

汉人只有“逐日”并且“入日”的夸父，确实曾是猿猴的形象。

《山海经·西山经》说，“举父”（古注说，一作“夸父”）是一种“兽”，形状像“禺”（猕猴类），臂上有花纹，豹尾（原误作“豹虎”），（像猿猴一样）“善投”。清人的注解说，（夸父）大如狗，似猕猴，黄黑色，有胡须，喜欢扔石头砸人。神话学家袁珂说：“则夸父者，猿类之兽也。”

猿猴变人

羌藏民族或藏缅语族，民众流传“猴祖：猿猴图腾”神话（例如，猕猴与岩洞罗刹女结合，生下自己的祖先）。这朴素而又奇妙地触及“猿猴进化为人类”的科学原理，还催生了像冉必娃掌握“火”后彻底走出动物界等神话。

夸父（举父），跟猴子冉必娃一样，取得天火，学会保存与掌控火种，彻底摆脱动物的残余和羁绊。因为，用火“第一次使人支配了自然力，从而最终把人同动物界分开”，成为真正的“人”！更有趣的，猴子冉必娃是出自炎帝系统的羌族“神人恋”与用火神话的主角，而夸父也是姜姓“炎帝”一系。《山海经》中姜姓“炎帝”世系如下：

炎帝—炎居—节并—戏器—祝融—共工—后土（以上见《海内经》）—信—夸父（见《大荒北经》）

夸父与冉必娃，二者同出“羌：姜”一系，都是发展“用火”技术的炎帝子孙，难道仅属偶然吗？

还有一些兄弟民族的神话说，猿猴通过各种方式，主要是用“火”烧，使自己变成了人。

纳西族遭火灾后，要祭祀“猴头火鬼”，他手持“火把”，做出“煽风点火”的样子。很可能，“火”是猴子用火把“引来”的。

云南永宁纳西族传说，天神三公主“柴红吉吉美”无意间与猴子交配，生下猴儿。她的丈夫用开水（或火）烫掉孩子身上的猴毛，只在头上、腋下等处留下头发或汗毛（永宁纳西语至今还把人的汗毛叫作“育夫”，即是“猴毛”）。猴儿变成了人，与“纯粹的”人婚配，正常生下如今的纳西族人。

珞巴族博嘎尔部落传说，有两种猴子，红毛短尾巴猴和白毛长尾巴猴，前者跑到一座大山上，把自己身上的毛都拔下来放在一块大岩石上，拿另一块石头狠命地砸，砸出火星来，引燃了砸碎的猴毛——这是把脱毛与（敲击）生火看作一个不可分割的过程。有了火，它们把猎物弄熟了吃，不再生食。从此不再长毛（“短尾”越来越短，看不见了）。“白毛长尾巴猴”由于不会引火，依然是猴子。

这些都说明，“用火”以及它带来的“熟食”，使猿人或人猿真正成为人。

阿丹寻火种

（回族）

远古的时候，人间没有火，人们只能吃冷的生的，常常生病，身体不好，脑子也不行，进步太慢了。

这个时候，火山爆发，熔岩点着森林，烧死了一些狼虫虎豹，香味传出来，有胆大的尝一尝烧死的野物的肉，真好吃。这下就晓得有火的好处。可是，火山并不时时、处处爆发。雷电有时能烧着草木，可这样的机会也不多。要能够把火“藏”在某个地方，想用的时候取出来就好了。

大家都关心这事，议论纷纷。有人说，既然雷电能烧草木，火肯定在天上；有人说，雷雨时常常有风，为什么不会是风从别的地方刮来的呢？有人说，既然木头能够烧着，石头却烧不着，那火种也许藏在木头里。有人说，那不一定，火山的火不是从石头中冒出来的吗？石头里也不可能“包”着火……

青年阿丹说：“光这样争来争去，也争不出个‘火种’

来。不如到处去找一找，问一问。”大家问：“谁去呢？”阿丹说：“我。”

说走就走。“我把天下都走遍，凡是有可能藏有火种的东西都试一试。我不信找不到火种。”阿丹走啊走啊，翻过七十七座大山，渡过七十七条大河，穿过七十七处森林。饿了吃野果，渴了喝山泉。火是红的。他首先注意红色的东西。一般的树叶是绿的，秋天的枫叶却是红的。枫树藏着火吗？根叶枝干全摸了摸，冷的。通红的石头很少见，好容易见到一块，试了试，还是冷的。天上飞过一只浑身朱红的小鸟，莫不是它带着火种？费了好大劲，抓住一只，却找不到任何“火种”……就这样，试了一千次，一万次，全失败了。他没有灰心，却明白了一个道理：光看表面不行。光想不行，光干也不行。必须多问问，多想想。

火，也许躲在很远很远的地方吧？谁能去很远很远的地方呢？燕子，春来冬去，它飞得最远。于是，阿丹问燕子哪里可能有火种。燕子说：“我可以告诉你，我不要金不要银，不要吃喝不要衣裳。”阿丹问：“那你要什么？”燕子说：“我每年到人家，在屋檐下做个避风躲雨的窝；我的小孩子撒泡尿，屙点屎，你们不要赶我们。”阿丹说：“你们是人类的好朋友。不赶你们。”于是燕子说：“西边天脚有座火焰山，可能有火种——不过你走到死也走不到。”阿丹说：“谢谢你，小燕子。我死都不怕，还怕走路吗？”

阿丹走啊走啊，走了三年三个月十三天，仍不见火焰山的影子。他遇到一位老人，问老人火焰山怎么走。老人说：“你找火焰山做什么？”“找火种。”“火焰山只是热，不一定有火。你要找火山。”“火山，我见过了。活火山没法靠近，死火山又没

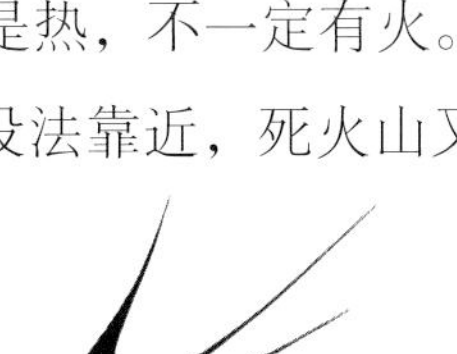

看见火。再说，火山熔流一冷却，就没火了。”“说的也是，我听说，火焰山山顶有个大空洞，里头有一头凶龙，它藏着神斧与火种。”“那我去找它。”“它非常凶，打不过它，就会被吃掉。”“我不怕。”“真是个好小伙子。不过你这样走，走到死，都走不到。”“请老人家指点。”

老人被阿丹不屈不挠的精神打动了。告诉他：“不远的草原上，有一种四条腿、没有脚的大个子动物，很会跑。它也许会带你去。”阿丹找到了这种动物，心想，如果我趴在它身上，跟它化为一体，不就可以到火焰山了吗？于是趁它不备，一下子翻坐在它背上。它后腿一蹬，屁股一撅，就把他摔下来了。他又向它背上跨去。一回两回三回，没一会儿他就摔得鼻青脸肿，头破血流。可他并不放弃，终于摸到了门道：要顺着它跳跃的势头，抓住鬃毛，两腿紧夹，就摔不下来了。果然，它边跑边跳边摔，却摆脱不了他，算是服了，开口问：“您这样纠缠我，要我干什么呢？”“把我驮到火焰山去。”“您给什么好处？”“我割草给你吃，盖个棚子给你住。”“我老了呢？”“我把你当‘妈’侍候。”“不敢当不敢当。”它被感动了，愿意带他到火焰山。从此，汉语称呼这种善跑的动物为“妈”，为了跟亲妈有点区别，改变了声调，叫作“马”。

野马终于把阿丹带到了火焰山。这里一片火红，热气蒸腾，很难靠近。虽然看不到火焰，但阿丹深信，这里一定能找到火种。山下有一条河，最热的一段涌着热气泡，鱼一靠近就死了。阿丹家乡一带的人都不吃鱼，觉得又腥又臭，吃了还容易闹肚子。可这里煮熟的鱼，又鲜嫩又可口，比火山烧死的野兽还好吃。真想带一些回去给乡亲们尝尝。转念一想：有了火种，不也能煮鱼吃吗，带死鱼做什么……

唐俑与马

还是找火龙要紧。野马把阿丹驮到山顶，他看到大火山口隐约有东西盘踞在那里。他打发野马到山脚等他，他不想伤了人类的朋友。

阿丹搬起几块大石头向火山口深穴扔去，只听得惊天动地的一声狂吼，有一条“带角的红蛇”慢腾腾地一圈一圈伸展开来；一旦“埋直”了身子，它便飞也似的跳出深坑，跃到高处，向来犯的生人喷出血色瀑布一般的火焰……阿丹赶紧跳到一边，躲在巨石后面，仔细看它的动静。看来它也没有多大本事，喷了一阵火，也就没劲了，依然盘伏在洞底，要想伸展开来，还得费一阵工夫。阿丹摸到它的弱点，便奋不顾身地从山巅跳下去，拿出刚练就的骑乘本领，跨在火龙颈背上。他一手抓紧龙角，一手掏出带来的石斧，猛砍它的“铜鳞”，只砍得它七窍全都冒火，却又伤不着脖子上的勇士。它不禁叫起屈来：“我又没招惹谁，不过饿了吃几只吓破胆的大鸟，渴了接几口一年下不了几次的大雨……你这样砍我干什么？”“你霸占着火种，不给人类用。”“人类又没向我讨过火种。自己不想办法，还怨别人。”“那你说说火种是怎么回事。”“你不要老是晃我的角，角不是你的，当然不知道痛。人真是最不讲理的东西。”“你不要啰唆。好好说就不砍你。”

火龙便说：火种藏在雷公石里。雷公管着火种，打雷时用两块雷公石狠狠相击，闪电有了，火星有了，雷声也有了。你们人类不细心观察。

“雷公石呢？”“雷公用手砸石打雷时，也许会掉下一两片碎的雷石，埋在土里，雨水一冲，就看得见啦。我细心搜集了一些，藏在身子底下。冷的时候，敲它几下，冒出火星，我赶紧吞下，能够御寒。”

阿丹连忙从它身子底下摸出两块“雷公石”来，照火龙说的办法，狠狠一砸，果然砸出火星来。阿丹高兴极了：“原来石头的‘火星’是深藏在内的，不撞击就不会发热发光。”

“你真是一条聪明的龙。”阿丹谢过了火龙，让它安稳歇息。阿丹骑上野马，跑回了家乡——野马也就成了家马。

人类总算学会砸击取火，有了火镰火石，比“钻木取火”又进了一步。为了纪念阿丹，人们在腰间挂个“火镰包”，装的“火石”，就是阿丹带回来的“雷公石”。

延伸阅读

人类使用的“火”，是从哪里来的呢？

炎帝等传说表明，火是人类杰出的代表在生活与生产实践中发现的。与太阳赛跑、“入日”盗火的夸父、用火从“人猿”变成“猿人”的冉必娃，都属于炎帝古羌系或羌族，实在意味深长。

神话的解释，主要跟盗火英雄，如冉必娃、夸父等用茴香木、桃杖、向日葵秆等从太阳中“取火”相关——这些（准）木质的“棍杖”包藏了“太阳火”，加以摩擦或砸击，就可能把火“解放”出来。

那石头（如燧石或石燧）里为什么有“火”呢？也有相关的“解释性神话”。以拉祜族史诗为例，人类获得火种，放火烧田（刀耕火种），不小心扩大范围，殃及动植物，厄沙天神降雨灭火。“浓烟”（隐藏的火）无处躲藏，求石头救命。石头说：“我怎么能藏得进‘暗火’呢？”蚯蚓来说合：

你和烟火在一起，风吹雨打你不怕。
千年万载更坚硬。

从此石头（中）有火，加以砸击，能够打出火花来。

中原地区传说，太阳公主送给燧人氏一块“宝石”，告诉他，可以由其中得到“火”。石头里怎么会有火呢？燧人氏一直琢磨，实在想不通。看到雷打木头能起火，决定用石头砸木头试试看。可是仍然不行。他坚持不懈。有一次用石头砸石头，似乎砸出一点儿火星。他抓住这个苗头，不断试下去，终于砸出了火花，点燃了炭末。他就把这办法教给百姓们。

钻木取火

火把节之前，彝族“取火师”会表演“钻木取火”。这并不容易，一般人很难取得“火种”。尽管现代已有多种方便的办法与技术取火，但是在重要节日，仍然要“钻木”，以纪念祖先当年与自然交换能量的艰辛。

哀牢山彝文史诗《门咪间札节》（或说也在云南楚雄流传）说，猴子们只吃生果，有一群猴子遇到坚果，咬不动，便用石头砸：

［它们］支起平石板，

咬不动的果，就用石头敲，
击石起火花，树根已燃着。
……从此认得煮熟吃。
一天学一样，猴子变成人，
树叶做衣裳，树果当饭吃。

这里点出，用火的第一个胜果，是熟食；火的来源在石头中。至于石头怎么能砸出火来，羌族的神话解释是，当初猴子冉必娃是把火种藏在“白石头”（或说葵花秆里）中，从天上带回到人间的（所以羌族至今崇拜白石，特别是支锅的“三白石”）。

傣族史诗说，远古时下冰雹，冰雹化成大水，淹没了一切，包括火神。初民无法，只好把火种藏在“不怕水淹”的石头里。洪水退了，人们也忘记了火的所在和取得的方法。幸亏螳螂记得，提醒人用石头碰石头的办法，才得到火种。

纳西族支系摩梭（么些）人的传说“始祖母”，讲的是一位名叫“昂姑咪”的美丽姑娘（她的母亲是吞了鹰卵致孕的母猴）的故事。她向天上的“昂神”（大公鸡）讨得火种，以女族长的身份亲自捧着它，却被它“引燃”，落到大山上，她的躯体与石头被火“熔化”为一体。这样，火就藏在石头里了。这石头还成为（神圣）火塘的“锅庄石”。摩梭人祭天、祭祖都要祭祀“锅庄”，重要仪式、歌舞也要围绕“锅庄石”举行，以此纪念始祖母与“火石”赐人类以火的功劳。

这些都是初民对火的来源、石中藏火的天真解释，却反映出人类取得火种的困难与智慧。取火，这是“人类对自然界的第一个伟大的胜利”。

那么，火龙拣来的“雷公石”，又是怎么回事呢？

原来，在适合原初人类居住的山野，大雷雨过后，有时会“冲刷”出一些坚硬发黑的石片，有的像斧钺，有的如剑刀，有的似箭头，人们就以为是雷公打雷时“砸”落的碎片。既然是雷公打雷的器具，鬼怪和瘟神等会害怕，人们就拾回来磨碎了给病人吃。它们的名字就叫“雷石”、“雷楔”或者“雷公斧”，是借助雷声、电火驱瘟，逐鬼，辟邪。

其实这些是远古人类制造使用的“新石器”（古代有些科学家，如宋代的沈括等已初步认识到了），所以各具“形状”，而且光滑、锐利，显然不是天然的石片，而是“鬼斧神工”一般的人类制品。又由于这种石器多用（黑）燧石制成，用力反复敲击，能爆出火星，点燃干草叶之类引火物，所以人们又叫它“火石”，仍是“摩擦取火”的工具。

至于阿丹（或作“阿当”），就是宗教神话里的人类始祖“亚当”，却已被重新塑造，事迹与形象更加丰满，讲述也更加生动。

共工头触不周山

（华夏—汉人）

“天柱折，地维绝”，火山爆发，洪水滔大。

有资料（例如《补三皇本纪》）说，这场女娲时代发生的“地质剧变”或灾难，是由共工氏造成的。共工跟颛顼争夺领导权，想当帝王或“天帝”。战斗激烈时，共工一怒之下，头撞高山，把山顶撞毁了，留下一个大火山口（所以叫作“不周山”）。这座山本来是支天的“中心柱”。天柱一折，就“天倾西北”；维系大地稳定的“拉索”（地维）跟着断掉，于是“地陷东南”。这本来是初民用来解释中华大地“西北高（接近天），东南洼（水东流）”的哲学性神话（或称“解释性神话”），跟火山爆发、女娲补天没有直接联系，但是大概因为都跟火山及洪水有关系，就混为一谈了。

共工是一位很倒霉的神话英雄。“共”就是“洪（水）”，古代写作“洚”，“工”就是“官”，就是“管”，“共工氏”的原意是管理并且治理洪水的专家、大臣、工程师。大概治水办法不大对，像鲧一样只重防堵，伤害了邻族；再加上部落偏见（有说他是羌人，是炎帝后裔），于是古人先是把“洪水爆发”的责任推给他，再把“撞折天柱，造成火山口”的事故归于他，最后什么灾难都是他制造的，使他由救世英雄变成“罪魁祸首”（有的说他被女娲或火神祝融所杀）。

其实，《左传・昭公・昭公十七年》记载：“共工氏以水纪，故为水师而水名。”古老的《尚书》更明确地说，舜曾经派共工治理山川（或暗示其仅用堵防，事与愿违）。《史记・律书》也说：“颛顼有共工之陈（陈，指布置、规划），以平水害。”《国语・周语》暗示，共工单纯使用大鲧式“防堵”法，“壅（积）防百川，堕高堙卑”，挖下高处的泥石去填塞低洼，土地是平整了，可水不归道怎么办，淹了低洼处的民众及其财产又怎么得了？最终导致“皇天弗（不）福，庶民弗助，祸乱并兴，共工用灭”。

可也只有共工与鲧等人做了可贵的尝试，付出了生命的代价，大禹才能受到启发教育，在前人实践的基础上，改弦更张，提出“堵辅疏主，积极利用”的科学方案，取得平定水害、再造山河的丰功伟绩。

正统的史料，却是越传越不像话。《淮南子・本经训》说：“舜之时，共工振滔（发动）洪水，以薄（迫）空桑。龙门未开，吕梁未发，江淮通流。四海溟涬（混茫），民皆上丘陵，赴（登）树木。舜乃使禹疏三江五湖，辟（开）伊阙，导廛（chán，瀍）涧，平通沟陆，流注东海，鸿（洪）水漏，九州干，万民皆宁。”把功劳全归给禹，把罪过全推给共工，甚至说大禹杀了共工。这实在太离谱。

《山海经·大荒西经》里有一座山，似乎就是被共工氏撞出“洞”（火山口）来的“不周山”，“有山而不合”；又叫作“不周负子”，很像女神背着孩子。这表示，此处是共工与女娲改造山河的遗迹。他们用不同办法处理人与自然的关系，本意都在为万世谋幸福。《西山经》说，这“不周之山”，是“河水所潜”，像活火山，“其源浑浑泡泡”，岩浆还在冒泡。却俨然是个乐园，“爰有嘉果，其实如桃，其叶如枣，黄华（花）而赤柎（花托），食之不劳”。火山灰极其肥沃（或为共工血肉所化，或有女娲血汗浇灌），宜于栽种经济作物和庄稼，百姓们不顾危险，居住在火山周围，就是这个道理。

女娲、共工氏就是死了，也要为人类留下珍贵的物质资源：共工造成的火山口（不周山），提供肥土和养分，可怕的火山周围却可能成为“人间福地”。

火山口：不周山

火山爆发后，留下“孔洞”（火山口），看起来像伤口不愈合，所以叫作“不周山”（如果灌进水，就是天池景观）。火山灰非常肥沃，生物丰富，人口密集，被视为“乐园”。神话往往把“肥土”（火山灰）看作为民众牺牲于火山或山洪的英雄之血肉骨骼所化。

不周山就是对共工的纪念。

延伸阅读

共工原来是英雄，曾为人类治理水土，抵抗灾害，还可以由他的部属或后代的勋迹或职司得到证明。

例如共工氏的儿子叫“句龙”（蟠成圆环的龙），继承共工曾经“雄踞九州”（所谓“霸九有”）的神威，“能平九土”（九土如同“九州”），被祭祀为“后土”，就是“社神”。上古的社神地位很高，从广阔的大地到人类的生死都要管，决不像近世“土地老爷”那样老态龙钟，生活贫困。

“社”，“邦国”的“社”，庄严雄大，往往跟“稷”（庄稼）一起祭祀，“社稷”是国家的代称，“社稷”毁亡等于国家消灭，因为土地和国家是农业民族生存的“根本”。

上古时，灭亡了敌国，便把“社（稷）庙”里的“社主”（社神和祖先的代表）劫走或者砸掉，再盖个比“社（稷）庙”更大的屋子把它整个儿“封”起来，让它“绝天地通”，上不见天光，下不接地气。这样，其统治者就“国破家亡”，永世不得翻身了。

村野的或者更古老的“社”，有时只用一堆“土石”来代表，就像蒙古的“敖包”那样，有时仅是一根“(石/木)柱”。所以，“后土：句龙”也可以称为“柱”。《国语·鲁语》说：“昔烈山氏（炎帝）之有天下也，其子[名]曰[柱]，能植百谷百蔬。”这位属于炎帝系统的“柱”，以农神兼为社神。

“柱”是长的，所以又叫“修”（修长之意）；他喜欢旅游，凡是人的足迹或舟车能到的地方，他都要去观察或“观

光”——表示其文化势力影响很大。跟其父共工“雄踞九州”完全一致。这位“修（柱）”，也被后人祭祀为“道路之神”。

共工有位部属，叫“相柳”，是一条“九头蛇”，头尾相接成“环”。他同样“食于九土”，对九州大地享有“权力”。他曾经参与开凿、疏通水道。大概是处理“淤泥”不及时，与诸部落仇怨甚重。据说，他呕出的泥水变成沼泽，“不辛乃苦”，当然是盐碱过多，不能种庄稼。

“相柳”，跟黄帝—大禹部下的“应龙”一样，能够用身子“拱”开问道，可是他筹划不周，开得太宽又太浅，水依然到处流淌。他从嘴里吐出污泥来，堵水堵不住，却把水搅得十分混浊，连灌溉都不行了，更谈不上饮用。大家全埋怨相柳。

于是，大禹就把相柳杀了，以平“民愤”。他的血污染了大片沼泽，弄得又腥又臭——可能是“入海口”开凿不当，海水倒灌，土地彻底碱化。禹在这里又挖又筑，依然是边建边垮（部众都说是相柳尸身作怪），只好把沼泽开发成“盐池”，就像“蚩尤血”那样。可是开发利用依然困难重重，禹只好在其上建立一个高台，说是让群神栖止，镇压相柳；实是用来监视水情，供部众聚集祭祀，在精神和信仰上取得某种“统一”。

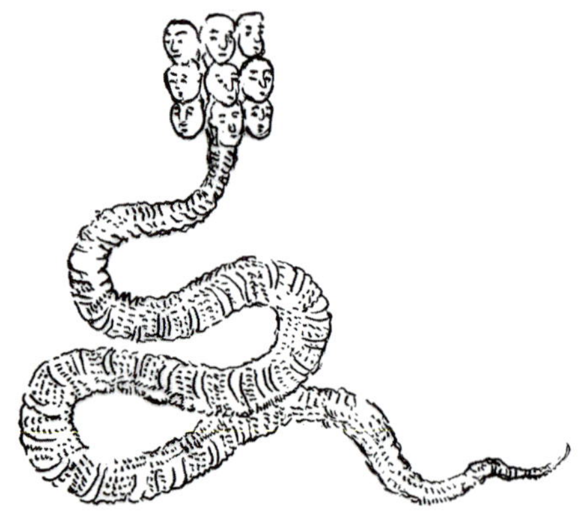

九首雄虺

共工部下的相柳曾化形“九首雄虺（huī）”，由治水英雄沦落为破坏者。这是部落偏见的结果。“九首雄虺”的母型是眼镜蛇的组合，或说由巨大的多触手章鱼或水母讹变而来。后羿所杀“九婴”，也有人说是一种九头蛇。

女娲补天

（华夏—汉人）

先是一阵接一阵的豪雨，把一切都浇湿了。这其实并不是雨，而是地底炽热的岩浆把岩石间的“暗水”全都烤成了水蒸气，冲上高天，再降下来。“石破天惊逗秋雨”，这是火山爆发的前兆。果然，不久便有一股浓烟由山顶冒出，顷刻就遮了半边天。轰隆隆！轰隆隆！随着一连串比暴雷还可怕的巨响，一根火柱由山巅的大裂口里蹿出，烧红了天空，点燃了森林，一点儿也没有停歇或熄灭的样子……

火山爆发了。族众什么也顾不得收拾，不要命似的四散奔逃，野兽跟人混在一起狂奔，连咬人的工夫都没有。

天裂开了。在黑烟和烈火里再也看不到蓝天白云。人们奔跑着哭叫：“天要塌了！我们全都要死了！”……地呢，地也要裂了，要把所有的活物全都吞下去。后来，人们口口相传：那是一个比最高的山还要高、还要大的巨人（指“共工”），他生起气来，把脚一跺，山巅冒出烈火，土地裂开一大片；用头一顶，天也缺了一大块……

这还不够。火山爆发引发了海啸，海浪冲进山洼和民房，还跟暴雨、山洪汇成一片汪洋，漫过“坝子”，漫过村庄，漫过树林，漫过山头；除了白花花的大水，什么都看不见了！

过了好些日子，洪水退下去一点。人和牲口差不多全死光了。只有极少数人，攀上最高山的树巅，或者侥幸登上木船，攀住漂浮物，熬着饥饿……挣扎着活过来。可这样还不够，还有少量饿坏了的猛兽和巨鸟，把瘦得皮包骨头的灾民抓去，活生生地吃掉。有人看到，好几条乌龙（巨蟒）在水里翻滚。大水莫不是它们发动的？还有巨大的鳌（áo）龟，它们不肯驮载大地了。

完了，人要死光了，世界要毁灭了。

这时，我们的女英雄，女娲，站出来了。她比那个撞开天空，踩陷大地的巨人还要高大，体格还要强壮。

女娲炼石补天处，石破天惊逗秋雨。（李贺诗）

她蹲在嗞嗞响的海水旁边，挑选由岩浆冷却而来的五颜六色的大石头，利用炽热的熔岩，架起残断的巨木，加上漂浮于水面的芦苇，把那些石头重新加以冶炼，炼成又坚韧又可塑的材料，把西北方裂开的天空一块一块补上。浓烟过后，烈火下降，慢慢可以看到天又是完整的了；不过时而有蓝有白，时而

女娲补天

“女娲补天”的自然背景是火山爆发及其诱发的地震、海啸。熔岩形成五彩斑斓的石头，女娲再次冶炼后，用以“补天”，形成天空的彩云。

乌云蔽日，时而红霞燃云，时而黄沙漫天……那是因为如今的天是由女娲炼出的“五色石”补成的。有人说，天上的星星也是由补天的小粒发光石子变来的。

土地本是由好几只大鼇龟驮载于背上的。它们累了，不免动一动，这就闹了地震。可是它们身旁还有神鸟监督着。如果躲懒，或者乱动，白天有公鸡，晚上有猫头鹰，啄它们的眼睛，它们就老实了，地也不震了。

可是，这一次，也许是给火山大爆发，天崩地裂吓坏了，大鼇龟就在巨浪里挣扎，顾不得驮大地了，公鸡和猫头鹰一时也无法在浊浪里找到它。这样由火山爆发引起的山火、洪水、地动、山摇，也不能很快平息下来。女娲只好从波浪中抓出一只鼇龟，把它杀了，斩断它的四条腿，支住大地的东、南、西、北“四极”。其他的鼇龟吓得赶紧驮起自己原本负责的那几块大地，公鸡和猫头鹰也开始继续履行监督的职责。女娲烧芦苇炼石余下的“芦灰”，可以填阻洪水。

那乌龙呢，更不该兴风作浪，女娲把它们捉来杀了。用它们的皮补地的缝隙，用骨头支撑大山，用血来肥田；它们的肉，则分给百姓充饥，或者做牲口的饲料。至少，“冀州”（指中原）是暂时“平”了。洪水消退以后，残存的人类又开始种谷栽树，喂养牲畜，慢慢人口增加，地产增多，世界又有了生气。

另有一种说法是，火山、海啸、林火、洪水、兽患、饥荒、疾疫（大灾之后必有大疫）等连续性灾难，不但将天地损毁，而且把人类都消灭光了。女娲不得不进行“第二次创世”。除了重整乾坤、再建世界之外，她还得重新创造人类（这叫作“创生”）。

女娲用什么造人呢？地球上最多的是泥土，又软又肥沃，加些水就能够随心所欲地捏造人、牲口、野兽……女娲便用黄土造人：水加得多一些，就是女人，所以“柔软”；水加得少一些，就是男人，所以“坚硬”。要捏那么多人，女娲太累，太烦了。后来，她不再手工制造，干脆批量生产：把泥土与水和匀了，用一根长绳子边“搅”边“甩”，甩出许多“黄土人”来。这样，就有少数质量不过关：有的体弱，有的带病；极少数畸形，或者有缺陷（好在只是“起点”有欠缺，一般能够用意志力来弥补或克服）。有的资料里说，手捏的人“高贵”，绳甩的人“卑微”，这是后世剥削阶级的歪曲说法。

女娲用黄土造人

山崩、海啸、洪灾过后，世界太寂寞了。女娲再度创世、创生，黄土多而“易塑”，正好用来再造黄种人。

“女娲补天”是一则宏伟神话，讲的是火山爆发后，引起地震、海啸、洪水，人类奋勇抗害救灾的故事。亚洲东南部，分布着或死或活的火山。云南腾冲如今还设有“火山公园”，遗址和展览馆里陈列着五彩斑斓的火山石，老百姓说，这就是女娲补天用剩下来的石头。

火山烈焰冲天，黑烟滚滚，火山灰久久不散，就像天缺了一块，于是要补。用泥补，不结实；用金属，冶炼术还没发明。既然石头能被火烧化，当然也能“摊”开补天。火山爆发时，天空本来就有强烈的色彩变化，火山烧出（含有不同矿物质）的石头更有不同的色彩，补出的天当然比原来的还美丽，还灿烂。这也可以看作“解释性神话”：天空五彩缤纷的由来。

藏族的“女娲补天”神话以为，“地裂”也是用补天剩下的五彩石填补的（所以有五色的土壤）。“填地是由北边向南边开始的。填到南边后，五彩石没有了，南边就没有填。因此形成了现在北边高，南边低的地势，水也不断向南流。”这就把中国地形地貌大势的造成，也归给女娲。藏族的补天神话虽然也讲到火神碰倒“布洲山”，压漏“天河”，引起洪水，却没有扯上共工氏造成“天倾西北，地陷东南”的事。

女娲用黄土造人的故事，很可能源于陶器是由女人发明的：用陶土制造陶器长期以来是女性的专业，男人不能参与。传说男人一碰，陶坯或陶器就散了。批量制作容器之余，往往会剩下一些陶土，能干的妇人往往会捏一些小人、小动物给孩子们玩，或者在祭祀仪式上使用。加之女人会生孩子，男人不会，初民就以为某个女性能够给予万物以生命。她捏出的小人、小狗、小猫、小牛、小羊……个个惟妙惟肖，活灵活现，说动就动起来。我们的祖先就是这么“捏”出来的，经过某种仪式手续，就成了活人。古希腊大神宙斯用陶土塑成“人”，但只有战争与智慧女神雅典娜才使他们有了生命和气力。

山西的一则神话《人最早是圆的》里说，女娲看到太阳、月亮、星星都是圆的，觉得人也该捏成圆的（就像是在准备陶坯，或制作弹丸）。她用水和黄土捏出个“圆人”，可它是冷水做的，不会活。她就先用火烧热了水再和泥（或者捏成以后再入窑烧），泥人就活了，可很快就“滚”跑了。她只好把人做成有手有脚的样子，要用力气才能动……这些描述大半都来自制陶经验。

还有一种更宏伟的说法：“娲，古之神圣女，化万物者也。”（《说文解字》）暗示女娲以身体变成万物。女娲重整天地、再造人类，实在太苦太累，力竭而死。鲁迅先生《故事新编》里的《补天》采用了这个说法：

这时候，伊的以自己用尽了自己一切的躯壳，便在这中间躺倒，而且不再呼吸了。

然而，她虽死犹生，像盘古一样，她用自己身体的各个部分变成了山川、河海、森林、矿藏……

可惜，女娲“身化宇宙”的神话，随着时间湮没了。只有《山海经》这样的“神话宝库”，还保存一点“晦隐的残余”。

例如《大荒西经》说，有一座“山口不合”的高山（不周山），显然是跟“补天”相关的“大火山口”。它又叫作“不周负子”，或说有大石像女神背着孩子。有人说，这暗示此处有女娲变成的人形巨石。还有拦截其间的“女娲之肠”（后来变成十位神），这显然是凝固的火山岩浆流，成筒状，像肠子（如东北“五连池”所见）。女娲死后，连肠子都变成部分火山景观，躯体的其他部分，便“可想而知”。

古代人认为，肠子作为消化器官，特别长，柔软且坚韧，“数量”又多，占据肚子的大部分，十分重要。有些人物或动物的全身画像，别的脏腑都不画，只是画出盘绕的肠子，叫作“神圣的肠道”，代表的是无穷无尽的生命力。

台湾高山族赛夏群的“民族来源”神话说，山洪暴发，只有一个男人幸存，他在“西士比亚”山顶看到一具尸体，将其“皮肉”扔进大海，它变成众多的人，成为赛夏群祖先；将尸体之肠投进海中，却变成一长串人群，“弯曲迂回，到（台湾）岛上安居”，他们就是安居在宝岛的汉族，与高山族“同根所生”。

所以会有“女娲之肠”变成十个神的传说。

根据民间文艺专家的采集和研究，中国各地确实还有一些地方保存着女娲“身化宇宙”或“化生万物”的故事或其“残余”。

江苏苏州太仓传说，补天的石头不够，女娲用自己的身体和衣裳来补充：彩衣变成天上的五彩云，乳房变成了太阳与月亮，成了所有生命的泉源。

四川德阳《女娲娘娘的眼泪》说，她耗尽力量以后，轰然倒地，头和四肢变成山脉、河流、湖泊，胴体化为天地，还有星星。

这样，“女娲之肠”，以火山岩流凝结成的“弯曲”筒状物，成为“神”，也就更加合情合理了。

密洛陀

（瑶族）

密洛陀是瑶族的“创造”女神。

她曾经用她“师父”（不知道是谁）的“雨帽”造天，用师父的手、足做成四根“天柱”，还制作山川草木，各种动物。

有的传言，她像华夏的羲和一样，生下十二个太阳。

烧得大树尽枯黄，烧得大河现河床。

遍地枯麦能点火，青草禾苗全烧光。

密洛陀只好叫来“九兄弟”，要他们在十二天之内把多余的太阳消灭掉。他们头戴铁帽，用长矛去“刺”太阳。可是，不能靠近太阳，一靠近就烧伤。密洛陀教他们练习使用弓箭，终于射落十个太阳，留下一个照白天，一个照晚上。

桂西瑶族地区传说，密洛陀主要“创造”各种生物，丈夫布陀西则整顿山河，挑山治水。密洛陀由“王母娘娘”那里采来各样种子，亲自播撒，从此“山有林，坡有草”，田地遍布庄

稼，四处盛开花朵。她还用六天六夜在六个大缸里，用泥捏出六畜，以及其他飞禽走兽，世界才变得如此热闹。

密洛陀让“浩恩”去取火烧山种田，结果烧光了树木花草，大地变得十分荒凉。她只好又让有本事的“牙佑”去找种子，栽出遍地绿荫，很快就开花结果，果子特别香甜可口。

树木太多了，有什么用呢？可以起房屋呀。她派浩恩、牙佑去砍树，长长短短、粗粗细细砍了一大堆；可是盖房子要各种样子的木头来搭配，怎样让它们“合用”呢？他们想啊想啊，想不出办法。密洛陀让两人出去看看别的生物是怎样做事的。

浩恩粗心，什么也没学到。牙佑走到山坡上看到一张“芭芒”叶子，还有一只大蝗虫（或说螳螂）。大蝗虫那长长的腿，不但善于弹跳，上面还长着“肉刺”，就像芭芒叶子边缘那样，密密地长着光刺。这有什么用呢？他想抓起蝗虫仔细看一看，哎呀，手被它腿上的“肉刺”割开了一道口子，慌乱之间，又被叶子边缘割了一下，鲜血直流……原来，有细牙齿的硬物能够“锯”开东西！他顾不得疼痛了，模仿树叶和虫腿，用“石刀”做出许多细牙，可以锯木头了，这就叫“锯”，是很进步的工具。这就是“原始仿生学”：模仿生物的特性、行为或本领，制造各种器具，人类的进化更迅速了。

有了房子，人才不愁住，才有遮风挡雨、装东西的地方，可以造人了。

造人可不容易。更要经过多次尝试、实验。

密洛陀用泥土造人，却造出陶缸（从此女人专门制陶）；

她拿米饭造人，却造出了酒；

她用芭芒叶造人，却造出一大群蝗虫；

她以南瓜、红薯造人，却造出了猴子（似乎暗示，人不是用南瓜“撑”大的，需要多种营养）。

造人，住人，养人，都要有个好地方。

她派猪去找，猪只顾找东西吃，什么都没找到，她气得打它一巴掌，把它的耳朵打聋了，从此猪不怕人骂；

她派狗熊去找，狗熊只顾找蚂蚁吃，她气得用染衣服的蓝靛水泼它，从此狗熊一身黑；

她派啄木鸟去找，啄木鸟只顾吃虫，她抓起自己的花背带就扔过去，一下子粘在它身上，再也脱不下来了；

她派了好几样动物去找，它们没有完成任务，受到责罚，却从此“带”上了自己的“特征”，包括缺点。

只有飞得高，看得远的老鹰，帮她找到一处温暖如春、遍地青葱的好地方，那里还有漫山遍野的“映山红”（杜鹃花）。

密洛陀：女性的盘古

密洛陀，不仅是重整天地、制造人类的女娲，她更像女性的“盘古”，创造了宇宙和万物。

在这人间乐园里，她看到一群蜜蜂忙着采花造蜜，个个不辞劳苦，欢天喜地，制造出幸福和甜美。蜂巢里有女王，有幼蜂，有保姆，有警卫；工蜂忙而不乱，兵蜂忠实尽责。只有少数雄蜂，饱食终日，无所事事，没有谁瞧得起它们，一旦交配完毕，兵蜂立即将它们处死，以免浪费“粮食”。

密洛陀决心按照蜜蜂的模式，创造“人”和人的“社会”。她连蜂窝都搬到住处，仔细琢磨它们怎么生存。她模仿蜂王，在一个温暖的“房箱”里放进许多人的“种子”，天天照料、饲养它们。过了整整九个月，只听“箱子”（象征母体）里一片哭声，打开一看，一大群赤身露体的胖娃娃，正在那里大叫大喊，练深呼吸哩。

可他们喊些什么，是饿了吗？他们没有牙齿，该吃什么呢？看那些蜜蜂保姆们忙着用甜水（蜜）喂幼蜂；可密洛陀只有一个人，能喂得过来吗？这时，她忽然觉得胸脯胀得慌，一看，正有两股白白浓浓的“蜜汁”从一对乳房里射出来。奶水射到婴儿嘴里，只见他们吧嗒吧嗒地“吮”得欢。从此她晓得该给孩子们喂奶。

孩子们长大了，个个健壮、聪明、能干。人多以后，就像蜜蜂那样“分巢”，建立新寨子，男耕女织，念书识字，过好日子。

每年五月二十九日，瑶族举行“达努节”（即母亲节），纪念密洛陀（或说，世上的动物也是她用泥“捏”出来；此节还是万物“狂欢节”），欢庆人类的诞生。

延伸阅读

“密洛陀”可以说是瑶族的女娲，其事迹和传闻也丰富、完整，融合伏羲和若干始祖神、英雄神的事迹。虽然这里含有后代“层积”、“补充”乃至“附会”的因素，但她很符合古老母系氏族神话的“标准”：大女神或“始祖母”创造一切，好像没有男人什么事。她不仅整顿世界、创生物种和人类，而且创造天地，生养太阳，“多日月”与“射日月”神话也被有选择地容纳进来。

密洛陀的“创作”与“改造”万物，最大的特征是象征性地讲述了“原始仿生学”：学习生物的结构、功能或特质、优长，发明各种工具——甚至造人也模仿蜜蜂。她使用的“暖房”很可能隐指“葫芦”，她自身很可能是葫芦的人格化。瑶族有丰富的“洪水遗民”故事，基本情节跟我们前举的伏羲、女娲传说差不多，“葫芦”被看作生命乃至万物之源，与“母体”等值。

天公地母创建世界

（阿昌族）

最初是混沌，无上无下，无边无际，无依无托，也无所谓明暗。忽然一道白光闪过，就有了“光明”，也就有了“黑暗”。有了明暗，才有阴阳。

阴阳相生，生出了“天公”遮帕麻、“地母”遮米麻。

明暗相间，产生三十名神将，三十名神兵。

遮帕麻挥动“赶山鞭”，叫神将挑来黄沙，神兵挑来白沙，让跟随他的三千六百只白鹤掀起风雨，自己用雨水搅拌，分别造出火热的太阳和冰凉的月亮，飞上太空，转动不止。

它们在哪儿歇息呢？遮帕麻抓下自己的两只大乳房，左乳做了太阳山，右乳做了太阴山，就像西北的昆仑（宇宙山）一样，晚上日/月在这里“避隐”（我们至今还说“太阳落山了”），一个在白天出来，一个在晚上出来“照明”——正因此，男人没有了乳房，也不用给孩子喂奶了。

他在日月山之间栽了一棵“娑罗树”，做“宇宙轴”，让日、月围绕它旋转。他以此为基准，用珍珠、玛瑙、黄玉、翡翠分别做了东、南、西、北天（这里有印度的影响）。

这样奔忙，实在太累，可是成果极大。

娑罗

娑罗是佛教的圣树，有些像古中国的扶桑。印度人以为它是“宇宙轴”，日、月与“四方”都由它来“定位”。这影响了云南的一些民族。

［他］迈步踩出一条银河，
跳跃留下一道彩虹；
［他］吐气变作大风、白雾，
流汗化作暴雨山洪。（史诗本）

实际上，这是盘古式以体躯等化作万物，只不过被“简化”，而且“含糊”罢了。

同时，母亲大神遮米麻也在编织大地。

她刚生下来时，脸上有很长的毛，喉头有很大的结。她拔下脸上的毛做丝线，扯下喉结当梭子，全用来编织大地。从此女人便没有胡须和喉结。

遮米麻的脸上流下了鲜血，
鲜血流成了大海，淹没了整个大地。
遮米麻又用她的肉托起了大地，
使世界有了生机。（散文本）

天地之神

（白族“甲马”）

在大多数神话里，天是男性（父），地是女性（母）——有时是天、地被人格化，有时是人世的男女祖先——英雄神被“提升”为天公地母。

大地的“四方”与“四海”，也因为她的“自我牺牲”逐渐形成。“遮米麻的功绩，就像大地宽阔无际，像海水深不见底。”

天底下只有他们两个人，最好结合起来造人。他们虽然不是兄妹，却也要“占卜”天意。两人分别在两座山头上点起大火——火花变成了天上的星星——那烟却在高空相交。二人按照“天意”在“大地中心”（娑罗树下）结合，生下一颗葫芦籽，九年后结出大葫芦，钻出九个“葫芦娃”。

老大跳出来，园里开桃花，“以‘陶’（桃）为姓是汉族/

住到平坝种庄稼”；

老二跳出来，长刀挂上葫芦架，“以‘刀’为姓是傣族/住在河边捕鱼虾”；

老三跳出来，李树开白花，“以‘李’为姓是白族/洱海边上来安家”；

老四跳出来，门前河水响哗哗，“以‘和’（河）为姓是纳西/丽江坝子去养马”；

老五跳出来，看见牛打架，“以‘牛’为姓是哈尼/向阳山坡去种茶”；

老六跳出来，看见竹篱靠墙下，“以‘罗’（箩）为姓是彝族/［身高］力大背盐巴”；

老七跳出来，石板光又滑，“以‘石’为姓是景颇/打把长刀肩上挎”；

老八跳出来，杨柳吐新芽，“以‘杨’为姓是崩龙/纺线［织布］弹棉花”；

老九跳出来，遮米麻最喜欢姑娘她，“留在身边学织布/织出腰带是彩霞”。

是天父地母教会他们用火熟食，打猎，盖房，刻木记事，治病驱瘟。他们还经受洪灾暴雨的考验，一起筑墙拦水，架桥渡河，造门挡风，赶山垦田。

这时出现了一个“火”与“旱”的魔王“腊訇”，他专门破坏人间的幸福与和谐。在天上制造了一个“假太阳”（科学上叫作“幻日”，大气复杂的折射使太阳看起来像两个），傍晚也不下山，远近与热度都没有变化，只晒得地裂水干，人倒树歪。丈夫遮帕麻此时南行，遮米麻独力难支，派出小狗、小鸡去喊他，都没有成功。只有“小懒猫”（水獭），找到遮帕麻走时的脚印，顺着拼命跑，找到在南方的遮帕麻，跟他咬耳朵，报告灾难的信息。遮帕麻又气又急，恋恋不舍地告别了苦苦挽留的南方民众，回到遮米麻身边，商量好了对策：只可智取，不可力敌，更不能危及生灵。

遮帕麻提出赛“魔法”（巫术）。“谁的魔法强，谁就管天下。”

魔王腊訇以为自己的魔法最厉害，能够决定生死。他念动咒语，把“假太阳”的热力集中在“花桃树”上，花桃树蔫了，濒临死亡。“杀死容易复活难/真本事能使枯枝发新芽。”遮帕麻笑着说。他只是含一口清泉水喷在枯树上，它顿时伸开枝叶，长出新芽，绽开白花。腊訇愣住了。他最善于害人，生命知识差得远哩。

腊訇只好提出“比梦”：看谁的梦做得好。比就比。腊訇要睡山顶。火与旱之怪以为山顶最接近炽热的“假太阳”，越睡越暖和，肯定做个好梦。他很无知。高山气候多变化，一会儿风一会儿雨；加上空气稀薄，云雾缭绕，海拔越高越冷，高峰积雪，就是这个原因。腊訇只睡得手足冰凉，噩梦连连：“假太阳”落地，自己在冰冷的黑暗中乱闯，撞到树上，惊醒过来。遮帕麻却睡山脚。这里有山挡风，有水解渴。他梦见被假太阳晒干的树木返青，鲜花遍地，鸟飞鱼跃，人们充满了活力。

腊訇反过来要求睡山脚，遮帕麻睡山顶。遮帕麻带足了松针鸟（爪爪），盖得暖暖和和，依然梦见春回大地，鸟语花香。腊訇睡在山脚，寨子里的百姓抬了块大石头压在他身上。他梦见天塌地裂，自己被天“压”到万丈深渊里去。

比梦比输了，贪嘴的魔王又吃了毒菌“鬼见愁”，死了。

遮帕麻跟遮米麻协力，拉开强弩，射落“假太阳”，从此阴阳和谐，风调雨顺。

延伸阅读

《遮帕麻与遮米麻》真是一部奇妙的民间文学作品，说它（或它们）“奇妙”，不仅因为其保存了原始性社会生活与神话、传说极为生动的“特色”与“真实”，而且深含哲理。华夏—汉人典籍里一些很难诠释的“疑难”，它们竟然能够提供“背景性”的回答或启示。

比如说，上古人说天似“覆碗”，地如“棋盘”，天圆地方（自然哲学称为“盖天说”）。那么，有的古代思想家发问道：“‘圆’的天盖在‘方’的地上，那地的‘四角’不是盖不住了吗？”《遮帕麻与遮米麻》史诗说：“天幕高高张开 / 大地平平展展 / 天像一个大锅盖 / 地像一个大托盘。”这也是“盖天说”。却又承认，天小地大，“天边罩不住地缘”。怎么办才好呢？遮米麻只好抽去三根“地筋”（这难免引起地震），于是大地皱得像“褶裙”，不但形成高山、洼地，而且——

大地缩小了，
天幕才罩住了地的四极。

原来阿昌族想象地是“活”的，可伸缩的。

拉祜族史诗《牡帕密帕》说，天小可以撑大，地大可以缩小，天神厄沙能够改造天地。只好让阿夫及其子，“抓住天边往下拉 / 把天拉得大又凹”；又让“麻蛇围着地边箍拢来”；不整齐的，叫蚂蚁咬地边，野猪、大象拉地面——

天拉大了 / 地拉小了，
这样合适啦 / 天地相合啦。

他们就是这样有趣地用“神话的逻辑”解决了“[地]四方之不掩[盖]”的难题。《老子》说：“大方无隅。”极大极大的“方地”没有边角，无涯无际，跟“圆天”紧相配合，其心理背景，也是这种神话想象。

屈原在《天问》里发出疑问：“鲮鱼何所？”（哪里有四条腿的怪鱼？）

阿昌族史诗回答，由于“假太阳”热力过大，河水都干了。

一条大鱼滚到山凹里，
硬着头皮朝土里钻；
鱼鳞烤硬变甲壳，
鱼头烤焦了缩成一团。

这里说的或许就是穿山甲（鲮鲤），它由水里的鱼变成了陆地动物，长出四条腿。山洪暴发时，穿山甲被从洞里冲出，随波逐流，老百姓认为，这就是“蛟”（怪化的龙），“大水”就是它发动的。

“天父”遮帕麻跟魔王旱怪“腊訇”斗梦，比赛谁的梦做得好，这是相当独特、奇妙的“竞争”事项。“在人神同住的时代，大家都认为，梦表面看来虚幻，其实最真实，做梦不受限制，在梦中可以到达任何自由王国。”

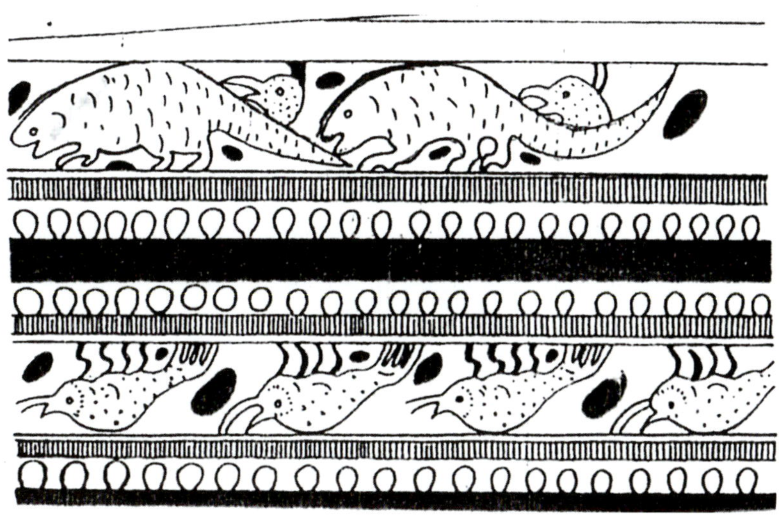

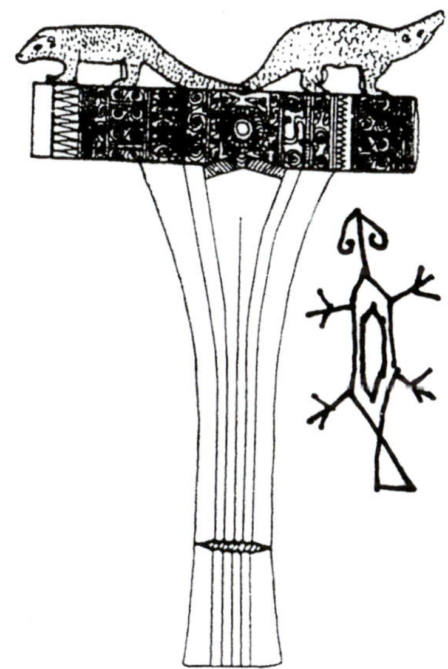

“多栖”的穿山甲

（青铜器图饰，云南昆明羊甫头出土，战国—西汉）

初民对这种身有坚甲的、似鱼又似蜥的动物感到非常惊奇：它时而出现在山穴里，时而又从土中钻洞消失，时而还能爬到树上，时而给水冲到江河里。它会不会是发动洪水的蛟龙？阿昌族给出了很有趣、很天真的解释，似乎在回答屈原的《天问》。

原来，初民认为，梦境就是真实。恩格斯在《路德维希·费尔巴哈和德国古典哲学的终结》里说："在远古时代，人们还完全不知道自己身体的构造，并且受梦中景象的影响。"注解说："[那时]梦中出现的人的形象是暂时离开肉体的灵魂，因而现实的人应当对自己出现于他人梦中时针对做梦者而采取的行为负责。"比如，甲在梦中被乙打了，乙就得向甲赔礼，罚钱，尽管乙根本没打甲，也不知道被甲"梦"到了。所以，"斗梦人"是不能胡编梦境的，只能老老实实地把梦中所见说出来（这是神话发生的原因之一），这样才能比出好坏赢输。

究其实质，这并非比赛谁能控制梦、控制心灵活动，而是比赛想象力，比赛谁能把梦境历历如画，真实而又活灵活现地"复述"出来，跟"盘诗""赛歌"一样。像遮帕麻表述梦境：

我梦见太阳红彤彤，
山中泉水照人影，
树叶树枝青葱葱。

如诗如画。笨嘴拙舌的魔王梦得再"好"，也注定要输。

在那种纯朴天真的世界里，诗歌和神话是会影响命运的。

小英雄分日月

（高山族）

我们祖先住的地方十分美丽。绿树成荫，浅草铺地，山清水秀，鸟语花香。可是天上的太阳越长越大，越来越热，还时不时发点脾气，把火焰烧到那“圆盘子”外面来。树木依然那么高大，可叶子稀疏了，挡不住多少阳光；江河仍旧流淌，可水量减少了，润湿不了多少岸上的土地。庄稼挣扎着过活，籽粒越结越小越瘪，不像从前能收那么多粮食。鹿猪狐兔，不愿意出来活动，躲在草丛里，越来越瘦，下崽也越来越少。连虎豹都缺肉少水，只好到村寨里侵害人畜。毛越来越秃的鸟儿，全都懒得唱歌。人，就更可怜了：身上没毛，背上无翼，挡不住那热，只好成天躲在岩石洞里。白天怕热，晚上怕黑——那个时候，没有月亮，夜晚一片漆黑，走几步路说不定就踩在蛇身上。

河边有个渔家姑娘，家穷，只好顶着毒日头打鱼。鱼也越来越少，偏偏有根长长的木棒漂来，向网里钻。姑娘赶它也不走，就像赖在网里有多舒服似的，仅有的九条鱼也给它吓跑了。姑娘生气了，伸手抓起木棒，就朝远处扔。可它毫不在意，哗啦哗啦地又朝网里游。姑娘想：拿你烧锅也好，还省点儿柴哩。就把它带回家，往灶旁柴堆里一扔。过几天，姑娘将这件事忘得干干净净。可是，她的肚子却一天天地鼓起来，好像有什么东西在里头乱动乱踢。莫非怀孕了？怎么会有这怪事？难道是那木棒作怪？再去找那惹事的木棒，却找不到了。没过几天，那“坏东西”居然自己钻了出来，却是个又白又胖、能吃能喝、会哭会笑、大喊大叫的男孩儿。妈妈不禁疼爱起他来了，整天希望他快点长大。

小英雄由水中“断木”变成，跟哀牢夷的“九隆”十分相似，暗示他也是“神龙”所化。

这孩子太贪玩，也不怕毒日头，整天在野地里乱跑，撵狗赶鸡。他特别喜欢射箭。五六岁的孩子居然模仿猎人伯伯们做了一副小弓箭，杀害虫，逐恶鸟。他很有“成就感”，得意扬扬，还想打个大家伙，让妈妈煮了吃。他看到一头野猪在“拱地”，朝它屁股就是一竹箭。谁知野猪皮厚，又在松树上蹭了一层“胶”，哪能射透它；不过吓它一跳，跑掉就是了。他手上只剩下一张竹弓，要是野猪生气，回过头来撞他一下可怎么办？他连箭都找不到了，气得大哭。妈妈知道了经过，吓出一身冷汗。“不要哭，不要哭。妈妈替你做许多许多的箭。”听爷爷，或者爷爷的爷爷说，深山里有一种红秆子神草，结的朱果，吃了长大力；红秆子，能做利箭。母子俩找啊找啊，爬了九九八十一座山，蹚过九九八十一条溪，找了九九八十一天，终于找到那神草。孩子吃了朱果，浑身发烧，呼啦呼啦向上“蹿”个子，“蹿”得比妈妈高得多。妈妈用那又直又硬又有弹性的红草秆做箭，射得又远又准；掉在草丛里，还容易找到。孩子得了这宝贝，整日价冒着毒太阳的烈焰练射箭，箭法越来越准，终于能够射杀破坏庄稼的野猪和危害人畜的虎豹。

孩子越长越快，身上好像有用不尽的力气，射几只老虎有什么了不起，要射就射那人人憎恨的毒日头！从此，孩子不吃饭、不吃菜，光吃那山中朱果；也不随便打野物，积攒力气干大事。

向太阳开战之前，他要跟太阳谈一谈，最好能谈出解决方案（中原人叫“先礼后兵”）。

“我照我的，你活你的，有什么好谈的？”

“可是你太热了。你热得我们人类没法活。你还动不动就发脾气。小朋友都给你活活热死了。你有罪，知道不知道？”

“那你叫我怎么办？”

“咱们先好说好商量。你能不能退远一点，或者多多藏在云后边？”

“那是天老爷给我安排的位置——云也不听我的话。”

“那么你能不能白日里出来半天，晚上出来半夜？这样，白天不会热那么长时间，晚上也不会又冷又黑。”

“这样，我有一半白天没事做，也睡不着，晚上又不够睡。”

“你能不能给云让点儿地方，给雨多一点时间？能不能不这么霸道，不这样乱发脾气？”

“天老爷都管不了我发脾气，你一个毛孩子，怎么能这样那样地瞎指挥我？”

射太阳

（小英雄射太阳，苗族）

中国西南、东南（包括台湾），有非常丰富的多日月、射日月的神话，固然共同反映上古气候较今炎热，但其产生的具体原因还不大明了。高山族这一则特别有个性。

“看来你只管自己，不管我们人类。我们人类也不能白白等死。看样子，光跟你讲道理没有用，要动一点儿真格的了。”

说罢，他立即向太阳射出一支“神草丹箭”，太阳一吓，只躲过“要害”，却让小英雄射掉一小块面孔，只见那一小块“太阳碎片”在天空直翻跟头，鲜血洒在大地上，成了红桃林和杜鹃花（民间叫“映山红”）……

太阳痛极了：“面孔给你射掉一块，叫我怎么见人？”

“你不是能向外喷火吗？”小英雄说，“以后朝有缺口的地方喷，也能将就有个圆脸蛋。”

“可是那一块——究竟是我身上的一块肉，你让它在天上转到什么时候？”

“让它晚上出来，替我们照个明吧。”

碎片倒也听话，因为流尽了血，又没有了阳火，成了月亮，只能苍白个脸。太阳的热力降低，脾气改多了，也守规矩了。地上的气候恢复了正常。人们永远记住无名的小英雄。

月

有的地区，初民朦胧感知，月亮是由太阳“分裂”出来的，并且以太阳的“余晖”在夜间照明。

她虽然苍白个脸，却尽职尽责，有规律地在黑暗中出现，让世界变得优美而又可人。

延伸阅读

台湾高山族有非常丰富的多日月和射日月神话，也许跟大陆东南沿海的同类神话有亲缘关系。

有一则同样是说，天上本来日夜都只有一颗太阳，晚上一片漆黑（没有说白天太热）。聪明的部落选派三个青年，准备把太阳分成两半。因为路太远，费时间，青年们怕自己一生都走不完这个路程，便把自己的婴儿都背在背上。他们害怕走弯路，一路上，随走随种上橘子树。一年年过去，婴儿长成大人；青年已成老头，最终都倒在了“日—地”的通道上。儿子们接着走，终于走到太阳出没的山岔。即令还是晚上，他们依然热得几乎昏倒，只好躺在地上。等到太阳一露头，便三箭齐发，把太阳射成两半：一半照白天，一半照晚上，成了月亮。回程时，先前种的橘子都被太阳的血泼上，结出带血的果实。三个出发时的婴儿，全成了白发苍苍的老者。从此日夜分明，都有光亮。

还有一则故事说，太阳原是美丽的姑娘，月亮则是强壮的小伙子；他们很要好，常来常往。一个去逗月亮家的公鸡，一个去吃太阳门口的金橘。他们常在一起玩，忘记了分工和值班的时间，晒得大地上一片焦土，人类无法生存。山地上有户人家，更是被晒得没粮吃，没处躲。男的砍下芭蕉叶，把老婆孩子藏在里面；自己将门前的竹子弯成弓，削成箭，把太阳姑娘射得满脸是血，躲进云层。他又去找月亮，月亮吓白了脸，把公鸡送给他。他沿着路边的橘树去找太阳。后来，公鸡一叫，太阳赶紧出来；月亮吃完橘子，就在傍晚出来，同时太阳赶快“抓紧”休息，都不敢那么贪玩了。

另有一则故事说，太阳、月亮同样热，有的时候昼夜不分，一起出来，晒得世界炎热无比，还把一户人家可爱的独生子晒死了。痛苦的父亲射伤了太阳的眼睛，从此它不敢一年到头全都酷热伤人，而是按季节、按节气、按地区输送不同的热量，月亮也只敢夜里出来照明。

这些故事当然都反映了远古或上古时，有一段时间天气特别炎热，人们想要改善气候的愿望，却各具个性。

日蚀和月蚀

（朝鲜族）

朝鲜族原生的传说是：

天狗吞日——日蚀

但是天狗吞不下那么大的太阳。它只是咬一口，过一会儿又不得不把太阳吐出来，让太阳恢复它“完整的光明”。

然而，有一次，不知道太阳被什么东西吞进了肚子，大雨倾盆，乌云笼罩，久久不见它复明。大家知道，不好，这是世界性的灾难。

有一位住在长白山下、黑龙潭边的善良母亲，她有“三胞胎”儿子，全是顶天立地的英雄。她派他们带着弓箭上天查看。原来是一条巨龙，趁晚上太阳休息的时候，把它吞进了肚子里，再也不肯吐出来。三兄弟拼命与之搏斗，终于射中恶龙，剖开它的肚子，把太阳解救出来。大地恢复光明，恶龙潜入黑龙潭里，再也不敢出来。

三兄弟回家复命的时候，母亲问："恶龙死了没有？"他们答："负了重伤，不敢出来。"母亲说："不行。它在养伤。伤好，还会出来。不吃太阳，便吞月亮。你们上天去吧。看住恶龙，保护日月。"三兄弟飞上太空变成银河畔织女星旁的"三胎星"，警惕地看世界的变化，预防恶龙"复活"，再来侵袭日月。

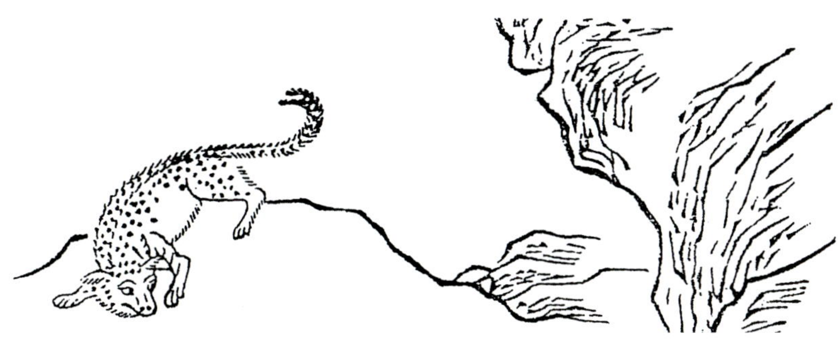

威胁光明

（天狗，《山海经》插图，中国古人构拟）

河北保定汉族的民间神话，所谓"天狗神"，跟朝鲜族的"天狗"十分相似，不过威胁的是月亮——特别是八月十五中秋节的深夜最危险。这时，老百姓就要敲打铁锅铜盆，擂大鼓，放鞭炮。因为天狗嘴大喉咙小，一口咬住月亮（造成月蚀），却没法把它吞下去。巨大的噪声，能让它松口，逃跑。

这只天狗，跟印度的巨怪"罗睺"很相似，它没有身子，被诸神杀得只剩下一颗脑袋、一张大嘴，还时刻追赶日月，追上后一口咬成日蚀或月蚀，却也吞不下去。有日本学者说，罗睺就是中国的蚀月蟾蜍或蛤蟆精。唐卢仝《月蚀》诗说："尝闻

凶龙

大概是因为“月有阴晴圆缺”，有时还躲进浓云，深藏不露，初民或古人便想象有危险的动物企图吞吃月亮（或者太阳）。狼，往往朝着夜空干嚎，“狼吞虎咽”，吃相难看，很可能把日/月吞进肚里——连猛虎与恶犬都有嫌疑。这时，人们便要祭祀或者威胁，以拯救光明。

《山海经》里的天狗

（古人的构拟）

天狗十分凶猛，它能够吞食毒物，镇压恶害；但也可能危及安静的月亮，或者腼腆的太阳。东西方都有天狗或天狼威胁日/月的神话。

古老说，蚀月虾蟆精。”

中国官方经典《周礼·地官》掌鼓的官员，日、月蚀时，也要下令敲响大鼓，以“救日、月”。

中国民间更熟悉“天狗吃月亮”，发生月蚀，通常敲锣打鼓，炸鞭炮救月亮。

西南方兄弟民族，有一种“天狗吃月亮”的神话，主要是讲人间英雄或勇士带领家犬登上月亮，夺取仙草。狗咬月亮，后来留下来，成了天狗，不时造成月蚀。这类故事中常见登月“天梯”，却不幸折断。月亮的形象，多属负面。

傈僳族故事说，勇敢的格力士，带着黑狗，登上九座山的竹子接成的天梯，刚要迈进月亮的时候，竹梯折断，格力士跌下摔死，黑狗却跳进月亮。黑狗无物可吃，只好啃月亮，造成月蚀。人们只好用猪羊祭供，求它不要再吃月亮。

哈尼族故事说，“不死药”为月亮强占（这好像跟“嫦娥窃药奔月”相关），猎人阿翁、阿立兄弟造“天梯”登月，不幸梯断人落。只有他们的猎犬跳进月亮，为主人报仇，不时咬月。

佤族故事说，灵芝仙草为月亮所偷，丢药者派豺狗架天梯索讨。月亮不肯归还，豺狗就咬她；她用灵芝一擦就好了。天梯日久朽腐，豺狗留在月中，成了天狗，不时咬她，她也随伤随好，所以月亮能“蚀而复明”。

拉祜族故事说，“不死树树叶”（拿布洛帕）被日、月夺去，丢药的猎人，建造“天梯”，让狗登月、登日去追讨，并且不时咬它们，但日、月有仙药，一擦就好。这就是日蚀、月蚀的由来。

南国朔方的“嫦娥”

南北方兄弟民族，不但有相互类同的月蚀、日蚀，还有跟嫦娥十分相似的“奔月”故事。有些独立发生，大多数似是相互影响。可见中华各民族间文化交流的频繁。

布依族《岩岗与竹娥》说，竹娥不堪恶霸迫害，逃上天去，被狗腿子抓住飘带。飘带变成彩虹，她飞进月亮。丈夫岩岗砸开水牢，也逃入月亮。夫砍榕树，妻织云锦。阎王派黑狗去追咬他们，他们已成神，狗只好去啃月亮，造成月蚀。亏得岩岗用“刀口药”将月亮治好，得以复明。

彝族长诗《夺叶若》说，“夺叶”三兄弟找到“不死药”，救活了重病的三姐妹，结了婚。药发了霉，放在窗前晒，忽然飞上了天（或说被日月抢走）。三兄弟搭起金、银柱登天，红、黑蚂蚁蛀断柱子，他们摔死了。只有他们带的秃尾老虎、白脖黑狗在柱断前的一瞬间登上了天，虎咬太阳、狗吃月亮，造成日蚀、月蚀。

延伸阅读

《楚辞·九歌》里的东君，是年轻一代的太阳神，神话地位相当于“人间小日神”后羿和希腊的阿波罗。他同样是射手英雄。

> 青云衣兮白霓裳，
> 举长矢兮射天狼。

这里的“天狼”既可能指象征“侵掠”、好战的天狼星，又很像被喻为“虎狼之国”的秦。秦是楚的死敌，天下“非秦即楚，非楚即秦”。所以楚歌里的太阳神要射秦、射狼。

“天狼”象征黑暗（狼多半在暗夜中活动），当然与光明对立。太阳用它的光线为利箭（长矢）。所以，“黑暗：天狼”与“光明：太阳”一直在对抗和冲突。狼、狗同类（狗由狼驯化而来），所以“天狼：天狗”威胁光明，要吞吃太阳或月亮，造成日、月之蚀。

不但朝鲜族，满族也传言：“天狼”（星）威胁着“太阳格格”弗库伦，她曾在长白山天池中沐浴，吞下喜鹊衔来的朱果（太阳之卵），生下满族始祖布库里雍顺。这位“太阳阿哥”，也曾像后羿、东君那样“举长矢兮射天狼”，射中制造战祸的恶狼的脖子。

傈僳族说，有一位麻风病人，被隔离在岩洞中，从蟒蛇口中得到“宝石”，不但疗救了自己，还治病救人。后来太阳“收回”宝石，他搭竹梯上天去讨，梯毁人坠，只有狗上去了。为了主人，他用力啃太阳，造成日蚀。

纳西族东巴经（巫教经典）《净水经》说，有“天狗”时刻窥视“逃避着的太阳”。

有人说，这里，“天狼：天狗”都是太阳的对立面。只是太阳的形象或正或负。

白族神话：一阵狂风刮来，有一只“似狼又似犬”的大怪物，追逐并且咬啮太阳，只闹得天昏地暗，草木不长，庄稼不生，人们重新陷入黑暗之中。英雄阿光，在“太阳祖宗”炎帝帮助下，驾起六只五角螭龙驾驭的金车，射出长箭，赶跑恶物，还用手中的大树枝驱散云雾，红日再现，大地重光。从此洱海苍山天清气爽，沧浪峰上云雾不兴。白族敬祀炎帝为“太阳本

“举长矢兮射天狼”

（后羿，采自清萧云从《楚辞图》）

“天狼”有两个相互联系的含义：一是天上巨大而贪婪的恶兽，危害太阳或月亮，当然也威胁人类；二是星辰，“天狼星”，它象征黑暗或者炎热，掠侵或者战乱。古人希望自己的英雄能够惩治恶害，保护世界。

主”，英雄阿光持弓扶箭侍立一旁。南美洲印第安人，也有天狗或郊狼吞吃天上九个太阳的神话。

古希腊人认为，天狼星与太阳一起上升，夏季的酷热就因此造成。天狼星太“接近”太阳，就会给太阳造成威胁，有时还会让人间发生“热症”。古希腊太阳神阿波罗，有个荣衔：

“杀狼者”（Slayer of Wolves）

这有些像朝鲜神话，代表黑暗的恶龙“比东”，威胁着太阳；不过它还有一群爪牙：天狼。它们专门制造狂风暴雨和冰雹，危害庄稼和人畜。所以，东君跟小太阳神阿波罗同样——

会挽雕弓如满月，
西北望，
射天狼！（苏东坡词）

湖北咸宁民间故事《眼泪流成河》还说，后羿（人间的太阳神）也射过天狼。天狼正要追赶吞吃嫦娥，亏得后羿射死天狼，救了月亮女神。

北欧神话则说，恶狼由冰冷与黑暗的地狱里逃出来，时时追逐并且想吞吃太阳和月亮，造成日蚀和月蚀。这时，地上的人们不能不像中国人那样“敲锣打鼓”乃至放炮来赶走天狼。

冰岛史诗《埃达》说：

有条狼崽穷凶极恶，
是叼走月亮的恶魔。

天帝奥丁挑战巨人的时候，盘问他道：

请问太阳被恶狼叼走，
会不会另有新的太阳，
把天空重新照得通亮？

巨人回答说，太阳女神已生下一个女儿，代替母亲策马横驰长天。下文还写到恶狼们对日、月的威胁。

斯考尔真是一头恶狼，
在苍莽的林海掩护下，
叼走光彩夺目的［太阳］女神。
恶狼哈蒂是它的搭档，
也是凶狼芬里尔后裔。
天堂的新娘（月亮）光艳无比，
它却胆敢去半道拦劫。

《山海经·西山经》有天狗，本领之一是“可以御凶”，但在一些有关星象历法的书籍里，却是“月中凶神”（例如《协纪辩方》引《枢要历》）——大概由这里演绎出天狗对月亮的伤害来。

此外，小小的癞蛤蟆（蟾蜍）居然也会吞吃月亮。

唐李白《古风》诗说：“蟾蜍薄（冲上）太清，蚀此瑶台月。”

在口传文学中，月亮似乎像个瘦弱的小姑娘那样，苍白个脸，很多东西都能伤害她。屈原的《楚辞·天问》说：

	［今译］
夜光何德，	月亮有什么本领和禀赋，
死则又育？	月月死去又复苏？
厥利维和，	对它有什么好处呢——
而顾、菟在腹？	肚里养着蟾蜍与白兔？

“菟”指月中白兔；“顾”，就是“鼓”或“咕”（民间称蟾蜍为“癞大鼓”或“癞大咕”）。

《淮南子》说，月照天下，而“蚀”于（小小的）蟾蜍。这是为什么？或许，这只癞蛤蟆非常贪嘴，把月亮当成大饼，一口就咬出个“口子”；有的说，癞蛤蟆登月以后，圆圆的身子挡住了月光——造成月蚀。

百姓们以为，兔子缺嘴，象征月亮的残缺。

其实，蟾蜍圆身的“疣状突起”，使人想起“月斑”（月中阴影）；其生命形态的变化（由蝌蚪变成，还能冬眠），象征月亮的阴晴圆缺，死而复生——兔子的“假死”大概也有相关隐喻吧（请参看“嫦娥奔月”一章）。

土家族有一则故事说，天上的太阳一时多到十二颗，青蛙觉得太多，把土地晒烈了，把水烧热了，青蛙怎么活呢？于是，它爬上了马桑树，一口一个，吞了十一个，只留下一个照明。这虽然不是“蟾蜍蚀月”，却证明原始性思维里，万物的大小是相对的，两栖类的蟾蜍可能吞食日、月，不但月亮，就是巨大、炽热的太阳，也能侵犯。

地震的由来

（布朗族）

中国许多民族都有巨龟或大鱼负载大地的神话。华夏—汉人有，许多兄弟民族也有，只是繁简不同，或直接，或间接。

例如新疆地区的蒙古族说，麦德尔女神派一只大神龟去驮着浮在水面的“大地”；龟累了，就动动身子，于是发生地震。

彝族史诗《梅葛》说：

水里面有鱼 / 世间的东西要算鱼最大（指“鲸”）。

公鱼抓来撑地角 / 母鱼抓来撑地边。

公鱼不眨眼 / 大地不会动。

母鱼不翻身 / 大地不会摇。

地的四角撑起来 / 大地稳实了。

彝族支系阿细人的《阿细的先基》，连“地震”原因也讲到了。

那团团的地 / 铺在三条大鱼背上。
鱼还没有喂饱 / 它会跳起来，
拿虾子喂大鱼 / 大鱼还会动 /
鸡啄鱼的眼睛 / 大鱼跳起来了 / 地也跟着动。

银龙神叫阿托用银链子拴住鱼，鱼才不动。

负载大地的巨鳌

有好几个民族认为，大地是负载于鳌背上的，它一动，地震就发生了。

鳌的主要母型是海中巨兽：鲸。

布朗族相关神话相对详细，比较符合神话逻辑。大地浮在水面上，水是流动的，“飘荡”的大地要由鱼 / 龟负载。可大鱼或巨龟老是这样“抬头”或“弓背”，保持一种姿势，当然会疲劳；它们总要动一动，这一动，不得了，地震了！地动山摇，甚至天崩地裂（参看“女娲补天”一章）。鳌、龟动得越厉害，震级越高。怎么办呢？布朗族英雄顾米亚想出办法了。

［他］抓一条大鳌鱼把地托住。鳌鱼不愿做这件事，随时都想逃跑，顾米亚派了他最忠实的一只金鸡去看守。鳌鱼一动，金鸡就啄它的眼睛；有时候金鸡太疲倦，一闭眼睛，鳌鱼就动起来，发生地震，这时候，人们就要赶快撒米，唤醒金鸡。

“鳌龟”倒是不敢逃跑。可晚上，它跟人一样，会打瞌睡；

一打瞌睡，大地就乱晃了。怎么办呢？于是派“夜飞昼伏”的猫头鹰站在鱼或龟背上，它一乱动，就啄它眼睛。

这就是我们在马王堆《西汉帛画》（湖南长沙出土）上下段看到的场景：代表大地的“大石板”由海神禺强托着（象征大地载在海上），海神站在相交的鳌鱼身上；大鼇龟则用前爪“紧

搭”大地，使它不致随便漂流；猫头鹰正站在鼇背上，监视它，要它老老实实地抓牢大地，乱动，就啄它的眼睛！

这也正是《楚辞·天问篇》说的“鸱”（鸱鸮，猫头鹰）和“龟”曳衔大地的场景。

	[今译]
鸱龟曳衔，	猫头鹰、鼇龟拽住大地边，
鲧何听焉？	大鲧［治水］为什么借用这办法？

正是在楚文化的腹地荆州，民间流传一则《鳌鱼和地震》的神话：大地置放于水面的“青石板”上，四只鳌鱼（或龟）各支住“方地”的一角，还有一只供轮换用。一年换一次，四年轮一转。哪知道那待轮换的龟被姜太公钓走一只，没法换了。四只龟太疲劳，实在累了，只好换个肩，每换一次肩，青石板连大地都要颤动：地震发生了。

通古斯鄂温克族故事说：创始者用泥土造人和万物，泥土不够，他看到一头大龟腹下有大量泥土，但龟沉睡不动，要强取又怕伤害它。路过的“尼桑萨满”之神用箭射它，它翻过身来，四爪朝天，正好用其四腿撑天。龟背压实了大地，挤出的

“鸱龟曳衔”和海神托地 ◀

（长沙马王堆一号汉墓帛画下段）

马王堆《西汉帛画》下半段是“地下”和“水底”世界。大石板代表“大地”。大鼇龟曳住它，不使其乱动。大龟困了，便会引发地震；站在龟背上守夜的猫头鹰（鸱鸮）便啄它，让它醒来。“大地”上似是死去的墓主人和侍从。海神站在“大交鱼”背上，托住大地。鱼尾上两“白犬”，可能是在防备恶灵的捣乱。

泥土像“息壤”一样用之不竭，可以用来继续创造万物。只是巨龟撑天太累，略一活动，就引发地震。

相似的印第安神话说：大洪水过后，一切毁灭，只留下一对男女坐在龟背上；龟身下还有一点点“苔泥”，它像伯鲧用来堵截洪水的神土“息壤”那样，能够自我生长，长呀长呀，就长成今天的“地球”，依然负载于大海巨龟背上。

这些神话蕴含着一种古老而又可贵的自然哲学。

原来，上古有一种宇宙观念：大地是浮载在大水或大海之上的。

例如《管子·水地篇》说：“水者，何也？万物之本原也，诸生（生物）之宗室也。”《玄中记》更说：

> 水能浮天载地。

古希腊盲诗人荷马在史诗《伊利亚特》里暗示，大地是“类似盾形的凸面巨盘”，漂浮在大洋之上。米利都的泰勒斯也有相似的说法。傣族创世史诗说，像“野果”一样的地球，是浮在水面上的。

更具体一些的神话就说，大地是载于海中巨龟或大鱼背上的。古代中国、古代希腊和印度都有类似的说法。

华夏—汉人的古代文献，载地者多是鼇龟。《淮南子》说是“鳌”，但它有脚，所以后人说指“鼇”（龟）。《玄中记》说：“东南之大者，巨鳌焉，以背负蓬莱山，周回千里。”“巨鳌，巨龟也。”可能在某些情况下，鳌也可以变鼇（龟）。有人说，鼇（龟）本来有四足，被砍下支地以后就成了鳌（鱼）。

后来，人们把这神话“合理化”，说是无根的“大地”在海上飘荡、颠簸，由两只（或更多）巨龟用前爪搭在边上，来维持它的相对稳定。屈原问道：

	［今译］
鳌戴山抃（biàn，舞），	鳌龟背山乱摇晃，
何以安之？	怎样使它不动荡？

巨龟托举仙山（沂南汉墓石刻画）

象龟背上可以载一个人——“放大”一下，不就可以背负起整个“地球”了吗？

“仙山”能够代表大地（有的“龟趺”上的石碑也能象征大地），大女神西王母正坐在仙山之上，“华盖”之下（华盖表示圆天）。

驮碑或载地的“龙龟”赑屃（bì xì），母型正是象龟——世界上最大、最老的龟。

“大地”也被简化为海上神山（三神山或五仙山）。

忽闻海上有仙山，山在虚无缥缈间。
楼阁玲珑五云起，其中绰约多仙子。（白居易诗）

三神山（蓬莱、方丈、瀛洲）象征“大地”漂浮在大海汪洋之上。秦始皇追求长生不老，派了许多方士（游方的巫士）去寻找这些仙山，被骗去许多钱财，却永远找不到。仙山遥遥望去，历历在目，看来不远，“未至，望之如云；及到，三神山反居水下”（《史记・封禅书》），等到跟前却消失了，永远找不到。司马迁指出，这不过是“海市蜃楼”现象。

海旁蜃气象楼台，野气象宫殿，云气各象山川人民之积聚。当时，方士利用之，以为“神仙之居”。（《史记・天官书》）

海市蜃楼的原理是，不同密度的空气层在热力等作用之下，通过光的折射，会把远方的景物“映射”在开阔的海面或沙漠之上，造成楼阁、人马、城市等幻境。古人认为这是海中一种“龙属”的螺蚌（蜃）吐气形成的——但肯定不是什么“仙山”。

即令是“仙山”，在海上这样漂来荡去，连神仙都站不稳——何况是住在“海中地球”之上的人类。据说，天地命令海神禺强派两只或十五只巨龟（鼇，或写为鳌，暗示可能是大鱼）“举首而戴之”（参见《列子・汤问篇》等）。再就是前引屈原所讲的“鳌戴山抃（舞）”了。

巨鲸

（中世纪基督教文献插图：吃人的鲸）

现存世界上最巨大的动物，鲸（即“鲲”），让古人敬畏，或拜为海神，或当作海神、龙王的化身，龙的母型。古人认为，鲸会吃人。《圣经》里吞了耶拿的海怪“列维坦”，实即巨鲸；却也能负载大地——大地便浮在海面上。

神话中，大地浮在海面上，跟海神关系很大。

在印度的海“龙王”（那迦：Naga）传入之前，中国海神是人形的，有好几种动物化身，这些动物有时被说成是他的部属。

一种是“鼇龟”，就是载着大地、稳住大地的海神或海神使者，有时会造成海啸地震。

一种是“海蛇”（或传说中的“海中巨蟒”），其神化就是“龙”。

但最重要的化身（或部属），还是大鱼（鳌鱼），其母型是巨鲸（鲸又是海龙的一个原型）。这就是《庄子·逍遥游》里讲的巨鱼“鲲”。“鲲之大，不知其几千里也”，它能够转化为大鹏鸟，所以海神既是鱼形，又有鸟身。在马王堆《西汉帛画》下段，赤身裸体的海神（禺强）就站在这“巨鲸：鳌鱼”身上，托住“大地”（由石板代表）。“禺强”，强的繁体“彊”，就是“鱷”，跟“鲲：鲸”相通。

“鱷”：鲲：鲸

巨鲸的神话形象，就是载地的巨“鳌”，海神的化身。“禺强”或“禺京”，被说成北海或北极之神。它们确实多在北冰洋（或南极）活动。

湖北荆门战国楚墓出土了一件《大武舞戈》（有人称为《太

岁（辟兵）之戈》，后来又出一件）。戈身上有一位赤身露体、长满鱼鳞的怪神，头发是蛇，耳朵旁“饰”蛇（文献称“珥蛇”），腰间也缠着蛇，手里抓住蛇与蜥蜴——表示他对“水族”（蜥蜴等）的控制。它就是“鱼鳞身”和鸟爪的海神。试比照《山海经·大荒西经》里的西海之神：

> **西海陼（zhǔ，水中土洲，岛）中，有神，人面鸟身，珥两青蛇，践（踩）两赤蛇，名曰“弇兹”。**

“弇”（yān）也写作“奄”。“弇（奄）兹”是太阳降落的大水，太阳“历天又复入西海”，等待第二天由东海的“汤谷”升起（月亮也是这样西降东升）。所以《舞戈》上的海神较可能为“西海之神”弇兹：他脚下踩着日、月，表示太阳、月亮都钻到它足下（海底）了。古希腊赫西俄德《神谱》说，大洋（或“宇宙海”），“他用水覆盖整个宇宙，从水中升出太阳［月亮］和星星”。这暗示，日、月运动都由他控制，“大地”既由他来托载（如《西汉帛画》所展示），当然更由他来“维持”。如果他和他的部属（龟／鱼／鸟）发脾气，或者偷懒，打瞌睡，那大地就危险。人们畏惧、膜拜大海与海神，决不仅仅因他会兴风作浪。正像希腊哲学家希波里特所说：“一切都由水承载，大地的震动、风的旋转、天体的运动，世界的万物都由水造成，并依照这个万物本原的特性而消逝。”

《大武舞戈》（湖北荆门战国墓出土） ▲

海神控制着蛇——土地和水的力量。最重要的，他足踩日、月，表示西落的太阳、月亮都要从海水里通行，“杳冥冥兮以东行”，第二天重新升起。

后羿射日

（古夷人）

据说，天神让后羿为民除害，赐给他红色的弓和系着“白绳”的箭。这构成“夷”字意象。“后羿”，有的文献便写成“夷羿”。这“东夷”的夷，甲骨文里是一种绕着红绳或白绳的箭矢（射中鸟兽后，绕绳能把猎物绊住，防止逃跑，又便于在草丛中寻找）；后来“夷”又变成一个“大人”，佩着一副强弓。所以，“夷羿”是东夷的射手英雄。羿，读音近翼，暗示他有一双鸟翼，能够利用空气升力，飞上天空。

有的资料（如《括地图》等）说，后裔很小的时候，就被遗弃在深山，被猎户养大，才几岁，便会射箭。他说：“我现在向远方射一箭，箭应该飞到我本来的家门口。”箭飞得很远很远，最后贴着草面，停在家门口。他随着箭，找到了家。

有的文献说，弓箭是由后羿发明的；有的则说，只有“箭”才是后羿发明的。弓、箭相连，怎么会“分开”发明呢？有的学者说，最初的弓用来发射“弹丸”——看来后羿改良了箭，例如加上尾羽，使它飞行平稳；或者，改善了箭头的样式，如加上“倒钩”，等等。

有的文献说，为了保护自己，显示威风，后羿还发明了（皮）头盔（弁或胄），头盔上插着长长的“兽毛饰”或者漂亮的鸟羽。

马王堆《西汉帛画》

右上部分：扶桑—若木之间有八个小太阳，“正常”的太阳里有神鸟，是“太阳黑子”的神话映像；巨龙，可能是驾驭太阳金车的，也可称为“太阳龙”。

太阳太多了。庄稼枯死，江河干涸，人更热得受不了，便幻想有“救世英雄”射落多余的太阳，为人类解除苦难。

后羿最辉煌的事迹，是“射太阳”。

据说，尧的时候，十个太阳一起出来（神话或说十个太阳，本来一个一个地出来，轮流值班），只晒得大地像乌龟壳那样一块块地裂开来，可以把脚踩进裂缝，用锹挖下去几尺深，却不见水。所有的庄稼都枯死了，颗粒无收；接着，连草木也焦干了。食草动物没草吃，也没有水喝，慢慢地倒毙了。食肉动物没有活物吃，只好吃腐肉；后来，尸体也没得吃了，它们也死掉不少。只有那些最凶恶的猛禽、凶兽，转回来吃人。人，本来就饿死了许多，剩下的哪来力气斗野兽，又死了一大片，眼看着人要死光了。

后羿用他发明（或天神赠送）的强弓大箭，一个个地射落那多余的、不遵守程序或规矩的太阳。也有传说，射落的是那“日中三足乌”，神鸟一死，太阳就丧失了生命力——就好像太阳的热核反应，总有一天会消耗尽“燃料”，“发光体”塌陷为“黑洞”。

民间相传，后羿射落九个太阳以后，还有一个太阳，吓得躲在山洞里，死也不敢出来，整个世界变成乌黑乌黑的，渐渐地越变越冷，残余的人和生物更没法活了。后羿听了百姓的话，知道必须留一个太阳照明、供暖，就陆续派出老虎、狮子和乌龟、喜鹊等去叫，它还是不肯出来。最后是公鸡喔喔喔一叫，它才出来了。所以，直到今天，仍然是“一唱雄鸡天下白”。

射落了多余太阳里的“三足乌”之后，天空突然黑了一角，大地暗了下来，原来有一只巨鸟飞来，它的翅膀把好容易唤出来的“独一的太阳”遮挡住了。后羿有一双锐利的眼睛，太阳强烈时瞳孔就缩小了，能够直视阳光，把阳光中飞舞的小虫都

太阳太多了

（新石器时期彩陶上的太阳画）
天上“十日并出”，不是一颗一颗地轮流出没。太阳太多了——上古有个时候，气候确较今炎热。救世英雄后羿射落多余的太阳（太阳由“三足鸟”代表，图上已有几只落地）。

看得清清楚楚；在没有月亮的黑夜，他的瞳孔就放大，连躲在深洞里的蟾蜍或青蛙都看得明明白白。他见大白天突然暗下来，便定神一看，原来是怪鸟“九婴”向他扑来。这种鸟长着青铜一般坚硬的利爪，而且有九颗脑袋（所以叫九婴），有的喷水，有的吐火，所以九婴又被称为“水火之怪”。它长着燃烧着的火红眼睛，比黑曜石制成的尖刀还要锐利的嘴轻轻一啄，连老虎头都能啄碎，吞下。

后羿来不及多想，飞快地拔出利箭，“嗖嗖嗖”地对准“九头鸟”的脑袋射去，一连射中八颗鸟头。可这种鸟，只剩下一颗头，也照样飞翔，上升，下扑；说时迟，那时快，那鸟的“铜爪”已经搭上后羿的肩膀，滴血的利喙向后羿的头部猛啄。

后羿忍住痛，也不躲避，飞快地从腰里抽出一把锋利的玉石刀，猛地一挥，便把最后一颗鸟头砍断了。那鸟便山崩一般摔在地上，扑腾着翅膀，渐渐不能动弹了（另一种说法，“九婴”指的是“九首雄虺”，即九头蛇，参见“治水”和“共工氏”的相关故事）。

九婴：九头鸟

“九头鸟”（或称“鬼车”），最初可能是猫头鹰的“妖魔化”。益鸟猫头鹰，昼伏夜出，喜欢吃毒蛇、老鼠或腐烂的食物。古人或误把它跟死亡、黑暗、恶凶联系在一起。《山海经》等更把它夸饰为“水火之怪”，或者会吃人，非常可怕。

后羿正把那巨大的鸟头抬起来端详，看看它嘴里有没有“牙齿”，为什么这样凶狠。忽然有一只比老虎狮子还要巨大的黑色怪物，像一阵猛烈的黑旋风一样向他扑来。后羿认出，这是“窫窳”（yà yǔ，或猰貐）——是以藏獒为母型的吃人怪兽。藏獒是羌族民众由西藏狼驯化而来的“世界第一名犬”（乾隆帝称之为“狗状元”）。它的特点之一是，除了主人之外，谁都不认，都要往死里咬。如今主人在大灾中死去，遍地尸首。它吃人肉吃红了眼，腐肉中的病毒让它发了疯——这种疯狗加倍危险。它往往无声无息地从人身后偷袭，把前肢搭在人肩膀上，只要被袭击者回头，它就一口咬住他的咽喉，死也不松口。这回它是从后羿左边偷袭。后羿赶快面对着它，把手中的“九婴”之首向它扔去。那疯狗猛跳起来，一口咬住鸟头。后羿抓住战机，飞起右脚，向它的巨嘴旁边踢去。只听“咔”的一声，便把它的下巴踢脱臼了。它吐出鸟头，却合不上血盆大口，再也无法咬人；被后羿从容杀死（这是对待猛犬的一个办法，但如果踢不准、踢不狠，那麻烦就更大了，千万别模仿、试验）。

杀了九婴与恶犬之后，后羿听说有一群野猪在“桑林”之社附近乱窜。这种野猪，个头比狮虎还大，猛虎都害怕它那一对锋利的獠牙（它一口下去，虎腿便断了）。由于生态被破坏，野猪不但破坏庄稼，乱掘块根植物，还专门袭击来采桑的妇女，以及举行祭祀的巫师和族众。后羿赤手空拳与它们肉搏，把它们一一收拾掉。死的让饥饿的族众割肉吃；活捉的，让妇女带回家去，重新驯化。

可是这时候，有一群邻部落的民众来抢夺猪肉，抢夺妇女。他们十分凶猛，被称为“凿齿（人）”。什么是凿齿呢？就是长到一定岁数，有意把门牙或虎牙“凿”掉（或将其锉平；或在拔掉的地方，“绑”上像凿子似的“獠牙”）。人类学上叫作“拔牙”，流行于太平洋沿岸和非洲。中国山东、苏北的大汶口文化遗址有不少发现，往往跟“颛顼”式“变形头”并见。“拔牙”往往在举行“成年礼”或“婚礼”之前，表示青年人有勇气，忍得住疼痛，还显得威武、凶猛，渐渐地便以为美丽了。后羿这一集团出于偏见，认为“拔牙人”凶恶，便滥加屠杀——他的箭术太厉害了，特别是带“倒钩”的双棱箭，射进去不会掉落，还拔不出来。

“拔牙”或“凿齿”

“拔牙”是太平洋文化区和非洲某些原居民的“奇俗”，说法很多，主要是“成年礼”中试验青少年耐痛能力——有的学者说，这就是《山海经》等书所写的后羿杀害的“凿齿（人）”；有人说，“凿齿”是拔牙以后，硬嵌入如“凿”的獠牙，使敌人看起来害怕。

后羿还听说，洞庭湖一带，也许还有三峡地区，出了一种巨蟒（或称“巴蛇”），能够把大象一口吞下去，那是多么大、多么可怕啊！巨蟒当然不免吃人，还破坏生态平衡。后羿就远征南方，与巴蛇大战。巨蟒最重要的战术，是把猎物紧紧缠住，让它窒息，连骨头和内脏都挤碎。后羿是强壮无比的巨人，又勇敢，又机智。他猛吸一口气，绷紧全身肌肉，让巨蟒来缠，决不挣扎，因为越挣扎越紧，还会筋疲力尽。巨蟒见他不死，就转过脑袋，想咬断他的头。俗话说，打蛇打七寸。瞅准时机，后羿把早就预备好的玉石刀，在它脖子上最窄、最软的地方猛一划，割断了它的气管。那怪物顿时身子一松，后羿便轻松地钻出来；拿出大石钺（大斧）将它砍成一段一段，送给灾民充饥，吃不了的就用来肥田。据说，到现在，还能挖出石化的“巨蛇”骨骼，堆起来，像山丘。那当然是恐龙骨骼化石的误解。

延伸阅读

“后羿射日”的自然背景，是当时有一段时间气候比现在湿热，中原一带还分布着热带、亚热带的动植物（竺可桢对此有精当的研究）。加上太阳突然的剧变（黑子活跃、爆发等），天气一时十分炎热。初民就生发出“十日并出”之类的想象；而且，他们不甘心接受自然或所谓神灵的主宰，不甘心俯首帖耳地等待更大灾难的降临，等待可怕的死亡，于是就有了“后羿射日”“女娲补天”等“征服自然”的神话出现。毛泽东《矛盾论》说，“《山海经》中所说的‘夸父追日’，《淮南子》说的‘羿射九日’”等，“它们想象出人们征服自然力等等，而能够吸引人们的喜欢，并且最好的神话具有‘永久的魅力’”（马克思语），具有珍贵的“诗歌的真实”。

后羿属于东方夷人集群，他们不是崇拜太阳吗，为什么却要射杀太阳呢？原来，这些“最好的神话”埋藏着朴素的辩证法：即令是“图腾”神物，也可能“异化”或者“妖怪化”，变成多余的、可怕的、凶恶的对立面。那些破坏正常秩序、为非作歹、危害民众的怪鸟与恶物都是要被消灭的，以期达到自然与人关系的新的平衡（有人说，这反映东夷“崇日”诸部的相互“吞并”与“征伐”的史实，也能说得通）。

倒霉的河伯

（古夷人）

东方夷人的英雄后羿，跟黄河之神“河伯”，可以说是矛盾重重。

河伯毛病太多：脾气恶劣，性情残忍，又好吃，还太好色。他往往大发脾气，掀起长河巨浪。加上上游冰川，“夏日消溶，江河横溢，人或为鱼鳖”（毛泽东词）。“原始”时期的百姓，哪里有力量修堤筑坝、建发电站呢？所以，洪水故事特多，理水治河的神话也不少。河伯的形象多属负面，百姓年年岁岁用犬马羊祭祀，还用个美丽女孩“贿赂”他。河伯顶喜欢的却是支流洛水的女神，那叫作“宓妃”的少妇。其实她本是洛水之神“洛伯”（名叫“用”）的妻子，被河伯抢来当老婆。后羿，作为人间的“小太阳”，跟河伯是死对头：烈日猛照，河水就得干涸，河伯的部属或子孙龟鳖鱼虾全得死光。何况年轻力壮的后羿也暗恋娇艳的洛神。

有一天，河伯化身一条白龙（或说大白鱼）出来玩，撞见后羿，还张牙舞爪逞威风。后羿哪能容忍这厮猖狂，便一箭射瞎了它的一只眼睛——还顺手牵羊，把洛神给抢走了。河伯打不过后羿，只好到上帝那里哭诉，告状：“后羿把我眼睛射瞎了。我又没惹他。他还把我妻子给抢走了。”

河伯：黄河之神

（左：《河伯水神》，白族“神马”版刻
右：后羿射河伯变的白龙，采自清萧云从《楚辞图》）

河伯变成白龙出游，被后羿射瞎了一只眼睛，他“抢”来的妻子洛神也被后羿夺了。或说，这是东方部落集团与北方抢夺“河洛流域”的神话反映。但原意主要是后羿除害神话的一种。画家据《九歌·河伯》，再现了河神形象及其内在的矛盾性。

上帝笑了：“他射你的时候，你又变成什么东西了？”

河伯承认：“我变成一条白龙。”

上帝板起脸来：“那么，他射的是白龙，不是射河神。堂堂的大水之神，不知道尊严自重，今天变白龙，明天变白鱼，后天变白龟。整天东游西逛，不务正业。”

大概告河伯状的人神太多，上帝趁机教训他一顿。

至于“抢”老婆的事，提也没提。那个时候，流行“抢掠婚姻”。由于严禁亲属结婚，古夷人找对象转向外族，外族越邻近的，女子越少，于是“开始出现抢劫和购买妇女的现象”。后来，“抢婚”用仪式化来证明它已是历史的残迹。被“抢”的姑娘，明明是心甘情愿，满怀欢喜，却要大哭大叫，拼命挣扎，做出“宁死不嫁”的样子，俗称“假抢婚”。我们不知道“洛神”是否“自愿”跟随“抢”她的大帅哥，只知道那时“抢掠婚姻”是合法并且“合理”（避免近亲结婚，转向“选种”和“杂交优势”）的。这位“洛神：宓妃”可能是后羿的另一配偶“纯狐”，曾化身“九尾白狐”；除了在洛伯（用）、河伯（冰夷）与后羿之间被“抢”来“抢”去，后来又跟后羿的部属寒浞（zhuó）有“私情”。这在当时不足为奇，后世看来却简直不可理喻。中国人对“狐狸（精）”有偏见，可能与此有关。其实，“纯狐—洛神”本来不过是“原始性”社会制度与风俗之中的一位漂亮女子，不能简单地用“好/坏”来评价她。就是专制制度下，戴着有色眼镜的史学家、文学家笔下的“洛神：宓妃”，也无非是被争来夺去的弱女子，不能把什么责任都推给她。

狐狸精

中国人对狐狸印象不佳，认为这种动物狡猾、风骚、善变，也许是从“伤害”后羿的“纯狐”神话开始形成的“偏见”。《聊斋》竭力为狐狸精翻案，可是人们仍然爱恨兼具，疑惧交加。女人恨她诱惑男人，男人怕她伤害自己。

一般认为后羿妻子“纯狐”，就是妖冶、妩媚的宓妃——洛神。

古人创作的河伯形象——元张渥《九歌图》

清萧云从《楚辞图》

汉墓画像石，山东沂南

河伯："千秋功罪，谁人曾与评说？"

河伯作为中国古代最重要河流的大神，在古代画家和诗人笔下，形象还是庄严的。在汉画中，他乘着“蛇轮”轩车出巡（头上冠鱼，标示其为水神），神龟前导，大鱼拉车，诸神呵护或迎迓。在屈原《九歌》里，他乘驾白鼋，文鱼跟随，有时化为白龙出游。但是，在民间，他名声不佳，发动洪水，坑害民女……难怪后羿要予以惩处。

延伸阅读

若是从文学或美学角度看，曹植（曹操之子）《洛神赋》里的女主人公的形象是多么光鲜照人啊——

其形也，
翩若惊鸿，
宛若游龙；
荣耀秋菊，
华茂春松。
仿佛兮若青云之蔽月，
飘飖（摇）兮若流风之回雪。
远而望之，皎若太阳升朝霞；
迫而察之，灼若芙蓉出绿波。
……

［意译］
那模样啊，
受惊的天鹅一般灵动，
飞舞的神龙一样朦胧；
秋天的菊花那般灿烂，
春天的青松那样葱茏！
依稀流云遮蔽着明月，

仿佛雪花飞舞着轻风。
远望，亮丽得像旭日冲出朝霞；
近看，荷花涌现在碧波之中。
……

不过上古时代的“审美”跟魏晋相异，与明清更加不同。后羿时代的“美人”，首先必须健康、高大，再加上灵动，而后才是端丽、有魅力。

后羿与河伯争占洛水女神，除了反映血气方刚的“军务酋长”同时抢掠某个异部落的优秀女性之外，有专家还说，这不过是后羿部落（属于“东夷”）与河伯部落（属于“西夏”）争夺洛水流域的象征讲述。它们的重重矛盾一时交缠在一起，集中体现出来。

平心而论，河伯不过是黄河这一狂暴自然力的人格化体现。“黄河之水天上来，奔流到海不复回。”（李白诗）神话以为黄河发源于昆仑山（代表天），由冰雪融化而来，上游相当清澈。所以河伯名叫“冰夷”（冰之人）。经过黄土高原时，冲刷下大量泥沙，使它浑浊，常常淤积、泛滥。在特定环境中，“母亲河”变成其中下游民众灾难的渊源。毛泽东因而感慨道：“夏日消溶/江河横溢/人或为龟鳖/千秋功罪/谁人曾与评说？”河神不免承担着那“河患”之负面。

其实，河伯也有浪漫的一面，在《楚辞·九歌·河伯篇》里，他便与“凌波微步，罗袜生尘”的洛神亲密地戏水。

与女（汝）游兮九河，
冲风起兮横波。

乘水车兮荷盖，

驾两龙兮骖螭（cān chī）。

［今译］

跟你一道游九河啊，

暴风起啊船撞波。

乘水车啊荷叶做车盖，

两龙驾辕啊两螭拖。

快入海时，河伯拱手向东“流”去，欢送美人（洛神）回返“南浦”（洛水在黄河之南）。诗人屈原并没有谴责这位“精力过剩”的水神。

人们之所以赞美后羿，主要因为他是除害为民的“救世英雄”，乘机教训一下常常“为非作歹”的黄河神，也能“小快人心”，也就不管天帝如何糊涂断案，而“赔了夫人又折兵”的河伯只能扮演一次滑稽角色了。

嫦娥奔月

（古夷人）

我们无法隐瞒后羿还有个相对稳定的妻子：芳名远播的嫦娥。她后来成为“月亮女神”，日—月常是夫妻，由此可以推出后羿确是人间的“太阳神”。后羿整天在外狩猎，为民除害，杀怪物，战河伯，抢洛神。嫦娥苦锁“深闺”，守活寡；那时实行半稳定、半松懈的“对偶婚制”，又很难禁止男人们“外有所遇”。鲁迅的《奔月》写到嫦娥的孤单、寂寞、苦恼和“挑剔”；还写到大灾新过，狩猎过度，破坏了生物多样性与生态平衡，害得后羿无兽可猎，陷于没有“本领相当的敌人”的悲凉，连累嫦娥吃够了“乌鸦炸酱面”。

有一天，后羿听说，极远的西域，“暮日女神”西王母那里有一种“蟾酥蘑菇”（或说灵芝草），吃了容光焕发，青春永驻，乃至长生不老。他历尽千辛万苦，攀岩走壁，跋山涉水，好容易弄到了手，藏在家中。本想除了自己吃一点之外，还要多跑点山路，打一头野猪，给嫦娥一个“意外的惊喜”。谁知道，后羿辛辛苦苦背一只小野猪回来，爱人却不见了。原来这种蘑菇适量进食，能够健身、美容、补脑、提神。嫦娥一心一意想让自己更漂亮、更年轻、更妩媚，便清蒸了一碗，全吃了。其中所含的蟾酥素，让她产生了飘飘欲仙的幻觉。飞啊，飞啊，飞啊，就这样飞进了月宫。

嫦娥

嫦娥是人们心目中的月宫美人。她曾偷尝后羿由西王母那里盗来的“仙药”——一种吃下就“飘飘欲仙”的“迷幻剂”。最初，这反映了人类幻想“登天”、希望“通神”的美好追求，也包含对月亮阴影（或斑痕）的审美解读。

哪里知道，月宫比人间还要寂寞，别说人影，连一只飞鸟都难得见到。不是还有个吴刚吗?

问讯吴刚何所有，
吴刚捧出桂花酒。（毛泽东诗）

嫦娥跟吴刚更没有“共同语言”；他成天忙着砍桂花树，酿桂花酒还来不及——那树砍了一段，又长出一段，如果不砍就要撑破月宫，他只有日夜拼命砍树，不能休息。“寂寞嫦娥”也只能舒舒“广袖”，跳个没人欣赏的独舞了。

云母屏风烛影深，长河渐落晓星沉。
嫦娥应悔偷灵药，碧海青天夜夜心！（李商隐诗）

于是嫦娥只好养只小白兔当宠物。月宫里是连猪八戒都见

西汉帛画

（湖南长沙马王堆出土）

这是一幅内容极为丰富的西汉帛画。它分为天上、人间、冥土和水下四个部分。天上有九个太阳出没在神龙与扶桑若木之间。嫦娥或纤阿坐在中间，有翼的应龙（象征云彩）托住月亮，月亮上有玉兔和蟾蜍。土地由大石板代表，被站在大交鱼身上的海神托住（象征地载于水）。两只大龟维持大地的稳定，它们一动就发生地震，这时立在龟背上的猫头鹰就会啄它们，提醒它们。

不到了，只有满地的“蛤蟆菌”和“癞蛤蟆”。

有资料说，嫦娥偷到灵药，飞进月宫，变成了蟾蜍（有专家说，这是对美丽而不忠的嫦娥的“惩罚”，其实不然）。蟾蜍是生命力与繁殖力的象征，因为能够冬眠，死而复苏，就像“月有死生”。“人有悲欢离合，月有阴晴圆缺，此事古难全。”（苏东坡词）蟾蜍确是长生与永生的——这跟蟾酥是具有迷幻性的、起催眠和兴奋作用的“不死药”，性质是一致的。

蟾蜍，“蟾蜍酥”蘑菇（蛤蟆菌），那麻癞癞的“背部”，又恰是布满坑洼阴影的月面的形象（据说，印度著名的月宫仙酒“苏摩：Soma”，本来也指蛤蟆菌；“月宫桂树”，实际上也是“月宫斑痕”的神话摹写）。

采取神药山之端，
白兔捣成蛤蟆丸，
奉上陛下一玉柈（pán，盘）。（汉代乐府诗）

可怜的嫦娥只好让白兔捣捣“蛤蟆菌”，让蟾蜍帮点儿小忙，为人间的“中医药”事业做点儿贡献了。

延伸阅读

作为月亮女神，嫦娥其实是“再生”的意象。

月亮跟太阳一样，东升西落，天天如此（只是有时看不见）；跟人类的生老病死，悲欢离合同样，“永久循环”。这种有规律的循环，给初民或古人以极深的印象，许多神话由此发生。

月亮的活动跟太阳有些不同。薄暮的时候，太阳是“钻”进水底或者地下去了，“杳冥冥兮以东行”，由西向东，准备第二天的重升。月亮看起来也是这样。“可怜今夕月／向何处／去悠悠？／是别有人间／那边才见／光景东头。”（辛弃疾词）然而，不论升降，太阳总是圆的；月亮却有圆有缺，半个月看得见，半个月看不见——莫非月亮受伤了，死亡了？可是，尽管有“晦”有“显”，有“残”有“满”，她都会死而复苏，像《孙子兵法》《楚辞·天问》等书说的，月有死有生。

天狗吞太阳，或者蟾蜍“食”圆月，这说的主要是“日月之蚀”，跟月明月晦、日升日降不大一样。但是，圆圆的蟾蜍之背，布满乳突，很像月亮有“斑点”（山、谷阴影），所以跟月亮互喻：月中有蟾蜍，或蟾月一体。更重要的是，蟾蜍会冬眠，“死”而复“生”。从这个角度看，有的文献说，嫦娥飞进月宫，变成蟾蜍，也有些道理。因为，这对她来说，无异于一次“再生”。

嫦娥偷吃了后羿由西王母那里得到的“长生药”（灵芝或蛤蟆菌），由人间飞上月亮，获得“第二次生命”，虽然寂寞，却长生不老。所以是再生意象。

蛤蟆菌、灵芝，甚至桂花美酒，都不但能够“致幻”，而且被认为能够赋予食用者新的生命或生命力。这是月宫的特产，由西王母、嫦娥等永生的月亮女神掌管——桂树砍断再生，说是对犯错误的吴刚的“惩罚”，却也是“再生”的隐喻。

兔子，不能“死而复苏”，可它被强敌追急了，会“一跃龟地”，装起死来；待追赶者不备，跳起来再跑。想象力丰富的初民，借用“月兔”为再生之象征，乃至与嫦娥化为一体，也是有些道理，符合神话逻辑的（有人说，“兔唇”与“残月”可以互喻）。

这些都可以说是月宫里有兔子、蟾蜍和桂树等等的“自然”原因。

嫦娥与月宫

（左：南阳汉画，或说女娲

右：浙江江山源口唐月宫镜）

神话让没有空气与水、没有生命的月球变得生机盎然。“月斑”（月中阴影）被想象成桂树、蟾兔。“寂寞嫦娥舒广袖”，也让月亮充满诗情与画意。

有的神话说，嫦娥飞进月亮，成了癞蛤蟆，这听起来很煞风景。其实蟾蜍也代表着繁殖与变幻的强大阴性力量。

英雄之死

（古夷人）

英雄的命运往往是悲剧性的。后羿不但婚姻不幸福，连他的死亡也是非正常的。

历史文献记载，后羿有位妖艳而“放荡”的妻子“纯狐”（很可能就是神话中的洛神宓妃，化形为“狐狸精”），跟后羿的部将寒浞（很可能又名“逢蒙”）有私情。他们商量着，趁后羿远出射猎的时候害死他，侵占他的“领地”或财产。但是，后羿的武艺高强，弓箭在手的时候，他们没法谋害他。

传说则谓，“寒浞”本是后羿的徒弟，从后羿那里学到精湛的射箭本领，几乎赶上后羿。有一天，后羿意外地打到两头野猪（因为过度射猎，野猪几乎绝迹），十分高兴，归程上又多喝了几杯酒。寒浞拜伏在地，说：“听说老师一箭就射中了两头野猪，真是天下第一射手，再也不会有人超过您啦。”后羿大笑：“虽说不是一箭双猪，可我是一弓二箭射死它们的。”两只野物一起逃跑，一箭射中一只，那只肯定飞跑；再搭上第二箭，拉弓、瞄准，它早就跑没影儿了。有经验的神射手发现一对野物，便在弓上搭两支箭，发第一箭时用手指夹住第二支，第一箭刚离弦，立即发出第二箭。这要求极高的技巧，没有本领就会两手空空，一只猎物都射不中。

逢蒙：怪鸟？毒蜂？

（怪鸟，沂南汉墓画像石）

有人说，“逢蒙”是毒蜂（杀人蜂）的人格化，它把骄傲大意的后羿螫死了。“逢蒙”就是“寒浞”。

有人说，“逢蒙”合音近“凤”若“鹏”，是鸟集团的“异己分子”，它逃离后羿的控制，反戈一击，杀死了大酋长。后来被演绎为徒弟杀师父、小人害英雄的悲剧性故事。

“高，真是高！老师您是天生的英雄——您就是神！您教我‘一弓二箭’的射法，到今天我也没学好。”后羿被他的“马屁”“拍”得浑身酥软。“好徒弟。你真是我的好徒弟。只有你永远忠实于我。我一定要把我的全部本领都传给你。”寒浞又赶紧趴在地上，不断磕头，几乎要用舌头舔后羿的靴子。

寒浞接过后羿的箭袋，脸上堆满谄媚和忠诚，又伸手去接后羿那把别人拉不开的硬弓——据说，他用这把神赐的“彤弓”，搭上自己改良的利箭，一下子就能射穿七张叠起来的牛皮！可他决不会轻易把宝弓交给别人，即令最忠实的学生也不行。

这时，纯狐迎出来了。她为丈夫斟满了一杯甜甜的麦芽酒，还为他擦汗。近年，她对后羿越来越冷淡。“乌鸦炸酱面”吃够了，丈夫又不能像情人那样整天赔笑脸哄着她；所以，她不免有时凶声恶气地回应后羿带着内疚的嘘寒问暖。今天，她忽然和颜悦色，奉巾献酒，也许是为两头野猪粉面生春吧。后羿有些受宠若惊，让她帮着把皮甲解下，顺手把那张大弓也取下来。

寒浞笑嘻嘻地凑上来：“听说老师您有空手接箭的本领，今天何不露一手，让徒弟们也能学学。”兵卒也都起哄。后羿今天很得意，又有点儿喝高了。“好！孩儿们，让你们也见识见识。寒浞，你也来个一弓双箭，尽你的力量射吧！”

不待后羿摆好架势，寒浞满心欢喜，张弓搭箭，“嗖”“嗖”连发，直射后羿前胸；好在后羿不慌不忙，不动不晃，先后伸出左右手，把那两支箭稳稳地接住了。兵卒们欢呼起来，后羿也仰天大笑，声震四方。正在他一手一支箭，宝弓不在身，又露出咽喉的时候，另一支利箭闪电般直取这个要害；只听“扑通”一声，后羿连“哎呀”都没来得及喊出来，便门板似的倒了下去。

“哈哈。你能一弓双箭，”寒浞大笑道，“却没料到我会三箭一弓吧？”兵卒们都惊呆了。四周静得像天亮前的暗夜。寒浞上前准备砍刺后羿的尸体，却见后羿一个“鲤鱼打挺”，两腿一弯，连手都没撒开，便直跳起来。

“嘿嘿，你不知道我还有这一手？”他拿下口中衔着的第三支箭，谁也不理睬，准备转身回家歇息。就在此时，不幸发生了：一把锋利的匕首插进他的后背，也许直通心脏，鲜血喷出，英雄像座大山一样倒下了。

没人知道是谁下的毒手。文献上没有说是纯狐，可也没有说不是纯狐。

寒浞把后羿的尸体剁碎了，做成肉羹，强迫后羿的儿子吃下去。这不仅是“残酷”或者“恶毒”，而是因为在那个历史阶段，人们笃信吃了直系亲族的血肉，就会使整个部落灭亡——这是可怕的“黑色巫术”。《封神演义》中，殷纣王强迫周文王吃下亲儿子伯邑考的血肉，其实也带着这种用意。

“有罪的”纯狐：宓妃？

后羿有个“世俗的”妻子，叫“纯狐”，或说是纯黑色狐狸变来的，所以又叫“玄妻”。有的学者认为，纯狐就是“宓妃：洛神”（甚至有人说，嫦娥也曾变为“纯狐”，汉画月亮里有九尾狐）。这样说起来，洛神也有个狐狸的化身——最初的狐狸精只是“艳丽”，善于繁殖，但因纯狐参与谋害后羿，其名声就不好了。

延伸阅读

在更多的记载与传说里，杀死后羿的徒弟是“逢蒙”。有人说，“逢蒙”变化为“杀人蜂”，它的毒针“射”死了老师。学生害老师，违背中国“一日为师，终身为父”的“尊师重道”的传统，所以逢蒙最为人憎恨与唾弃。但若从传说的本真来看，这主要是原始性群团内外冲突的反映。

“逢蒙”的合音是“鹏”，是掀起台风的“异化的凤凰”（有人说，“寒浞”也可能化形为“妖凤”）。后羿救世除害，射杀“大风”，就是“大鹏：大凤”。它活跃在青丘，掀起人家的屋顶，毁灭成熟的庄稼，甚至把人都卷走吃掉。后羿一箭射中它的膝盖，使它不能乱闯；这箭上带着长长的丝绳，“绊”得它连连打滚跌跤。所以，“逢蒙：鹏凤”跟后羿是死对头，设下“毒计”，把后羿害了。

顺便说一句，英语 Typhoon（强大之风）就是上古汉语“台风”的音译；古人认为，“台风”是怪鸟“大凤”（即“泰逢：逢蒙：鹏凤”）发动的，所以其名称相同。后羿为民除害，所以要击射“大风”（逢蒙）。有趣的是，古希腊也有怪鸟“Typhon”（读音与“台风”相似），后来变化为“百首巨龙”，最终为天帝宙斯或其子神箭手赫拉克勒斯所杀。

英雄即令死亡，也会为民敬爱，百世流芳。《淮南子》说：“羿除天下之害而死为‘宗布’。”宗布，简单说，就是治理鬼怪和瘟疫，保护人们生命财产的吉神、星神、太阳神。后羿不但擅长打猎，而且懂得畜牧，培养和繁殖家畜良种，所以很可能成为家畜和兽医的保护神，可惜现代人不大知道这一点了。

杜朝选：杀怪成婚

（白族）

云南大理有个蝴蝶泉，绿荫掩映，泉水清澈，一棵古树“巧妙地”横卧泉上。每年春末，总有一串串蝴蝶头尾衔接，悬挂在“横树梁”上，迎风轻轻飘动，映在泉面，构成全国唯一的不可思议的生物景观——科学家争论了几年，还不能解释为什么上万只蝴蝶要到这泉水上“聚会”。别的地方美景多哩，鲜花异草多哩，为什么不去，只到这里恋爱欢会？可惜，由于生态破坏，这一景观消失了近五十年，只能在展览室的“仿真”模型中看到；但仅仅清泉、古树，依然美丽如昔，游人不绝。

说回“蝴蝶舞会”，两位少女到这里游玩。正在“美”中陶醉之时，一位风度翩翩的白面书生来跟她们搭讪，少女不愿跟生人接触，看他那笑嘻嘻、软绵绵的样子，也不是什么好东西。可那书生依然厚着脸皮纠缠，不让少女离开，少女拔腿便跑。

那时蝴蝶泉周围全是密林、山崖、溪涧，姑娘们一慌，竟跑错了路，进入云弄峰下、霞移峡边的窄径。在背后追赶的书生，掀起一股“穿堂风”，顺着“狭路”，把她们“刮”到深山暗穴里做“压寨夫人”去了。

等她们醒过来，“书生”不见了。一条巨蟒横陈在“石床”边的土地上，瞪着灯笼般的红眼睛，伸出闪电样的红舌头，盯住她们，稍有动静，轻轻一“拨”，把她们甩回原地。

姑娘们吓得半死。可无法逃跑，无法自保。那怪物一会儿变成书生，一会儿又“恢复”成巨蟒；外出时，便用大石挡住洞口。它跟人一样，照样要吃香喝辣，原料它去采集，烹调是姑娘们的事。衣服同样要换要洗，姑娘们轮流外出洗衣砍柴，种菜采果，它变回蟒形，静静地监视。一旦离它稍远，它那灵敏的鼻子立即嗅出，长尾巴轻轻一扫，擅自行动的姑娘，便摔得鼻青眼肿，乃至头破血流。那日子，简直连奴隶都不如。

周城山村里有个青年猎人名叫杜朝选，最善射硬弓大箭。有年春天，他到霞移溪密林中打猎，飞溅的浪花衬着山花浅草，实在是美不胜收。再加上一块白色大石上的红衣女子，正在泉水里淘洗衣裳，此时此景真是令人流连忘返。可是，不对了，那姑娘却是泪珠间着浪花滴落，俊俏面容上是一片苍白和悲凉。定睛一看，她身旁蟠伏着一条巨蟒，圆盘似的红眼正盯着她哩。杜朝选还没弄清是怎么回事，便张弓搭箭向巨蟒射去，“扑哧”一声，正中它的腹部。那厮一声长啸，喷出一团黑气，在狂风中翻卷而去，一连撞倒几棵大树。

姑娘惊得不知如何是好，险些跌进溪中。杜朝选赶紧揽住她细问根由。她便把蟒怪怎样骗她们，“摄”她们，玷污和折磨她们，奴役和禁闭她们一一道来，听得杜朝选七窍生烟，发誓一定要灭了它。

姑娘说："壮士，你可得小心。那厮力大，又狡诈。时刻防着人。它三天一小睡，七天一大睡。小睡时化作书生，正是它最软弱的时候。它现在正要小睡……"

杜朝选说："那我乘机宰了它。"说着，便要拔剑。

姑娘说："那厮遍体鳞甲，常常让我们用刀砍它，怎样都砍不动。但是它不许我们砍肚皮。"

杜朝选说："那我一定是射中它的肚皮了。"

姑娘说："可那不是致命的地方。我们看它睡着的时候，一定勾着头，双臂紧紧护着它的脖子。"

杜朝选说："打蛇打七寸，那一定是它的要害。"

姑娘引着杜朝选摸到蛇穴里，让猎人贴紧她，用她身上的花香，遮掩他的生人气味。只见那"书生"躺在石床上，满地血迹。另一位姑娘哭丧着脸替它洗伤口，伤口正在大腿根，那是腹背间的"软肋"。怪物正闭着眼在哼哼，大概也知道疼。

杜朝选把剑掩在身后，悄悄接近。姑娘摇着手，叫女伴不要作声。到了身边，英雄突然大吼一声，那怪物一吓，松开双手，仰起头来，正待变形。杜朝选一剑刺进它的脖子，怪物一声长嘶，奋力起跳，"啪"一声折断宝剑。它现出原形，在地上翻腾跳动，断剑在它腹中翻搅五脏六腑。最终，它慢慢瘫下。

杜朝选救出两位姑娘。没人敢娶"蛇妻"，英雄便和她们结了婚。

民众敬爱英雄，祀他为白族"本主"（地方神，民族神）和猎神，塑了"断剑将军"的造像，他的祠庙至今香火不绝。

白族救世英雄

云南大理苍山之麓，洱海之滨，至今还可以看到许多白族神话英雄的精美造像。当地民众坚称，这就是“断剑将军”杜朝选。他被民间祀为“猎神”，可见他的事迹活在人心。

延伸阅读

英雄救美，“杀怪成婚”，是新老神话的重要母题。

希腊英雄珀尔修斯和英格兰史诗英雄贝奥武甫都曾从“海怪”或“巨龙：狂蟒”口中，救出被牺牲的小公主，并与之结婚。

后羿射瞎河伯，娶了他（抢来）的洛神，也可以看作广义的“杀怪成婚”。

中国有很多杜朝选式的“杀怪”神话。不过“怪物”多是“猿妖”，属于“猿猴抢婚”故事序列。它的图式是：

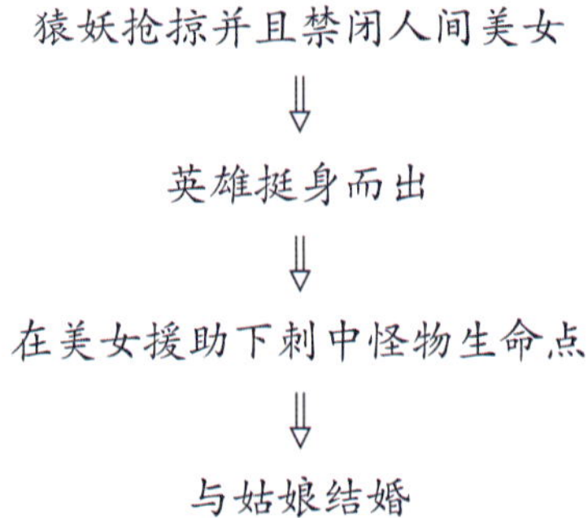

也有丈夫救出（被猿妖劫夺的）妻子的“变体”。跟杜朝选的故事一比较，就知道它们“同型”，可以相互阐释。

“生命点”或“生命线”，即妖怪或英雄身上某个“碰不得”的地方，致命部位，却不一定是生理上的要害。最有名的如希腊英雄阿喀琉斯，生下不久，母亲抓住他的脚后跟，在海水里浸泡，从此刀枪不入；可是恰恰被敌人射中“脚后跟”而死。抢掠妇女的“白猿”致命点在脐下“方寸”之地。这要靠准确的情报才能发现。这情报大多由美人提供。

英雄救美，杀怪成婚

美人陷入险境，或作为“牺牲”献神，或将被毒龙、猛兽吞食，或关在魔窟，命在旦夕，英雄奋不顾身，克难冒险，救出美女，美女爱上英雄，以身相许。这是英雄故事的重要图式。杜朝选的传说，基本属于此型（中国古代颇多此类美女为妖猿或恶蟒所夺，壮士奋勇救出的故事，或称《白猿传》类型）。

像侗族的“妹桃”，就是被蟒蛇精搅起的腥风卷进洞穴，强迫她做“压洞夫人”。她侦知蟒蛇最怕石灰，便在丈夫石银郎找来时，有意用大扫帚扫起石灰，呛得它透不过气来。“你把头伸到洞外透透风吧。”它的“生命线”正是颈上“七寸”那道白圈，被石银郎瞅准它伸出的脖子，一刀砍下头来（这大致是传奇小说《补江总白猿传》《陈巡检梅岭失浑家》的故事模式；“浑家”就是“老婆”）。

新疆维吾尔族英雄、“熊孩”库尔班，也曾奋不顾身地冲进多头蟒蛇的洞府。这条吃掉许多小孩的蟒蛇简直就杀不死，砍断一颗脑袋马上又长出一颗。抢来的姑娘告诉英雄，它有“体外灵魂”。打开一层层的“外壳”或“异物”，才从鱼腹卵中找到藏着魔王“灵魂”的盒子，烧了它便烧死了魔王。库尔班同样与脱险的姑娘结了婚。

段赤城杀蟒

（白族）

云南大理“洱海”（大型湖泊），出现了一条巨蟒，平时在水中或湖滨出没，吞吃牲畜和人，弄得百姓十分恐惧，不但不敢到“海”中打鱼，就连下田、走路都提心吊胆。相传巨蟒将要成精，能够将岸上的人畜卷到“海”中吞吃。老百姓叫这条蟒为“薄劫”。

官府和群众不知道想了多少办法，撒网、设饵、诱钓、下药……都治不了它，还牺牲了好几个渔夫、猎人和农民。它还发动大水，淹没耕地、农家，一直淹到城市。此时有一位大胆的当过石匠的义士，叫段赤城，自告奋勇为民除害。他知道普通的办法奈何不了这种快要成精的大蟒。于是，他为自己打造了一套钢铁“鱼鳞甲”，在身上缚了数十把刺刀，尖刃全都朝外，手里也握着锋快的钢刀，盔甲与钢刀在日光照耀下反射出寒光。大家都噙着眼泪，不敢看他，他始终不说一句话。

段赤城先用大块的牛肉、猪肉泡酒，丢到湖中让大蟒吞吃，使它消耗体力，撑得不大灵活。然后他下水，用钢刀撩拨它，想尽力刺中它的要害（“七寸”部位，头部下方最狭窄的脖颈）。巨蟒十分狡猾，时时以头部正对着他；眼睛对眼睛，都要碰击出火星来。段赤城几次从侧面进攻，想骑上它的背，挥刀砍断它的脖子。

巨蟒虽然不如原先那样灵活，却还能腾挪跌宕，把头举得高高的，不让段赤城靠近。这时岸上人声像开了锅似的，大家都为英雄呐喊助威，纷纷向大蟒扔石头，那怪皮厚，石头落身就像替它捶背。段赤城鼓起勇气，向大蟒接近，刀锋也有几次刺中那蟒，虽然不能刺穿，却也伤着那厮。巨蟒身上渗出血来，湖水带着赤色掀起浪峰，压向英雄。岸上喊声更大。段赤城水性极好，力气也足，只是甲胄在身，跳跃不大容易，几次接近都无法跃上蟒背。他究竟是血肉之躯，加上个把时辰的拼搏，开始疲累。巨蟒趁他最后一次跳起，突然张开血盆大口，把他整个儿吞进腹中——岸上百姓看得分明，最后关头，英雄还在挥刀，终于翻动着身子，刀尖向上，被巨蟒活生生地吞了下去。

此时海上突然乌云密布，白浪滔天，不知道是水珠还是雨点，布满天空，洒向岸上哭喊的民众，连蜿蜒起伏的苍山都笼罩着灰黑的雨雾。过了一阵子，风平浪静，只见巨蟒直挺挺地半浮半沉在水面上，身上好几处伤口还露出刀尖，污血把碧绿的洱海都染红了。

老百姓忍着悲痛，把蟒尸拖上岸，剖开肚子，拉出段赤城，只见他牙关紧咬，面无血色，早已断了气。百姓们哭着把他埋在龙尾关外，佛图寺前，为他建造了一座塔，把蛇骨烧成灰，涂满塔身。后来人称这座塔叫“蛇骨塔”，也叫“白塔”，据说从此洱海没有妖害。

延伸阅读

云南大理有著名的风景区，翠绿的“苍山”面临着浩渺的“洱海”，景色十分秀丽。传说在兰峰与三阳峰下，有个“绿桃村”；也有人说，那里本来叫“绿涛村”，因白石溪水冲过布满青苔的大大小小岩块，激起白花点缀的“绿浪”而得名。村里有个姑娘上山砍柴，想多砍一些，弄得又累又饿又渴。刚好树上挂着一只又肥又大的绿桃子，她就把它摘下吃了。桃子又解渴，又充饥，可是肚子中一动，弄得她心慌起来。她怀孕了，生下一个男孩儿（这属于“吞卵”或“吞果生子”型故事），只好忍痛把他丢弃在山里。过几天，姑娘心中想念不已，带着悲伤，去看看孩子到底怎么样了；却看到一条大蛇用泉水在喂饲孩子，而孩子好像有几月大了。等大蛇游走，她把孩子抱回来自己喂养。孩子长得比别的孩子快得多，常常跟妈妈去砍柴、割草。他的力气比大人还大，却又比谁都细心。看到特别的草，就留心尝一尝，还把它晒干，藏起来（相传，他还用药草治好了龙王的病，得到一把龙王赠送的宝刀）。后来还学会了石工和铁匠手艺。

有的传说讲，这位绿桃少年就是舍身杀蟒的段赤城（他的故事有好几种版本）。老百姓认为，段赤城本来就是一条小黄龙。杀蟒牺牲以后，他的精灵还常常回家探望母亲，那时便薄雾如烟，细雨若云。绿桃村，也改名“龙母村”。还有说他并没有死，是变作一条黄龙，还斗杀一条为非作歹的黑龙精哩。

精卫填海

（古羌人）

炎帝（神农氏）有好几个女儿，其中最小的一位，名叫“女娃”。她虽然生于黄土高原，却向往远方的大海——她喜欢变成飞鸟，飞到遥远的东海。

这种鸟，一般称为“帝女雀”。黑色，头上有斑纹，嘴尖白色，脚却是红的。它的正式名字叫“精卫”。因为它鸣声“啾啾”，听起来像“精卫”“精卫”，像自己叫自己（参见《山海经·北山经》）。

有一次，她以“本来面目”到东海旅行、游泳，却不幸溺死在东海里——具体原因并不清楚。

有可能，出于集团斗争的成见，东方夷人的一支把“西来的”炎帝小公主当作“人牲”，就好像以美丽少女祭祀河伯一样，把她“填”了海，以讨好海神，祈求出海时风平浪静，有个好收成，能捕获大量的鱼虾。这是当时经常发生的陋习，造成许多人间惨剧。有的文献说，“精卫”有三个别名，表示此意。

冤禽——她被冤杀于海中

誓鸟——死不瞑目，誓报此仇

志鸟——生生世世，矢志不渝

炎帝少女（女娃）不甘心这样默默死去。她变成“精卫鸟”，一块一块地衔来石头，一根一根地抓来树枝，她要把东海填平，为自己报仇雪恨。虽然一木一石好像对大海毫无影响，然而世世代代、朝朝夕夕地“填”下来，也是一件可畏之事——至少是可歌可泣，可感可敬。

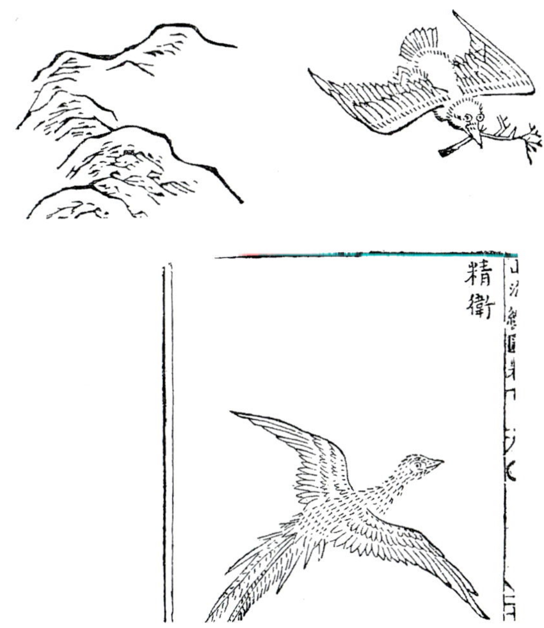

填海的精卫

（《山海经》插图，古人的构拟）

以小小的身躯，微弱的力气，想填平大海，当然是不可能的，但重要的是精神——它可能影响千秋万代。弱小的力量，如果有时间的支持与哺育，可能变得非常强大。

有文献说，精卫到了海面上空以后变成了海燕。《述异记》说，精卫与海燕成为配偶，“生（雌）状如精卫，生雄如海燕”。

是的，海燕，高尔基笔下的海燕最符合精卫的性格。

在乌云和大海之间，海燕像黑色的闪电，在高傲地飞翔。一会儿翅膀碰着波浪，一会儿箭一般地直冲向乌云，它叫喊着——就在这鸟儿勇敢的叫喊声里，乌云听出了欢乐。

让暴风雨来得更猛烈一些吧。

让海洋翻滚得更热烈一些吧。（关露汉译）

精卫是决不屈服、决不停息、决不躲藏的。

这个故事的意义，跟“愚公移山”是一致的：下定决心，以点滴的努力来达成远大的目标。一息尚存，填海无休；世世代代，挖山不止。

有人说，精卫与海洋的冲突，反映着“土地”与“海水”的矛盾，体现着“与海争地，填海造土”的困难与艰辛，这有点儿道理。但是，当时可耕地匮乏、居住地稀缺的问题还不突出，矛盾也不尖锐。所以恐怕是反映着“以农立国”的庄稼人，希望探索海洋、征服海洋，却遇到危险，酿成悲剧。

精卫飞上天空，飞向海洋的理想遭受挫折，但是，她的勇敢、她的好奇、她的探险、她的执着，确实难能可贵，万古长存，鼓舞着、伴随着、激励着我们不断探索，不断前进。

延伸阅读

傣族“创世记”里，有一只小鸟“诺列领”（意思是敲打土地的“点尾雀”，或“滴水鸟”），本来“栖在天山神树上”，不知饥渴，看到经历火灾、水患的原初大地一叶浮萍似的浮在水面上，非常好奇，想把它打沉。它花了一万年，才从天上飞到地面，发现“果形大地”还是那么大，肚子却饿了起来。

大地光秃秃 / 没有叶和草 /
闻到泥土香 / 伸嘴就去啄 /
泥土咽下肚 / 神力失去了 /
可怜诺列领 / 再也飞不高

从“好奇”到“充饥”到“怨恨”，它仍决心“打地”。它绕地飞行，整整飞了五万年，还不见大地边缘，这才吃惊，懊恼，但不后悔，不罢休。它还要从侧面攻打，“一步拍三下 / 拍打十万年 / 白白费力气”。这，在表层上很像精卫，“精卫衔微木 / 将以填沧海”，为的是报仇；诺列领像是她的负面，这则神话似乎有讽刺“不自量力”的意思。

诺列领虽小 / 野心却很大 /
天天吃泥土 / 想把地打沉

长期在日本工作的台湾学者王孝廉，讲了个与“精卫填海”多少有些相似的《雁风吕》的故事。北雁南飞，渡过津轻海峡时，口衔树枝，这样可以在疲劳时把树枝放在海面，自己在上面休息。据说，它们在飞回北方时，依然会寻找那树枝，衔回北国，以便再用。津轻半岛上的古代日本人，认为那是“不归的雁魂”；由于生活困苦，他们在海面搜集这些树枝，当作“风吕”燃以烧锅，顺带祭祀“雁灵”。同样是漂浮海面的树枝，中国人认为是精卫鸟衔来填海报仇的；日本人认为是雁群用来自救的（它们可能因为极度疲劳跌入海中而死）——上古时有用少女“填海”祭海的陋习（就像为河伯“娶妇”一样），这些树枝，它燃起的烟，都是悼念那可怜的飞鸟一般的少女的冤魂的吧。

所以，有人认为，“精卫填海”曲折地反映了上古用少女填海祭神的风俗；以木石填海，是少女们的反抗与挣扎，暗暗寄望上古民众战胜自然、反抗神和迷信的英雄性与革命精神。

刑天舞干戚，猛志固常在。
精卫衔微木，将以填沧海。（陶渊明诗）

愚公移山

（华夏—汉人）

“愚公移山”，与其说是神话传说，不如说是“寓言”，而且是最伟大的寓言。因为没有别的“传奇性故事”像它一样在现代中国社会生活中起这么大作用，有这么大影响。

它的情节，大家都很熟悉，研究的人却很少。

北山愚公，快九十岁了，却想把门口挡路的王屋、太行二山挖掉，让冀州直通豫南，速达汉水之阴。老妻问：挖出来的土石怎么办？他说，可以填“渤海之尾，隐土之北”。这就是“移山倒海，重整河山”的壮举了。

英雄神话，是不能用我们凡夫俗子的“逻辑”来理解的。

我们知道，许多神话英雄都能“移山”。

像二郎神曾经“担山赶太阳”，连孙悟空都能“扛”起须弥、峨眉两座大山。兄弟民族的英雄乌恩、尼克呷落等，都曾移山。

有一位跟“元气”（混沌）一起诞生的“巨灵神”（夸父、后羿、愚公，其实都是巨人），他把挡住黄河的华山硬是给

“劈”成两半，让河水通过（二郎神、小沉香劈开华山或者桃山，目前所知，是为了追求爱情和救出自己的母亲，最初的意思却是解放“水”、释放“元气”，重整宇宙与河山），所以说他“能造山川，出江河”。

但是，愚公移山，跟“精卫填海”的改造自然，强调的是坚持不懈，世代努力。

“我（愚公）死了以后有我的儿子，儿子死了，又有孙子，子子孙孙是没有穷尽的。这两座山虽然很高，却是不会再增高了，挖一点就会少一点，为什么挖不平呢？”（毛泽东译）

这个故事传达的思想是：

持之以恒　水滴石穿
积少成多　弱能胜强

北山愚公，是大智若愚；
河曲智叟，则大愚若智。

记述“愚公移山”的《列子·汤问篇》说，是“夸娥氏二子”背走了两座大山。

茅盾先生说，“夸娥”就是巨人族的“夸父”，这是有些道理的。

（1）“夸”的意思是“大”。“夸父”字面意思是“魁梧的男子汉”，“夸娥”是大蚂蚁。

《列子》愚公故事里有“魁父”之丘。

魁父≈夸父

（2）“夸父”死后曾变成一座“大山”。

《山海经·中山经》有“夸父之山”，即夸父（或其骨骼）所化。

（3）愚公所挖，简直就是“夸父：魁父”之山。

所以操蛇之神——夸父，“惧其不已”，把“自己”挖得干干净净。

（4）《山海经·大荒西经》说：“大荒之中，有山名曰‘成都载天’；有人珥（耳挂）两黄蛇，名曰‘夸父’。”

“成都载天”是支天的（山形）“天柱”。天柱之神夸父就是《列子》说的，害怕被“挖”的“操蛇之神”（操蛇，表示能控制蛇，控制山河），实在就是“夸娥氏”（负山的是他的二子）。曾化为大山的夸父及其二子，能够“负山”。这意味着，他们既然化为载天的大山，就能将其“移”走。“天帝”的命令只是将其“合法化”。

支山、化山、移山，被“混淆”或“融通”了。山，及其变幻，不过是这些“巨灵神”的灵力或神性的体现罢了。

这些看法，有一定道理，可供参考。

什么是“夸娥氏”？

上古，“蚁”念“娥”，“蚁：娥”是一个字，《列子》的一个版本，就写作“夸蚁氏”，“夸娥（蚁）氏”能够变成大蚂蚁，“蜂、蛾（蚁）微命，力何固？”（《楚辞·天问篇》）个子虽小，能够举起比自己大几倍的重物，能够一点一点地把山“销蚀”，或者“移”走、“负”走。

“蚂蚁啃骨头”，就是以小制大，以弱胜强。

可以说，“愚公移山”的寓言，最可能是依照“夸娥（蚁）氏”负山，依照“大蚂蚁”搬家的情景和精神而创作的。

若干“担山”赶追太阳的英雄，是为了追上并抓住（多余的）太阳，把它们压在山底下——但也有被妖神或者天帝、佛祖压在“山”底下的，那“山”就变成了压迫势力，要把它们“移”掉。造反的孙悟空，就是被如来佛压在“五行山”下的。金角、银角大王也曾用山压他，可是压不住。

蒙古族有个后羿式的神话英雄，名叫乌恩，被天帝用“大山”压住。受其恩惠的猎人们拼命挖，刚挖了一半，英雄就牺牲了（那山叫“半拉山”）——他的尸体促使那山长出药草，救治人间的瘟疫。

各民族还有一些“移山”故事，情节和思想不大一样。

古籍如《华阳国志》说，蜀国有五丁力士，能“移山”，力举万钧（一钧约为三十斤）。国王死的时候，力士建立“石笋”（独石）做他坟墓的标志。这是对远古所谓“大石文化”的神话解释。

神话还说，五丁力士奉命为蜀王迎娶“五女”的时候，路遇大蛇，钻到石穴中，五位力士大叫着“拽蛇”，把山都拉塌了，他们和五女都压在山下——像某些“担山”英雄那样。

壮族英雄莫一大王用伞尖戳进山腰来“搬山”，用伞当“赶山鞭”来“赶山”。

黎族神话中，天帝命雷公的弟弟“扬叉”和“法也凝”去“压实地基”，预防地震时的“天崩地塌”。他们二人像“夸娥氏二子”那样移石“堆山”来压地。前者堆出“五指山”，后者做成“七指岭”。这有点儿“造山运动”的意味了。

彰显人类“移山倒海”、改造自然的伟力当然也威胁到天帝的权威，让他“惧其不已也”。希腊、印度等国类似的神话，往往点出“移山”是对“天：天帝”的挑战。

半拉山仙草

（蒙古族）

古时，有一位五十多岁的猎人，名叫哈斯。他年纪越来越大，可是没有孩子，日子越过越寂寞。也许是因为善良勤劳，身子骨还强壮吧，老妻居然生了一个男孩，起个名字叫“乌恩”。老父哈斯还刺破中指，让鲜血滴在孩子身上，据说这样会让孩子有一百倍的气力。

果然孩子十来岁时，个子和饭量都超过大人，一顿能吃半只羊，一巴掌能打翻一头公牛。有一天，他在草丛里追赶一只火红的兔子，兔子不见了，倒发现一条大蛇抬起头，向他吐红信子。他飞快地跳到它身后，抓住蛇尾巴，奋力把蛇往大石上一掼，只听“咣当！”一响，分明是金石之声，哪里还有什么蛇！他手里分明是一把寒光四射的宝剑，将面前的石头劈成两半！

他兴冲冲地提着宝剑回家，却看到母亲哭倒在地，原来猎人们报信，父亲被一只猛虎叼走了。乌恩不顾母亲阻拦，拼命向深山飞跑，终于追踪到猛虎，手起一剑——果然是一把百炼钢好剑！——把那虎头整个儿砍了下来。父亲挣扎着说："儿啊，你既有这本事，就该一生都为民除害。"

神赐宝剑

中外神话史上，常见英雄得到神（或"父王"）授予他的武器或宝物，以证明其身份的"合法性"与"权威性"，有资格、有力量消灭敌害。

乌恩听了父亲的吩咐和母亲的叮嘱，外出游历，访难问苦。他听说某处深山内有个洞穴，常有怪物出没，危害民众，所以一遇怪洞深穴，就不辞艰险，深入踏勘。有一次，他进入一个大洞，只见鲜花异草，泉水叮咚，虽然没有人迹，却有石桌石凳，知道这是古代遗迹，只是洞口草木丛生，没人发现而已。一阵饭香飘来，他看到石桌上摆着好像已经石化的面食，捏一捏却是绵软微温，闻一闻更是异香扑鼻。正值肚饿，不管三七二十一，他把面捏成的九只老虎全吃下去了。吃完后只觉得浑身燥热，面似火烧，身体还像膨胀起来一般，衣服都"绷"不住了，特别是口渴似焚，真受不了。于是他赶紧扑到清泉边，大口大口地喝起水来。待水平静以后，他看到水中的自己变成一个三只眼大汉。他听到自己在说："你是个成人了，要做大人的事！"

另一次冒险，又是发现一个洞穴。洞口不大，正好容一个人弯腰进入。洞内阴森森地散发出腥气，好像有污水在滴滴答答地流动。这回他不敢造次，没有莽撞闯入。在洞的周围一看，呀，荒草里隐隐约约全是白骨，包括人头骨。他明白自己遇妖了，立即用宝剑在洞口地上一插。只听得"哇呀呀……"一声怒吼，洞口忽然亮起两盏大红灯笼，一条火龙猛然从山岩之间跃起，用巨尾向乌恩扫来，宝剑摇晃着，眼看钉不住那孽畜了。他不能赤手空拳对付一条恶龙，赶紧向前一步，把宝剑擎在手中，直取那龙的颈下“七寸”。只见它滴着血，张开血盆大口，向他扑来，嘴里一片猩红，就像有火焰在燃烧一样。它是那样又粗又长又壮，乌恩就是已成大汉，以血肉之躯，也很难与它肉搏。不可力敌，只能智取。乌恩看到洞口开阔地带有一个大凹坑，立即跳出，面对那龙挥动左臂，发出怒吼；刺激得那厮怒火攻心，又是一声怪叫，直挺挺地向他冲来。他把身子一低，让过长着丈把獠牙的龙口，将宝剑竖起，剑尖朝上。剑尖刺中的地方，正式龙脖子底下最柔软的“七寸”。那厮负痛——跟鳄鱼一样，不是向上跃起，让过剑锋，而是拼命向前“逃窜”，肚子被剖到后腿根，五脏六腑连带没消化干净的尸骨淌了一地。只挣扎一阵，它便软瘫在污血染红的草木之上。那两盏“红灯笼”也从明到暗，渐渐熄灭了。

凶龙

神龙可能“异化”为孽龙、妖龙，危害民众，所以英雄往往要“斩龙”建功，斩杀的都是毒蛇一般可怕的“恶龙”。

老百姓听到“火龙”被乌恩杀死，成群结队、欢天喜地来看英雄，割龙肉，抬龙骨。他们说，这些日子，给孽畜害苦了。

一会儿草原大火，一会儿“泡子”（小湖）发水；一阵酷热，直到秋末冬初；忽而严寒，六月天山坡上还是冰雪。老人们说：“是老天爷在惩罚我们，不然天雷为什么不打这吃人无数的妖魔呢？可我们都安分守已，尽力劳作，种谷放牧，没做什么坏事呀。”乌恩说：“我们只做本分的事。不要害怕，残害百姓的恶物，一定要除掉。”可有人说：“那些恶虎巨蛇都是天神的手足，‘火龙’更是上帝的爪牙。这下子更不得了，老天爷要灭绝我们啦！”乌恩说：“不要害怕。为民请命，除恶务尽，这才是天经地义。一人做事一人当。火龙是我杀的，要‘惩罚’就‘惩罚’我一个人吧。”话犹未了，只见浓烟四起，阴霾密布，忽然间风云变色！天边十二只滚成一团的“妖鸟”向大地扑来，有的喷火，有的冒烟，有的呕水，有的刮风，有的吐雾……原来是十二颗太阳齐出，变成大鸟扑向众人，吓得大家逃的逃，跌的跌，哭的哭，喊的喊。乌恩和几位大胆的壮士抚慰老弱妇孺，引他们上山避水，进洞躲火。乌恩站在山洞之前，又是挥剑，又是拉弓，打落了十一只妖鸟。幸亏老人们拦得快，才留下一只变回原样，为人间取暖照明。

可这更惹恼了天神。一座大山向乌恩砸来，乌恩左肩一挺，将它托住；又是一座飞来，乌恩把头一歪，用右肩担起。正在百姓们欢呼之际，更大的一座高山向他头顶压来，只听“轰”的一响，连人带地都被压陷了下去，那山只剩下半截在外——以后就叫作半拉山。

老百姓都哭了，拼命挖山，谁劝阻也不听；到后来，他们知道救不出人了，只想挖出英雄尸骨，可是只挖出一堆药草。原来药草是乌恩变的，为人们治病。

延伸阅读

乌恩与半拉山的故事流行既久且广。讲故事和听故事的人都在“追加”英雄的事迹，使得这类后世产生的“新神话”变得越来越繁复、庞杂，有时不免重复或“失真”。

我们有意选取了这种“再生”形态的神话（多数只保留其有特色的主要情节或“母题”），让读者看看神话“自生长”和“他生长”的生命力是多么强，多么能吸引接受者（听众）参与创作。在这一则神话中，还可以发现近代通俗演义的一些情节要素，像“神赐武器”（大蛇变剑）和吞食“九牛二虎”，“担山（捉妖魔）”等，已经很难弄清是谁影响谁，但我们仍能看出这是“说书人”和“听书人”自发协作的成绩。

神话传说本是活的文学，立体的文学，到今天还活着，还在“展演”，还在听、唱或表演，特别还在被增删润饰，“加油添醋”，踵事增华，在兄弟民族地区尤其如此。记录、整理、改写，有书面或电子记录的，只是极少数。丰富多彩的“文本”是在民间，在“山寨”，在“草根”，数量惊人，质量优越，等待人们的再发现、再解释和再创作。

李冰斗江神

（华夏—汉人）

都江堰还没有完全建好的时候，灌口的江水之神还十分猖狂。他跟河伯一样，每年要娶两个漂亮的老婆，不然灌口江神就要制造大水灾。老百姓只好挑选出两个小姑娘扔到江水里去。有钱人通常用钱买通官吏和巫师，免去提供闺女的义务，倒霉的是穷人。

李冰当太守后，地方又大张旗鼓选江神新娘。太守李冰说："用不着选，我的女儿很漂亮，让她去好了。"有闺女的人家，"一块石头落了地"，放下心来。小官吏和巫师丧失了搜刮民财的机会，却也奈何不了太守。可李冰哪里来的女儿呢？他只有两个儿子：大的在朝做小官（不见于记载），"二郎"年轻漂亮，不到十八岁，长得像个大姑娘。李冰把他打扮得花枝招展，披张"盖头"，就赶下江水了。

到了灌口江神府邸，小二郎风度翩翩，自己款款地走上新娘子的座位，主动而又缓慢地掀开盖头。看“她”唇红齿白，高高的小鼻子，两颗桂圆一般的大眼睛，亮晶晶、水盈盈地会说话。灌口江神看得头晕目眩，坐不稳新郎官的位子。只见新娘子甜甜地笑道：“将军，喝酒！”

灌口江神倒吓了一跳。往常，小新娘被虾兵蟹将连拖带拽地架进来，早已吓得半死不活（从前的新娘，过了“蜜月”，就被这水怪吃掉了）。如今这位一点儿不害怕，还主动敬酒。这是

灌口二郎

（灌口二郎神，已是三眼，旁有哮天犬，古书插图）

“二郎”故事都从四川都江堰灌口开始。治水成功的李冰及其子，合称“二王”（或说合称“二郎”，或说都叫“二郎”）；后来专指其子“二郎”。他们都曾以各种方式亲自与兴风作浪的江神做斗争。

什么人，善者不来，来者不善，没搞清来历，不敢乱动，只问了一句："你——你是谁家的闺女？"

新娘子笑嘻嘻地答道："我是李冰的二女儿。"

李冰名声很大。这几年他凿离堆，开宝瓶口，"深淘滩，低作堰"，都江堰工程很见规模，闹得江神六神无主，五体不安，正不知道怎么对付他。"如今倒把女儿嫁给我，到底安什么心？"江神只好板起脸，"嫁给我，很好。不过，个把月以后，我可要吃你的！"

"不要客气，不要客气。到时候再说，现在先喝酒。"

水怪江神好酒，四川的米酒后劲也大，他喝了几杯，有点儿晕，不肯喝了。二郎见劝他不动，便撒娇似的，拎着他耳朵，就要灌。江神跳起来："你到底是什么人？想干什么？"二郎一把将他揪住："我来抓你这个害人精！"

那怪刁滑，就势一滚，变成一头大黑水牛，跳进浪中，跑了。二郎那时还小，抓不住这么大的一头水牛，只好猛一下蹿出水来。那水怪慑于李冰的威名，拼命游走，逃跑了。

"川主"李冰

李冰是实有其人的镇服江水的古代杰出水利专家。由于贡献巨大，百姓奉之为"王"，封之为"川主"，号之为"二郎神"。

牛是农业、丰收与水之神。传说，包括李冰在内的"二郎神"曾亲身化为神牛，下水斗败兴风作浪的江神所化的恶牛。后代便用铜牛、铁牛（或石牛）来镇压水怪，慑服洪水——据说，水怪一般害怕金属。

李冰正在水面上等着哩。他也变成一头大水牛。那怪见走不脱，便舍命向他扑来。两头牛上蹿下跳，在白浪中互相用利角顶来顶去，打得不可开交。小二郎上岸，带了一队弓弩手（弩，带机括的大弓），准备助战。只见两头牛打得浪滚涛翻，天昏地暗，势均力敌，分不出谁是“太守”，谁是怪。正着急时，只听哗啦一声，水珠跃处，一头牛蹿出水来，口吐人言：“我岁数大了，一时制服不了它。你们在我腰上缠一条白绸，等一下朝那没白绸的孽畜放箭。”二郎赶紧为他缠上白绸，他又下水去了，有意朝江岸的水面靠。弓弩手们集中利箭朝腰间没缠白绸的水牛射去，小二郎一箭正中那厮的一只眼睛，只见它淌着血、夹着尾巴逃跑了（或说射死，或说负伤逃藏，每年还瞅准机会发大水，害百姓，只是不敢到都江堰来）。

李冰也不追赶，趁着没水怪干扰，带领大伙儿，建造都江堰系统工程。从此，岷江水乖乖地流过宝瓶口，把泥沙留在石滩上，将清水带进泄洪道和灌溉渠，让成都成为富甲天下的鱼米之乡，“天府之国”！

李冰还用石头或生铁、青铜造了几头水牛（或说是“辟水犀”），放在江岸上。它们是农业与治水之神，据说可以镇压恶牛、蛟龙之类的水怪。如今还可以在若干治水设施上看到，连北京颐和园都铸着“铜牛”以镇水。这些都是珍贵文物了。

都江堰景观

秦昭王 51 年（公元前 256 年），李冰成为蜀郡太守，在今灌县岷江江心滩脊上修筑“分水鱼嘴”，使江水分流：东为内江，为灌溉干渠；西是外江，让江水奔泻而下。在“鱼嘴”下游，最麻烦的地段，开凿玉垒山，打开内江水道，让江水通过“宝瓶口”分泄支流小渠，灌溉农田，让古成都平原成为物产丰富的天府之国。由于工程的伟大和巧妙，至今格局未变，老百姓认为是“鬼斧神工”，创造了许多神奇美丽的故事。

延伸阅读

古四川水灾十分严重，特别是都江堰建好以前。

都江堰，如今已经从一套水利工程变成一座城市的名称，是现代还保存并且应用着的世界最古老水利工程，保障着成都平原的安全和富饶。它的结构极其巧妙，两千多年来，经过多少次的整修与改进，其基本格局仍然没有改变。数十年前，美国和苏联水利专家来参观，都惊得目瞪口呆：不造高坝，不建大闸，却能防洪水、灌稻田。怎么可能在这样古老的时代构想、建造出来？

水利是农业的命脉。四川水患大，水神、治水英雄也多。连大禹都跟巴蜀有关系。都江堰，它的总设计师兼总工程师李冰，却是一位真实的历史人物，是秦昭王时代的蜀郡太守。由于他的功业伟大，事迹独特，老百姓把他看作“神”，当作“川主”，立庙祭祀。至今，都江堰“二郎庙”还是旅游四川者必定瞻仰的古迹。李冰实际上是最古老的“二郎神”，他的故事成为典型的“再生态”神话（或“新神话”）。

他的二儿子，逐渐成为更有名的“二郎神”，我们上文只选讲了一则比较有趣的假扮新娘、驱逐江龙的故事。

神话和民间文学史上，恐怕没有像“二郎神”这样，有这么多位“人神”，被赋予或牵扯上这个名称。举其主要关涉者如下：

李冰 老二郎神（“郎”本是官职，移用于青壮人士）

李冰次子 （李二郎）或称“灌口二郎”。

赵昱 隋末嘉州太守。持刀入水斩蛟，曾祀为“灌口二郎”。

吴猛 许逊之师。曾斩巨蛇。

许逊 道教真君。曾化黑牛斗败水怪黄牛，设铁柱锁蛟。

邓遐 晋将军。曾入水斩蛟，尝封“二郎将”。

杨煜 隋灌州刺史。有斩蛟筑堤治水传说。

杨二郎 话本、小说、戏曲的二郎神。或说出于羌族猎神“羊二郎”。

杨戬 《封神榜》二郎神（与宋奸臣杨戬偶然同名）。

杨泗将军 民间所祀长江水神。斩龙护国。

杨光道 民间所祀水神。曾劈山救母。

程灵铣 道人化牛斗怪（蛟），射怪理水。

［白族］二楞神 擒龙治水。

他们都是治水英雄，或被祀为“水神”的人间壮士。

他们的“神迹”或者“传奇”的基本情节（或结构）是：

亲自（化身）入水，斗杀水怪

其简化，只是杀怪治水。

水怪的动物化身：蛟龙／水牛／龟／鱼

比较古老的英雄化身为同伴（或同类）动物，亲自入水搏斗。

斗／杀的方式：肉搏／白刃格斗／箭射

余波：将水怪锁于潭中（井下）。

灌口二郎，李冰或其子

吴猛

许逊

赵昱

二郎神们

再没有看到有这么多“人神”被称为“二郎神”了。他们大都有一个特定行为：亲自变成牛或龙，下水斗败化形恶牛或蛟龙的水怪，从而平定水患。他们也因此被老百姓拜为“仙圣”，长期享受隆重的祭祀。

后续是：制作神牛（或犀牛），石人或石马，镇压水怪

君不见秦时蜀太守，刻石立作三犀牛？……

终借堤防出众力，高拥木石当清秋。（杜甫诗）

李冰的石像，近年已经出土。当年李冰与江神相约：浅无至足，深无至肩。或说这些石刻用来测定水位。

二郎神们继承着鲧禹与后羿们的伟业：抗灾救世，为民造福。

神话往往质朴，不免怪诞，这样才具有戏剧性或故事性，以神奇体现其神圣。

像大禹，虽然没有与水怪直接白刃相搏，可也曾经变成大熊，亲自开河。

李冰不但曾经化身为牛、为龙，而且“以身作则”，用自己的石像做“水则”，测量内江（灌溉总渠）水位，“深淘滩，低作堰”，据石人水位，不时清淤，畅流。

李冰地位高了，年龄大了，不必身临前线，事必躬亲。他必须有“接班人”。如果没有儿子，也得为他创造一位青年英雄，去冲锋陷阵，除害杀敌。老一代的神，成为神话学上说的“退位神”。这就是李二郎、杨二郎应运而生的缘由。

斗牛

斗牛不仅是游戏、竞赛，而且是祝祷农业丰收的仪式，是有关村社祸福的竞争。反映在神话上，“牛斗”就是英雄神化身神牛跟“水怪”变的牛斗争。传说中，李冰、吴猛、许逊等“二郎神”，都曾亲自化牛下水与水怪斗争。

一般认为，“二郎”（神）是一位英武青年，擅长射猎（被

祀为猎神、战神），臂上立着鹰，身后跟着狗——这狗，小说里叫“哮天犬”，确实很厉害，在史诗里曾经吞吃太阳神鸟（民间传言，天狗吃月亮，吞太阳，造成日、月蚀，与此有关）。水怪当然怕它。就是《西游记》里天不怕、地不怕的孙猴王，也被它在小腿肚上咬了一口（加上太上老君的暗器相助），被二郎神捉住了。

这哮天犬的母型，是羌藏民众驯化培育出来的藏獒。有的专家说，杨二郎实在是“羊二郎”，本来是羌人的猎神、英雄神（羌人以“羊”为“图腾：假想祖先”）。

稍加夸张，这“哮天犬”当然能够帮二郎神“降龙伏虎”。由这里也可以看出，“二郎神”身上具有相当的“原始性”，跟后羿、夸父同样有“征服自然，再造世界”的伟绩。可惜资料“失落”或者“湮没”了，只能从后世传留中找到一些零散的信息。

镇水铜牛

水牛，被驯化为耕牛，据信，有镇水、辟邪和保证风调雨顺、农业丰收的神性——其中一种说法，它是水神李冰（等）的一个化身，所以，知道“以农立国，以水为脉”的皇家，也在自己的园林里铸造铜牛以为圣物。

元代杨景贤写过戏曲《西游记》中二郎神“自报家门”的“定场诗”，口气很大：“不周山破戮天吴，曾把共工试‘太阿’。”“天吴”是水神，被他杀了；头撞“不周山”的共工，也被他“试了剑”（“太阿”是宝剑）。其实不过表明他以治水英雄（兼“小日神”）的身份斗杀过“水怪”罢了。

谁教有穷（后羿）能射日，

某（我）——高担五岳逐金乌。

像后羿（史称“有穷氏”）那样射太阳，俺都没当回事——俺能把“五岳”（指泰山、衡山、华山、恒山和嵩山）都扛在肩膀上追逐太阳哩（“金乌”指太阳里的“三足乌”）。他的唱词有：“闷来时担山赶日／闲来时接草量天。”这不是又一位“夸父”吗？

无名氏元剧《二郎神醉射锁魔镜》，赵二郎（昱）自称：

喜来折草量天地，怒后担山赶太阳。
我是那五十四州都土地，三千里外总城隍。

我们以为夸父逐日是为了“入日”盗火。民间文学《二郎劈山救母》太平歌词却说，杨二郎“赶日”是为了抓住太阳。

二郎爷来本姓杨，身穿道袍鹅蛋黄。
手使金弓银弹子，梧桐树上打凤凰（仍暗指射日）。
打了一只不成对，要打两个配成双。
有心打他三五个，怕误担山赶太阳。
十三个太阳赶十二，留下一个照下方。

原来太阳太多，他要像后羿一样消灭那多余的。这暗示，他“担山”是为了赶上并抓住太阳以后，把它们压在山底下。

二郎神与哮天犬

二郎神本来是镇服水怪的英雄。可是，他曾经参与镇压孙悟空，已经让人不大愉快（在吴承恩笔下，已受到揶揄）；及至他以“封建卫道者”

面目出现，欺负妹妹“三圣母”、外甥小沉香，就令人反感了——他好像忘记了，他母亲是玉皇妹妹，下凡嫁给杨郎，才有了他。

可见他能够整顿宇宙秩序。

伏羲、女娲拿着“规”和“矩”，为了规划世界。二郎神“折草量天地”，也是为了“重整河山待后生”。

现代民间故事有《二郎捉太阳》。古时候，七日并出，热杀人畜，二郎便去捉太阳。他捉了这个跑了那个，只好用一根扁担，挑了两座大山，抓到一个太阳就压在大山底下，不让逃走，结果抓齐了六个，气候恢复正常。按老百姓的理解，担山是为了“压”住多余的太阳，其实更重要的是英雄的“移山倒海”。

四川灌县也有二郎担山赶太阳的传言，情节略同上述。作为“证明”的是，那里的小土山、大土堆，都是二郎担山留下来的石头，或者是逐太阳时由草鞋里“抖”出来的泥土。

这跟“夸父逐日”有相似的地方。有的学者就据此推测，“逐日”是为了捉住多余的太阳，消除干旱与酷热。这也有道理（可惜，无法解释夸父的“入日”）。

二郎神曾经跟小沉香一样“劈山救母”。“山”压住了追求爱情的年轻时代的“母亲”。吴承恩《西游记》也说他，“斧劈桃山曾救母，弹打棕罗双凤凰”（“棕罗”应是佛教神树“梭罗”）。可是他觉得母亲“私奔”很丢人，很生“揭发”此事的孙悟空的气。

奇妙的是，二郎神的光辉业绩却转移到被他捉拿的孙悟空身上，猴子“也能搅海降龙母 / 善会担山赶日头”。第三十三回，金角大王调须弥、峨眉两座大山来压他，他却双肩“挑着两座大山”去找师父。不过孙悟空并没有追赶太阳的伟绩。

（拉祜族）

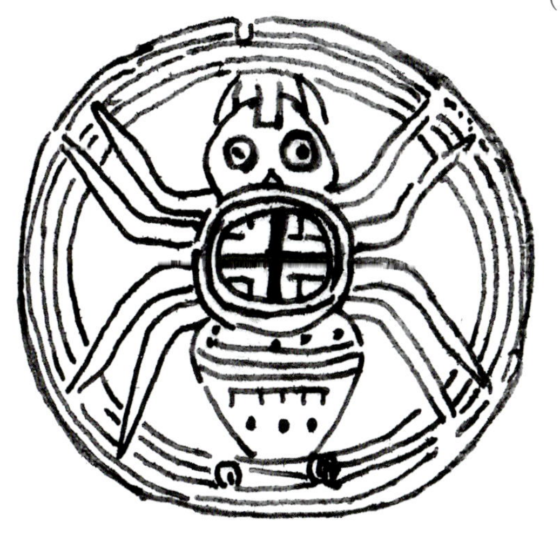

厄莎：控制宇宙的大蜘蛛

（“伊利诺斯蜘蛛”，护心贝盘，北美印第安文化）

拉祜族认为，天帝厄莎是一只大蜘蛛，像占据蛛网中心、控制着四面八方一样，它处于“世界中心”，控制着整个宇宙。湖南侗族认为大母神金蜘蛛精萨天巴是太阳神，同样占据世界中心。

宇宙安静得像一张蜘蛛网，创世者厄莎稳坐在蜘蛛网的中心。

厄莎，像傣族的创世天帝"英叭"一样，用手脚的"汗"（污垢）制造了四根撑天的金属柱子，四条托载大地的金属"鱼"，"柱子支在鱼背上"，分开了天地。他还用自己的骨头做了天"骨"和地"骨"，使它们不易变形、崩塌。可是，他没有更多考虑其"表面"的形状及其"效果"，要由新生代的英雄神来"重整"。他还用左、右眼做了太阳、月亮，规定了它们出没、运行的时间。

厄莎的手茧变成了白云，
厄莎的汗珠变成了星星。
朝霞是太空的花环，
薄雾是大地的头巾。（史诗《牡帕密帕》）

实际上他是"身化"宇宙万物的"盘古"，只是没有死去。

他还用火石打出了火（人类慢慢学会了这个办法）。

他种出葫芦，经历一些曲折，由小米雀和小老鼠"啄"开（这跟佤族的米雀啄开葫芦十分相似），"生"出了一对兄妹，成为人类的始祖。

厄莎是伟大的创造神。他住在天上，似乎是"老"了，性格、思想和心理都有了变化。

鲸：现存最大动物

鲸是现在世界上存活的最大动物。中国古代或称为"鲲"，在神话里往往成为托举载大地的"鳌"（有时则说成某种大鱼）。

傣族认为鲸是“宇宙大鱼”。它就是世界。

拉祜族也认为，鲸是天帝厄莎制造出来托载大地的。

厄莎造的天地，只用矮柱撑开，实在靠得太近了。似乎依赖太阳的热力，从荒凉的大地里“钻”出来一个孩子，名叫札努札别。他长得飞快，片刻就长得几乎有“天”那么高，有“地”一半大。他一步就是好几里路，轻轻一拔就拔起几棵大树。天地距离太小，天像大锅一样“盖”住他，实在闷气，也不透亮。他“舂米”的时候，更施展不开，索性用“杵棒”一支，就把天“撑”高了，比厄莎用污垢“搓”成的“天柱”强多了。

厄莎看他“撑”出的天确实又高又亮，心里也欢喜，想收札努札别做儿子。札努札别心想：“不知道他是想控制我，还是支持我改变他的旧做法。看看再说吧。”

厄莎教他“刀耕火种”，他照做了：用大芟刀除草、铲地。他力气大，一天就把一座大山的草木砍得干干净净，还把山坡“砍”出一层一层的田地（梯田）。他觉得这样，可利用的地面扩大了。他很快又发明了用牛耕地，一天能“犁”出三座山的地，能种很多很多的稻谷，再也不用危险很大的“火烧”和费力费时的“刀耕”了。厄莎觉得这是标新立异，很不高兴。可是，札努札别领着大家种的梯田获得特大丰收。8 月 15 日过“新米节”（中原叫“尝新”，外国称“初穗”之祭），他用“新米”祭祀有贡献的犁头，以稻穗拌草喂出了大力气的耕牛；可是他“忘”了先祭厄莎，因为后者并没有出什么力嘛。

厄莎生气了：天地都是我创制的，连人都是我造的；谁敢不把“第一刀稻穗”给我尝？谁敢自作主张，不听我的话？谁

牛神重于天帝

有些“原始”时期的群团，包括最早的农人，看重“实际”，把家畜看得比天帝还重，有的甚至没有“上帝”观念。

拉祜族的小英雄，只把“初穗”献给耕牛“尝新”，而不是用“第一镰庄稼”祭祀天帝——“你又没有耕田”，这是相当质朴而又进步的想法。

这样大胆，改变自古以来由我规定的种地办法？

札努札别还嘴道：“梯田是我开的，老牛耕的，地是人们一起种的；你没有帮我们半点忙，我凭哪样要把粮食白送给你？”

厄莎大怒：还敢顶撞我。走着瞧！

他发动泥石流，把树干、石头全堆到梯田里，札努札别没费多大劲就把木头扛回去，让大家盖房子；人们觉睡得安稳，就有劲把石头抬回去砌寨子的围墙。

厄莎看，这样乱扔东西，反而帮助了人，于是他索性让太阳不休息，夜里也出来，心想：“晒死你们，看你们怎么种田！”札努札别发明大斗笠和蓑衣（有时连牛都披上），这样不但挡太阳，连落雨、下冰雹都不怕了。

厄莎想：“你们不怕晒，难道不怕黑暗吗？”他索性不让太阳出来：“看你们怎么种地、收庄稼？”札努札别让大家到山上收集蜂蜡和松枝，把这“土蜡烛”堆在牛角上。“松明”让到处都有“篝火”，白天、晚上都能干。厄莎又没辙了。老关着，太阳也要闹事了，不放不行啦。

就这样，厄莎放火，札努札别就把火“引”向杂草、垃圾；厄莎放水，札努札别就跟大家一起开沟挖渠，疏通河道，排涝蓄水——厄莎的“破坏”与“捣乱”全都帮了人类的大忙。

厄莎恨极，只能用毒计了。他扔下一只带利角的大“牛屎虫”（大概是“蜣螂”一类），没日没夜在札努札别身旁“勐谢勐谢”地大叫（不知道什么意思）。札努札别年轻气盛，马上火了：“我连厄莎都不怕，还怕你个虫子吗？”他一脚向牛屎虫踩去，利角扎进他的脚心，立刻肿了起来，怎么治也治不好。他还得领大家干活，没几天就发烧，开始迷糊，好像得了“坏血症”。老百姓慌了，他们信神，就去哀求厄莎帮忙。厄莎倒也爽快，给他们一包仙药：“给他包上，七天不能打开，等发痒、发痛，就会好的。”百姓忙着为半昏迷的札努札别敷上。哪知“仙药”里包着苍蝇蛋。七天后，揭开一看，全是蛆，脚都烂了。坏毒攻心，巨人札努札别就这样被害死了。

老百姓悲痛极了。连百鸟都聚集来吊孝。不但是埋葬札努札别的地方，连附近大片大片山坡上的庄稼和树木花草都长得特别茂盛。厄莎大怒，吹一阵狂风，推平他的坟墓，被掀出的尸骨却变成良种家畜和肥鱼；厄莎把残余的骨头磨成细粉，让它不得再生。可细粉立即变成小小的飞虫，“以其人之道还治其人之身”，骚扰得厄莎日夜不得安身，想尽办法也无法消灭它们。

“宇宙好像蜘蛛网/厄莎坐在网中间。”(史诗《牡帕密帕》)这暗示创世的天神厄莎是一只大蜘蛛。蜘蛛在现代人看来不免可怕，甚至丑陋。但在“原始”时期不同，蜘蛛是“大母神”，是善于繁殖的宇宙之母(侗族的太阳神就是金蜘蛛)。

文献说，伏羲受到(蛛网式)“鱼网”的启示，创造了“(先天)八卦”。“八卦”以摹写世界的“四面八方”象征“宇宙”，其实八卦就是“蜘蛛网”的样子。坐在八卦中心的应该就是“天帝”或“太阳神”。

作为“创世”与“创生”的大神，厄莎确实非常伟大，像所有“创造神”。但他老了，变了。

有的学者说，随着原始性神话传说逐渐步入阶级社会，“创造大神”也演化为“天帝”，思想、情感与行为、性格都带上人间专制帝王的影迹，有的天神开始“迫害”那些富有创造与革新精神的青年英雄神。厄莎就是典型。

就神话学而言，这一类“天帝”或“老一代”大神，叫作“退位神”，他升上高空，退居“幕后”，不从事具体的生产、制作与战斗，而由“接班人”，即年轻一代的英雄在前线拼搏。有的老上帝还变得骄横、保守、固执、残忍，厄莎是较严重的，所以我们把它跟札努札别的故事连起来讲。

厄莎对札努札别的欺压、迫害，不仅是个“阴谋”，而且不免“卑劣”，看起来跟“退位神”的身份不相符。他居然用“肮脏”的虫子来暗害英雄，这简直是一种“精神性”污染，一种侮辱，让人看起来极不舒服，很生气。但如果我们平静下来，就会知道，这在神话史上，是有“先例”的。

鲁迅先生在《别一个窃火者》里带着义愤介绍说，非洲有一位英雄因为盗火触怒了大神，但大神不是派英武的鹰来伤害他，而是降下“蚊子、跳蚤、臭虫，一面吸他的血，一面使他皮肤肿起来”，这也使人难受，甚至恶心。马克思说，英雄的死亡应该像太阳西落那样壮伟，而不能像吹牛的青蛙那样胀破了肚皮。堂堂的英雄居然要受小虫子的戏弄，折磨！然而，希腊天帝宙斯也是用讨厌的小虫子来捉弄接受了普罗米修斯盗来的“天火”的人类。他送给人类一个娇媚的少女潘多拉，带来一个“宝盒”。好奇心很强的潘多拉擅自打开盒子，从里面飞出了苍蝇、蚊子以及虚荣、嫉妒、豪奢、贪婪等“毒虫”，至今还在折磨人类（还好，她飞快地关上盒子，留下了“希望”）。这实在比札努札别的遭遇还痛苦。但是，我们记得蒙古英雄乌恩被压在“半拉山”下的故事。天帝气恼竭力拯救英雄的人类，“撒下了许多瘟虫”，不屈的乌恩却化为药草，帮助人类抵御瘟疫和疾病。一代新神总是要从事改革的，改革难免付出代价，但这种“代价”有时能转化为“贡献”。

秃尾巴老李

（汉族）

“老李”是条龙，还秃了尾巴——被谁剁了？

孔子不喜欢讲神怪的事。“子不语：怪力乱神。”清代有个才子文人袁枚（著名的南京“随园”就是他造的），却专门写了一部《聊斋》似的《子不语》。其中说：

山东文登有位“毕氏”妇女，三月天在池子里淘衣裳（或染衣裳）。看到树上一颗鸡蛋大的李子，孤零零的，晶莹透亮，汁子都要流出来。三月间，哪来的李子？渴啦，吃了它吧。真甜真香啊（当然，这属于“吞卵生子”型故事）。

可她的肚子鼓了起来。十四个月后，生下一条活蹦乱跳的小龙，还不到一米长，抬着头看妈妈。弄个盆子把它养起来吧，可它越长越大，水池子都容不下它了。它能飞，白天飞出去玩，夜里也没个固定住所。清晨就缠着妈妈要吃奶。

这家男主人不乐意了，哪里来的野种？于是一菜刀剁掉它半条尾巴。它一生气，飞走啦，再也不来了。

谁也没想到，它在江湖上干出惊天动地、可歌可泣的事情来（在袁枚之前，山东地方志中已有大同小异的记载）。

袁枚又说：

过几十年，龙母死了，棺材暂时摆在小屋里待葬。忽然电闪雷鸣，风雨大作，其中隐约有条巨龙在盘旋。待雨过天青，人们才发现，河滩上隆起一座新坟。原来小龙回家葬母亲了。后来，那位名义上的父亲也死了。村民把夫妻俩埋在一起。又是一场雷雨，第二天发现，老头的棺材被“掘”了出来。

埋了几次都这样。“谁让你把我尾巴剁了？”只好别葬。每逢年节，母亲生日，都是细雨绵绵，秃尾巴小龙回家为母亲扫墓了。因为是“吞李”生的，所以大家叫它“秃尾巴老李”。每逢干旱，庄稼盼雨，邻里们就叫一声“秃尾巴老李”，不管下多下少，它总要替乡亲下场雨。

清代小说家吴趼人也有札记说：

山东胶州猫儿岭下有条虹溪，溪尽处有“龙泉”。李氏妇人在石头滩上洗衣服，一条泥鳅似的东西使她感应怀孕，生下一条“蛇”，顷刻就长大。她的丈夫气恨，用铁锹砍它，砍断了它的尾巴。它逃跑了。以后暴风雨时，常见它游戏云中水下。人们叫它“秃尾巴老李”，向它求雨，都有效验。

“老李”的“光辉事迹”多得说不完。

有一次发大水，据称是一条“苍龙”嫌供品不足闹的。这可苦了乡亲们，庄稼颗粒无收不说，牲畜不是淹死，就是给苍龙吃了。水还老不退。

终于有了转机：老百姓看到江心波涛翻卷，水珠乱跳，两条龙打得难解难分；激烈时，鳞甲纷飞，血花四溅，好像胜负不分。

晚上，有个黑脸膛小伙子，浑身水淋淋、汗津津地跑到乡亲们跟前，说自己就是“秃尾巴老李”；他身上还有伤，一揭就是一片鳞。“苍龙比我大得多，壮得多，我力气太小了。”乡亲们问：“怎么帮你呢？”“明天，我们还要打。打饿了，我就到水面上，你们朝我嘴里扔白面馒头。”“怎么分得出哪个是你，哪个是他呢？”“没看我一身乌黑吗？它是青色的。对了，还要准备几筐馒头大小的石头。”乡亲们答应了。他说：“多蒸一点，我胃口大。”一转身，“扑通”，下水了。

第二天，果然两条龙又打得热火朝天。老百姓早就借的借，刮的刮，搜的搜，蒸了几筐白馒头等着哩。从早晨打到晌午，小乌龙饿了，游到水面，张开大嘴，乡亲们纷纷往它嘴里扔馒头。大青龙一看：“怎么，还有吃的？他们倒不是看白戏。”也游到水面，张开大嘴，老百姓一面笑，一面朝它嘴里扔石头。这样三五回合下来，小乌龙越吃越有劲，越打越来精神；大青龙却是肚皮发胀，身子发沉，越打越疲软，终于被小乌龙咬死了。洪水渐渐消退。只见小乌龙一个筋斗，秃尾巴向上，朝乡亲摇了几摇，道了谢便不见了。老百姓分龙头，搬龙骨，清理田地，得到一场大丰收。

四川人听了这故事，大为不满。这事是有的，可这是李冰太守——再不然就是他儿子李二郎变的。“秃尾巴”不是姓“李”吗？吞李子怎么会生龙呢？李大人确实曾变龙下水跟孽龙干仗。我爷爷的爷爷的爷爷，还亲手向他嘴里扔过馒头哩。他打败苍龙，保住了都江堰，可尾巴让孽龙咬秃了。四川还有人认定，都江堰那一片“平滩”是秃尾巴老李在江岸打滚打出来的。大水一来，泥沙全向“平滩”那边翻；留下清水，在宝瓶口往下流。沙是沙，水是水。谁能有这么大神通？还不是“老李”大人的功劳！

广东肇庆一带的人说，你们不要争。唐代就有记载（案指唐刘恂《岭表录异》），是龙母拾到五颗蛋，孵出小龙，四条青，一条斑（那就是老李），放生到江里。龙母死后，“天地冥晦，风雨随作”，龙为她造了新坟（这仍是“望娘滩”型故事）。他们造福肇庆一方。《南越志》说，卵中孵出的这条小龙，还能帮母亲捕鱼。母亲杀鱼的时候，不小心剁伤了他的尾巴。秦始皇听说，认为是自己的“功德”引来“祥瑞”，要召见她们母子。可是龙母不愿意离开乡土。官船北上时，“秃尾巴龙”总是把船拉回头。使者害怕，终止了行动。母亲死后，小龙用尾巴由江心卷出沙土为她造坟（或说，因而尾秃）。乡亲们称它为“掘尾龙”；有些船，广东话还叫作“龙掘尾”（清吴趼人所记的广东“秃尾龙”，仅说儿童断其尾做记号，龙因此不能升天，有时还会造成风雨之灾）。

江苏高淳的“县志”也说，有一位虞氏，喝了有红丝缕的雨水，孕生“五色蛇”。小时来饮母乳，大了变成龙还来。虞氏为了让它自立，砍断它的尾巴，才把它赶走。母死，以风雨挟土为母造坟。临去时，在河滩上频频回首二十四次，该地得名“二十四望娘滩”。后来，逢清明、寒食、中秋、重阳等节日，它才回来探看、祭扫母墓。

救龙

古代东方重龙的国度，多有救护“神龙”或其子女的神话。老龙或小龙，尤其是小龙女，变成鱼、虾出游遇险，被好心人救起。它们以某种方式报恩。印度的“那伽：龙王”，以蛇蟒为母型，往往是“反面”形象，却也有“救龙报恩”的故事。“秃尾巴”与“望娘滩”型故事，也有说遭难的小龙是由善良的妇女救起的。

“秃尾巴龙”的故事甚至传到宝岛台湾，变化很大。

高山族传说，阿里山有阿里老人，在小溪边拾得一颗有花纹的彩蛋，由鹅孵出一条小花蛇；蛇越长越大，终于成龙，连村寨小塘都容不下它。老人说：“你到山里岩洞暂住吧，我想法用猪血喂你。”小龙便暂住下来。有一天，一位孤老奶奶的孙女儿，穿着红衣裳，上山拾柴。小龙以为是“大块猪血”，便把她给吞吃了。老奶奶眼睛都哭瞎了。

阿里老人大怒，拿着菜刀，跑到洞边骂道：“虽说是‘误伤’，可你到底是杀了人，知罪吗？”小龙知道有罪，便把尾巴从洞口伸出，老人把尾巴砍了，当作惩罚，还要它以后负责照顾瞎老奶奶一辈子。它果然听话，不时衔些瓜果之类侍奉老人，据说还为她带来一大堆金银珠宝。

秃尾巴龙，除了为一方行云布雨之外，确实时常来看望瞎老奶奶与阿里老人。他们死后，龙用秃尾巴卷起砂石，为他们造起了坟，还顺带把金银珠宝全封在山里了。阿里山这个秘密宝藏至今没有找到（学者们认为，这是在象征地讲述阿里山物产丰富）。

东北人则说，秃尾巴老李确实是山东人，不过跟着老乡们“闯关东”了。他的家乡观念很强。远航前，船老大往往故意问：“船上有山东人没有？”大家回答：“有！”老乡见老乡，两眼泪汪汪。这样，船就会得到老李的帮助。

有次，边境乌苏里江里闯来一条大白龙，侵占了我们的一大片土地，“老李”变成黑龙，天天跟它搏斗，驱赶它。白龙看到黑龙如此不肯“谦让”，老百姓又全都帮他，朝自己扔石头，迫不得已，退还给我们一些地方。

到现在，秃尾巴老李还守在江边，不让“大白龙”再来侵犯哩——甚至有百姓说，连“黑龙江”这个名称，都是由“小乌龙”引出来的。

更奇妙的，有人发誓说，亲眼看见，日占东北时，秃尾巴老李连续拱翻了小鬼子的三条小炮艇哩（参见《中国民间故事选》等）。民间还流传着《秃尾巴老李炸鬼子》《秃尾巴老李江上救红军》等故事。

延伸阅读

《秃尾巴老李》是很有名的民间传说，也有一些古代文献记载。它集中或“牵连”着许多“化龙”、“斗龙”和“降龙”的故事，以及抗击水旱灾害的传闻，具有相当高的“神话性”。有的学者还准备以《秃尾巴老李》为题，写一部专著，研究它的来源、演变、分布和“异文”，研究古代神话传说与现代民间文学的关系。我们这里只是触涉其若干片段。简要地说，它包含若干“情节单元”或者“母题”，例如：

龙的卵生；
龙与龙母的关系（暗含龙图腾因素）；
龙“葬母”或“望娘滩”（孝母与探母）；
龙被“断尾”（对龙的“惩罚”或“控制”，较为特殊）；
二龙之战（抗击水旱灾害）；
龙与历史人物或英雄（如李冰）的关系；
民众的参与（分别喂二龙馒头或石头）；
龙的功绩。

怎么也想不到，这一则半神话、半传奇的故事，居然从古代“活”到今天，从北方到南方，由海内到海外，一直在存活与演变。仅仅20世纪80年代，搜集的“秃尾巴老李”故事就有一百多篇。

望娘滩

（汉族）

四川灌县有位孝子，名叫温朋，幼年丧父，家庭贫苦，事母至孝。虽然才十来岁，已经整日里割草、捕鱼，挑起养家重担。

有一天在江边钓鱼，半天都得不到一条手指长的小鱼，好像什么怪物把鱼都赶跑了似的。忽然钓线剧烈震动起来，却像生根似的拉不动。这一定是个大家伙。别看他小，却很有钓鱼经验。他不紧不松，忽慢忽快，渐渐地把那贪嘴的东西拉上了河滩。呀，是一条红唇长须、巨鳍长尾的金黄色大鲤鱼！正准备把它扛回家的时候，鱼忽然说："等一等，温朋，我不该从龙宫跑出来耍子。你是个好人，不要杀我。""可我娘还没晚饭吃哩。""你有娘，我就没有娘？""看你这胖头胖脑的样子，浑身镶金带银的，哪像我们家缺米少柴的。""你放我一条命，我送你一件宝贝吧。""拿出来看一看。"鱼用力一呕，吐出一颗大亮珠子，把人眼都照花了。温朋为它摘了钩子，送下江，它摇头摆尾地游走了。

温朋兴冲冲地回家拿珠子给妈妈看。妈却说："这不能吃不能喝的，有什么用？快割草去吧。"温朋很听话，就赶紧上山，飞快地割了一堆草。他把那珠埋在坡地中央，拿草换了点儿粮食，晚饭算是有了。

望娘滩

许多地方的曲水、险滩，都跟"望娘滩"的故事相联系，这自然发生于地方风物及其神话解释。但这一类故事，主要包含中国人固有的"百行孝为先"的传统观念：就连"异类"都知道报娘恩，不孝的逆子比畜生都不如。故事充满人性与人情。

第二天，温朋再上山。呀，原来割得干干净净的地方，长出一大片又厚又密的好草。于是，他天天到这里来割，一天割的草，比九天还多。知道的人感到惊讶，偷偷地跟在他后头观察，发现他天天都在这里割，草一被割完，立即长出来，十分神奇。有一次，有人看到他从地里挖出一件东西，拍去土，立即熠熠生辉。他摸摸拍拍，在阳光里，那东西放出千百道五彩光芒来。他亲了亲，看看四周，又埋起来。其他人看得目瞪口呆。有那贪财的家伙，上来就要夺孩子的宝贝。他哪里肯松手，那些家伙就下死力抢，还拳打脚踢，撕捋得孩子身上一道道血痕。孩子急了，只好把珠子含在嘴里。那些家伙下手更狠了。一不小心，"咕咚"一声，孩子把那珠子吞了下去。这一吞不打紧，温朋只觉得浑身火烧，力气陡长了几倍，轻轻几下，就把那帮财迷打得头破血流，抱头鼠窜。

温朋口渴如焚，跑回家，叫了一声："娘——水！"就把水缸里的水吸了个精光。"快到江边去！"母亲知道要出大事了，跟他到了江边，只见他猛扑向前，一口一口把岷江水吸了近一半！顷刻间波涛翻卷，狂风大作，乌云罩顶，飞沙走石，山雨欲来，孩子已开始变样了。

“儿，你是一条孽龙啊！”

母亲舍不得儿子，儿子离不开母亲。为娘的只抓住孩子的一只脚。大雨瓢泼一样倒了下来，岷江水陡涨几丈，立刻要冲上堤岸。

“儿啊，可不许坑害百姓！”

温朋已经完全变成一条白龙，只是右腿还是人足。它在河滩上打了几滚，频频转身回头张望母亲——那一步一回头处便形成一道弯，二十四“望”便是二十四望娘滩！白龙终于在狂风暴雨之中升天而去。

江水暴涨，决堤漫坝。奇的是，那欺负过温朋的，全都房倒楼塌；旁的人家，丝毫无恙。

母亲在时，逢年过节，它都要带着和风细雨，在云中隐约出没，探望亲娘；母亲死后，它掀起江边砂石，为她造了一座坟。它年年回家扫墓，还不忘带来一场及时雨，为乡亲扫去炎热，为田地解除干渴。

湖南清水江侗族，也有一则基本相同的故事。曼生为了割草养母，进入龙洞，发现一处草割了立刻重生，掘地发现宝珠。在与贪财者抢夺中，他将宝珠吞进腹中，几乎饮尽江水；全身变长变粗，长出鳞甲、双角和巨爪，喷出的雾气就像滂沱大雨。它转身回头，向母亲三拜，眼泪滴处，全成深潭。上天前的七十二步，三十六拜，都成为险滩深泉。他依照母亲嘱咐，让洞庭湖、清水江一带几十年风调雨顺，五谷丰登。一有风浪掀起，百姓就说，曼生望娘来啦。

四川灌县还流传一则严重变形的同类故事。

有一位孝子，家境贫穷，天天辛苦割草贩卖，供养父母。有一丛好草，青翠茂密，“野火烧不尽，春风吹又生”，他天天割，草天天长，比旁的地方长得快多了。他很奇怪，便掘地探看，在草根深处，刨出个圆滚滚的东西来：呀，是一颗亮晶晶、水灵灵的珍珠！他拾回去，藏在米缸里。奇事发生了：那米永远也舀不完，舀了一勺又漫出一勺，不会多也不会少，从此不愁吃喝。他又把珍珠放在钱柜里，那钱也用不完了，从此致富。有个邻居奇怪而又嫉妒，经常借故偷看，发现了这个秘密。于是勾结豪强，要求“欣赏欣赏”。孝子当然不答应，死也不让看。那些财主兼流氓哪能让他安生享福，便劈开他的米缸，米缸只剩米。老娘扑在钱柜上，不让侵犯，被那些地痞推倒在地。他们劈开钱柜一看，啊，一颗由白变红的大珍珠，好像它也愤怒了。地痞豪强上前就抢，孝子情急，一口将珍珠吞下。不得了，他的肚子鼓了起来，身子变长，眼睛红得要喷出火来。那些坏家伙也觉得要出事，赶紧跑了。孝子嚷着口渴，要喝水。老娘舀一勺水给他，根本不够；他一口气把水缸里的水喝得见了底，还差得远哩。他飞快地向江边跑去，老娘要追不上了。只见他把岷江的水位喝得低下去近一丈，狂风大浪之中，渐渐地变成了一条龙。老娘只抓住他一只脚，他还没有变透，那只脚还保留着人足的样子。老娘声嘶力竭地喊道：“就是变龙，你也要做一条好龙，千万别做害人的孽龙啊！”他身不由已，乘风破浪，蜿蜒而去，却不时回头，舍不得亲娘。那一段江水因而变出许多拐弯抹角的“曲折”，后人叫作“二十四曲望娘滩”。从此后，只要有风雨，就会挟带一些果蔬和粮食，有时还带来鸡鱼肉蛋。邻里们都说，这是孝子孝敬老娘的，让她不致挨饿。

老娘死后，就埋在“望娘滩”附近。

老娘一死，小龙就要报仇了。只要他身子一扭，脑袋一颠，那江水便呼啦啦直冲上岸，把那些财主豪强、地痞流氓全冲走了——可是许多无辜百姓，也随之葬身鱼腹。可怪的是，洪水再大，也决不淹没望娘滩上的“龙母墓”。据说，小龙每年都要回来探望母亲，为娘扫墓。可他性格扭曲，脾气见长，不分曲直地伤害平民百姓的生命财产。这就惊动了李冰太守和他的儿子二郎，他决心要收服这心灵变异的“孽龙”，因为龙不该把事态推到极端。于是发生了几场战斗，包括“化身斗法”。小龙当然敌不过李冰父子，可他是人变的，完全了解人的“阴谋诡计”：打得过就打，打不过就跑；有时还变回人形，夹杂在人群里，不容易辨认。李冰父子一时也奈何不了他。

有一次，小龙变回人形，回来为母亲扫墓。走得饥渴，看到望娘滩旁新开了一家点心店，便踱进店买碗“担担面”吃。开面点铺的老婆婆十分慈祥，问长问短，问热问冷，端出一碗热乎乎的“担担面”让他吃。一碗面，从头到尾，只有一根面条，不会断掉。那龙把面条一段一段地吸进肚子，另一端却被老婆婆抓在手里，她喝一声：“孽龙，坏孩子，还不快快现出原形！”面条变成了铁链，汉子鹞子翻身般翻了几翻，变成一条大龙，依然腾挪滚爬，张牙舞爪，却再也逃不掉了。老婆婆牵着它，把链子交给李冰父子。“你们秉公处置吧，”老婆婆轻轻补上一句，“最好让它有个改邪归正、将功折罪的机会。”说完便不见了。佛教传进来以后，人们便说她是观音菩萨或梨山老母；还有人说，那是龙母精魂变的，她不让孩子作恶，希望它有个赎罪的可能。

李冰父子把小龙锁在一个深潭里，铁链系在“降龙柱”根部看不见的地方；还顺便建了一座“伏龙观”，来镇压此龙。小龙问什么时候能放了它。李冰说：“你悔罪吧。那时铁柱就会开花！”香火逐渐旺盛起来，来参拜的百姓都不忘扔点儿面食给小龙吃。小龙很感动，慢慢觉得自己不分青红皂白地发水伤人是做得过火了。有次参拜者在降龙柱上挂满灯笼和纸花、绸缎。小龙认为铁柱开花了，挣扎得龙潭里浊浪滚翻，水花四溅，百姓们都吓坏了，赶紧请来二郎神。

二郎神在云端上问：“你知罪吗？”小龙在水底答：“知罪。”“罪在哪里？”“我不该不问是非曲直，伤害善良百姓。”“你准备怎么办？”“让我上天吧。为百姓兴云布雨，滋润庄稼；再不住水里，兴风作浪。”“念你还有一片孝心，一点善意，可你说话要算话，不然还把你锁在潭底。”“是。”二郎神大手一挥，那铁链脱离了龙腹。哗啦啦一阵风生水起，那龙便飞腾上天，从此及时行云降雨。只留下伏龙观、降龙柱、铁链和龙潭让后人凭吊与反思。

这则故事好像是很生硬地跟李冰传说“捏合”在一起，把善良的孝子说成“孽龙”，而有意突出二郎神的“正统性”（或“官方”的性质）。这是民间口传文学常见的“被污染”，但它有一定原生性，人情味还较浓，所以不妨读读，来锻炼自己的批判能力。

所谓“望娘滩”(型),简单说,就是小龙子虽然变龙,还念念不忘人间母亲“养育”之恩,在变化前后,还流连河滩,回顾娘亲(或者在特殊时期回来探望母亲)。这是关键性的“单元”或“母题”,没有“望娘”,就不列入。再举些例子。

江苏常熟,有浣纱女吞卵生子,家人害怕,将他弃于河滩。破山寺高僧知道是“龙子”,拾回养育,却不让他靠近水。有次高僧因事外出,虽然把屋中所有的水都收拾干净,孩子却凭借屋顶漏雨,化龙飞去。上天以前,在河边翻滚出七十二个石滩,却处处都能望见母亲的家——以后年节回家探母,经过此河,必先在这“七十二望娘滩”上看看母亲是否在家……

这跟高淳的“二十四望娘滩”十分相似(见于《高淳县志》等)。

浙江温州、广西瑶山等处也有类似的“望娘滩”,还有龙母山、龙母庙等古迹。专家统计,除了前举的四川、湖南、江苏以外,东北三省、山东、河北、湖北、广东、云南等地,也有类似的故事;有的跟“秃尾巴龙”等相融合,情节也有变化。

这类故事是在象征讲述与自然斗争的同时,把动物“人性化”,融进了社会伦理观念——中国人最重视的亲情与“孝道”,尊亲不忘爱乡,救乡不碍思亲;表达了家国一体,忠孝两全的希望。

有些记载或口传，只有其中的某些“母题”因子或细节，甚至“望娘”也只有些“苗头”，但也应该注意，特别是它常与某种景观相联系。

例如托名晋代陶渊明写的《搜神后记》说，长沙有女子，在江中洗衣，像“九隆”母亲沙壶那样有了“感应”，孕生三条怪鱼（依次叫“当洪”“破阻”“扑岸”，都跟大水相关），后来变成蛟龙，随暴雨而去。以后，每逢欲雨，母亲就知道它们会回来，出门观望，它们果然来探视。母亲死后，它们在墓前啼哭，哭声像狗叫。

浙江有一则故事说：杭州湾有女子“感应”而孕生龙子。他喜欢帮人打鱼。有一次离家不归，母亲忧思而死。龙子赶回望娘，移置母坟，成为“叠娘石”景观。每年三月十八大雾，大家都说龙子回家望娘啦。此时水中有成群白鱼出现。

杭州西湖龙井附近的“九溪十八涧”，也有说成是龙子回家望娘“滚”出来的。“龙池山”也有类似的“九曲望娘湾”。

这些当然都增加了地方风物与山水之美，成为旅游好去处。

粮种是哪里来的

（藏族）

羌藏先民由“西藏狼”培育出世界闻名的藏獒（世界养犬组织承认它与“沙皮狗”是中国的“特有品种”），曾被乾隆皇帝封为“犬状元”。

藏人十分珍爱藏獒。藏传佛教绘画里，“骑狗”的“愤怒明王”，骑的就是藏獒。青海安多藏区，家家都供奉“狗头神”，祭品是生面粉做的“面圈”。据说，是狗从远方把青稞种子藏在身中、尾巴上，带到藏区来的。许多人家在吃饭前先喂给狗“糌粑”（青稞做的面食），纪念它取种的功绩。

白马藏人因为狗曾为人类保卫收成，正月初一凌晨，举行“祈水”仪式时，一定先喂狗；青稞收割后，做成的饭食，第一口必须喂狗。某些地区藏族禁吃狗肉，不准打狗。

这都因为狗帮助人类猎牧，还会“看场”，不让外人来抢夺庄稼。西南地区，有的村寨专门饲养几条藏獒，保护妇女下地，或者播种、收割。

保卫农耕的藏獒

（云南晋宁石寨山出土青铜贮贝器图纹）

古代妇女下地是很危险的，有时连种子都给人抢去。不过，假如十几个妇女带一条藏獒结伴外出，那就是几个土匪也不敢靠近。

“犬带良种”的故事，与忠实、勇敢的藏獒习性相关。有时大雪封山，藏獒还会主动为主人衔来“野味”哩。

四川阿坝传说，青稞和玉米本来都是多穗的，后来有位妇女不小心污染了粮食，天神将它们“收”回。狗为人类求情，天神才准予留些粮食，但只给一个“穗”——像狗的尾巴。

四川阿坝藏族自治州，说“嘉戎语”（藏语方言）的民族还有个进步形态的传说：在古布拉国，连宫廷都没有粮食吃，只吃牛羊肉，喝牛羊奶，王族才能吃点儿水果。老百姓过得十分困苦。他们的说法是：王子变成狗，去取粮食种子，改善民众生活。

阿初王子听说，有一种叫作“青稞”的麦子，十分好吃，又容易栽种——只有山神（日乌达）才有它的种子。阿初决心取到它。国王和王后劝不住他，派了二十位武士，骑上骏马，跟着他探险去了。他们翻过九十九座高山，涉过九十九条大河，经历九十九阵狂风，遭遇九十九场暴雨，武士们全牺牲了，只有骑着白龙马的阿初到了日乌达住的地方。只见阳光灿烂，山青水绿，鸟语花香，一条大瀑布从天而降。王子跪在瀑布之前，连唤三声山神。山神被这不畏艰险、远道而来的小伙子所感动，出现在山顶，他的白胡子像瀑布似的一直拖到山下。

“小伙子，找我什么事呀？”

“尊敬的山神，求您给我一点儿青稞种子，让老百姓过上好日子。”

“我哪来什么粮食种子？我这里只有草木和鲜花，青稞种子在蛇王喀不勒那里。”

蛇一般不吃粮食，但不少民族认为蛇非常聪明，会储藏食物，特别是在冬眠前后吃，所以，蛇是饿不死的。

“那么，我能取到种子吗？”

“蛇王很小气，除了自己吃喝，他把什么东西都藏得紧紧的，谁都不给。有几个地方的人到他那儿偷种子，都被他变成狗，供他使唤——说不定还要被他吃掉。”

“我什么困难都不怕。”

“那么，好，念你一片为国为民的诚心，你从这里向西出发，骑马七天七夜，就到他那里了。每逢祭神的戌日，蛇王要到山上的海子去拜会龙王。你只有这‘一炷香’的时间和机会。种子就藏在他座位底下。”

阿初王子叩谢山神。正待上路，山神叫住他：“我老了，不能帮你什么。记住，要有什么变故，你一定要向东逃跑。只要你真情实意待人，别人也会实意真情待你。那时，什么奇迹都会发生。”

王子全身趴伏在地，表示对老人的最大敬意和感谢。

蛇王住的地方，是一座笔直的高山，宫殿周围全都有卫士紧紧把守，连只蚊子都藏不住，连只苍蝇都飞不进。阿初只好在山脚找个阜窝子睡下。这里，白龙马也不能走了，只好让它自寻生路。阿初虽然累极困极，心里还惦记着那个戌日。好容易盼到这祭神的日子，看到蛇王出门了。

蛇王高大威武，表情严峻，身披鱼鳞银甲，闪着白光，行动时发出风吹檐前铃铛的声音，老远就听到了。卫士们看他出门，各个松懈下来，吃喝的吃喝，玩乐的玩乐，瞌睡的瞌睡。阿初趁这机会，赶快攀藤援壁，摸到蛇王殿外。只听一阵银铃的响声，蛇王飞回来了。阿初险些被蛇王发现，赶紧滑下崖壁，躲了起来。他很惭愧，只怪自己没有算好时间。只能饥餐野果，渴饮山泉，等待戌日再到。这回他提前爬山，算出蛇王离殿，于是赶紧摸进大殿。正要钻到王座底下，忽听得“银铃”乱响，卫士们忙成一团，他趁乱逃出。好险啊，差点儿撞到蛇王身上！第三个戍日，他想出了好办法：把身上的衣服脱下，编成一根长绳，系在蛇王殿独峰对面山上的一棵松树丫里。蛇王一离殿门上天，他立刻用绳子将自己“荡”到殿前山坡上，再偷偷摸到大殿王座底下，解开种子皮袋，把它装进自己脖子上挂着的小口袋里。正待出去，银铃响处，蛇王大踏步回来了。王子只好再躲回王座底下。“哪里来的生人腥气？”蛇王鼻子乱嗅，还吐出长长的红舌头到处试探。王子被他揪了出来，还没待他辩解、诉求，蛇王气得绿脸失色，浑身乱颤，喷出一口毒气，大喝一声：“还不给我变成狗！”可怜王子在地上一滚，立刻变成一条黄狗。但他还记得山神的话，不顾生死，纵身就跑。好在狗比人灵活，居然让它闯出围堵的卫士，滚到山下，一直向东跑去，只有脖子上的种子袋还在……

白族“甲马”

民间神画，云南，注意其眉、目、口、鼻都作火焰状

南方的火神和火龙

西南方民族的火神，相当凶猛；有时化作一条火龙，跟“祝融：烛龙”相似。火神一般是“专职”，有时由雷神兼任。

有时，火龙或火蛇还生长为蛇王、龙王，很有些毛病，但都没有大罪，故事对它们加以嘲弄，英雄也没有严惩它们。

东边有片盛产花果的山地，叫“娄若”。这里也是除了没有粮食，什么都能生长。娄若的土司（边疆民族掌理一方的官员）有三个待嫁的女儿，从大到小，一个比一个美丽。阿初王子虽然遍体鳞伤，皮开肉绽，完完全全是一条“流浪狗”，可机灵劲还在。他摸到三位小姐游戏的花园，马上发现只有小妹妹“俄满”用同情的眼光看他。他马上跑到她身旁，摇起小尾巴，可怜兮兮地看着她。小妹妹看他又可怜又可爱，情不自禁地将他抱起，为他洗澡、治伤、理毛——没多大工夫，就变成一条神气活现、人见人爱的小狗！三位小姐都争着来摸他、抱他、逗他，可他只跟俄满亲热。

这时，正在举行“跳锅庄”（集体舞）狂欢晚会。土司要为三个女儿招亲，于是来了许多富商、官员、贵族的男青年，希望中选。大家都忙着对歌，转圈起舞。黄狗阿初像是凑热闹似的，紧跟在俄满身旁，又跳又扭，舞姿十分熟练、优美，大家觉得真好玩，又拍巴掌叫好，又大笑。

姑娘们要扔果子挑新郎了，就像“抛绣球”。中原古代也有这种风俗。《诗经》里“摽有梅”，就是把梅子抛给意中人，“梅”成了做“媒”的“媒”。评剧有《花为媒》，更准确的是“梅为媒”。彝族史诗《梅葛》说，单身的——

张仕、白花要成亲，
梅树、李树先做媒。
媒人向它学，
学它做媒人。

锅庄跳到第二轮，大姐、二姐已经把果子扔给财主和土司的少爷，他们也都准确地接了果子。

小妹俄满是全场的焦点人物，可是跳到第三轮，还没什么动静。她不觉得那些光想找有钱姑娘的大少爷们有什么可爱。唯一让她心动、欢喜的只有身边这又叫又跳的小狗——可他偏偏是一条狗！

正在犹豫间，她没注意舞步，脚底一滑，当着众人面，摔了一大跤，手中的果子也远远地飞出。说时迟，那时快，黄狗阿初高高地跃起，不偏不倚地咬住那果子，稳稳地落到地上。哇！全场炸开了锅。不得了，出大事啦！

梅

“梅”，谐音“媒”。向人抛梅子，就是自我介绍。抛梅定亲，梅树下重逢成婚。晋代有个才子叫“潘安”，长得秀丽，坐车出门时，姑娘们向他扔水果，成语叫“掷果满车”。“掷果满车”即为示好。藏族、傣族、彝族等，都保存着这种“花为媒”或“梅为媒”的有趣古俗。

这里有规矩：果子扔给谁，谁接住，等于定亲，谁都不能反悔，比“抛绣球”还严格。那些“吃不到葡萄就说葡萄酸”的少爷们哈哈大笑，群众也无不惊讶。最讲“面子”的土司，也气呼呼地拽着妻子走了。可怜不知道怎么好的俄满，只能对着黄狗阿初“无语泪千行”。阿初却围着她打转，温柔地叫了几声。“你还叫哩，你让我怎么办？”黄狗却一下子跳进她的怀抱，用脸“蹭”她，抚慰她。

“我是喜欢你，可你是一条狗。”

这是一句大实话。阿初不但能“理解”，好像还点了点头。

俄满紧紧搂住他。爱意催发了奇迹，阿初居然说话了：

“你不要哭，我是个人。”

俄满大吃一惊：“你怎么会说话？”阿初告诉她，他是布拉国人，到蛇王那里讨青稞种，被后者变成了黄狗。阿初刚刚恢复说话能力，还有点儿结结巴巴。“那现在怎么办呢？”“跟我走。”这里到布拉国，道路十分艰险复杂，俄满跟不上黄狗，害怕走散迷路。阿初要她把他脖子上的口袋解开一点点，让她跟着撒下的青稞种子走。“你不是要把种子带回国吗？”阿初说，这里的百姓也需要青稞，他要让天下的百姓都有青稞吃。“你真好。”她小心翼翼地跟着他走，“可你什么时候变成人呢？”他回答：“等青稞种子撒完，到了我的国家；如果你真心爱上我，我就会变成人。”姑娘笑了。

到了布拉国界，种子也撒完了。“你不是要把种子带回国吗？”她问。“不要紧，”他摇了摇尾巴，“这里还紧紧粘住三粒哩。”

“你真好，我爱你。”

“爱”字刚出口，只见万道金光闪起，“哗”的一声，黄狗已经变成全副戎装、高大俊俏的“白马王子”——那白龙马不知什么时候跑回来了。

俄满姑娘快乐得要晕倒，阿初赶紧把她抱上马。

父王、母后都来迎接他们。他们跟百姓一起举行隆重的仪式，把爱情、富饶和幸福的三粒种子深深埋进地里。接着，他们去谢山神，回门看娘家父母和姐姐、姐夫。

“那蛇王呢？”姑娘问带领着大队人马的丈夫说。

“除了小气，蛇王没有多大罪。”王子说，“让他们过自己的日子吧。”

“你真好。我没有爱错你。”

谷物的来历，好几个民族都说是从斑鸠或布谷鸟的嗉囊里“剖”出来的——还有说是从别的动物那里找到谷种的。

也有很多故事说，谷物是某位英雄或王子、公主历尽千辛万苦才取来的——这是人类自觉到本身力量以后的产物，是较积极的。当然还有更纯朴的说法：是某种受到宠爱乃至崇拜的动物（例如狗）取来的。

藏族“阿初王子”取谷种，属于“综合型”：可爱的狗是不可缺少的“中间环节”，故事性特别强（有的书题为《狗皮王子》）。

有一些民族，则将谷物的来历直截了当地归功于狗——狗是最早被人类驯化的动物。狼看起来很凶，然而，伊萨克《驯化地理学》说，幼狼，特别是幼山狼，“容易驯服”。有时，妇女看幼畜太小，杀掉也没有多少肉，就先养着再说——于是有了畜牧业。幼狼依赖性很强，看到的第一个活物，就以为是妈，“有奶便是娘”。狼变为狗，成为狩猎的好帮手，忠诚地保护主人，勇猛地追逐猎物。知恩图报的远古人类，要用神话证明，狗也助成农稼经济，甚至象征地“证明”，狗参与人的繁殖。

现在看来，这是很先进的观念：珍爱动物，提倡生物多样性，万物平等。

苗族先民有“槃瓠”传说，还有一则《神母狗父》的故事，淳厚而又动人。苗人的神农氏张榜招募能够到西方恩国取谷种的勇士，成功了，就把最美丽的第七个女儿嫁给他。御犬翼洛应征，跋山涉水，在恩国稻田（或说谷仓）里打滚，“沾了一身稻谷”，摆脱追兵，带回谷种，与小公主结了婚。

还有个故事说，人们起初吃草根树皮，长不高，没力气，又不聪明。有一条好狗，自告奋勇，上天去找粮种。人们嘱咐它，要取“五尺长的果，五寸长的秆”。它在不平的道路上，摔了一跤，记颠倒了。取回来的是“五寸长的果，五尺长的秆”的玉米（他们叫“苞谷”）。虽然犯了错误，但它究竟带回了高产抗害作物。

苗族《稻谷的来历》说，很喜欢在庄稼地里打滚的狗，有一次“滚了一身谷子”。它漂洋过海，高高地翘起尾巴，在水里挣扎了七七四十九天，好容易保存了尾巴尖上的几粒谷种，送给了人类。所以，狗尾巴跟弯弯地垂着头的穗子十分相似，据说那是狗在彰显自己的功绩（“狗尾巴草”确实是一种“野谷子”，我们的祖先将其驯化、培育成了某种“黍”）。狗被认为是“取种者”，跟“狗尾巴：狗尾巴草：谷穗”的相像，确有关系，“类似联想”促使这类神话发生。

那么遥远的“原始性”还较强的时期，有稻种吗？

黍稷，是中国（特别是北方）特有的粮食。狗尾巴很像它的穗，其实也很像稻麦的穗。麦子是引进的，外来的，所以又叫“来”（参看下卷“三弃三收的后稷”一章）。稻子呢？真想不到，它的历史非常古老。一般认为，稻子起源于中国云南和印度的阿萨姆邦。日本学者多认为，从云南、中南半岛（印度支那）到日本，都属于“稻文化区”，也叫作“照叶树文化圈”。滇池周围有三四千年前的稻种出土，也有野稻发现。有的学者因而认为，西南民族的“盗谷种”故事，讲的都是（水）稻（例如说，狗、蛇或鸟等从水里“捞”出谷种）。但也不一定，浙江余姚河姆渡遗址出土过五六千年前的稻谷种子（其实北方也出土过不少大抵同期的稻种）。湖南长沙城头山遗址出土可能为近七千年前的稻种。

这说明，中国从南到北的原住民，很早就会种植（水）稻，实在了不起。狗，作为人最早的动物助手，是猎牧经济向农牧经济转变的坚强“保障”。因为这个时期的人类最容易受到野兽侵袭，强敌攻掠。

这些也说明，故事中“狗尾巴”粘上的有可能是稻种或野稻种。

壮族故事《谷种和狗尾巴》把“狗尾巴”与“谷穗”的联想对应关系，体现得很鲜明。远古时，地上的人吃野菜，没有谷米；天上的人却吃谷米，又怕地上的人种谷、打谷侵犯天界（因为他们的人太多），便不让一粒谷种丢到地上。地上的人恳求、借贷、谈判、交换，直到“巧取”，都无法取得一粒。“九尾狗”主动请缨，愿到天上想办法。它到了天上的打谷场，便在谷粒上打滚，把谷子巧妙地卷进九根尾巴里。九尾狗正要下地界，却被看谷场的发现。天上的人拿着斧头来追，砍断它的八根尾巴，虽然血流遍体，但它坚持逃到地上。地上的人用它最后一根尾巴上的谷种繁育出了稻米——从此，狗只剩一根稻穗似的尾巴，却是人以外唯一允许吃白米饭的家畜。这讲的就是稻种。

土家族故事《五谷杂粮是哪里来的》讲述，最初人类只靠采集与捕捞为生，没法去“天国”取谷种。善体人意的狗跃上高天，泅过四十九条“天河”，在收成菜籽的田土上打滚，粘了一身菜种；但回程游过四十九条天河时种子被冲走，只剩下三粒，粘在翘起的尾巴上。种出后，香美无比。后来，狗用同样的办法，取来五谷种。所以，人类要养活狗。

谷种之所以要上“天”去取，或者因为五谷都有“灵魂”，灵魂登天，由“天帝”支配；如果“谷魂”下地，那就得狗“闯地府”去取了。

阿昌族故事说，大洪水后，人无食物。狗用尾巴从浅水污泥中“钩”出种子，人类用来播种，得以生存。

北盘江上游的布依族故事《王芒取种》，讲的也是大洪水过后，人无粮吃，青年后生王芒带一条小白狗，翻过九十九座大山，涉过九十九条大河，走了九十九天，从一处高山仙洞里取到了粮种，回程时，陡遇山洪，王芒牺牲，并丢失全部种子。幸亏小狗崽翘着的尾巴上带回粘谷、糯谷、苞谷种子各一粒，人类才得救。

水族故事《狗为啥翘尾巴》说，人本来只会采集野果和渔猎，听说大海中的某小山上有“粮食”，便派马、牛、骡等去取。结果种子全给水淹没或冲走。只有狗仍在坚持，它看到海鸟翘着尾巴不沾水，得到启发，在尾巴上抹松油，粘取谷种，并且翘着尾巴游了回来——从此，狗尾巴就是翘着的，不像祖先狼那样难看地“耷拉”着了。

又有蒿欧的故事，已复杂化。蒿欧带小黄狗赴“东河坝”寻得谷种，依赖狗的“尿气”寻路归家。过河时，谷种被“箐鸡”骗去吃。幸亏狗尾上还有几粒谷种，才得以繁育。狗还负起看守谷地的职责。后来，蒿欧成为“谷神”，人们吃饭前也先喂狗。

达斡尔族也说，粮种是狗尾巴从东海之滨“粘”回来的——这大概跟东海（或江南）“百越人”较早种稻有关。

仡佬族故事说，人间本无水稻，有一条狗飞奔入月亮，在谷堆睡觉，被“谷芒”刺醒，于是衔一穗（或尾卷一穗）归来，这才有了稻种。

侗族《谷种的来源》说，大海那边，满田满坝都是黄澄澄的庄稼。每过几年，总有水性好、胆子大的青年，泅水强渡大海去寻找，却一去不回头，恐怕是不幸牺牲了。

有一条“铎括”（侗语“神犬”）向人暗示，它要去取谷种，人们喂饱它，它就不顾大风大浪，游到大海对岸，水湿的身子在谷地里滚三圈，沾了一身谷子；游回时，却被海水冲光，只在尾巴尖上留住三粒。人们一年各种一穗谷子，第三年就大丰收。至今贵州东南还有个“三穗县”，以纪念这项功绩。

碧江傈僳族传说，洪水过后，只有一对兄妹和他们的狗还活着。他们无粮可吃，狗到天上把粮种藏到耳朵里带回来。所以现在过年节必先喂狗。

藏族《青稞种子的来历》，采自帕金搜集整理的版本，它曾被收入《中国民间故事选》和《藏族民间故事选》等。它呈现着“过渡”和“组合”的形态，既肯定人的主观能动性，又赞扬“动物助手”的功绩。选择整理都比较入情入理，引人入胜。我们只是在个别细节和“转折关头”做了些取舍、润色与调谐。

西南民族多认为，种子们有“灵魂”，叫“谷魂”。景颇族说，人得罪了“稻奶奶”，她就飞上天了。人派了许多动物去请，都请不来。只有狗从太阳神那里请了她回来。因为狗忠实、顾家，能保护“谷魂”；太阳还为她穿了“衣服”——稻壳。可是狗没发挥尾巴的作用。

又例如怒族《龙潭》说，猎人在江边打麂子，狗发现它头上有一根麦穗，便带回来，供人播种，但与“狗尾巴”的类似联想无干，这里便不多说了。

泼水节

（傣族）

泼水节

泼水节是亚洲东南部（含中国西南）迎接新年（大致在公历一年中段）的歌舞仪礼，主要目的是在祈求甘雨，祝愿丰收。有许多神话"解释"这种仪式或典礼的起源，并且证明其正当性与神圣性。

"泼水节"的起源是什么？故事很多，说法更多。

傣族创世史诗《巴塔麻嘎捧尚罗》（大意是"神灵创世之初"），讲了一个故事（史诗版本很多，情节也不大一样）：

天上有位仅次于主神的大神"捧麻远冉"，"主宰着宇宙的日月/天上历法归他管"；他骄傲地宣称，"我制定的年月日/使人类得到温暖/使万物见到光明"。可是他却制定错了历法，没有季节，不分大小月，这样，"年月日要混乱/冷和热不会稳定"。天神或主神（英叭）惩罚他"暂时窒息"，即"非永久死亡"。捧麻远冉死而不腐的尸体被扔到人间，又被众多神托回天上。另一位神"帕雅英"认为，这样影响人间天上的稳定，要让他“彻底死亡”。可捧麻远冉“不是母体生下的神／他是［天帝］英叭的污垢神／所以寿命很长”。于是，帕雅英用甜言蜜语去哄骗捧麻远冉的七位女儿，甚至“许婚”。七位女儿经不住诱惑，把杀死父亲的方法泄露了：他的“生命线”在脖子，用女儿的头发可以割断它（初民把头发看得很神秘，有的魔王必须用他自己的头发才能“割”下他的头）。帕雅英终于用头发制成的弓弦割下了有过失的大神的头，“后果”相当恐怖。

头发的神秘

初民认为，头发有魔力，人死了以后，头发还会长，大概因为它有特别的“生命”。中国古人说，身体、发肤受自父母，不能毁弃，连男人都不剪发，让它盘在头上。希腊女妖美杜莎的头发全是活蛇，人们看她一眼就会变成石头，所以用她的形象来装饰“宙斯盾”。反过来，头发就是神怪的“生命线”，可以用它“自我绞杀”，甚至剪下头发就能置它于死地。

他的头颅更可怕，
冒着蒸蒸焰气；
一旦让它失落，
就会燃起大火。

只好由七位仙女轮流捧着捧麻远冉的头颅，众人不断泼水，以免它落地起火。

天帝（英叭）很生气，因为这位犯错误的大神“罪不至死”。他罚帕雅英到一处海里当“龙王”。七位仙女永远轮流捧着喷火的头颅。英叭另外弄来一只大象的头安在捧麻远冉脖子上，让他做别的事情（这明显受到印度影响，“象首大神”很像印度战神迦尼萨）。

“泼水”的风俗遗留下来，一般在夏季节日举行——看来目的在“祈雨”，“以水引水”，以免“魔头”喷出的火烧干大地，“旱”死庄稼和人畜。这个故事有一些“外来”成分，跟泼水节“吉祥”的气氛不大协调，七位仙女的形象也太不可爱。

据专家介绍，古代波斯的“泼水节”大都与“求雨”相关。例如，迎接不死之神、水神或“寒神”，他们都喜欢雨水；有的说是向火神祈求止旱降雨；有的说是纪念贤王开河引水，用雨水清洗污秽。

南方“泼水”，去暑取凉，或者求雨；北方“泼水”，叫

金文象纹

南亚和东南亚（包括中国西南），都有神话说，某位壮士或者英杰被砍去头颅，创造大神为他安上大象头，让他再生，恢复灵力。傣族的神话可能受此影响。

“泼寒胡”（跟《苏幕遮》等乐舞相关）。简单说，就是依照西北兄弟民族（古人称“胡”，语由“混沌”而来，起初没有贬义）习俗，朝“胡人”身上泼水，引起观者笑乐。目的是迎接冬天——新年，祈求气候正常，寒暑得当。“自能激水成清气/不虑今年寒不寒。”（张说）前文说过，每年一度重现“混沌”解破，要用“浑脱”油囊取来“天河”或“天山”之水，洒在地上，泼于人身，祝愿“今年雪后树逢春”，也是“迎新”之礼（参见“‘混沌’的破解”一章）。

寒气宜人最可怜，故将寒水散庭前。

惟愿圣君无限寿，长取新年续旧年！亿岁乐！（张说诗）

冷水泼在半裸体的“胡人”身上，他们冻得又跳又叫，君臣上下，泼水者与被泼者都开怀大笑。这跟现在云南泼水节有相似之处。

泼水，还是一个清洁运动。从世俗角度讲，是洁身，是沐浴，但更着重于快乐和健康；由“神圣”的视角看，是一种心灵的净化乃至升华。它能去除身心或行为上的“污秽”，使精神得到洁清和提升，甚至连某些“罪孽”都能得到清除。

这样，连仙佛或神圣，都需要定期的清洁——所以，泼水节往往跟“浴佛”结合起来，从而成为一种圣洁的行为。这在南亚、东南亚是重要节庆，往往国王、王后都参加，十分热闹。傣族“泼水节”前同样要“浴佛”，或者在新年的第三天，妇女们采来鲜花供奉，表演歌舞，迎接新的“日子之王”降临。

浴佛：“泼水节”的有机构成

傣历新年（6月17—19日，公历4月中旬），傣族举行“泼水节”，辞旧迎新，洗去尘污，洁净身心。“浴佛”是一个重要仪式，与“泼水”相辅相成。“浴佛”滴下的水，用来沐浴，更能避难消灾，平安幸福。

傣族“泼水节”还有一个更为人熟悉的起源故事。

从前，有个魔王——实际上是“旱精”，华夏—汉人叫作“旱魃”——红赤的脸，雪白的獠牙，头发火焰一般竖起，飘动着，连眼睛都会喷出火来。他十分好色，又极为凶残，伤害的人命已无法计算。西双版纳有著名的傣族七姊妹，除了傣族女性特具的身材苗条、腰肢婀娜之外，她们都有一头柔美的黑发，或披肩，或扎成“马尾”，把“鹅卵脸”衬托得分外娇艳。七姊妹一个比一个漂亮。魔王一个个地跟她们过夜，第二天就把人给杀了（有的说，是吃掉）。到了第七个，漂亮得连魔王都下不了手啦，还跟她聊起了天。姑娘笑盈盈地夸他健壮，法力无边，天下无敌。魔王哈哈大笑：“是的。我是永远不死的。不像你们凡人，会老、会生病、会死。刀砍不动我，水淹不死我，火烧不死我。”姑娘撇撇嘴：“我不信。”魔王说：“不信，你试试看。”他递给姑娘一把快刀，并且仰起了头。姑娘拿起刀，咬紧牙关砍了下去，果然，魔王脖子上连一道白印都没有。姑娘顺手摸过一把剪刀，朝他肚脐上扎去，这是许多妖魔的“致命点”，可居然也扎不进去。姑娘笑着夸奖，有意无意地把蜡烛向他额前一推，却连一根头发、一根眉毛都没有点着。魔王也不生气，笑道：“我晓得，你想试试火能不能烧死我——索性让你看着我被水淹的样子吧。”说着，便向旁边的大浴池里一跳，沉到水底，手轻轻划着，一条鱼似的，半天只冒泡泡不换气。姑娘扶他出水，说：“您真是天下第一条好汉。半句假话都没有。我相信您是不死的。没有一个办法能够让您死去。”魔王看着她的娇媚模样：“那也不一定，世界上也有我怕的东西。”姑娘摆手道：“快别说了。我不信天底下还有您怕的东西。”魔王说：“我不跟你说假话。我有三件害怕的东西。”“还有三件？不信，不信。”

亚洲东南部、南部的泼水仪礼

“泼水节”本来是亚洲南部、东南部印度教、佛教文化区的一种迎新与洁净典礼。南亚的一种，节前准备，要重塑或净洗相关佛像、神像，它的内容主要是丰饶女神率领仙女和诸神战胜魔王，迎来甘雨，夺得丰收。所以，“浴佛”往往是“泼水”的节前准备。

“第一件，我怕美丽的姑娘。越美丽，越害怕。一看到她们，我的心就要化了。所以第二天就要把她们杀掉。”

“连我也杀吗？”姑娘大胆地问。

“不一定。我实在害怕你，我的心正在化。明天再说吧。”

“第二件呢？”

“我全身淹在水里不要紧，但我是旱灾的精怪，假如我只剩下脑袋，大家都不断向它泼水，我还是害怕的。”

“您不会只剩下一颗脑袋，我不信的。第三件，您就别说啦。”

“不行，不行。看到你这个样子，我不说是很难过的。你看到我脖子上有一道白圈吗？要是用我的头发，在这里一绕，我的头就掉下来啦。”

“快别说了，小心让别人听到。快歇下吧。”

姑娘又是灌他米酒，又是献普洱茶，悄悄拔下他一根长发，藏在袖口里；用水一般柔软的甜言蜜语，把魔王哄睡了。

等魔王睡熟，打起雷一般的呼噜，姑娘便掏出他的头发，在他脖子上的“生命线”一绕，轻轻地就把他的脑袋割下来了。

姑娘捧着魔王的脑袋，跑出寨子，大叫：“姊妹们，快来啊，我割下魔王的脑袋啦！”话犹未了，那魔王嘴一张，“呼呼呼”喷出长蛇一般的火焰来。“姊妹们，快泼水呀，旱精怕水啊！”

傣家的妇女们，不分胖瘦老幼，纷纷拿出各种各样的盆罐锅碗，不断朝“魔头”泼水，把火焰给压下来，可一有间隙，它又冒出来。英勇的姑娘捧“魔头”捧累了，别的妇女接过来。就这样传来传去，不敢让它落地，怕它接了地气，又“复活”过来。泼了一整个夏天，旱精不喷火，该下的雨也下了，它口眼紧闭，看来是死“透”了。水能泼死旱精，可是泼在众人身上，却是吉祥和幸福。

旱精死了，可是风俗没有改。炎热的西双版纳，每年清明节后七天，“泼水节”就开始了。直接目的是防旱精，求好雨；间接的呢，祈求丰收、爱情和富足——还能保障和发展旅游业，谁不喜欢“吉祥”和“快乐”呢？人们笑言：“你又不是魔王，为什么怕水呢？泼你一身水，就是送给你健康和幸福！”

延伸阅读

“泼水节”是傣族与一些兄弟民族和国家重要的节日，也是旅游中最受欢迎的节目。泰国、缅甸、越南、老挝、柬埔寨，乃至孟加拉国、锡兰、印度、印度尼西亚……许多信仰佛教、印度教的东南亚、南亚国家，都有内容、形式不尽相同的“泼水节”。

泼水节，作为艺术性很强的仪式和娱乐，最大特征是广泛参与。不管当地人还是观光客，都要参加，都会被泼上一身水——泼谁就是尊敬谁，祝福谁。泼与被泼的人，都会得到快乐、健康和吉祥。

“泼水节”的起源，有好几种说法。“喷火魔王”的故事，有的学者认为来自波斯，或者出自印度。但都为中国傣族“改造”得更加真善，更加美乐，完全中国化了。

近年来，学者逐渐同意，“泼水节”的直接目的是祈雨，“喷火魔王”是东南部亚洲最痛恨的旱魃。那一带，水旱灾害极为严重，人们吉祥、和谐、幸福的核心，是风调雨顺，国泰民安。泰国就称“宋干节”（泼水节，“宋干”的意思就是“泼水”）为“求雨节”。

南亚次大陆与中南半岛（印度支那）有“浴佛节”。主要仪节是用“圣水”洗涤佛像，继之为国王沐浴。群众也用各种形式沐浴。沐浴，当然要用水泼身。这样，全国上下都能得到吉祥与幸福。

据说，某些地区的“泼水节”与浴佛相关。比如泰国曼谷的“泼水节”，往往以香车宝象载着“宋干”女神神像游行，沿途男女泼水于其身，用以祈求福佑。

某些“泼水节”的起源神话，牵涉到人们杀了天神（或与“天”有关系的魔怪），造成流血，被某些宗教看作罪孽，所以要泼水“洗涤”——即所谓“救赎”或“净化”。这类故事比较消极，不是“主流”，也不像“原生性”的神话，“人为宗教”的色彩较浓。

又者，种种“沐浴”仪式和风俗，最初都以祈求甘雨和丰收为直接目的，但也与恋爱婚姻等有密切关系。与之相关的，华夏—汉人古代有“祓禊”（fú xì）之俗，就是在水滨沐浴、“放灯”等，清洗身心的污秽或罪过，祈求吉祥和幸福，后来变作娱乐，时间多在“三月三”。晋代王羲之写《兰亭序》，与之有关。杜甫也有诗说：“三月三日天气新 / 长安水边多丽人。”现代西南边疆也多在此时游乐、恋爱、祈福。云南大理有“三月三”广场，十分有名。

祓禊：三月三

三月三日天气新，古代中原和江南都有在水边沐浴和“净化”的风俗。现在云南大理还有“三月三”的欢会和庆典。它与“泼水节”一脉相传，也是男女交游的欢乐佳期。

（瑶族）

龙宫和龙王

龙王水府，白族“甲马”，云南

海中生物众多，出产丰富，龙王爷的“水晶宫”从来都是豪华庄重无比；哪里知道，会被一个孩子（或者猴子）闹得天翻地覆。这显然是草根们对“神圣权威”的解构与嘲弄。龙宫、天宫都一样，都得挨讽刺。

苗族《七彩带》写的是龙宫，瑶族换成天宫，实质都一样。

瑶山有个青年阿古，凭祖传的一把锄头和钩刀，一年一年把满山的荒丘种成良田，长出的谷子七天七夜也“剪”不完。天上的七位仙女变成天鹅出来散心，看到此地青山环着绿水，山坡上金黄的谷浪随风起伏，实在太美了，便飞下来，想洗个澡再回去也不晚。最小的一位，看到人间比满是宫殿的天上有生气得多，实在想留下来住一阵再走。她们找到阿古，说要帮他“剪”谷穗（当时的收割方式是光割稻穗不割秆），阿古看有人帮忙总比一个人强，就让她们学着干了。果然，“人多好做事”，禾穗一天就剪完了。小仙女看这个小伙子能干而又英俊，一个人就能种出这么多粮食，就偷偷摘下背后的翅膀，让他藏起来。

“哎呀，不好，我的翅膀呢？”众姊妹纷纷展翅，变成天鹅，要回天宫，晚了父皇要责骂的。只剩下最小的一个到处找翅膀。

“你们先走吧。等我找到翅膀，再来追赶你们。”

她悄悄拉了拉惊讶得张嘴瞪眼的阿古，跟他回了家。

一两年后，他们有了个强壮、聪明、调皮全都“出奇”的男孩，取名“坚美仔”，夫妻俩疼爱他疼爱得可以叫作“娇惯”了。

天上的玉皇（有的人说是龙王）又气又急又烦恼，堂堂“天帝”，丢个女儿，还找不到。臣子们好像都在嘲笑。那六个女儿，又替妹妹瞒着。玉皇只好派出雷公，实地查访，轰轰烈烈，也只是雷声大、雨点小，连根天鹅毛都没有拾到。说也巧，他发现瑶山的坡地，庄稼长得特别好，寨子里家家都年年丰收。听说有个小媳妇，拿一根白羽毛，要“雨”，招招就下雨；要“晴”，只要扬扬，就出日头。雷公收起“雷斧”和“连鼓”，装作算命先生“私访”，看到小媳妇带个可爱的孩子，正在晒翅膀。雷公上前跪下：“七公主，您父皇请您回宫哩。”七仙女吓了一跳，却不理睬。雷公现出尖嘴猴腮、蓝眼红睛的本相："您若不回去，您父皇命我发大水、放炸雷，把您的孩子、老公，全寨百姓统统淹死，烧成灰。"七仙女给吓住了，只好辞别丈夫，插上羽翼，跟雷公回天宫了（有人说是小龙女回龙宫）。

一回天宫，玉皇就把她关在一间偏僻的房子里，有吃有喝，只是不给出门，跟"冷宫"一样。没几天，七仙女就想丈夫，想孩子——她告诉姐姐们，那坚美仔要多可爱有多可爱。姐姐们羡慕得不得了，都想看看小外甥长得怎么样，便出主意："把他们都接上天吧。反正爹娘都已老糊涂，我们省一口，够他们吃的了。"可怎么上天呢？

七个姊妹解下了腰带，一个人一个颜色，组成七色彩虹，垂下天来，把父子俩全拉上来了。御厨只知道七公主饭量大增，一个人能吃三四个人的，自认为手艺好，连打入冷宫的公主都越吃越想吃，当然是敞开供应，随便吃吧。

阿古实在过不惯吃饭不做事的日子，却也只好住下再说。可宫门哪里关得住五六岁的皮孩子，他东游西闯，人见人爱，公主和宫女们都没有孩子，地上蹦出个宝贝蛋，谁不抢着抱，争着亲。终于有一天，坚美仔撞见老外公、老外婆了，他们见一个小活宝，也疼得不得了。老玉皇终于盘问出这是小闺女闹腾出来的私生子，自己"不合法"的外孙，面子上挂不住，只能设法冷落他。可孩子倒是对外公、外婆亲热得很，依然四处游荡，自己找乐。

终于有一天，坚美仔淘气淘出了事，把外公殿前的一根盘龙玉柱撞断了，玉皇大怒，心疼不已。可孩子没事人似的，"这有什么了不起的？"他走过去，吐口唾沫，就把柱子粘上了；手一抹，连痕迹都看不到。玉皇大吃一惊："几个月的精工活，他眨眨眼，就糊弄好了；长大了，还得了？”从此对外孙存了几分戒心。

龙盘玉柱

七仙女知道父皇心狠手辣，“面子”和“规矩”比亲情还要紧，害怕他伤害孩子，就偷偷教孩子许多防身法子。

有一天，孩子正在御花园玩耍，突然一只獠牙野猪向他冲来，他一边避让，一边大叫：“外公外公，变个猪公，光吃不做，是个饭桶。”野猪给他说得怪难为情，朝地上一滚，变回“天上皇帝”的样子，讪讪地走了。原来妈妈教他，什么凶东西来欺负你，你只管叫“外公”；一叫，给他叫着了。

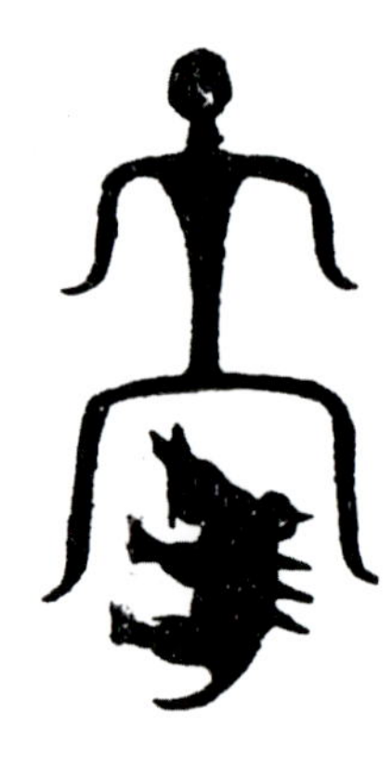

野猪：创造大神的化身

（金文“天猪”）

野猪，上古是勇敢、凶猛的象征。希腊、印度和北欧都有大神变成野猪，或把武士、英雄比作野猪。“天帝”变成野猪并不丢人，丢人的是被孩子识破认出。

又一回，一头大水牛向孩子慢慢走来，若是给它的利角挑一下，可不得了；可坚美仔在家骑牛骑惯了，一翻身坐上牛背，敲敲牛角，叫它向西不敢向东，叫它向东不敢向西，叫它撵狗不会赶鸡。小家伙骑着牛，东游西逛，又唱又说，惹得天宫里的男女都来看热闹。水牛，想承认自己是玉皇，又不好意思；不承认呢，累个半死！最后，玉皇还是变回“原形”，不停喘息喷鼻子，气急败坏：“这回你怎么不喊外公啦？”坚美仔说：“我喊外公，你变成老头子，那我骑什么呢？”天宫的人，全都哈哈大笑。玉皇动了真气：“这孩子这么机灵，如不把他赶下天宫，二天（明天），他当玉帝，我当牛马给他骑！”

玉皇主动提出，跟外孙比变化，谁被找出来，谁就得认输。

二人都变成绣花针。妈妈在外公变的绣花针针眼里穿一根长丝绒，不管他藏到哪里，都会被查出，抓到。

坚美仔变成绣花针，一下子跳到外公的笔筒里。越是眼前的东西，越是不容易被注意。玉帝把御花园、灵霄宝殿、三清宫每一寸地皮、每一块草根、每一件家具，全都翻遍了，没有找到；把王母娘娘瑶池里的水都“车”干，每一畚箕（běn jī）的烂泥都清过，还是没有找到；最后，查到御厨房，仍然没有找到。这下子玉皇慌了：“好外孙，求求你，快出来吧。要是你躲在米糕里，我吞进肚子，怎么办？”“我在这里哩。”小外孙从笔筒里跳出来。

玉皇已经累得几乎不能动了，就说：“好吧，变不过你。我给你一把斧子，你去广寒宫里，把两棵桂花树砍倒一棵，就算你胜利——我先放走你的爸爸。”“那妈妈呢？”“等你最后一次战胜我，就让你妈跟你爸去。”坚美仔高高兴兴地去了。七仙女让他带着两件家用的宝贝：三角石和三脚架，都是垫锅用的，没它们就吃不成饭。“寂寞嫦娥舒广袖。”看到一个如此漂亮机灵的孩子，嫦娥连忙捧出许多糖果请他，比“乞巧”（七月七）“中秋”（八月十五）丰盛得多。吴刚看到有人帮他砍树，他可以歇口气，找宫女聊聊天，抱住小坚美仔亲了好几口，胡茬把小脸蛋都扎痛了。孩子举起斧头就砍，哪知道两斧头才砍出个尖尖口，它就长“满”了。砍得越多，长得越快——难怪吴刚砍到今天，连根树枝也没砍下来。坚美仔想起妈妈给的三角石，一砍出个口子，马上把它“楔”进去，那树便没法长了。没几斧，桂树便朝着孩子倒下来，危险！正好，三脚架摆在旁边，他赶紧向里一钻，保住了性命。至今月亮上只剩一棵桂树，还有一些零散枝叶。“三角石”或“三脚架”，成为西南许多兄弟民族的圣物，谁都不敢碰脏它。

坚美仔胜利了。爸爸获得准许，沿着“七彩虹带”先下地，预备好吃的，等待母子俩。

最后的决赛是“照蚂拐（青蛙）”。青蛙见强光，俯首就擒，所以叫“照”；谁“照”得多，谁胜利。玉皇想，天宫，谁还能熟悉过我，哪里有蚂拐，我全知道。哪知道这是乡下孩子的看家本领，有得玩也有得吃。老头子怎么能赛得过一个皮孩子呢？结果是小外孙完胜。玉皇只好认输：“我也累了。咱们先睡一觉，明天你跟你妈下凡去吧。”坚美仔很乖，亲亲热热挨着外公睡下。哪知玉皇心狠，待孩子睡熟，轻轻一推，让他从万丈青天上摔下——跌个鼻青眼肿，给天宫除个隐患，解解心头这口恶气！

幸亏妈妈有预见，把“七彩虹带”扎在孩子腰上，让他轻飘落地。

父子俩一直在等七仙女。她太软弱，前怕狼后怕虎，老是顾虑玉皇会危害他们三口，不敢下凡回家。每当彩虹出现，大家就说，七仙女看孩子来了。快了，幸福要降临了。

延伸阅读

《七彩虹（带）》或《坚美仔斗玉皇》有几种版本。两篇要合起来读。苗族和瑶族就各有一种，主人公名字不同，“斗法”的主角、方式、经过也不同，但基本框架却大体一致：龙王或玉皇的人间女婿或外孙，斗败了岳父或外公。故事本来“断”成两截：前半段女婿斗丈人，后半段外孙斗外公。前半段，类似故事雷同者过多；后半段，较有个性，较有起伏，较有幽默感。我们将它们集中改写，重点在“后半段”。“神话/传说”始终“活”在不同讲述人、整理者、听取者的口中、笔下、心里，始终在展演、变化。

上述故事基本上仍是新生代与古生代、老一辈与接班人、“退位神”与“年轻神”的“代沟”冲突，民间往往把希望、同情、理想给予变革者，但并不完全否认“保守派”的善良、经验和修养。不过，文学不等于现实，既不能割裂，也不能混淆。

为什么在民间或口头文学里，龙王（甚至玉皇）往往受到讽刺和攻击呢？

前面说过，他们掌握着强大的“自然力”，却又不能“合理”地分配与使用。这一方面是因为当时科学技术水平太低，人类自身就不能“合理”地利用与开发自然；加之世间不平事太多，当然就要怪当时的统治者、剥削者。人们借着批判上帝来反抗皇权。

另一个原因就是这类读物通俗易懂，最受孩子欢迎。孩子的地位和心性往往很矛盾。一方面，不能不服从社会规则、纪律、秩序，服从大人和老师们的“权威”；另一方面，孩子越长大，越觉得家庭、学校、社会“清规戒律”太多，处处受人管，时时惹不是。一旦看到神话传说里，权威受到嘲弄，连玉皇、龙王都被一个孩子（或者猴子）闹得晕头转向，狼狈非常，就会手舞足蹈，乐不可支，宣泄一点心底的郁闷。特别是还可以解放想象力，强化革新力，培养创造性。一味地“叛逆”，跟完全地“驯服”，都没有好处。大人要善于引导，孩子要学会自制。一切都有个“度”。成功属于那些能够找到积极“平衡”，保持健全心态的人——其实，绝大多数孩子，往往嘴里会顶撞几句，心底和行动都是趋向正确和妥善的。

人变猴子

（傈僳族）

古时，高黎贡山上住着一对猎户夫妻，婚后十几年没有孩子，非常焦急。有一夜，妻子梦见一只漂亮的雌猴扑入怀中，于是怀孕生女。女婴美丽可爱，当然娇惯异常，父母为之取名“恒玛塔”（意思是“猴娃”）。

父母天天辛苦出外采集、狩猎，为她带来新鲜的瓜果，烧好香美的兽肉。她一天天地长大，爸妈却不叫她做任何事情，只让她时刻坐在火塘边烤火、吃喝。父亲回来，还弹奏乐器，母亲唱歌，请她欣赏——可也没想教她弹唱，以为长大便什么都会了。

一眨眼，十几年过去。女儿还是坐在火塘边什么都不做，连话都懒得说。父母头上丛生白发，这才焦急起来，希望她自己能做一些事。可这是十天半个月的事吗？附近的野果、动物越来越少，父母得到远处去想办法，也想趁此锻炼锻炼孩子，便在火塘边留了新鲜的兽肉，教她烧烤的办法。“恒玛塔”不想动手，这样“麻烦”干什么？她拿起兽肉便生吃，吃着吃着，一屁股坐在火塘上了，烫得她大哭大叫，可谁来救她呢？从此她的屁股像猴子那样红，怎样洗、怎样治，都恢复不了——她向猴子又迈出一大步。

这下子，父母不敢给她留生肉了，一切都为她弄熟。火塘，也只是用灰“捂”着火种，让她能烤火，热点儿水喝。为了生计，父母又远出了。

姑娘开头还有吃有喝。可是她吃烤肉太多太快，水不够喝。生平第一次，她舀了一瓦罐水，放到火塘上去热，却很久都热不起来。她去拨弄火，又不知火的习性，水漾出一些，火塘冒起青烟。她一害怕，却乱搅起来，并且一脚蹬开了火塘；火星溅出，引着了干柴。她更加惊恐，却不知道拎起手边的瓦罐，一泼火就会灭。眼看火越烧越大，烧着了房子，烧着了她的头发和衣裳。她吓得狂奔，跑进原始森林，迷了路；她的一头美发和衣裳烧尽了，只“拣”到自己的一条命。

房子烧光了，人也迷了路，再不能跟父母团聚了。

人总是要活下去的，她只能自己找东西吃了。可连找颗野果都不是容易的事，何况是抓到那些能跑能飞能钻的小动物。她是一点儿谋生本领都没有的“大小姐”呀！

生活是最好的老师。不久，她终于能过一种半饥半饱的“野人”生活了。由于长期在阴暗潮湿的洞穴与丛莽中生活，加上缺盐，她的皮肤上长出跟褪色的头发一样的黄毛；长期不与人交往，使她丧失了语言和正常思维能力。她越来越像一只猴子了（民俗上称为“返祖”或“回归图腾”）。后来，有一只健壮的公猴与她一起生活，保障她的温饱和底线生存。

延伸阅读

傈僳族确实有“猴祖先”（或猴图腾）传说，这个故事的开头也有“母猴投胎”的情节，但这不是主旨。故事的主题思想本是人可能“返祖：回归图腾”，但客观上却警告我们，人可能再“变回”猴子，原因和责任不说自明。

故事的创作者或传播者具有善良的愿望：它的结局，与“猴姑娘”恋爱的公猴也是“英俊少年”变的。后来，他们又变成正常的人。他们婚后繁衍出傈僳的某些氏族或部落。但这远离了故事的主旨。

白云格格

（满族）

住在九重天上的天帝阿布卡恩都里，有三个女儿：

大女儿“顺”格格（“顺：舜”，即太阳）；

二女儿“毕牙”格格（“毕牙”，月亮）；

三女儿白云格格（即“伊兰”格格）。

天地初分的时候，依然是天连水，水连天，天黄而地白。渐渐有了人和生物，鸟、兽、鱼、蛙，有美的，有丑的，有温良的，也有凶猛的，还有一些讨厌的小虫子，一片生机。虽然不免争斗，倒也各得其所。可天帝看不惯了，跟“天宫：乐园”比起来，地上简直是乱七八糟。于是派水神龙打开“水眼”，命雨神解开“水口（袋）”，连灌带浇，整整三千三百三十三个日夜，弄得遍地汪洋。人和动物四处躲避，水越来越大，看看就没地儿可以攀登和栖息了。

白云格格年轻，爱漂亮，要出宫散心，照样花枝招展，身披九十九朵“雪云”镶成的薄衫，迎着朝霞的金光，借着温暖的和风，飘上了高空。

九歌·云中君	［今译］
浴兰汤兮沐芳，	兰汤新浴啊遍体芬芳，
华采衣兮若英。	五彩华衣啊鲜花怒放。
灵连蜷兮既留，	天矫的身影啊依然在望，
烂昭昭兮未央。	满目璀璨啊不灭之光。

天父神阿布卡恩都里

满族萨满教的“天帝”，形象严峻，凶猛；故事里的“天帝”还要加上严厉，峻刻寡恩，但有时也不失人情味。

就连高空也能听到下界涛声如雷，人声鼎沸。她拨开一片浓云一看，呀，大地白茫茫，只有一些山尖尖上还挤着人和家畜，呼爷喊娘，哭声震天。这是怎么啦？

几只花脖子喜鹊歪歪斜斜地飞着，挣扎着，眼看就要掉下水淹死。白云格格赶紧折下天宫碧树的几根细枝扔给它们。它们高兴极了，衔着树枝到高山顶上植树营巢去了——从此鸟儿们学会了衔树枝做窝。

三格格又折了大大小小的一些树枝，扔向大地。它们一到下界，就变成参天古树。人们可以爬上去躲避洪水和饿兽，还可以砍倒、掏出凹槽来做独木舟，或者盖房子。许多人畜得救了。

白云格格知道父王脾气固执，不听劝说，得把好事做成了，再向他求告。她化成朵朵青烟，飘进父王的寝宫，天帝的鼾声比雷还响，谁靠近便会被震成一阵香烟（这也是他防身的办法）；好在“白云”本就是“轻烟”，震散还会聚拢。她打开父亲枕旁的“聚宝盒”，想取一些能够帮助难民的东西。可是宝盒有三千三百三十三个格子，每一格都是金银珠玉等制成的宝贝。她看到有一格里是黑黝黝的像泥土般的细珠（黑珍珠），另一盒是黄灿灿的沙子（金沙），心想，治水总要泥沙吧。就轻轻取了出来，飘出寝宫，打开大门，向大地上一倒。先是金沙，一倒下去就分散了，对治水没直接用处——从此大兴安岭一带，有金矿，出金沙，采金的人说不定还能淘出“狗头金”哩。

云神面具，“突给恩都哩”　　太阳神面具，《萨满面具图谱》

萨满教的云神和太阳神

萨满教许多自然神都有各自的面具，跟故事里的有所不同；故事里的自然神已充分“人格化”，形象十分生动。

白云格格

轻盈而又温柔的云，被初民想象为天宫美丽的公主。但更美的是她的内心——她有一颗真正的“人”的心。

那“珍珠黑土”，却像“息壤”那样是活的，能够自我生长。这下子，大水都给它“堵”进了江河、泡子（湖）。可惜白云格格年轻，又心慌，撒得不均匀，虽然大部分是一马平川，但也有一部分堆成了高山。这“珍珠黑土”使得中国东北大地特别肥沃，插根筷子下去，都能长成大树或者庄稼。

天帝醒来，朝地下一看，照样是熙熙攘攘，人来车往，鱼龙混杂，五彩纷呈。再检查一下，“聚宝盒”打开了，黑珍珠和金沙都不见了。谁有这个胆子，谁又有这么大能耐，不被打呼噜的声音震死？嗅一嗅，似乎还有阵阵幽香；找一找，好像还残存九根云丝。“哇呀呀——反了，反了！肯定是那个给宠坏、给惯坏的三丫头！”天帝声震天宇，连灵霄宝殿的大柱子都在颤抖。白云格格吓坏了，赶快去找姐姐们想主意。“顺”格格（太阳）性子烈，说得罪了父亲，违反了天条，这还得了，自作自受吧。从此，“白云”跟太阳不和睦。她热得凶了，只替她挡挡，就闪开了；她凉得狠了，也不替她盖盖，老是躲着。二姐“毕牙”（月亮），倒还善良，说：“小妹，找个地方躲躲吧。白天有大姐替你暖身，晚上我给你照明。”

白云格格能跑哪儿去呢？看来只有大地了。二姐帮她穿好“雪银衫”，大姐好歹送了件“红霞帔”——可还得防备给父王查出来。她在头上插满“碧玉簪”，便下地躲在花丛里了。天帝派出四个妻子——雷、风、雨、雪，到下界寻找。“雷娘子”性急，大轰大鸣，查不清百花丛中满头青翠的小格格。“雨娘子”糊涂，一阵急雨倒让树木花草长得更密。“雪阿姨”同情小格格，只飘了一阵雪霰，一会儿就化了，不抵什么事。“风”是“云”的亲妈妈，难免徇点儿私情，轻轻“刮”了一阵，就上天复命了。

山东沂南汉墓画像石

民间神画

热闹的天空：诸神

初民往往把自然力人格化，让它们有人的外形、性格与思想、感情，他们的故事就是（自然）神画，雨师、雷公、风伯、电母，可以由他们的“工器”看出（上图双首龙桥表示虹）；至于云神，就只能描绘她在空中飞舞了。

天老爷气得要“爆炸”了：这样的和风细雨、零星小雪，等于给白云格格提供“隐蔽所”。他严令：打起寒冬雷，下起连雹雨，刮起卷地风，落起漫天雪——非把那不听话的小丫头冻死不可。可这样闹腾了三天三夜，虽然摧残了许多花草，可也把三格格埋得更深。天封地冻，只剩下遍地的冰雪，好像所有的生命都停止了。只有那高高隆起的，被冰雪永远“封锁”成须发苍苍的老人般的“长白山”坚强屹立。

没有了知寒知暖、会说会笑的小女儿（两个大的，整天在外奔忙），只留下她的精灵、几缕白烟偶尔飘到身旁，反而增添几许寂寞和惆怅——天帝又舍不得最欢喜、最亲近的小女儿啦，怕她真给冻死，赶紧召回雷、风、雨、雪，念叨着：

“三丫头，回来吧。认个错就是了。难道爸还真把你治死了不成？爸岁数大了，想你哩。你真不念父女之情啦？”

早干什么去了？你到现在才想起“父女之情”，为什么不念一念大地苍生？白云格格差一点儿给冻死。她心想，就这样埋在百草残花底下也不是个事，于是拼命挣扎，越“挣”越高，越“扎”越壮，她变成一棵白桦树了，身上留着残雪轻云，头上仍是一片翠绿，风也不怕，雪也不畏，雨也不惧，亭亭玉立在黑土地之上。母亲来看望她，在风声里，她依然倔强地喊：

“不回——咯，不回——咯！”

从局部看，白云格格的故事是试图解释东北风物，如白山黑水、肥沃的土地、茂密森林的“产生”的“自然风光神话”。但它没有“解释”风雷雨雪的成因，却把“天象”人性化、人情化，并且努力塑造一位为人类谋福利、除灾害的“白云”姑娘的美丽形象，仅仅这一点，就很值得称道。

上古，华夏的云神，神格很高，礼书里有专门的云神祀典。殷墟卜辞，以最高祭典来祀云。《楚辞·九歌》有云中君，我们以为是掌管风云雷雨“二十四变”的轩辕星女神，但多数专家以为是云神。她的地位也很高，驾着龙车，穿着“帝”一级的礼服，“灵皇皇兮既降 / 猋（biāo，迅速）远举兮云中”，神气得很。却没有白云格格那样亲切、可爱、与人为善。

插图收藏版

中华民族神话与传说

下卷

萧兵 著

雪鱼 绘

译林出版社

目录

黄帝——轩辕氏

（华夏—汉人）

每年到黄帝生日这天，海峡两岸各界代表都聚集在陕西黄帝陵，拜祭这位中华民族的“人文初祖”。那么，传说中的“轩辕黄帝”是什么样的呢？

据说，古时有一位“有蟜（jiǎo）氏”，曾经变成一条长长的龙鱼，又据说还曾变成背部弓起像一座桥的神虫。她生下一个皮肤微黄的漂亮男孩。这孩子看起来倒还文静，不哭不闹，见人就笑，人见人爱。没过几天，他突然开口叫了一声“妈妈”，这让大家都吃了一惊。母亲倒是欢喜得不得了，整天捧着他，逗他说话。

“黄黄”这孩子，一张小嘴甜甜蜜蜜，能说会道。他喜欢各种动物，成天和它们打得火热，滚成一团。小鸟、小虫似乎也不怕他，他从不欺负它们，只是静静观看它们怎么找东西吃、吃些什么、玩些什么。

有熊氏

（人斗熊，汉墓画像石，山东沂南）

黄帝号称“有熊氏”。古人有对熊的崇拜。后来夏人的祖先鲧和禹，都曾化熊。熊会“人立”，做一些类似人的动作。它又是野兽中较罕见的会冬眠的一种，被看作能够“再生”的神兽。

黄黄看起来安静、温顺，胆子却不小：居然跟三只小熊玩得乐此不疲。母熊看他一副柔软幼小的模样，倒也不怎么担心：甚至允许他们爬到土穴里，玩一会儿“捉迷藏”。可有一次，他们闹得太厉害，黄黄不小心撞到其中一只小熊敏感的鼻子，小家伙痛得叫喊起来。母熊护崽心切，猛地扑向黄黄，举起巨掌，朝他的脑袋拍下去——危急间，只见黄黄把身子一歪，躲过了母熊的巨掌，熊妈妈用力过猛，结结实实地摔了一跤。黄黄赶紧躲到那只小熊身后，它已经不疼痛、不叫喊了。另一只小熊跑过来，挡在黄黄前面，护住他。第三只小熊更是向母熊扑去，

用小爪子抓它、擂它，不让它伤害它们的朋友。母熊看到孩子们没事，“哼哼”几声，瞪了黄黄一眼，自顾自地找食去了。大人、小孩都惊奇极了，到处传说着这个奇迹。有位巫师甚至宣称，他亲眼看到黄黄变成一条小黄龙，就像他们老祖宗的样子，才把母熊“镇”住了。

“黄帝”一族，人称“有熊氏”。又说他是轩辕氏，是“黄龙体”。历史书上说，黄帝“生而神灵，弱而能言，幼而徇齐（疾速），长而敦敏，成而聪明”（参见《史记·五帝本纪》）。

黄帝（或黄帝族）最大的特征是有许多发明创造，是公认的人文初祖。过多地搬家，文化就不能积累。所以，游牧人跑得很快，文明却发展很慢。“游农”好一些。勤劳而又聪慧的黄帝部落较早找到水土丰美的地方，由半定居而转为定居，较快地创造与积累自己的文化，越来越强大。后人也就把许多发明、发现都归功于他们。其实并非全都如此，这里只介绍或澄清几样。

（1）刀耕火种与简单灌溉

当然不能说游动与刀耕火种的农业全是黄帝族的发明。但可以肯定，黄帝族较早开始“游耕”，并不完全靠天吃饭。《管子·轻重戊》中记载：“黄帝之王，童山竭泽。”在那个时代，“童山”指火烧山原，“竭泽”可能指利用汪塘做简单灌溉。

《初学记》（卷七）说：“黄帝见百物始穿井。”《周易·井卦》释文引《周书》说：“黄帝穿井。”《世本》用之。但《吕氏春秋》《淮南子》多说夏初的伯益作井。跟仰韶文化大约同时的浙江余姚河姆渡文化遗址已发现简陋的水井。北方地下水太深，挖井极困难，但黄帝利用相对固定的较深的“水洼”做“原初水井”大有可能。

（2）驯化牛马和用车

黄帝有个响亮的称号：轩辕氏。“轩”指车厢，“辕”指大杆，所以有的古人就附会说黄帝作车（有的说，“轩”指轩冕，一种帽子）。《周易・系辞下》说，黄帝、尧、舜“服牛乘马，引重致远”，以利天下。可以理解为，较早地驯化牛马，让它们做一些搬运负重的活。轮车发明以前，黄帝族使用“拉杆”“拉橇”等，为未来做了可贵的准备。真正带轮的车子，尤其是马拉战车，是黄帝直系的夏人在夏朝后期由“西部”引进的。《墨子》、《荀子》、《世本》、《吕氏春秋》和《淮南子》等书都说夏人的“车官”（车正）奚仲作车。《山海经・海内经》说：“……奚仲生吉光，吉光是始以木为车。”

黄帝“游农”，兼营一些牧副业，这是中国农业一大特征，黄帝跟古羌人关系密切，开始驯养牛羊，是合理的（中原仰韶遗址中，羊的遗骨很少，他们已会养猪）。所以《史记・五帝本纪》说他“淳化鸟兽虫蛾”，“淳化”指驯化某些野生动物，包括养蚕。

（3）文字

文字能够把人类的经验与想法记录下来，传留给后人。不识字等于“睁眼瞎”，创造并且运用文字，就有文化而又光明；文字是人类进入文明的一大标志（一般所谓“文明”三要素，指使用金属器、有文字与城市）。先秦到初汉的若干古籍说，黄帝史官仓颉发明文字[1]。传说仓颉有四只眼睛[2]。

黄帝所处的仰韶文化时期，陶器上已有些记事表意的奇特符号，这是文字的前身。夏朝晚期可能已有简单的文字。黄帝族使用某些方法或符号为记录，促使了文字的发明。《淮南子・本经训》说：“昔者仓颉作书，而天雨粟，鬼夜哭。”掌握

---

[1] 参见《世本・作篇》及注。

[2] 参见纬书《春秋元命苞》等。

仓颉与文字创造

相传黄帝史官仓颉创造文字。从此人类不做“睁眼瞎”，倒仿佛多长了一双眼睛，像太阳那样能够烛照一切，传播“有文化的光明”，吓得鬼都“夜哭”。

了文字，人类就跟“神”差不多，鬼都吓得在晚上偷偷地哭。文字提高了生产或生产力。夸张地说，就是天上掉“粟米”。

（4）天文历法

《史记·五帝本纪》说，黄帝能“迎日推筴”，筴（jiā）指一种可用来占卜的条状草木；有人说，就是“策算”的“策”。《史记·封禅书》就说黄帝得到“神策”，借以“推策迎日”。或说，“筴”或“策”指的是一种有些神秘的“蓍（shī）草”，古人用来占卜，计算太阳的运行。河南淮阳太昊陵庙庭院里就种植了许多蓍草，比别处长得茂盛，老百姓很尊敬。黄帝长期实行“游农”，跟游牧民族一样要懂得一些日月运行规律，懂得初级的计算，不然容易迷路，更没法种庄稼。

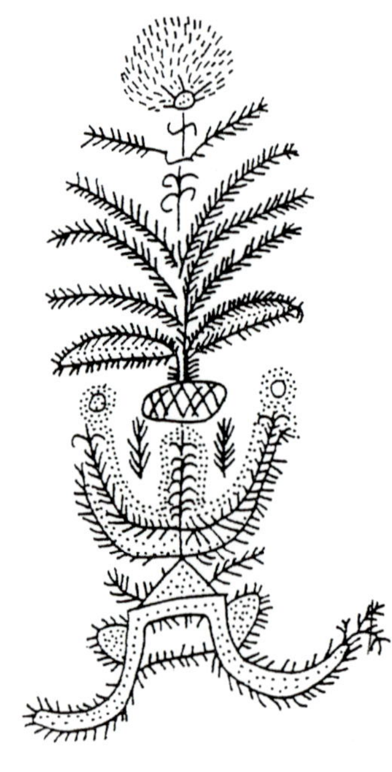

“历法树”

（彝族的神树，采自彝文经典插图）

相传黄帝时期已开始制定历法。观测天文，制定历法，多属游牧—游农之需要。黄帝正属这个时期。

历法，原初的依据之一是植物生长周期。西南兄弟民族也多有“历法树”神话。彝族的“黄神树”，纳西族的“中央”神树（海英宝达树）等，都跟历法相关。

（5）蚕桑丝绸

相传这是黄帝之妻嫘（léi）祖发明的。她观察发现桑树上有白色小果，是一种虫子口吐细丝绕成的，因而倡导养蚕取丝的方法，被后世尊为“先蚕娘娘”。

此外，还有传说黄帝乐官伶伦取谷之竹以做箫管，定五音十二律；黄帝与岐伯讨论医理，成《黄帝内经》等。上述都是极为重要的发明创造。虽然按照严格的历史研究，这些并不是那个时期完全能够做到的事，但是，由于黄帝是中华民族公认的传说祖先，他和他的部落确实在文化上有很大贡献，启发了后代（特别是其直系的夏人）完成那些伟大的建树，所以人们把许多发明发现都归功于他。这在世界文化史上是常见的事。

黄帝不但耳聪目明，反应敏捷，而且敦厚诚信，循规蹈矩。后代许多书说，黄帝作为一代明君，“劳心力耳目，节用水火材物”(《大戴礼记・五帝德》)，知人善任，有很强的组织能力与协调能力——特别是能够放手让政府各部门大胆开展工作，不随便干扰；令行禁止，又不任意折腾，使百姓安居乐业。古人称之为“无为而治”。

黄帝还是个大军事家，他跟蚩尤打了一场大战，让中国南北方文化在早期就有了一定的融汇与交流。相传黄帝有四张面孔，像太阳一样烛照四方。这表示，黄帝用文武两手，“抚万民，度四方……”(《大戴礼记・五帝德》)。取得决定性胜利之后，“诸侯咸尊轩辕为天子，代神农氏，是为黄帝”，就是说他被推举为“大联盟长”。

相传黄帝统一中原后，以龙为图腾，并“以云为纪”。所以，我们既是“炎黄子孙”，又是“龙的传人”。包括匈奴在内的南北方兄弟民族有的也崇拜龙，并且以夏人（黄帝直系）为

自己的祖先。黄帝的文化影响了许多地区或群团，而且随着历史的进展，影响愈来愈大而持久，最终成了中华民族都承认和敬仰的共同祖先。

延伸阅读

中华民族有文字记载的历史在三千年以上；如果连传说时代都算上，由黄帝开始，则有五千年左右。再根据《考古学文化》，从山顶洞人旧石器文化算起，则在五万年以上。所谓“蒙古人种”（黄种人）大致也在此时形成。这是中国数量最多的人种（少量白色的高加索人种则主要分布在新疆）。

中华民族的基干是“华夏—汉人”，是由西北方的“夏人”、东方的“夷人”与部分南方“苗人”、部分北方“狄人”长期融合而成的。黄帝本来是西北方夏人的传说始祖，炎帝是羌人的传说始祖；夏商周三代里的夏、周都说自己是黄帝直系后裔[1]。夏人及其先祖黄帝（集团）都发祥于西北黄土高原，很快东徙南下，进入中原。东部濒海地区，包括部分东北和东南，原住民被称为“夷人”，具有高度文明、文字记录明确的商王朝，就是由夷人后裔建立的。夏商大体都已进入文明时期，疆域广大，影响至巨。在他们的南方，以长江流域为主干、珠江流域等地区为大支，主要活动着苗人。而极其广阔绵延的北方（包含西北、东北），是以草原、山原或沙原为主体的游牧文化带，被笼统地称为“狄人”。神话、传说跟严格的历史不大一样，涉及的

[1] 华夏本指华山山脉、夏水流域，可是夏系（包括炎帝大部）与商系融合以后，连商人后代都自称“华夏”，同以中原为文化核心区；“汉”则是汉代兴盛后才有的名称。

文化、族属要宽泛得多。我们尝试用一些特征来标识它们，主要介绍它们的神话传说。

方位	集群	环境	经济生活	始祖	主神	图腾
东	夷人	平原、滨海	农业、畜牧	帝俊	太阳神	鸟
西	夏人	山原	农主牧副	黄帝	太阳神、山神	龙
南	苗人	水原、山原	农业	女娲、伏羲；盘古	葫芦神	犬、蛇
北	狄人	草原、山原	游牧、骑射		草原神	犬、马、牛、羊

这些“特征”在各篇里或多或少会有介绍。

现在简单介绍“黄帝”名称的由来。

如上所说，黄帝本来是中国西北黄土高原上一支强大部落集团的领导人。为什么叫作“黄帝”呢？首先因为他的集团发祥在黄土高原。“黄”字的来源，说法很多。比较合理的是“黄色田土及其光辉”，也有人说，黄是黄土沾染人身之色。这个黄或黄土之色，与中国人和中国文化关系太大了。中华民族大多数是黄种人（原称蒙古利亚人种）。北方黄种人主要发祥在广大的黄土地带。黄土具有一定的自肥力，它的柱状结构便于吸水和保水，当年的黄土是比较肥沃的，炎黄等族在这里开创旱作农业，收获不小。只是后来过度开发，管理不当，加上连年战乱，才逐渐贫瘠荒凉。

黄帝族开发黄土，尊敬黄土，《史记·五帝本纪》说：“有

土德之瑞，故称‘黄帝’。”由《周易》开始，古人都说“天玄而地黄”。黄，不是极端的白或者黑，被看作中和之色。在后起的五行学说里，土与黄都居中。我们的祖国至今还叫中国。“中庸”与“中和”是古代中国有代表性的哲学、美学思想。所以，汉代的《白虎通义》说：“黄者，中和之色，自然之性，万世不易。黄帝始作制度，得其中和，万世长存，故称黄帝也。”

至于“帝”，最初并不是“帝王”的意思。甲骨文中，“帝”是放在木架子上的倒三角形，这本来表示对繁殖力量的崇拜，暗指大母神，后来借用为大神或祖先（神）。黄帝就是黄土地上黄种人的老祖宗，始祖神。

相传，五千年前，黄帝及其集团就在黄土地上征战、生活、耕作。我们说，中华民族有五千年的文明史，主要根据就是这一点。这个时候，大致相当于考古学上的仰韶文化时期。这个时期，或其前后，中国的主干已进入农耕时代。《史记·五帝本纪》说，黄帝“艺五种”，意思是说开始了五谷的种植，却又说他“迁徙往来无常处，以师兵为营卫”，其实较可能就是游农。

最早的『气候战』

（华夏—汉人）

一支半裸着黑黝黝身体的队伍，在风雨交加之夜，向一个居民点摸去。整天劳累，居民们早就睡得鼾声四起。待有人惊醒时，依稀看到，好像有一条牛角乌龙一阵黑旋风似的把他们的粮食、衣物全都卷走了。

村寨四周挖有深深的壕沟，一来防水，二来防野兽，更重要的是，防备别的部落来侵犯抢夺——这在那时候是常见的事。

这次来的抢掠者，是从来没见过的，力大如牛，腿快像犬，隐蔽如蛇，据说脑壳硬得像石头，胸脯像一堵墙。有人甚至说，亲眼看到他们把一块块硬石头嘎巴嘎巴嚼碎，全吞下去了……

黄帝族早已得到他们不断来犯的消息。他们或分散，或集中，最喜欢在雷暴风狂或者苦雨凄风之时来犯。壁直的深沟根本拦不住他们。天亮日晴时，黄帝和他的助手们仔细检查沟壁，

初春之时，雷雨罕见。这一天，万里晴空，只有少量云朵在翻飞。忽然轰隆隆一串炸雷，瓢泼大雨就像瀑布似的冲刷而来。人们都说蚩尤族有呼风唤雨的法术，风伯、雨师都听他们使唤。一到紧要关头，就兴风起雨，敌人被冲得头晕目眩，脚下又滑得止不住，无法前进。

据说他们长着牛蹄子，能像山羊一样爬坡，像水牛一般蹚泥；还有人传言，他们脚底长着稻草，根本不怕滑，能夜战，斗风雨，战雷电，驱雾瘴。

黄帝族也并不示弱，他们善于审时度势，随机应变，立即召来大将“应龙”，升腾在雨空之上。[1]应龙是长着彩云一般翅膀的飞龙，硕大无比的胸腔中储藏大量雨水，能随时吐出，也能随意吸纳。应龙一飞到战区上空，立刻振动彩云一般的翼翅，张开大嘴，一口一口地把雨水吸入胸中。可这场风雨实在太大了，应龙一时无法完全吸纳。蚩尤族勇士呐喊着，一波接一波冲向黄帝族倾跌着的队伍，形势十分严峻。

黄帝踌躇了。他在考虑是否使用预备队。原来，黄帝手下还有一位女将，是旱之女神，叫作“旱魃（bá）”，她长得奇丑无比，只有一尺来高，脑袋很大，四肢短小，五官全都朝着天空，而且有四只眼睛（有人因此说她是异化或妖魔化的女日神）。

黄帝有先见之明，知道蚩尤善于雨战，预先把旱魃调到近处，以备不时之需。平时只能把她绑在地穴里，随便放出来的话后果严重。可现在到了生死存亡之际，黄帝再无佳法，只好放出赤裸的旱魃，希望制造干燥环境来保护自己，消灭敌人。旱魃一出地穴，吱吱乱叫，用单腿在雨地里蹦跳［有记载说她像“独足山魈（xiāo）”］，四只眼睛瞪着乌云弥漫的天空，反射出云缝里太阳的烈光。顷刻间，万里无云，雨收雾散，骄阳似

[1] 黄帝族以“黄龙”或“云龙”为“假想祖先：图腾”，祖先“保佑”他们，“同族”的应龙援救他们。

看到每隔二三尺就有一个挖出来的半月形的坑，入侵者可以手足兼用，一步一步攀援上来。有人说，他们背上长着翅膀，能飞过山沟，飞上原巅……这些外来人叫作蚩尤族，黄帝族“九战九不胜”。

这次，蚩尤人来得不善，而且黑压压的一片，看起来有几千人。黄帝决定在相对平缓的地区，相传是河北涿（zhuó）鹿，集中兵力与之决一死战。这是中国历史传说的第一场大战，是南北方大交往、大冲突、大混合的重要事件。

应龙

应龙是有翅膀的巨龙，兼为云神。它既是黄帝的部属，又是黄帝的一种化形。它曾经帮助黄帝“吸收”雨水，打败蚩尤；又曾协助夏禹以尾巴划开河道，引水入海。这也证明黄帝、夏人一系确曾以龙为图腾。

黄帝战蚩尤

这是中国历史传说第一场大战，是南北方大交往、大冲突、大混合的重要事件。

旱魃

“旱魃”是干旱的黄土—黄沙地带的产物。据说，她是黄帝的部属。她最初可能职司水旱，有一点调节水土的本领，黄帝曾用以对付蚩尤的“雨雾战”，而后迁徙其至西北方——初民以此解释西北干旱少雨的原因。

火，热浪难当。蚩尤族被这一番剧变弄得目瞪口呆，还没反应过来，就被欢呼着的黄帝大军杀得七零八落，尸横遍野。

黄帝胜利，蚩尤失败，南苗几乎是全军覆没。从此华夏—汉人雄踞中原，并且不断南扩。“三苗”或“九黎”除了一部分与华夏混血，融入北方民族，参与华夏文化创造外，很大部分被挤到苗南方，直到四川盆地、云贵高原，成了苗瑶等族。

还有一事，略作交代。不少史书上说，另有一场炎、黄大战，细看经过，跟黄、蚩大战差不多。我们认为两者不是混淆不清，便是一事二述。炎、黄是兄弟或对婚集团，吵架、打仗不时发生，然而不可能发生像黄、蚩那样的大决战。当然，无论失败者蚩尤，还是迁移者炎帝，他们的后代一直顽强存在，除了融入华夏—汉人以外，还独立地为中华民族文化贡献伟力。

延伸阅读

《通典·乐典》说，蚩尤率领一群鬼魅或怪物与黄帝战于涿鹿之地，黄帝吹动号角，作龙吟之声，与之对抗。或说，这是作战紧张，目视不分敌我之时，用号角来指挥，使之辨明方向，或进或退，或攻或守。或说，龙为“万物之灵，百兽之长”，龙吟之声洪大清越悠远，鬼魅都害怕。黄帝的军乐比较先进，能够鼓舞士气，威胁敌人。古人以为某种军乐带着巫术性，可以震慑各种恶凶。

更重要的是，黄帝利用战鼓来打败蚩尤。大家都知道，洪大的鼓声，能够加速心脏跳动、血液流涌，从而提高将士的勇气和体力。古人“击鼓进军，鸣金收兵”，是有道理的。黄帝善用战鼓，更有一种神话兴味。

据说，蚩尤族背上长着翅膀；或者，在紧急关头，能把折叠在背后的翅膀张开。不管是雨雾弥漫，还是飞沙走石，他们都像蜻蜓似的，在天空飞行自如，瞅到机会，猛扎下来，用利刃杀伤黄帝族将士。

黄帝用夔（kuí）牛皮做成战鼓——夔牛，是一种没有角的大水牛，或说只有一条腿，样子像河马，又像青黑色的犀牛，在海里生活。《山海经》说它出水、入水时都有暴风雨相随，有时还能激发雷电，“其光如日月，其声如雷”（初民当它是雷兽或雷神）。黄帝用这种夔牛皮蒙了八十一面战鼓，敲起来，“一震五百里，连震三千五百里”（《黄帝内传》）。蚩尤族刚飞上天空，黄帝族士兵连击九通战鼓（或说连敲八十一响），蚩尤族飞

战鼓

鼓是最重要的原始打击乐器（只有很少的群团没有鼓）。它最重要的功能，是鼓舞士气。鼓声往往与心跳同步，使人热血沸腾。战时，集众、指挥、鼓动；平时，祈雨、求丰、歌舞。

不动了，从天上掉了下来。

这就暗示黄帝曾经利用旱神女魃、云神应龙、雷神夔牛，也就是利用天气，加上带巫术性的鼓声与乐音，战胜了蚩尤。

原始部落（初民）非常重视鼓锣一类打击乐器，战前、战中、战后，都要用鼓乐来张扬军威，磨砺士气。从古至今，云贵川桂许多兄弟民族都装备一种特大型铜鼓（青铜时代之前，是木鼓或皮鼓）。这种鼓功能多样，灵验非凡，可以求来甘雨、丰收或者财富；人们认为它是族众生命的结晶，灵魂之寄托，“命脉相依，族运所在”。

黄帝信息灵通，知道蚩尤族把鼓当作生命，预先准备一批野牛皮大鼓（也可能偷窃敌人的皮鼓，再加以改造），临阵之时，一齐敲击，鼓声震天，比蚩尤族的木鼓或皮鼓洪亮得多。蚩尤族雨雾中分辨不出鼓声从哪里来，以为已方的战鼓全被缴获，巫术也不灵了，于是乱了阵脚，大败亏输。

黄帝族虽然赢了这场“气候战”，然而，请神容易送神难，旱魃一旦放出，就不易收回。尽管黄帝具有统帅的权威，也只能把旱魃囚禁并约束在大西北地区。到现在，那里的沙漠、半沙漠依然是赤地千里，雨量奇少，百姓就说是旱魃为虐。这是对大西北沙漠化地带严峻的气候和环境的神话解释。

蚩尤：苗人的英雄

（古苗人）

南方苗人集群有个勇武的传说祖先，叫作蚩尤。他被传统历史塑造成大反派，其实是个英雄。至今，许多地区的苗族还在纪念和祭祀这位“剖尤公公”，视蚩尤为自己的伟大祖先。

蚩尤铜头铁额，似乎头上还长着牛角。南方至今还流行斗牛，由两头养得肥壮结实的公牛，用角相抵，相互推撞，哪头躲避逃走就算输。人也模仿斗牛摔跤，也允许用头顶，谁把对方摔倒算谁胜利。这就是南派摔跤——角抵戏。

有人认为，流传至今的日本相扑，跟蚩尤族的角抵戏十分相似。从前，民间都用角抵戏的胜负来占卜本群团收成的好坏。牛角是一种尊贵的装饰，据说由此还能够取得公牛的力气和勇猛。

蚩尤死后，尸骨被抛撒各处，逐渐石化，也引起一些奇闻怪事。他的血不但变成盐卤，还染红了枫叶。

蚩尤，失败的英雄

蚩尤是中国最早的悲剧英雄。百姓不完全以成败论英雄，主要看他们为百姓做了什么事。西南方人尤其尊敬蚩尤，称他为“剖尤公公”。有些地方，直到今天，还祀奉蚩尤。

看到枫树洞里飞出一只美丽的大蝴蝶，后面跟着一群小蝴蝶，苗民举起双手，欢呼道：“蝴蝶妈妈！您复活了，您给我们送来无尽的生命！”

蝴蝶就是苗人的图腾（假想祖先）。蝴蝶像魂气一样在空中飞舞。

苗族蝴蝶妈妈生下最杰出的儿子就是剖尤（尊称“剖尤公公”，他还与牛、犬、虫、蛇等融汇为人格化的图腾神）。还有

人说，“蚩尤”苗语念 chif yóu，意思是“祖公”。

蚩尤生命的根源在枫树。苗族，或两湖某些群团到近代还坚持用枫木疙瘩雕刻剖尤（蚩尤）偶像，不然就不灵验。华夏—汉人说，只有用枫木做成的枷锁才能管住失败的蚩尤。传说枫叶就是蚩尤鲜血染红的，遍地的枫树林，则是蚩尤身上的枫木桎梏解脱落地化成的。

蚩尤蝴蝶妈妈与蚩尤

苗族、侗族等都传说，枫树洞里飞出蝴蝶妈妈，生出人类始祖“剖尤公公”——这就是华夏—汉人文献里的蚩尤。他曾化形“牛角龙”。

湖南乡间百姓相传，雷鸣电闪、暴风骤雨之后，到枫树林里查看，有时看到树干或者高枝上长出圆圆的大疙瘩（古代叫“树瘿”），上面好像五官俱全。祭祀跪拜之后，小心翼翼地把它完整地割下来，稍微加工，就成了神面（面具式偶像）。这跟古书的记载暗合：晋代任昉《述异记》把它叫作“枫子鬼”，宋代罗愿《尔雅翼》称之为“枫人”或“灵枫”。当地百姓认为神面十分灵验，可以向它祈求甘雨和好收成。还认为它能够“驱邪赶鬼”，就好像上古青铜器上铸造的兽面，妖魔鬼怪见了都害怕。百姓说，这就是“蚩尤爷爷”。

传说，蚩尤被杀以后，他带发的头颅（或他的旗帜）成了彗星，叫作“蚩尤旗”，实际上这是以蚩尤命名的“战神星”。彗星象征战争、动乱，甚至灾害、瘟疫，这反映初民或古人对异常天象的恐惧。作为扫帚星，彗星在特定语境中，也能清除污秽和恶凶。

蚩尤面

（蚩尤四目面具）

黄帝用蚩尤图像威慑四方。民间则以蚩尤面做的吞口（面具）为镇邪物。可见蚩尤的影响力和勇武名声多么大。

延伸阅读

蚩尤及其文化，由于缺乏文献资料（包含有记载的神话、传说），所以很难弄清。连原生地都大有争论。他们游动、征战连绵，曾经“宇于”（住在）东部，并且向北部转进。我们采用古人的传统说法。

（1）《尚书·吕刑篇》等较可靠史料说，三苗—九黎有杰出首领叫蚩尤。三苗肯定早在长江中游或湖湘一带活动，九黎也是早在长江以南生活（九是约数，表示多，九黎是黎人部落群居团或联盟。史称蚩尤兄弟八十一人或七十二人，都是带神秘性的模式数字）。

（2）湖北、湖南有部分地区（现称汉族，其实有苗黎成分），至今认为蚩尤为祖先英雄，年节祭祀不辍。

（3）苗人信奉“剖尤公公”，详细问查，原来就是指蚩尤。

（4）枫树是蚩尤的植物神或“圣树”，剖尤或蚩尤的雕塑像只能用枫木或枫瘤制作，枫至今受到膜拜和歌颂。

（5）蚩尤的动物化身，即苗黎图腾，与南方、西南方关系密切。

古代南方的苗人或三苗（也有说是九黎的一支），据《史记·五帝本纪》等记载，很早就活动在湖南洞庭湖和江西鄱阳湖之间、长江中游展延区。“湖广熟，天下足”，这些地区是中国富庶之地。在新石器时期，南方文化，例如环太湖的良渚文化、湖南的城头山文化、湖北的屈家岭文化，都跟北方仰韶文化、马家窑文化、大汶口文化、龙山文化不相上下，相当先进。

近年还在良渚文化等遗址发现早于甲骨文千年以上的雏形文字或符号刻划。南方的土地虽然肥沃，雨水也充足，但是，刀耕火种只能烧掉地表芜杂的草木，却没法清除树根，这样，耕地就无法扩大和深挖，作物的生长与产量就有很大限制，生产力水平无法较快提高。金属工具（特别是铁器）发明出来后，情况大大改观，这是较晚的事了，但是，南方民众把铜器发明和专利权都给了他们的文化英雄蚩尤。

蚩尤实质上又是锻冶之神、工器之神。

上古时期，所谓文/野过渡时期，铜铁匠是部落的“明星”，被看成神，受到崇敬。这不但因为那时候，即令社会上层也脱离劳动不久，体力劳动还受到一定尊重，还因为金属和金属工具的发现、创造是文明时期的第一标志（西方以用铁为标志，中国以用铜为标志）。冶炼、锻铸本身也实在神奇：一堆顽石能烧成金属，坚硬的金属块又能烧软，在铜铁匠的锻打或冶铸下再变成锐利或厚重的工器，能够耕田、杀兽、打仗——这是多么神秘的事。铜铁匠往往被当成魔术师、巫官、神汉，说不定还是魔鬼，这叫作“铜铁匠神秘”。

所以，希腊的锻冶之神赫菲斯托斯（罗马叫作伏尔甘），能够“挤”进九位大天神行列，还能娶最美丽的爱情女神阿弗洛狄忒（罗马叫维纳斯）做妻子。

蚩尤（即令被妖魔化）的神话地位很高，跟这一点很有关系。

工匠、工匠神，和他们所创造的工具、武器等一起受到崇拜。彝族史诗《勒俄特衣》说，诸神“宰了九条商量牛”，“喝了九罐商量酒”，才商量由阿尔师傅去锻打金属工具，不然无法开天辟地（这里指开启文明）。

膝盖做砧磴，口腔做风箱，
手指做火钳，拳头当铁锤，
制成四把铜铁叉，交给四仙子。

于是，将天地分开；又造出九把铜铁扫帚，交给九位仙姑清扫天空；造出九把铜铁斧头，交给九位男神去平整地面，才天明地净。

蚩尤创造武器

（山东沂南汉墓画像石）

文献说，“蚩尤作五兵”，是五种兵器的发明者：头上是弩，胯下是盾牌，手持短戈与钩镶（一种短兵器），脚下是短剑与匕首，“武装到牙齿”，是真正的战神——连敌人都尊敬和钦佩他。

故事《黑岩石的秘密》说，天上掉下一颗星，山头烧了三个月零三天。问谁都不知道。只好问那位阿尔师傅。他说：“这是一颗吉星，它的名字叫‘铁’，它能变出许多‘富贵’。”他用这块铁陨石，打出铁剪剪羊毛；打出铁斧砍竹子，竹子做弹弓，弹弓弹羊毛、织毡子，大家穿得又暖和又漂亮；打出钢刀，更能杀敌御害，战无不胜，攻无不克。

这也是所谓“铜铁匠神秘”“锻冶崇拜”的由来。

蚩尤又兼为武器之神，乃至战神（汉代皇帝就曾特别祭祀他）。汉画里，蚩尤佩饰五种兵器（刀、戟、棍棒、钩镶、弩箭，或其他），十分凶猛。他巨大的肚子就像大熔炉，吞食铜锡等矿石，经过消化、冶炼、铸造，吐出来，就变成明晃晃的兵器了。

所以传说“蚩尤作兵”（《吕氏春秋·荡兵》），发明青铜武器。《管子·地数》就说：“葛卢之山，水里有铜矿沙，蚩尤用来炼铜。”也有文献说，黄帝冶铜，铸鼎。例如，“黄帝采首山之铜，始为铸刀。”（《太平御览》卷339，引兵书）“轩辕采首山之铜以铸鼎，虎豹、百禽为之视火。”（《太平御览》卷665，引《东乡序》）但没有蚩尤炼铜的记载来得多。蚩尤一系的后代，是很可能较早冶炼金属的。金属武器比石刀、石矛、石箭头厉害多了，铜铁武器，渐渐成为权力的象征。

汉初，华夏—汉人对蚩尤还没有什么偏见。东方八神中，蚩尤就是兵主（武器与战争之神）。刘邦起兵时，先祭祀蚩尤（参见《史记·封禅书》等）。统治者向他求福祈祥，甚至向他祈雨（参见《春秋繁露·求雨》等）。

龙图腾与黄帝族

（华夏—汉人）

中国远古人类，北方多住在山洞、地穴里，南方多住在树上。“有巢氏”就是这么得名的，至今云贵高原的民族还多住在高脚楼——干栏式房子里。这些地方常受蛇的侵袭，被咬一口的话多半没命，所以他们特别怕蛇。现在我们见面打招呼：“吃过饭没有”，因为吃对于农业民族十分重要；远古时打招呼，却是：“有它乎？”

“它”，加个虫字旁，就是“蛇”。远古人认为，神秘的东西不能叫其名字，不然它会生气。慢慢地，由畏惧生出崇敬，再加上种种类似联想与偶发事件，蛇就成为某些群团的图腾。例如南方的“蛮”（这个词最初毫无贬义），底下是“虫”，古文字“虫”是鼓着脖子的眼镜蛇的样子。多蛇的南方，“闽”“蜒”“巴”等族称，都是这么来的。当然，还有一些“蛇姥姥”“蛇父蛇母”传说的证明。

那时，有一位蛇祖宗是很光荣的事，说不定敌人听了都害怕。但是，文明演进之后，就觉得蛇不免卑微，太普通，人们逐渐为它加上鳄鱼和蜥蜴等的四足，甚至鹿的角、马的牙、鸡的爪、鱼的鳞……蛇就成了龙。由于蛇具有多栖性与顽强的生命力、繁殖力，高山、沼泽、雪地、热土都有蛇的踪影，于是，龙也就在湖海、山川、沙漠、冰峰，甚至地底、天空，都能活动自如。黄帝等以龙为自己的祖先，首先是因为它有这样强大的生命力。

上古时候，有一位“有蟜氏”（蟜，一种长身子的鱼，或说弓着背的虫），她生下一个皮肤微黄的孩子，就是黄帝。有的文献说，黄帝由长鱼母亲生下，长鱼是龙的形象来源；还有的说，是龙让黄帝母亲怀孕生子的。

黄帝活了很长时间（有的说三百岁，有的说五百岁），逝世的时候，有一条巨大的黄龙由彩云里降下，驮上黄帝的遗体，他的部下争抢着去攀住龙须，一起飞上了天空（有的史料说，黄帝的衣冠埋葬在桥山，就是蟜龙之山）。这暗示黄帝死后回归母体，回归图腾，与龙化成了一体。有文献记载，黄帝升上天空，变成轩辕星座，这个星座相当于西方的狮子座，张牙舞爪，长长的身躯，古书说是“黄龙体”，表示黄帝变成了一条黄龙。“黄帝时，大蚓现。”连大蚯蚓都被当成地龙，纳入龙图腾崇拜系统。

华夏的主干之一，建立第一个奴隶制王朝的夏人一直坚持自己是黄帝一系，也以龙为图腾。

治水的大禹父亲叫作鲧，他因为从天帝那里盗来能够自我生长的息壤，被天帝杀了（这在后文《大禹治水》部分还会讲到），但是遗体三年都不腐烂，只是变成黄龙（有的文献说是黄熊，认为黄帝一系也以熊为图腾）——这就是禹！

禹治水的时候，前面提到的云师应龙，用锋利的尾巴划开

黄龙

黄帝化身黄龙，以龙为图腾：假想祖先。黄帝是华夏—汉人的传说祖先，是中华民族的人文初祖；我们都是“龙的传人”，世界也称中国为“龙的国度”。

黄龍

土地，形成河道和沟渠，使洪水顺利入海，顺便灌溉了田地。

禹要巡视察看华夏大地与治水效果的时候，天上便降下两条龙，供他乘坐，绕了一圈才回来。禹的儿子启，同样能够“御飞龙而登天”，也有两条龙做他的坐骑，巡行天下。所以，《史记·封禅书》说：“夏得木德，青龙止于郊。”龙是夏人及其直系的周人的图腾、祥瑞和标志物。

延伸阅读

龙是黄帝一系夏人集群的图腾，却不能说成“中华民族的图腾”。图腾只是氏族、部落阶段的产物。

什么是“图腾”？

印第安人奥吉布洼语有个特殊的名词，称呼某种动物为自己的“totem”，意思是“亲属”，人类学家借用这个词称呼原初信仰里的“非人类祖先”（多数是动物，少数属植物，个别为无机物，如云、石等）。某种动物，跟某一氏族、部落关系“密切”，在经济—文化生活中地位比较特殊或者比较重要，可贵、可怪、可爱或者可怕，就容易被选作非人类祖先。那时人类的生产与科技水平很低，弄不清妇女为什么会怀孕生子，总以为是某种圣物赏赐给自己后代。那“圣物”就是图腾（图腾现象产生的原因，到现在，科学界也没有彻底弄明白）。选择、确认图腾，具有很大的偶然性。一条蛇游过某位妇女的脚旁，她吓了一大跳，肚子好像动了一下，这条蛇就可能被当作图腾。

一般的动物崇拜是不能说成图腾信仰的。判断的标准有相互补充的三条，重要性依次递降：

（1）非人类祖先的传说、事迹或暗示；

（2）代表性人物的非人类化身（如黄帝变成黄龙等）；

（3）专用的标识或符码（如黄帝等以龙为旗、为饰）。

旗帜是图腾最重要的载体。“交龙为旗”（见于《周礼》等），龙旗是古代天子、王族和诸侯身份与地位的象征。龙是华夏—汉人的神圣符号或标志。

像古代罗马，军旗上就绣着狼头等。李维《罗马史》说：“（罗马将军）每当出兵之时，必先亲自率领祭司，恭祭狼旗，以祝胜利，典礼至为严肃。”因为他们以狼为图腾（开国祖先是由狼奶大的狼孩）。《列子·黄帝篇》说：“黄帝与炎帝战于阪泉之野，帅（率）熊、罴（pí）、狼、豹、貙（chū）、虎为前驱，雕、鹖（hé，猛禽）、鹰、鸢为旗帜。”一般认为这些是加盟部落的图腾。

形象性符号还包括歌舞等等。韦莱说：“你若想知道［非洲人］属于什么图腾，就问他跳什么舞。”像舞龙（灯）原来就是龙族的图腾舞蹈。划龙船更是中国南方特有的“龙节日”与“龙仪式”。

龙是由蛇神圣化而来的神话动物，自然界不存在，但神话动物有自然界的母型或“模特”。圆滚而夭矫的身子，长长的红舌头，细长的尾巴，遍体鳞甲，龙最像蛇，却又不仅是蛇。

它是混形的，有鱼鳞、鹿角、马牙、鸡爪……它是长生乃至永生的。蛇、蜥蜴或某些虫子能冬眠而后苏醒，鱼鳞

鸡爪等会出新，鹿角一年一度脱换，马齿也会更生……生命力极其强大，就好像能长生不老似的，它们也因此显得神奇而又神圣，被当成动物祖先也就不足为奇了。两栖性或多栖性，独特的爬行方式，加上凶猛和灵活，都增加了它们的神秘性。

夏人和周人的活动地区西部，有一种“沙漠巨蜥”，长尾四足，遍体细鳞，相当凶猛，有时竟攻击人类。特别是行踪诡秘，神出鬼没。初民观察动物往往分不清种类，把外形略似的动物混淆在一起。还有一种水蜥，善于潜泳，必要时钻到沼泽污泥底下暗藏，初民便说巨蜥生活在水底，叫作“潜龙”。周人始祖后稷被称为“后稷龙”。他还没有出头干大事的时候，便是“潜龙”(《周易·乾卦》说“潜龙勿用”)；时机来到，大展宏图，才是“飞龙在天”。

龙的母型或者取象依据很多，许多动物，像鱼（鲤鱼跳过“龙门”就成了龙）、狗（如藏獒“龙犬”）、马等近二十种动物，都曾被美化成龙。区别主要在头部或角，有鹿角龙、牛角龙、

侗族牛角龙

苗、侗等族有“牛角龙”。身子或长或短（正面观）。有时牛形稍加装饰也能叫“牛角龙”。

羚角龙等。只是圆滚夭曲的身躯，是基本结构，相对稳定不变。可见蛇、蜥、鳄是龙的主要母型。

近年，随着东北红山文化蜷体玉龙的发现和研究的深入，龙的母型添了奇特而又重要的一种：虫。红山纤细型玉龙，有的长着猪嘴，或者截鼻，认作猪龙是可以的。但有些粗壮型玉龙，从其头部正面观，俄罗斯文化学者沃尔金认出，那正是金龟子（等）的幼虫：蛴螬。昆虫会蜕变，有的能蛰伏或冬眠，从幼虫到成虫，生命形态变化极大，繁殖力极强，初民非常惊奇，认为这可能是长生不死、不断变化的龙种或龙子。

黄帝妻子嫘祖驯养的蚕，生命形态变化极大，从小小的蚕子，到幼虫，再成蛹，终于变成有翅膀的蚕蛾，腾飞产卵……太神奇了。它也可能是虫（形）龙的一种母型，所以古人称蚕为“龙子”或“龙蚕”。

可见龙的取象依据实在太繁多了，大概都与新石器时期初民所尊崇、敬畏的某种动物相关。

中国的龙（也许还有凤）十分特殊，历史悠长，影响绵延，变化多端，至今未止。如今，不论用龙做服饰，做艺术品，还是做玩具，龙都成了华美的象征和吉祥物，其文化上的意义更被升华与张扬。我们自称“龙的传人”，体现着民族团结和凝聚力。外国人至今称中国为“龙的国度”，他们惊奇地注视着“中国龙”的新生和复兴。

先蚕娘娘：嫘祖

（古羌人）

《史记·五帝本纪》说："黄帝居轩辕之丘，而娶于西陵之女，是为嫘祖。"古来相传，嫘祖发明养蚕缫丝。"淳化鸟兽虫蛾"，驯养某些野生动物为人所用，是黄帝族一大功劳。

西陵，一般认为在蜀（今四川），是古羌人活动地区之一；这一地区的族氏又被称为"蜀山氏"。蜀，就是蠋（zhú），指的是野蚕。传说蜀国先王蚕丛，就是蚕宝宝"上山"的意象。从黄帝族到夏人、周人都跟古羌人关系极为密切，还有说他们世代通婚。或说，蚕桑是华夏—汉人跟羌人一起发明的。

跟北方的仰韶文化约略同时的南方河姆渡文化中，发现了一个漂亮的象牙盂或盅，上面刻着家蚕仰头吐丝的形象（那盂或盅，可能用于孵化蚕种，或是祭祀蚕神的礼器）。稍后的吴兴钱山漾良渚文化遗址已发现明确无误的丝织品，经鉴定为家蚕丝。放射性同位素碳-14 测定的年代约为公元前三千年，可见中

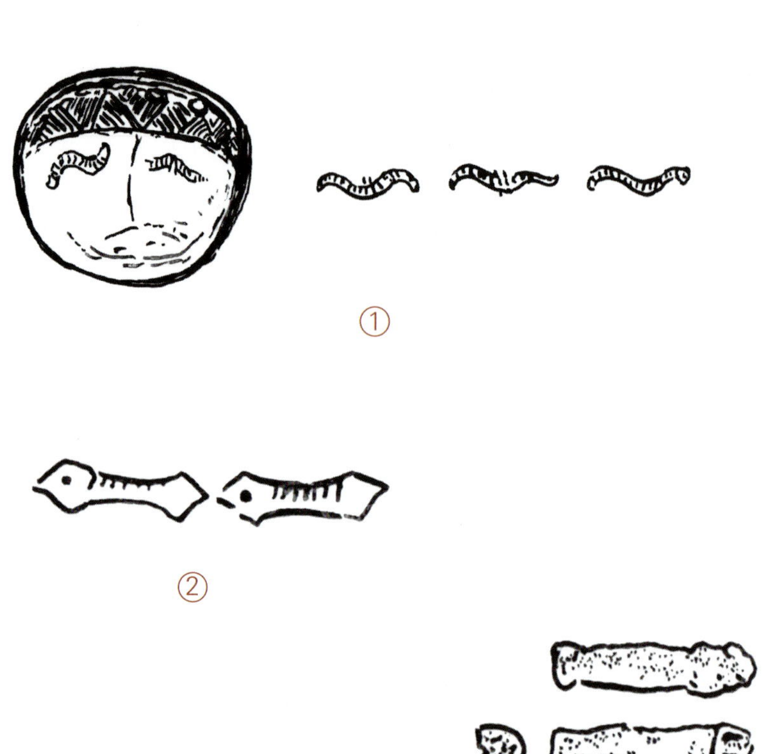

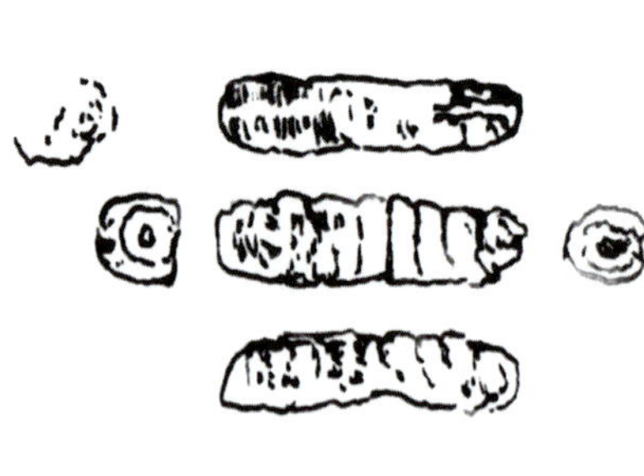

蚕

（① 浙江余姚河姆渡出土蚕钵及纹样展开图
② 江苏梅堰出土器物蚕纹
③ 辽宁沙锅屯出土石蚕
④ 安阳殷墟出土骨蚕）

新时期时代遗址出土的蚕、蚕蛹的纹饰或模型证明中国驯养丝蚕已有七千年以上的历史。

国人早在新石器后期就会养蚕缫丝了。无怪乎上古欧洲称中国为“赛里斯”（seres），就是“丝国”的意思。

传言嫘祖发明养蚕缫丝——历史上一些重大的发明，都出自妇女，像驯养幼畜、制陶、纺织等，成天在外奔忙的男人，是做不出来的。

养蚕是个技术活。蚕有好几种，例如野蚕、柞（zuò）蚕。养蚕的关键在选种和育种。好不容易采集到优良野蚕种，却不一定孵得出来，因为它们要求较高的温度，那时又没有专门的蚕室。妇女们只好把蚕种放在相对封闭的容器里，例如磨平的螺壳里，保证其较快孵化与繁殖。有时干脆焐在怀里，像母鸡孵蛋那样。

野蚕被驯化成家蚕，依然要吃桑叶。野桑又高又大（南方现在还有很多，兄弟民族称“马桑树”），生长力强。野桑被东方民族当作神树，日出扶桑、桑林的社祭与歌舞、圣桑的母型全是野桑。上古妇女忙于家务，外出往往为了采桑。《诗经·卫风》的《氓》写道：“氓之蚩蚩，抱布贸丝”。诗中女性生活几乎全由“桑”来代叙或隐喻。直到汉乐府《陌上桑》，事件起因仍然是采桑。

古老的《山海经》里已经有神奇的桑树和蚕桑传说。

《海外北经》有“欧（呕）丝之野”，其间有大树，“一女子跪，据树欧丝”。蚕桑是女性的事业，古时桑树高大，妇女爬上树，跪在枝桠间采桑，却被神化为能够吐出蚕丝来——蚕和女性相结合，成为“蚕的女神”。

这种没有完全驯化的野桑，被夸张得很大。《中山经》载有棵巨桑，据说直径就有五十尺，树枝伸出来像四条大路，叶子有尺余，中间有赤色纹路，青色的花萼托举着黄色的花，名叫“帝女之桑”。《广异记》说，赤帝（即炎帝）女儿修炼成了神仙，住在大桑树上，不肯下来，不想回家（这就是有女“呕丝”

扶桑树与太阳神鸟

（汉武梁祠壁画，石刻）

扶桑树是太阳（鸟）每日东升时栖息的神树，是“世界树”的一种。扶桑树上栖着八只神鸟，再现了上古“多太阳”神话。但它仍然由蚕桑取象，画家没有忘记在树枝上挂一只盛桑叶的篮子。

的“帝女之桑”），“赤帝以火焚之，女即升天”。

以上说明，蚕种和桑树是蚕丝发明的关键。

从古代桑树的选择、驯化、培育，到现代桑树的矮壮、叶子的肥嫩、桑葚的甜美，都是中国妇女的劳绩。西方上古，特别是希腊罗马，贵族视丝绸为珍稀之物，贵夫人披着半透明的丝衣显示气质（据说，还发现古埃及木乃伊身上穿着丝绸）。西方人听到传闻，丝是从某些树丛里采集到的，或者是生活在树上的“绵羊”的毛，甚至是用螺蚌的软足做成的。有一首诗歌唱道：

她也不用针刺绣
旭日出处的赛里斯人
采自东方树上的罗绮……

希腊语中称中国为“赛里斯”，意即生产丝绸的地方。老普林尼的《自然史》中写道：

人们在那里遇到的第一批人是赛里斯人，这一民族以他们森林里所产的羊毛而名闻遐迩。他们向树木喷水而冲下树叶上的白色绒毛，再由他们的画室来完成纺线和织布这两道工序。

西方人好不容易打听到，那是一种神树上的龙虫吐出来的，却又没法偷运这种虫子，因为稍一折腾，它们就死了。即令蚕宝宝成活，甚至吐丝成茧，他们还是没法抽缫——蚕蛾出壳时把丝全咬断了。

嫘祖发明养蚕缫丝，代表了中国古代妇女的勤劳与智慧。

延伸阅读

有人认为，嫘祖形象出自西部地区，其原籍便可能远到西域（今新疆一带）。黄帝的影响，早在先秦，已经到达了帕米尔高原。至迟创作于战国的历史故事书《穆天子传》说："天子（周穆王）升于昆仑之丘，以观黄帝之宫。"昆仑，就是现在的"和田南山"昆仑山；接着，"观于舂山之上，乃为铭迹于县圃之上"，舂山，也叫作"葱岭"，因帕米尔高原盛产野葱而得名。这里有黄帝的"遗迹"或传闻。也有说黄帝跟"西方美人"婚配的。

蚕神崇拜发生得很早，殷商甲骨刻辞里已有"蚕示"，西域与江南有外貌很凶恶的四臂蚕神（能够驱避蚕瘟），四川有蚕马女（还有跟印度马鸣菩萨融合的马头明王），等等。但是，最重要的蚕神仍是嫘祖。帝王们为了表示重视农桑，开春时皇帝要"亲耕籍田"，皇后要"亲（养）蚕"，并且祭祀先蚕：嫘祖或者"雷祖"（《山海经·海内经》等记载，黄帝之妻嫘祖就是"雷祖"，嫘、雷上古同音；甲骨文有"雷妇""雷妃"）。

蚕神跟雷有什么关系？原来，每年农历仲春二月，"千红万紫安排著，只待春雷第一声"，叫作"惊蛰（zhé，眠藏）"，雷出则万物出，冬眠的动物，都开始苏醒，蚕宝宝也要出壳。《礼记·月令》说，农历二月，雷乃发声，"蛰虫咸动"。先雷三日，官府敲响木铎，发布政令："雷将发声，有不戒其容止者，生子不备，必有凶灾！"这个时候，品行不端，惹恼雷神，会发生蚕瘟、旱涝等大灾，个人身上也会发生不幸的事。

炎帝——神农氏

（古羌人）

中国一说起远古，就是“三皇五帝”。这些人物由神话到传说，相当复杂，有各种组合。但炎、黄二帝久已为国人所承认，历史背景也比较清楚。

炎、黄二帝分别是有血缘关系的两支氏族的首领。炎帝氏族在姜水流域，黄帝氏族在姬水流域，在成长中他们一个姓了“姜”，一个姓了“姬”，形成了各自的文化特征。

炎帝族似乎较早接触谷物种植，发明农业。所以，古人尊称炎帝为“神农氏”。[1] 许多记载都说神农人身牛首。汉代的《纬书》里说：

神农生三辰而能言，五日能行，七朝而齿具，三岁而知稼穑般戏之事。[2]

[1] 汉代古书《世本·帝系篇》，注文说：“炎帝神农氏。炎帝身号，神农代号也。”

[2] 指播种、收获及其模仿游戏。

神农发现谷种落下去的地方，会长出新芽，慢慢分杈结籽。他想，要是留下野谷种，到适当时候，撒在地上，让它长成新谷，这样不是越长越多吗？……就这样，他跟部众一起驯化了野谷，开始了种植业。

现在已经散佚的《周书》说：

神农之时，天雨粟，神农遂耕而种之。（据《绎史》引）

神农传说还跟“谷种神话”有密切关系（后文会有专篇介绍）。民间传言，老天爷给神农派来一只红雀，口中衔着有九根穗的谷子，神农氏把谷子种在地里。一旦加以文学化，那就是：

［炎帝］时有丹雀衔“九穗禾”，其坠地者，［炎］帝拾之，以植于田，食者老而不死。（《拾遗记》）

有人称之为“天然农业”。能将野生植物种子加以栽种，其实比等待“天上掉馅饼”进了一步。据说，炎帝的“原始农业”，能够催动雨露（暗示还没有灌溉）。

昔者神农氏之治天下也……甘雨时降，五谷蕃植。春生夏长，秋收冬藏。（《淮南子·主术训》）

神农理天下，欲雨则雨。……万物咸利，故谓之神。（《尸子》）

《淮南子·主术训》等说，神农以前，民众“茹草饮水”，吃生肉，极容易生病，炎帝神农氏采取相互联系的三大措施：

（1）用火烧熟了吃；

（2）“教民播种五谷”，从采集走向种植和驯化；

天赐神种

种子的故事，跟世界农业发展史是一致的：首先采集、利用可食植物的果实与果子。

这反映在神话上，就是“天赐神种”。

（3）“[亲]尝百草之滋味，水泉之甘苦”，让民众知道什么可以吃，什么能够治病，什么不能吃。

远古时，医药业往往与采集—天然农业一道发生、发展，因为在采集可食种子、果实的时候，最可能发现有治疗作用的天然药物，尤其是草药——中国古代医药业以草药为主，在炎帝神农氏时代就开始了。

湖北神农架民间故事说，神农在尝百草过程中不仅发现多样化的粮食品种，还辨识出许多药用植物。传说神农曾搭起竹木架登上悬崖采药，虽然他搭的竹木已长成森林，可为了纪念他，这里仍叫“神农架”。

《搜神记》记载，“神农以赭鞭鞭百草”，为什么要鞭打草木

呢？原来是为了使它们在鲜活时流出汁来，以便尝试，从而“尽知其平毒寒温之性，臭、味所主”，明白其药性而后用。鞭打百草隐藏着一重民俗观念：是药三分毒。药草具有一定的毒性、顽性或“魔性”，必须把百草里的“精灵”鞭打得服服帖帖，好让它们“改邪归正”，老老实实地为病人治疗疾病。

这是发扬自我牺牲精神，拿自己做试验品。《淮南子·修务训》说：“当此之时，一日而遇七十毒。”可说是九死一生。

《帝王世纪》赞美他教民耕种、治病救人的业迹道：

炎帝神农氏，长于姜水，始教天下耕种五谷而食之，以省杀生。尝味草木，宣药疗疾，救夭伤人命。百姓日用［其术］而不知。著《本草》四卷。

当时没有文字，药性病理只能依靠口传面授。由于炎帝神农氏对医药发明的巨大贡献，药物学家把中国第一部药典命名为《神农本草经》来纪念他。

延伸阅读

中国的栽培稻出现很早，恐怕已有七千年以上的历史，民间却把它推得较晚。有的还说是某种动物（如鸟、蛇、犬等）从天上或海底取来的。这就把一件世俗的事件变成神圣讲述，使人敬畏农稼。

关于谷种的神话，少数民族有两种说法：一种是种地时，珍贵的神种被布谷或斑鸠偷吃了，英雄将鸟射落，取出谷种，

再救活鸟儿，这叫“盗谷种”；另一种叫“送谷种”，鸟儿带有谷种，也多是将其射落、取种。例如，珞巴族的猎人阿巴达射落一只兴阿鸟，从它肚子里取出鸡爪谷、稻子和玉米，然后让两个儿子用来播种。拉祜族、壮族、彝族等都说是宇宙开辟之后，斑鸠贪吃谷种，被英雄射落，取种播植。

拉祜族神话传说，人类当初只会采集，不会种植，更不懂留种。天神厄莎的姑娘在舂谷时，有一粒谷子被斑鸠衔走，“飞到太阳里／飞到云彩里”（拉祜族史诗《牡帕密帕》）。天神厄莎告诉他们衔种斑鸠的下落。他们用扣绳套住来喝水的斑鸠，剥开嗉囊一看，只有一粒，不是太少了吗？厄莎说：

一粒下地生万粒，
田谷种在水田里，
旱谷种在山坡地。

壮族发明用火的布洛陀，曾经派斑鸠和山鸡等，到郎老坡（传说中的乐园）去取谷种，可是它们贪嘴，把种子全偷吃了。布洛陀只好用绳套把它们套住，从嗉囊里取出三粒没有消化的谷种，栽种出粮食，人类从此才不吃草叶、草根、草籽。

据说，苗族有一位文化英雄“嘎（gár）老”，也是农艺师兼“医学之祖”，还发明酿酒（酒有医疗功能），所以也被尊为“神农”。他不但开田种谷，还挖了千种百样的草和药，“挖了一棵尝一种”，采集来用以治病。

神农鞭百草

神农是中国农业创始人，对医药的发明也有巨大贡献。

繁体的“医”字一般是怎么写的？醫：下半部是“酉”，原来是尖底酒瓶。古人认为酒能加速血液循环，对治病有利。必要时它还能当外科手术的麻醉剂，减轻病人的痛苦。“医”字中的“矢”，就是用来割破脓疱等的“手术刀”。原始医生是离不开酒与箭头手术刀的。而上部右边的“殳”（shū，一种竹棍似的长兵器），用来把鬼从病人身上“打”走。族众大都相信，害病总是撞上“鬼”，得罪“神”，唯一的办法是请巫师来赶鬼、求神。到现在，有一些偏僻迷信地区还在靠巫婆“跳大神”治病。所以，原初治病主要靠巫术，或者是巫、药并用。古代“医”的一种写法，是下部为巫：毉。

巫师治病

（篆文“医”，或从酉或从巫）
最初治病，要靠巫术。至多是巫术、药物并用。现代偏僻地区还有残存。

可是神农记得，他吃了某种“草”，能把身上的痛苦消除掉。他还看到一种草蜥蜴，能够衔来小草，帮负伤的蜥蜴“治疗”（老百姓称它为“蛇医”，某些蛇也有这本领）。神农搜集、记忆了许多“药草”，为亲属与族众治病。有时没有巫医，草药也能解决问题。族众逐渐明白：神农草药能治病，至少可以“辅助治疗”。这是从巫术到医术的巨大转折，是文化史上的大事。

从火神到灶神

（古羌人）

那么，炎帝这个称号是怎么来的呢？

炎，是烈焰升腾。“炎帝，太阳也。”（《白虎通义》）他曾被崇拜为日神兼火神。有人说，这是因为炎帝发明用火。但是，五十万年前的中国猿人北京种就已用火。

炎帝可能是扩大或者改良火的用途，改进取火的办法。例如用火逐兽围猎。起初的“田”或“畋”（tián），指“畋猎”，而不仅是种田。

后来，东夷集群有个伯益，掌管火种，同样是“烈山泽而焚之”，禽兽四处逃窜（参见《孟子》），猎人趁机围捕它们。种田，也要先用火把杂草乱树烧掉，再用刀在空地上挖个洞，丢下种子，这就叫“刀耕火种”（草木灰做肥料）。因此，炎帝又被称为“烈山氏”（烈山，就是以烈焰烧山）。

《国语·鲁语》说：“昔烈山氏之有天下也，其子[名]

曰‘柱’，能植百谷百蔬。”有了火田、农神或社神（“柱”是柱形“社主”），就能让人顺利栽种作物，发展农业。这跟炎帝的神农身份完全一致。

炎帝及其子孙、部属，作为文化英雄，还改良炊煮器具，发明灶。

汉代王充《论衡·祭意篇》说：“炎帝作火，死而为灶（神）。”炎帝用灶，所以，以火神、日神被祀为最早的灶神。《淮南子·泛论训》说：“炎帝于火死而为灶。”《左传·昭公十七年》说，炎帝以“火”纪年，部下是“火师”，领袖以“火”名。

最初的灶，只是挖个圆坑，用三块石头支起某种容器（锅），生上火就能蒸煮。这适合于游牧、游耕的流动生活。后来固定为火塘，成为家庭生活中心，大家围着炉灶（火塘）吃喝、议事、聊天、娱乐。弄灭火种或者毁灭炉灶，叫作“倒灶”，倒灶被认为是不吉利的。“灶灭其火，维家之祸”，就是说断了烟火，一家就有灾殃。

三块石头支个锅，演进为三脚支架，这启发初民进而创造出一种锅灶连体的炊具：上面是圆锅，下部三条腿是中空的（袋形足），叫作“鬲”（lì），可以随便搬动。底下烧起火来，食物很快就煮熟了。

“鬲”旁边加个“虫”，就成了“融”（火焰熔融的意思）。它的人格化就是祝融——炎帝系统的火神、灶神兼太阳神。

祝融（祝诵）

炎帝和祝融，是记载最早的中国火神兼灶神。他们把火的用途扩大到狩猎、农耕、蒸煮，据说还发明了原始的灶和锅。

据说，祝融是炎帝后代（参见《山海经·海内经》等）。他能彰显“天地之光明”（《国语·郑语》），所以可能兼任太阳神。“虫”字旁也许表示祝融有一个蛇龙的化身，可能化为“烛龙”。他利用“太阳火”，改进人工取火和用火，“为祝融，祀以为灶神也”（《风俗通义》引《周礼》）。

这个与炎帝—祝融相联系的三足器，最有中国特色。

大概由于定居、半定居，炊具不必搬来搬去，就专业化了，锅是锅，灶是灶，鬲也因而简化。袋形足越缩越小，越来越实心化，终于缩成了圆锅加三条腿——这便是中国文化里最重要的“神器”：鼎（就是三足锅，福州话至今称锅为“鼎”）。鼎代表着综合国力，它的形制、规格、数量，都是不能打听、不可言说的。这不仅是国家最高机密，而且是最高权力象征。“问鼎”就是试图篡夺政权，颠覆中心霸权；问鼎中原，等于争夺天下。

人格化的祝融，也以火神兼灶神进入国家一级神祇的系列，从帝王的辅佐一直升到君、王、帝的高位（有时炎帝、祝融一体化）。

中国和希腊、罗马，都以灶神为家神，灶神的地位很高，被认为关系着家运国威。汉族有灶君菩萨，平时关心主人家的一举一动，劝恶扬善。腊月二十四日祭灶，供点糖果就能“收买”他：

上天言好事，
下界保平安。

祭完灶后，这些糖果便是孩子们的了。小孩子有五颜六色

的糖果吃，兴高采烈。

西南方的民族，则多是围绕着火塘载歌载舞。羌族至今还在火塘周围供奉火神、白石神、家神等。西南地区多数民族都极为尊敬火塘，不能跨越、脚踏火塘，更不用说弄灭火种了。云南西盟佤族，盖好新的竹楼、安装火塘以后，边跳边唱道：

新建的竹楼新火塘，风吹雨打不会烂。
堆得下金山银山，堆得下谷山米山；
住得下祖孙三代，住得下“司岗里”的唱歌人。

借灶火纪念教他们创造粮食和财富的祖先。有的民族在收成新谷、举行尝新仪式时，自己不能吃第一口，要由“家长”抓一把新谷丢进火塘，表示让灶神（始祖神）先吃——吃饭不忘神农氏，祭灶拜火不忘本。

延伸阅读

用火，实际上是扩大人类生存的时间与空间：使他们能够在任何季节的白天与黑夜，在地球的任何角落，生存、生产、工作和娱乐。用火，使人类强大于任何动物——所有的猛兽都怕火；加上食谱的扩充与改善，寿命也延长了。《管子·轻重篇》说：“炎帝作，钻燧生火。”远古的时候，人类吃生冷腥臊

的东西，伤害肠胃，容易生病；有了火，才健康长命。

“钻燧”有三种：钻木取火，那木就叫“木燧”；击石生火，那石就叫“石燧”；用金属取火（如青铜凹镜等），那金属就叫“金燧”。“燧”的人格化，便成了燧人氏。“燧人氏”这个名称出现得很晚，战国后期的《韩非子·五蠹（dù）篇》才把“钻燧取火，以化腥臊”归功于燧人氏。炎帝应该是最早的燧人氏（请参看《上卷》里回族《阿丹寻火种》的故事）。所以，入日盗火的夸父，借助火由猴子变成人的冉必娃，都属于羌（炎帝）一系。

元谋猿人（1973年在云南元谋大那乌发现），可能已会用火。五十万年前的北京猿人，肯定已能用火。但火种的保存与方便取得，用途的扩大……还要经历很长时间。于是有炎帝或燧人氏等的传说发生。

人类用金属很晚，一般已进入所谓文明，那时已不容易产生原生态神话。金属取火（例如用钢刀敲击火石），当然也很晚。钻木取火，其实很不容易，但作为人工取火的方法，却早于其他。木头里怎么会有火呢？因为远古人最初是看到太阳或雷电令木头燃烧——水和岩石一般不会燃烧。

台湾高山族的神话说，狂风把树林吹得东倒西歪，树枝相互碰撞、摩擦，终于“砰”的一声擦出火来。樵夫看到，就用两根粗糙的树枝使劲摩擦，一直到迸出火星，此后摩擦生火逐渐得到认识和推广。

有的则说是用两根缠在古树上的枯藤摩擦出火来。

有一位老者说，在梦中，有神教他用两块竹片摩擦生火。

壮族传说中创世大神布洛陀有关火的事迹，就体现了发现火、利用火、控制火的过程。

首先是发现并且利用自然火。

有一天，雷公劈打大榕树，打出了雷火。人们跟动物一样吓得跑回洞中躲藏起来。布洛陀却接近观察，觉得身上暖和和的。他灵机一动：人要是有了火，不就不怕冷了吗？

他勇敢地取来一点点火，燃起火堆烤火取暖；又发现着火树林里动物的肉特别香，尝一下特别好吃——于是开始了用火烤食物。

于是，人们都跟布洛陀学习用火了。

后来，一场大雨把火堆浇灭了。不打雷，没有山火，到哪里取火呢？

曾经劈山砍树的布洛陀，模仿雷打榕树，用大石斧猛劈木头，劈啊劈啊，好不容易劈出火星，点燃了周围的木屑，得到了火和火种——“钻木取火”也是从此演化出的。

人们吸取上次的教训，就把火种带到洞穴里“存”起来，决不能让它再熄灭。从此，人类就拥有了火。

传说布洛陀发明了灶（火塘），规定这是家庭最神圣、最重要的中心，谁都不许乱碰、乱摸。布洛陀就是西南方的炎帝—燧人氏。

槃瓠：神犬藏獒

（古苗人）

情况危急：北方的犬戎入侵南方的三苗。前者是游牧民，人高马大，强悍勇武。苗人虽然勇敢，可惜身材短小，武器不精；不管是一对一的斗将、斗兵，还是集体冲击，都打不过善于骑射的犬戎。令苗人最伤脑筋的是，以犬为图腾的犬戎，豢养大批的狼犬，平时协助放牧牛羊，战时冲锋陷阵。要是被它们扑上身来，不但皮开肉绽，而且片刻就会丧生。据说，犬戎的吴将军还会化身巨犬，亲自上阵，能够接连咬死几十个人。苗人虽然也有看家犬，但是只有个别凶猛，大多数敌不过那吃牛肉、喝羊奶，高大而又灵活的古牧羊犬。

三苗的头人愁坏了，最后宣布，谁能够取来犬戎吴将军的脑袋，一定给予重赏，并将小公主嫁给他。赏赐虽多，可谁能闯入狼犬警卫、守护严密的吴将军大帐？

头人有一条毛色五彩斑斓的大型藏獒，是他最喜爱的警

卫犬，名叫槃瓠。古代云贵高原与羌藏地区有交通往来，苗人学藏人饲养藏獒，这种“世界第一猛犬”，由西藏狼驯化而来，个头比现代德国牧羊犬还要大近一倍；一只就能看管上百只牛羊，低吼一声，再喜欢乱跑的牛羊都得乖乖地归队。三五只饿狼根本不是它的对手，连虎豹都忌惮三分，轻易不敢惹它（云南晋宁石寨山青铜器上就有藏獒保护妇女耕牛下地的场景）。

这条大藏獒有一天突然失踪了。人们焦急地寻找，它到哪儿去了呢？

原来，一顿生牛肉撑饱肚皮以后，槃瓠夜行晓宿，下雪便挖个坑，把自己藏在“雪屋”里，下雨则躲在丛莽之中。槃瓠悄无声息地摸进犬戎灯火通明的营盘，直奔最大的帐幕——那肯定是大头人住的。狼犬们吃饱喝足，睡的睡，溜的溜，只剩下十来只贴身警卫。槃瓠摸到大帐附近，警觉的狼犬闻到异味，狂叫着扑了上来。槃瓠仍然一声不吭，低下身子，趁那狼犬张牙舞爪地猛扑过来之际，纵身一跃，白光一闪，尖利的牙齿把它的咽喉咬断。狼犬来不及叫一声，便蜷着身子、抖动着后腿，摔倒死去。狼犬们还没回过神来，已倒下三四只，剩下的也只敢团团围住，虚张声势，狂吠着不敢靠近。

醉眼朦胧的犬戎吴将军惊醒过来，忙出帐看个究竟。他一出帐，只叫了一声“谁——”，槃瓠便一跃而上，咬住吴将军的咽喉（这是藏獒战敌的一大特色）；赶来救援的卫兵乱棍向它砸去，甚至用腰刀砍。它闪躲着，翻滚着，只是不松嘴；三两下，便把吴将军的脑袋咬下来了。它也不顾周围人喊马嘶，群犬乱吠，箭一般蹿到营盘外的丛林黑暗中去，马队也没法跟上它那风驰电掣一般矫健与迅疾的身影。

槃瓠衔来人头，部众大为惊奇。它，谁都不睬，一声不吭，直奔“正殿”，朝着头人蹲下。将士们验明首级，果然是吴将军的。头人又惊又喜，吩咐左右，端出大盆牛肉，大碗羊奶，供它享用。它虽然疲饿至极，又遍体鳞伤，却一动不动。这时，小公主出来，亲自喂它牛肉、羊奶，它才吃了，然后忍住痛，让公主用羊奶为它擦洗伤口。头人又吩咐，抬来一箱黄金，摊开万户的名册，它正眼也不瞧一下，连气都不吭。头人急得满头大汗——他是多么疼爱他的好女儿啊。臣下也都看清了局势，只是谁也不敢捅开那层窗户纸。君臣正尴尬之间，小公主站出来了：“父王，我愿意嫁给他。他爱我。王者和臣下要相互忠诚。王者无戏言，说话要算话！”

头人只好举行隆重的典礼，让他们结婚了。

小公主骑在槃瓠背上，槃瓠把她背进了深山，在一个洞穴石室中安了家。至今湘西某处高山上还有一个大洞穴，苗族民众指认为“槃瓠洞”，洞穴上方，高高山顶上，有“辛女庙”（当地居民称小公主为“辛女”，指为高辛氏少女，看作苗族的光荣，他们并不讳言她与龙犬结婚的事情）。当地古墓葬中还有龙犬雕像出土。

结婚前，辛女脱去公主华丽的衣裳，换上当地原住民的服饰。槃瓠打猎，辛女下地种植。三苗的头人思念女儿，心中悲伤，几次派使者到湘西深山寻找女儿、女婿。山深林密，雨大雾重，使者们找了很久，都没找到。

他们生下十二个孩子，六男六女；全都是人形，说人语，只是在衣裳后面，拖着一块布条，表示尾巴，以纪念自己的父亲。他们有的走出深山，与汉人通婚，成为华夏的一分子。有的演进为苗族、瑶族的一支以及畲（shē）族等，分布在湖南、

湖北、浙江、福建和云贵高原等地。他们非常尊敬自己的祖先和图腾，对家里的狗非常爱护。有的甚至吃每顿饭时，都让狗吃第一口；有的合家举行扣槽仪式而后食；有的开明的士绅还在大厅正中挂着龙犬的画像。

延伸阅读

中国人都知道“盘古分天地”的神话故事，认为盘古是人类的老祖宗。

盘古是否就是槃瓠呢?

这在学术界是有争论的。我认为，槃瓠就是盘古。槃、盤，形、音、义都基本相同，在一些民族语言里，意思是“大”。

“槃瓠”的本意是“大瓜”(或说“槃”字本身亦与匏瓜相关)。

“瓠”，原来的意思是“葫芦”，连在一起快读，就合音为“瓠”或“壶”，跟“盘古”的“古”一样，上古音都是 ka 或 ha，都是“瓜”。西南方许多民族古代都崇拜葫芦瓜，以为跟妇女的肚子一样，装着种子(“伏羲”“女娲”的本义都是“瓜”，他们的孩子都是从瓜里生出来的)。

文献资料如《魏略》说，“槃瓠”本来像个“茧”，后来变成“大瓠，其文五色”。《搜神记》则说，这个“茧”变成一条犬。可见槃瓠确有葫芦和犬两种化形(槃瓠故事，主要属传说，盘古分天地，主要是神话，在《上卷》里面细说)。

葫芦，裹着黑暗，藏着生命，象征母腹，是混沌的植物模

式。有人说，瓜 / 葫芦 / 壶是苗人的共同图腾，也有道理。就看他们的分支崇拜什么动物，像伏羲、女娲一系崇拜蛇，蛇就与瓜相融合，伏羲、女娲因此也就有蛇的化形（或人首蛇身）；槃瓠 / 盘古一系崇拜犬，就化身为犬，有时还容纳龙蛇信仰，被称为“龙犬”（称为“龙”，也有尊敬的意思）。

瓜 / 葫芦 / 壶是完整的，像所谓混沌，解破以后，才有子民，才有万千器物（如《老子》所说，“朴散则为器”）。所以，槃瓠与盘古，在许多方面是趋同的，都曾被看作葫芦。我们知道，有一种被动式的“身化宇宙”的创世神话，就是大神把自己的部属、分身或者敌手（通常是巨型动物）杀死，分解，用它的躯体各部及器官，做成天地、山川和万物。槃瓠作为大葫芦，是很可能曾被解破为天地，从中变化出万物的。

那么，开天辟地、身化宇宙的盘古，跟槃瓠的犬形有没有关联呢？目前只发现一些痕迹。例如，白族神话盘古、盘生是在洪水滔天之后重又变成天和地（器官化为万物）的；洪水中，有一对兄妹（相当于伏羲、女娲）躲在金鼓中得以生存，然而他们生养出的却是一个狗皮口袋，说明盘古的分身跟犬形（槃瓠）有着亲缘关系。据说，白族的婴儿穿的第一件衣裳叫“狗皮衣”，这件衣裳要先让狗披一披，然后才给孩子穿。这表面上是为了避免生病，其实可以说既是纪念盘古，也是纪念槃瓠。

盘古开天

“盤古：槃瓠”被某些民族笼统地称为“盘王”。他创造万物，管理人间的事情。

鸟蛋王

（古夷人）

“天命玄鸟，降而生商。”

有一对姊妹，姐姐叫简狄，妹妹叫建疵，嘻嘻哈哈地跳进微凉的湖水里，沐浴嬉戏。两人相互泼水，正玩得高兴，只听得天空几声啁啾，几只背黑腹白的燕子，飞速地掠过。

那时代的人，不但把燕子看成春天的象征，而且还当作繁殖与昌盛的象征。姊妹俩在水中又跳又叫，“燕子——春天！”“春天——好日子！”正欢呼着，忽然有只燕子，把嘴一张，一颗亮晶晶的“圆石头”落下来了。简狄赶紧张开手掌，两手并拢，那“圆石头”不偏不倚地落在她掌中。多么美丽啊！圆滚滚，闪闪亮，白里泛绿，绿中带红，半透明的玉石般的壳里，似乎有小生命在跳动。简狄又惊奇又兴奋，还有点慌乱，也不知道怎么想的，竟把那燕卵往嘴里一送，好凉快，好圆润啊！那鸟蛋活了似的，骨碌一下，便挤过她的喉

玄鸟：燕子

（左上："玄鸟"合文，殷墟甲骨，安阳庄东地出土

左下：胸腹间有"太阳纹"的燕子，汉代画像砖

右上："玄鸟妇"，商代金文

右中：衔卵神鸟，古代纹饰

右下：人性化的太阳神鸟，商周金文）

"天命玄鸟，降而生商，宅殷土芒芒。"玄鸟的母型，最初是燕子，后来"尊化"为凤凰等。玄鸟赐卵给殷商神女简狄（或即"玄鸟妇"），让她生下商代开国祖先契。这属于"吞卵生子"型神话，在中国东部、东北部滨水的夷文化区流传。

两只燕子就是春天

中国人（尤其是东部夷人）以燕子为吉祥、爱情与繁殖的象征。它来到的二、三月份，是“婚季”。连宫廷都要举行仪式，祝福爱情，祈望生子，繁衍后代。

咙，滚到她肚子里了！ 不得了，只觉得脏腑间一阵跳动，她受孕了！……

人们大为惊奇，觉得非常神秘，一传十，十传百，全氏族的人都知道了。巫师说，这是神鸟，是祖先神啊，生出来的孩子肯定大有作为！

原来，他们以鸟为图腾，把燕子称为“玄鸟”。“玄”就是“悬”。商代金文里有“玄鸟妇”，那“玄”字就是燕子“衔”着两颗蛋——也许是准备给姊妹俩的吧，却只有姐姐吞下了这颗蛋。

足月以后，简狄生下一个大胖小子，叫作“契”或“挚”——号称“鸟蛋王：玄王”（见于《诗经》；“玄”字也逐渐变成燕子“赤黑色”乃至“神玄”的意思）。契很小就会张弓射箭，百发百中；稍稍长大，便参与征战，经营农牧。由于他是神玄之燕赐卵承孕而生的，族众都敬服他，跟随他开疆拓土，建功立业。他后来被当成强大的殷商王朝的开国祖先。

契的另一个名称“挚”，有时写作“鸷”（zhì），意思是“凶猛的鸟”，凤凰及其母型鹰鹫，都是鸷鸟。而玄王商契的后代、殷商的传说祖先们，大多曾变成鸟形。连契世俗中的父亲帝俊（夷殷始祖神）都有鸟的化身。据说，契的后代王亥，可能化形猫头鹰（殷商人或许以昼伏夜出的猫头鹰为“夜间的太阳”，视之为勇武、高贵、吉好的象征，妇好等墓里曾出土极为精美的猫头鹰“肖形器”），甚至历史人物、推翻夏桀的成汤都长着四只翅膀。这些神鸟大都参与凤凰形象的创造，“玄鸟”的名称有时也用“凤凰”来代替。历史学家都承认，出自东夷的殷商以鸟为图腾。

延伸阅读

"旧时王谢堂前燕，飞入寻常百姓家。"

自古以来，中国人就爱护燕子。燕子不喜脏乱，它们只到洁净、安全、兴旺的人家筑巢。因此，人们认为燕子是吉利的象征，若燕子来筑巢，会带来好运。主人从来不赶燕子，第二年，还要盼望着去年的燕子回家。东方滨海群团从来都爱鸟、护鸟、敬鸟，鸟被看成繁殖力量乃至器官的象征。

鸟蛋是生命的结晶。在阳光底下一照，便隐隐约约地看到蛋黄——胚胎：小鸡或小燕子不是从蛋里"变"出来的吗，那鸟蛋为什么不能变成小娃娃呢，何况还经过"圣处女"的孕育与培养？这就是《诗经·商颂·玄鸟》唱的："天命玄鸟，降而生商，宅殷土茫茫。"

这一类故事，民间文艺学与人类学称之为"吞卵生子"型。在中国，主要发生在东方夷人集群，尤其是东部滨海群团。

例如，徐淮（淮夷是东夷的一支）有一位著名的徐偃王。"偃"跟"燕"同音，偃王就是燕子王。他生下来时，是一颗蛋，经过几种神圣动物的护佑与催生，好不容易才破卵而出（有的说是燕子或鹰啄开蛋壳他才出生的），后来成为徐淮地区的领导人。

秦的开国祖先叫"大业"（地位相当于契／玄王）。他母亲女华在织布时，有一只燕子为她衔来一颗红色的果子（相当于玄鸟蛋），被她吞下，才孕生始祖大业。所以，秦的王族很可能起于东部沿海地区，秦王族西进后，与强悍的西戎相融合，既有滨海民族的浪漫与开拓精神，又有西北高原的严峻、坚忍和勇猛，能够统一天下。

很值得注意的是，作为东夷（包括徐夷、淮夷）文化的展延区，中国东南沿海也有丰富的鸟（图腾）与鸟蛋的"崇拜"

习俗或传说。河姆渡、良渚、马家滨等考古学文化遗址都曾出现大量（神）鸟的形象。浙江余姚河姆渡出土的一件象牙雕刻，上面是一对太阳神鸟在海浪上孵蛋。

中国宝岛台湾的高山族，有一大部分来自东南沿海，是“百越”的一支，他们带来了“卵生”的祖先传说。例如，两只燕子从日月潭衔来两颗鹅卵石——“石化”之卵，跌在高山上，“裂”出一对青年男女，成为他们的祖先。泰雅人传说，是一只喜鹊似的“山娘鸟”，啄开高山上一块发光的（卵形）巨石，才生出一对青年男女来。

这些都是“玄鸟”降卵传下“人种”传说的“变形”。

由渤海湾北上，东夷北支（东北夷）也有“卵生”传说。

满族是东（北）夷后代，发祥于长白山麓。传说“仙女”佛库伦三姊妹在长白山天池里沐浴，有一只喜鹊衔来神果或者鸟蛋，被佛库伦吞下；之后生出神箭手布库里雍顺——满人的传说始祖与“开国祖先”。

双鸟拥日 ▲

（河姆渡遗址标志。浙江余姚河姆渡，新石器时代）

古代中国东南沿海盛行太阳—鸟崇拜。河姆渡的“双鸟拥日”特别有名。波涛中两只神鸟拥着它们的“太阳卵”（或“宇宙蛋”），象征族团与世系的繁育，生生不息，欣欣向荣。

凤凰及其模特

（古夷人）

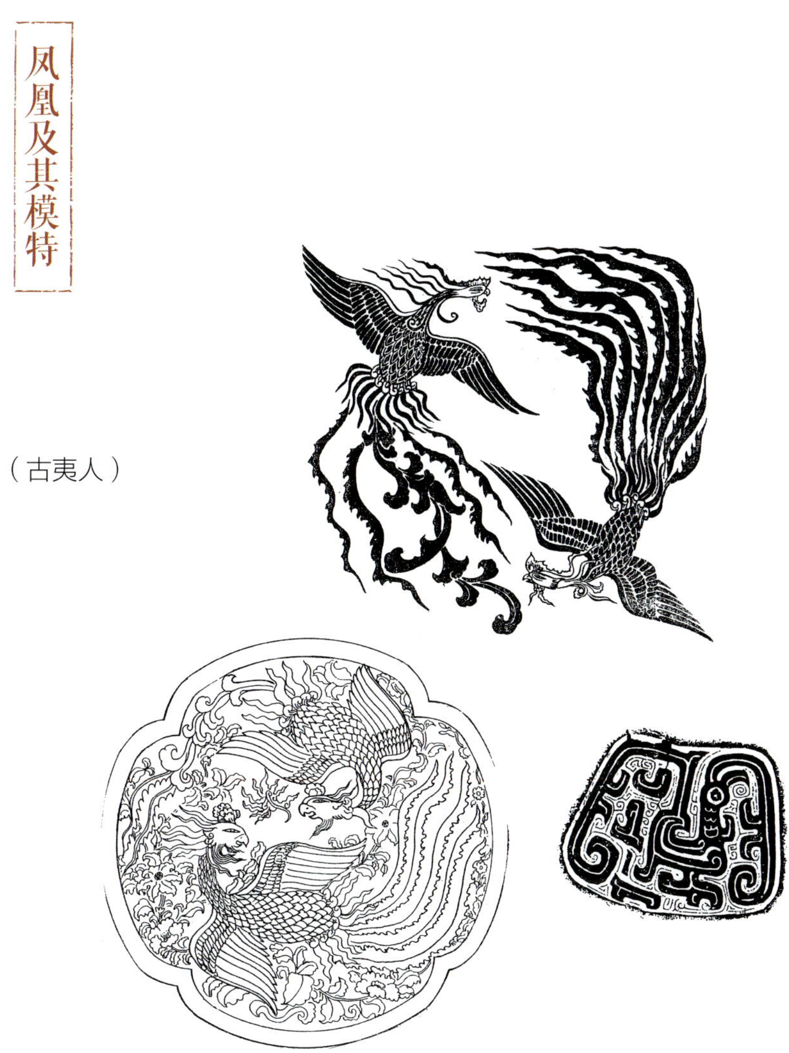

凤凰

（中国古代图案，右下是西周“凤鸟”图纹）

凤凰，跟龙一样，是中国特有的“混形”的神话动物，而且越变越华丽，越繁复。大约七千年前，凤鸟的雏型已见于湖南长沙城头山遗址。但一直到殷商以鸟为“图腾：祖先”，它的形象与影响才基本形成。

凤凰是美丽的大鸟，高三米至五米或以上。有人说是恐鸟之类大型禽鸟，现在已经灭绝了，这不可靠。就在恐龙时代，也没有这么大的鸟。凤凰跟龙一样，是混形的神话动物，传说它有鸡冠、鹑体、鹰翅、雉胸、孔雀尾……

不过它的巨大，可以使人想起大鹏鸟。在《庄子·逍遥游》里，由“鲲鱼”（鲸）变来的鹏，“鹏之背，不知其几千里也，怒而飞，其翼若垂天之云”，就像海上龙卷风似的。世界各大洲都有大鸟神话，都是用夸张的方式，把它说得很大很大，不然就不神奇了。中国俗话说：人心不足蛇吞象。神话里真有“巴蛇吞象”一事（“巴”本来指一种蟒蛇，崇拜这种巨蟒的长江三峡原住民便被称为“巴人”）。可是，有种大鹏鸟专吃这种吞象的大蟒蛇。

硕大无比的鹏在高空飞翔，十分雄伟，却也可怕；而凤凰却极为美丽，特别是那又大又长的华彩尾巴，这个尾巴又是从哪里来的呢?

很可能来自孔雀，孔雀最骄傲的是尾巴，开起屏来，真是流光溢彩，仪态万方；飞在天上，也是婀娜飘逸，摇曳生姿。甲骨文里的后期“凤”字，头上有一簇孔雀式冠羽，尾巴上还有眼状斑，那是孔雀独有的。

只有一种现在已经罕见的锦鸡或金雉，比孔雀飞得远，有很长的尾羽，有人称之为“孔雀雉”。它在天空翱翔时，摇曳着华丽的尾巴，有几分像凤。李白诗云：“楚人不识凤，重价求山鸡。”古人把山鸡当成了凤凰，这又说明，锦鸡也是凤的母型（夷族的始祖神帝俊，就曾化锦鸡）。

凤与龙，是中华最重要的神话动物和图腾。龙是黄帝后裔夏人的图腾，凤是帝俊后裔夷人的图腾。一东一西，一龙一凤，

交映生辉，构成中华民族传说的骨干。

后来，龙、凤全被最高专制统治者独占，皇帝自认为龙，皇后被称为凤，谁都不敢僭越、妄用。现在才回归本色，凤与龙一起，被视为中国文化的象征、荣饰和吉祥物。

孔雀：凤凰的母型

（西周凤鸟纹）

鹰鹫、雉鸡、孔雀，是凤凰的三大母型。孔雀的冠羽与“雀屏”尤为凤凰形象所采取。上古时，黄河流域的气候较今炎热，河南安阳小屯殷墟一带还有孔雀出现。武丁时期甲骨文的“凤”字有明显的孔雀尾巴“眼状斑”。青铜器凤鸟纹，尾也飘逸而华丽。

延伸阅读

凤凰最早的母型是鹰。鹰被夸张成大鹏鸟。

“鹏”字上古读音是“朋”；上古没有“f”之类唇齿音，“凤”也念“朋”，所以大鹏就是大凤。巨大的鹰鹫必须借助强烈的海风或山风，才能获得足够的“升力”很快飞起来。《庄子》说，大鹏要飞到南冥（天池）去，必须“水击三千里，抟扶摇而上者九万里”。飞在天空，把阳光都遮挡住了，天顿时暗了下来。

殷商之“凤”

（青铜器纹饰，上商下周）

从身躯、喙、爪、翼来看，殷商和西周青铜器上的凤鸟（风神鸟）的形象，基本来自鹰鹫。尾和冠则是夸饰。周人也许受了殷商的影响，器物也多见凤鸟图纹，与商相似。

凤凰喜欢栖息在洁净、朴素、清凉的梧桐树上。“香稻啄余鹦鹉粒，碧梧栖老凤凰枝。”（杜甫诗）据说它们之间有一种共生和互动的关系，能够促进双方的共同生长。

古书上说，雄称“凤”，雌曰“鸾”，终身一夫一妻制，比燕子还要亲密，比鸳鸯更加忠贞，成双成对。所以中国人祝福别人婚姻美满，就说“鸾凤和鸣”。

热带有种“极乐鸟”，美丽忠贞，也被猜测为凤凰的母型。

大太阳与小太阳

（古夷人）

东海的某个地方，有一个直径达几百公里的大“海坑”，是座活火山，山口里翻滚升腾着炽热的火焰，直烧得周围的海水嗞嗞地响。涨潮时，海水涌进火山口，立刻变成烫死一切生物的水蒸气，海却不会干，火也不会熄。那是个无底洞。据称，太阳就是从这火山口汲够了热量才上升的（太阳妈妈羲和也是在这里为小颛顼洗澡，让他获得太阳力量的）。太阳里有三只脚的神鸟（三足乌），有时太阳与它融为一体，长翅膀似的飞上天空。不过太阳—三足乌在飞向天空之前，还要在海滨的一棵大桑树上歇息盘桓一会儿，才开始一天的行程。

在嫘祖发明养蚕的故事里我们知道，蚕桑在华夏经济生活与民众心理中非常重要。桑树跟蚕宝宝同样，生命形态有变化，死了以后能够再生。桑树能结出红红的“小太阳”——甜蜜的桑葚（有的地方叫“桑枣”）。初民把桑树夸张得又高又大，才

能供太阳鸟栖息。“东”字，本是日出扶桑的意象。

神话说，掌控它们的是太阳神太昊（也写作“皞”，音“hào”）。

日出东方隈[1]，
似从地底来。
历天又入海，
六龙所舍安在哉？[2]

李白的《日出入行》开篇大抵写太阳东升西落的情景（传言有六条龙或龙马为太阳驾驶金车）。

太阳鸟歇息的扶桑树，人类学称之为“宇宙树”，它代表宇宙或宇宙的一部分，格局恢宏，气象万千，许多故事便在此展开（扶桑的异名有“空桑”“穷桑”“孤桑”等）。太阳神太昊跟他的爱人皇娥在扶桑之下、东海浪中，驾着大竹筏游戏。竹筏上竖着大桂枝（或桑枝），用灵茅作旗穗，枝顶上站着一只巨大的鸠鸟，随着日光与风气指示方向，还能报告四至（立春、夏至、立秋、冬至）——就像后来的风向标（古人叫“相乌杆”）。扶桑树“叶红椹紫”，随时都可以止渴。后人说，它一万年才结一次，就好像西王母的蟠桃一样，吃了可以长生不老。皇娥在筏上唱歌，最后两句是：“当其何所至穷桑，心知和乐悦未央！”（《拾遗记》）

大太阳（大光明）叫“太昊”，他的孩子就叫“少昊”——小太阳。

[1] 隈（wēi），山水等弯曲的地方。
[2] 舍，停止。

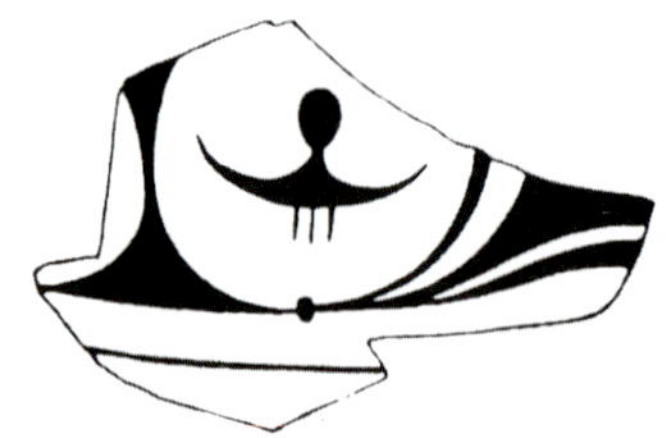

太阳神鸟

（左上：三足乌，彩陶片，仰韶文化，新石器时期。左中：太阳燕子，汉代画像砖。左下：日中三足乌，汉代帛画。右：日宫，人首太阳神鸟，白族“神马刻纸”）

早晨，雄鸡啼明，太阳与金鸡联系在一起。燕子与乌鸦的黑色，是“日中黑子”鸟形化的首选。于是它们成为鸟图腾群团的太阳神鸟。帝舜（相当于太昊）的化身之一就是雄鸡。

延伸阅读

太阳从东方升起。东方群团（尤其滨海的夷人）一般都崇拜太阳，他们是“太阳的子孙”。他们的祖先往往被看作太阳降生（后来叫“太阳转世”），有太阳的化身或名号，或者被当作人间的太阳神来崇拜。

东方夷人集群（包括殷商）以鸟为图腾，他们的太阳与图腾鸟融为一体，或者长着鸟翼，在天空翱翔；或者胸腹间有神鸟（三足乌）存在。

同理，他们的祖先也多有太阳神鸟的化身。《左传·昭公十七年》说，少皞氏（挚/契）立国的时候，刚好凤凰降临，所以用鸟来纪年。他的部下或官员被用各种鸟命名，都是鸟师。有十几种“神鸟”分管国家的各种事务或日常工作。

西部夏人集群传说的始祖或始祖神是黄帝，那东夷的呢？

他叫作帝俊。俊，就是鵔鸃，就是金雉，俗称锦鸡，翅羽和尾羽特别华丽，是凤凰的一个母型，被看作太阳神鸟。

跟黄帝不同，东夷主神有许多异称，本质、性格却是基本一致。帝俊在传说与文献里叫作“帝舜”[1]。帝俊跟帝舜，读音差别不太大。

传说，帝舜曾化为天鸡。“一唱雄鸡天下白”，民间故事说，太阳是雄鸡由山洞里喊出来的。《拾遗记》说，尧时有“重明之鸟，一名‘双睛’，言双睛在目。壮如鸡，鸣似凤”，就是帝舜所化的天鸡（太阳神鸟）。史书说，帝舜“重瞳”，原指双目再增两眼，所以又说舜四目（传说中有四目者，如蚩尤、旱魃、

[1] 舜，古代词典的解释是“蕣草”，就是朝开夕落的“太阳花”。

仓颉、方相，印度的大梵天等，都与太阳有关），妖邪见到，便四散奔逃。

“重明鸟：天鸡”，跟舜同样有“四目”或“四睛”，非常凶猛，能够跟虎、狼等猛兽搏斗，并制服它们（舜又名“重华”，也是能够打虎、驯象的好猎手），妖恶凶怪因而不敢胡作非为。民众或用木雕，或以铜铸“重明身”的形象来避邪，或者在门户之上描画它的样子，以镇压恶凶。这是最早的“门神”。

“俊、舜、喾”，在殷墟甲骨卜辞里，他们的名字被写成“夒”（náo）。正统的历史书里，帝俊（帝舜）被称为“帝喾”（喾，今音“kù”，古音“kào”或“gào”）。在简狄吞卵生子的故事里，玄鸟替代帝喾使之受孕，这暗示玄鸟可能曾是喾的鸟化身。帝喾或帝俊，也就是文献上的太皞氏，“皞”的意思是“光明”。

“喾”的主体是“告”。这涉及皓、皞、昊这一组字群——它们是相通的，原义为日光辉煌，是两位太阳神祖先的名称，也就是光明（神）的意思。日，甲骨文或埃及象形文字都写作⊙，表示太阳中有黑子。“日”加上一小撇是“白”（皓、皞的意义主体），这小撇表示太阳上有光芒，本来为五道，“日光辉煌”的“煌”字右上部就是这么写的；后来五道日芒省为三道，最后留下一小撇，成了“白”。

这样，古书上有两位父子太阳祖先神，就好理解了。

太昊，或大皞：大太阳（大光明）——相当于帝喾。

少昊，或少皞：小太阳（小光明）——相当于契及子昭明。

两组实质相同的东夷始祖名称就有了一致性。

喾（皓）≈皞（昊）≈夒≈俊（舜）

他们都具有太阳神格或太阳神鸟的化身。有趣的是，他们都与太阳女神、月亮女神姐妹结婚。

卜辞——夷殷始祖神的配偶不大清楚（或说称妣乙）。

帝俊的一位妻子叫“羲和”，她生下十个小太阳（跟上古以十日为旬一致）。另一位妻子是妹妹常仪，仪，古原作“娥”，常仪就是有名的嫦娥，也就是月亮女神。日、月为夫妻，是中外神话常见的事。她生下十二个小月亮（跟一年十二个月一致）。

帝舜跟娥皇、女英姐妹成婚。娥皇的“皇”有日光辉煌之意，她是太阳女神；女英的“英”本意是发光的花，指英华璀璨，她是月亮女神（她们的故事，下文细讲）。

帝喾，则是跟简狄、建疵姐妹成婚（还有更复杂的说法，此处不再细说）。

（妻）羲和（日母）——娥皇——简狄

（夫）帝俊————————帝舜——帝喾

（妻）常仪（月母）——女英——建疵

由此也可以推论，帝俊、帝舜、帝喾确实格位相当，被崇拜为太阳神，他们实质上是一个人。他们之间、夫妻之间、她们之间事迹与性格可以互证：全与太阳或日月相关。

少昊：小太阳

跟太昊一样，少昊（皞）也是“头上有太阳”的“太阳人”。他是夷殷第二代祖先神（相当于契、昭明）。

太阳鸟族的人，个个能歌善舞，弹着空桑之琴，唱着扶桑之歌，跳着太阳之舞，迎接朝阳，欢送落日。

殷墟甲骨卜辞里有出日、入日之祭。从前，周天子们都要到东门外迎接朝日(《礼记·玉藻》)，“迎长日之至也”(《礼记·郊特牲》)。

初民朴素地感知，太阳及其运行就是他们生存的依据。绝不仅仅是日出而作，日入而息；他们的悲欢喜乐、生老病死，也跟太阳的周期循环一致：生—死—生；个人死去，集体生存，就好像太阳被乌云遮挡了一角，照样永放光明。

东夷太阳族影响很大，不但作为东夷展延区的东南方也有类似的太阳—神鸟崇拜，闽浙或所谓百越民族还把其神话（或神话因子）带到宝岛台湾，直至太平洋的某些岛屿。所以，台湾高山族有很多与当地原住民神话相融汇的太阳、太阳卵和神鸟故事。

有些民族还把它们“迁徙”到中南、西南的某些地区。

例如畲族，主要在闽浙居止，他们也崇拜高辛氏帝喾，说他是凤凰（山）所产。他像盘古一样创造天体：烧松枝为太阳，编柳条（灯笼）为月亮，以宝石为星辰，还用树木及其枝叶变化为鸟兽虫鱼。他教人说话、唱歌、放牧与耕田。这补充了东夷始祖神创世神话。

颛顼：扁长头的海豚王

（古夷人）

“啊，这是什么东西？”渤海之滨的渔民挖沟渠时，在河底泥滩深处，挖出来一只还没有完全冻硬的怪物，浑身都是烂泥、冰碴，黑乎乎的，看不清面目：好像鱼的身子，扁平的尾巴，胸下有两只“脚”（鳍）。用海水冲，逐渐看清，大家都吓坏了——

这不是海豚爷爷吗？

海边的人对海豚十分爱护、尊敬，却不懂它的行为。小孩在海滩上戏水，被突如其来的大浪卷进大海深处，那么远，那么深，那么凶险，谁能救得上来？眼看没指望了，却有一只（或两三只）海豚用力一波一波地把他推到海滩上，小孩得救了。海豚特别喜欢小孩子，风平浪静时，跟孩子们一起游泳，保护他们，有时还让他们骑在自己背上“冲浪”，划起一道道银波，把他们送到远处，再带回来。

出海打鱼，丰收归来，鱼虾满仓，超重的小渔船偏遇到大风浪，靠不上滩。这时往往有一只大海豚有意游在渔船前面，向渔民们拍拍尾巴：不要怕，跟我来吧。拣着巨浪的“缝隙”，顺着“大涌”的波动，把遭险的渔船给“引”回来，自己朝天一跳，好像还翻了个筋斗：再见，下次我还来……

简直“神”了！渔民们特别喜爱这些“海上精灵”，不但从不伤害它们，还丢些食物给它们尝尝新，遇到海滩上搁浅或负伤的海豚，便为它们泼水，还敷上草药，送它们出海。

韩流：颛顼之父

（《山海经》插图，古人的构拟）

颛顼及其父亲都处在严寒的东北，“韩流”其实就是“寒流”。他的外形很古怪：浑身似有鱼鳞，长猪嘴，朝天鼻，两条腿紧紧并在一起，扁平得像鱼尾巴；特别是头，拉得长长的，椭圆而尖——这是为什么？

巫师们说：这是神！ 族长、老人们说：这是我们的祖宗！孩子们说：这是我们的爷爷！——特别是有一种海豚，能够溯河而上，适应了淡水生存。它身上有“毛”，嘴突似猪，身圆似鱼，老百姓称它为“江豚”，或者“河猪”，或者“鲥鱼”（长江里有一种白鳍豚，濒临灭绝，是比熊猫还珍贵、稀少的“活化石”）。它们的特长之一是，会“预报”暴风雨和大风浪。风暴或巨浪将临，它们总在河海交汇处，上蹿下跳，警告人们不要轻易出海。它们是滨海居民一支的“图腾”，或者崇拜的精灵。

这一支部落的首领叫“韩流”。“韩流”就是“寒流”，他能够预告寒流的袭来，或说，他性情严峻，冷面似寒流。在举行祭祀“海豚爷爷”（图腾）的仪式上，他又是画脸，又是“文身”，穿上各种奇形怪状的衣裳，挂上珍贵稀罕的饰物——

面孔下有“拱”出来的猪嘴，鼻孔朝天，好像平截；

浑身画满鱼鳞；两条腿紧紧并在一起——活像海豚扁平的尾巴，底端细细的“肉排”，是退化的海兽的“足趾”；

耳朵平“粘”在脸颊旁，简直看不出（海兽为了便于游泳，减少阻力，“耳壳”退化或消失）；

特别是头，又扁又长……

这在《山海经》里记做“擢（zhuó）首”，清代有学者注释说，即“拔引其头使之长”。人类学上称为“人工头部畸变”，原因之一是模仿某种图腾动物，例如海豚（或江猪）。

类似这样扁平又尖长的颅骨，已经在五六千年前的山东—苏北的大汶口文化遗址中发现——这里正是“东夷文化区”，颛顼活动的扩张地。文献—考古—民俗，全都相合。

韩流有个儿子，叫“颛顼”，这名字的意思，是脑袋有些特别。传说里，他是个大人物，生下以后“手续”特别麻烦。

某种海豚或江猪遇到气候或水情剧变，就在海滩污泥下挖个大洞，自己进入类似“冬眠”状态，看起来就像死了一样。其实是把“心跳”和热量消耗降低到最低限度，大洞的空隙则提供最低呼吸需要。“江猪族”的孩子出生不久，要举行类似“死亡一再生”的仪式：把他的头用麻缠起，浑身涂满污泥，双腿并拢、扎紧，看起来既像“江猪”，又像“美人鱼”那样长着扁平的尾巴，而后将他放在海滩的泥坑里，模仿“鲋鱼（江豚）”在“大水泉，风道北来”之后，“死即复苏”的过程（参见《山海经·大荒西经》）。大家欢呼道：

“小海豚，我们的‘颛顼’王！活过来吧！”

用海水一泼，把大哭大闹的孩子抱起来、擦干、包好，他就算公认的“部落巫师王”的继承人，而且能够“长生”或者“永生”了。

小颛顼还被抱来按在火山浴盆中“洗三”，这不可思议的做法不但能够保证颛顼从此“入水不淹，入火不化”，而且让他汲足热量，可以在东北那寒冷“幽都”担任森严的太阳神！所以，他被称为“高阳氏”，就是“高天上的太阳”。

从此，颛顼就成了东北夷的“巫师王”、先祖，主管生死和天文历法的人间“太阳神”，而且主持太阳的祭祀与歌舞仪式。

据说，他还命令“鳄鱼（龙）”为他击鼓，编制乐曲，“鳄龙”就仰卧在地，用尾巴敲击自己的肚子，发出巨大咚咚之声，震动四方（参见《吕氏春秋·古乐》）。这是因为扬子鳄体内有一种“鳄帆”，晚上求偶，发出雷一般的“鸣声”，人们把它当作“雷神”。东夷人用鳄皮蒙鼓，以为“雷鼓”有助于打败敌人。

火山及其烈焰

（大汶口、良渚文化三符号）

相传，中国东部有座活火山（汤谷），太阳每天都要从此处汲取力量，在扶桑树上稍歇，然后跃上高天驰行。甚至太阳族儿孙如太昊、少昊、颛顼等都要在火山口熔岩里洗澡。大汶口文化有个符号，就是太阳带着火山烈焰，从火山（汤谷）跃出的意象。良渚文化的鸟立山头（构成“岛”字），是由太阳鸟、火山、太阳、烈焰四个要素合成的。

延伸阅读

颛顼是影响很大的东（北）夷祖先神。他虽然发祥于渤海湾北岸，其力量或名声早已远披四方。《史记·五帝本纪》赞颂他——

北至于幽陵，
南至于交阯，
西至于流沙，
东至于蟠木。[1]

[1] 幽陵：极地。交阯：印度支那。流沙：大沙漠。蟠木：东海远岛。

他是东北方森严的太阳——高阳氏，崇拜太阳的楚王族尊称他为始祖。屈原在《离骚》一开头就说："帝高阳之苗裔兮……"他自认为高阳氏颛顼光荣的子孙。

民间谣谚说："人之初，天下通。人上通，旦上天，夕上天。天与人，旦有语，夕有语。"就是说，人间的百姓可以随时登天，与神对话（这是儒家"天人相通"/"天人合一"的民俗基础）。

据《国语·楚语》等反映，作为巫师王的颛顼的大功绩之一，就是改进巫师制度。据说，在东夷王者少昊之后，颛顼之前，世界很混乱，神/人淆杂，圣/俗不分。家家都有巫师，都可以请神、降神，甚至随意上天下地，弄得宗教和政治全都丧失了神圣性和权威性。颛顼让巫师"专业化"，明确他们的分工，指派两位"大巫"分管天/地的事务。

重（南正）——司掌"天空"：管理"神"的事务

黎（火正）——司掌"地上"：管理"人"的事务

于是，颛顼也从东（北）夷的太阳神升格到"天帝的代表"或"教主兼联盟长"的地位，而且开始整顿天上、地下的秩序。此外，他还观察日、月与星辰的运行规律，改进记时或"历法"制度，据说还制定了一部《颛顼历》。

从原始性社会向国家转化的过渡时期，制定历法、解释天文气象变化，是一项很大的话语权力。后世同样如此。

初民或古人大多认为，星象或气象的变化是跟地上的反应或事件相互对应的（后来称之为"天人感应"）。天象决定地上大事，地上大事也会影响天象。国家无论办什么大事，都要由祭司王、巫师或钦天监看星象，选择黄道吉日。宗教人士掌控着极大话语权、解释权。颛顼善于理解天意，把天帝的意旨传达到下方，又把部众的愿望反映给天帝。

尧考验并选择舜

（古夷人）

东方夷人集群又出了一个杰出的大酋长——帝尧，他的女婿叫“舜”。他们是传说里有名的仁慈而又英明的贤君。

“尧”的意思是“高”，繁体字是“堯”，一个人头上顶着三堆“土”。从甲骨文“尧”字可以看出，他头上顶的是一块木板，上面摆着两只陶坯，准备送进窑里去烧。尧所在的地方，是著名的出土（龙山文化）黑陶的地方，所以他又被称为“陶唐氏”。

在尧的带领下，部落还算安定团结，生产、生活有所提高。尧的年纪渐渐大了，想把管理权交给别人；他还有两位待嫁的女儿，也要选个好女婿。他曾想把原始权力托付给许由，古人叫作“禅（shàn）让”。许由严词拒绝，并认为这是对自己的一种侮辱，跑到颍水边洗耳（他诚心照祖宗的办法巢居，所以叫“巢父”），这事只好搁置了起来。

尧的一大本领，是发现和任用人才。他的部下有个杰出青年猎手，叫作“舜”（舜的原义是蕣草，即太阳花，所以舜又称“重华”），勇敢、聪明、能干。

舜出身清贫，父亲双目失明，叫作“瞽（gǔ）叟”（其实是个盲巫师）。母亲死后，父亲续弦，人变得更加软弱与糊涂。舜从小就放牧，还种田、砍柴、打猎，从早忙到黑，还常挨骂。舜的后母性格十分泼悍、狭隘，还有些残忍——这是中国文学里第一个“晚娘”的反面典型形象。她自己有个儿子，叫作“象”，据说性格乖张蛮横，什么活都不干。后母对舜是横竖都看不顺眼，整天挑毛病，迫害、虐待他。

据说，有一次，后母说井水中全是泥，打不上干净水，命舜下去淘井。舜坐在破竹篮里，慢慢下滑，还没下到井底，后母和象就松了绳，把舜摔了个头昏目眩，浑身泥汤。瞽叟帮着把一篮一篮的污泥拉上来。舜本就没吃饱，又干了半天活，看来已筋疲力尽。后母知道瞽叟看不见，示意象搬来几块大石头扔进井里，却听不到声息，他们以为舜肯定是淹死在井下了。谁知舜很聪明，除了深挖以外，还朝横向掘进，石头落下来时，他早躲在坑道里了——这和后世坎儿井的构造相似，这种井有纵横两向，不止一个竖井或井口，这样不但出水多，还可以让许多人在不同井口汲水。

后母又让舜去修粮仓。那粮仓修在高丘上，十分险峻。待舜爬上仓顶时，后母叫象撤去梯子，让舜下不来，跌死或者饿死。幸好舜预先穿了一件羽毛编制成的蓑衣，两臂一张，飘飘忽忽地“飞”下来了（这暗示鸟图腾族酋长能够借助羽衣飞翔）。

舜心地善良，在这种情况下依然孝敬父母，并爱护顽劣的异母兄弟。尧了解到舜的品德和才能，想传位给他，对他进行

了各种考验。

东面有座宏伟的高山，森林郁郁葱葱，野兽出没，人迹罕至，相当危险。尧命令舜去勘察、开发。舜，持了一支长矛，怀揣石刀石斧，背着硬弓大箭，备好一些干粮，就钻到原始森林中去了。

轰，轰！轰隆，轰隆！突然乌云密布，几声炸雷，大雨像瀑布似的，泼得人连眼都睁不开，只有闪电偶尔能照出周围的景色来。两边是刀削一般的峭壁，后面是一段大坡，被大雨冲得坑坑洼洼，泥泞油一般的滑溜，退回去很可能会摔到悬崖底下，只有硬着头皮前进。山中狼嗥虎啸，树枝上似乎还有大蛇蜿蜒出没……舜沉着冷静，观察着地形地物，孤身前行，勇敢完成了任务，回来向尧报告。

舜接了尧的班

（上：甲骨文“尧”；下：耕者，或说尧“交班”给戴斗笠、披“羽蓑”的舜，汉画）

历史证明，知人善任的尧，选择成功。

这只是尧对舜的“实地考试”之一。宋朝的罗泌在《路史·发挥》里感叹道：“尧之试舜，亦可谓多术哉！……以烈风雷雨而行茂林翳薄[1]之中，孰不禽惊麋怖，恐惧而失常者？而舜方此泰然不迷，岂惟度越寻常哉？”

象耕鸟耘，服牛乘马

（江苏徐州铜山小李村汉墓画像石）

文献上说，舜孝感动天，勤劳得福。天帝帮助他“妙法种田”，这就是象耕鸟耘。他头戴斗笠，手执挖锹，身着“鸟工”的羽毛蓑衣，牵着凤鸟，让它率领群鸟啄食刚翻起来田土中的草籽与害虫（这叫作“鸟耘”）。象在待耕，牛在进食（吃“仙草”），马在练步，随时听他的指令和使用。

[1] 指丛林密草。

延伸阅读

尧本来是有儿子的：丹朱。相传丹朱十分贪玩，成天游荡，还非常骄傲。尧没有把酋长的位置和权力传给他，还把他流放到长江中游地区去。那里有条小河，就称为“丹水”，附近还有“丹浦”“丹阳”等地名。

尧有两个女儿，娥皇如太阳一般热烈，女英像月亮一样温柔；她们外貌俊俏，身材窈窕，像燕子似的轻盈。二女双双嫁给了舜为妻。尧让舜进入高山密林勘察，表演种田等，也可以看作或直接或间接的婚姻考验（日本学者称之为“求婚考试”）。据说，舜从仓顶上“飞”下，身上穿的那件羽织蓑衣，就是娥皇、女英长期搜集燕子羽毛编成的。在《礼记》里，她们有个名称——女匽（yàn），跟徐偃王类似，匽就是燕，她们也是鸟族的燕子女神。

有的文献说，某次舜远征三苗之时，已是九十岁左右的高龄，娥皇和女英并没有随军。听说舜病重，她们赶紧沿江而下，才到湘江一带，就接到舜驾崩的消息。二妃在潇湘之浦、修竹之旁，痛哭了几天几夜，点点血泪都落在竹子上，“斑竹一枝千滴泪”，爱情是千古不灭的。二妃投水自尽，成了湘夫人、湘水女神。

舜呢，这时已远逝在湖南南部苍梧郡的九嶷（yí）山，被埋葬在那里，成为湘君。据汉墓出土《古地图》所标示，这里有九块大石碑高高竖立（考古学上称作“大石文化”之“列石”），注明是舜庙，埋葬着舜的尸骨。

舜王南征死葬九嶷；二妃闻讯赶到湘江，眼泪滴到竹子上，变成斑点。

九嶷山是湘水发源地，跟二妃滞留、逝世的湘水中游还有一大段距离。古代交通不便，隔一道丛莽，有几处险滩，便如千山万水，“悲莫悲兮生别离”。

李白有诗《远别离》咏叹舜和二妃这段缠绵的悲欢离合。

远别离，古有皇、英之二女，
乃在洞庭之南，潇湘之浦。
海水直下万里深，谁人不言此离苦！
……
九疑联绵皆相似，重瞳孤坟竟何是？
帝子泣兮绿云间，随风波兮去无还。
恸哭兮远望，见苍梧之深山。
苍梧山崩湘水绝，竹上之泪乃可灭！

屈原写的《九歌》里的《湘君》和《湘夫人》也描写了这相思苦恋的深情。

君不行兮夷犹，
蹇谁留兮中洲？[1]
美要眇兮宜修，[2]
沛吾乘兮桂舟。
令沅湘兮无波，

[1] 蹇（jiǎn），发语词。中洲，水中陆地。
[2] 要眇（miǎo），美好的样子。

使江水兮安流。

望夫君兮未来，

吹参差兮谁思？[1]（《湘君》）

帝子降兮北渚，

目眇眇兮愁予。

袅袅兮秋风，

洞庭波兮木叶下。

……

沅有茝兮澧有兰，[2]

思公子兮未敢言。

荒忽兮远望，

观流水兮潺湲。[3]（《湘夫人》）

湘君、湘夫人指的是谁，异说很多。简单讲，湘君指舜，由东方来的九嶷山大神；湘夫人指舜妃，同样是来自东方的湘江女神。他们本来都是日、月神。“九嶷山上白云飞，帝子乘风下翠微”，他们的悲欢离合，流传千古，感动后人。

---

[1] 今译：你（湘君）为什么、为什么犹豫不走，你为谁、为谁滞留中洲？她（湘夫人）是那么苗条啊那么轻柔，为找她啊我乘上香桂龙舟。沅水、澧水啊你何必波翻浪走？滚滚大江啊你可得慢淌轻流！想念夫君啊无踪无影，为谁人啊将那排箫慢奏？

[2] 茝（chǎi），一种香草。

[3] 今译：天帝（尧）之女啊飞临水滨，愁上眉梢啊寻找夫君。秋风柔细啊吹皱绿水，洞庭波漾啊落叶纷纷。……沅水茝草翠啊澧水兰草香，单单想念你啊不敢启双唇。越望越远越模糊啊，只见江空流，还有水声声。

鲧盗息壤

（华夏—汉人）

洪水滔天，江河横溢。许多地方已经分不清河道与陆地，“一片汪洋都不见”。不少人只好挤在小小的土洲上，以草根和漂浮来的动物尸体为食。一些动物也避难在小洲上，弱小的被吃掉，凶猛的便时不时攫去个把老弱妇孺充饥。人不断死去，可水还在上涨……

尧的部众虽然还在丘陵或山麓住着，洪水一时淹不到，可他们都知道事情很严重。中原一带的部众不是被淹死、饿死，就是拼命逃到暂时还没被淹没的地方，有的还抢劫、杀人。部落联盟的“长老会议”已经开了几天，也没有讨论出个好办法来。主持会议的四岳（四座大山头的“寨长”）报告说：“现在必须由一个人来统一指挥和布置。这样乱七八糟的，成不了事。”

尧问：“治水的队伍和指挥有好几批，任命谁好呢？”

“鲧！”四岳齐声回答，众人也附和。鲧（或作“鮌”），外号“玄鱼”，有人说他能变化成黄龙或黄熊，亲自下水，拱开

涨塞的河道，推去堵路的巨石，十分顽强。

尧沉吟了一会儿，没有别的好法子，只好任命鲧做治水的总指挥。

其实，鲧已经在治水一线奋战好多天了。堵堵塞塞，救了甲部落，水却流到乙部落的领地，庄稼、人员与牲畜尽被毁灭。这样，两个部落就起了冲突，有时还怪罪到鲧的头上，鲧几次险些被杀死。

鲧也没办法，只好拼上老命，亲自抬土搬石，下水掏泥。可是，有时不堵还好，越堵水越大；堵上又塌掉，塌了之后更没法堵。真是堵不胜堵，防不能防，治没法治。

鲧忽然听说有一种神土叫作“息壤”，四四方方，象征大地之精华，看起来没什么特别，可它能够自我生长，只要泼上河水，就像发酵的面团似的涨得越来越大。有神力者喊一声“停”，它就不再膨胀，不然能够“胀”上天，把天地全都堵塞住。

鲧是夏人的大酋长兼巫师，有资格登天见天帝。

“天帝，求求您，把息壤给下民，堵堵洪水吧。您的子民，要死光了！”

“不行。”天帝板起面孔，含着怒气，“他们越来越不规矩，越来越贪心、狂妄了。他们学会用火，连我都看不起了，祭祀也不按期，不虔诚！”

“天帝，他们都是您的好子女，他们会世世代代祭奉您！”鲧几乎是声泪俱下，“人都被洪水淹死了，谁来祭祀您老人家呢？把息壤给我们吧！”

“不行。把他们大部分都淹死，也不可惜。我只要几个‘善人’好好奉祀我！”

鲧无计可施了。讨，讨不到；抢，抢不来。只有偷了。趁着

天帝回宫歇息，鲧从帝座下偷到了息壤，飞快地从天空降落，要把这神土堵塞在大河冲得最凶的口子上。可是，天帝发觉，用手一指，轰隆隆几声响雷，把鲧杀死在一个叫作“羽渊”的深涧里。

据说，鲧死去，尸首变成一条黄龙，或说黄熊（鲧、禹作为夏人祖先，承袭黄帝，主要以龙为图腾），而且三年都没有腐烂。他看见遭了洪水灾害的人民流离失所，还曾劝大家播种黑小米，在水边泽畔种蒲草芦荻。屈原很同情鲧，在其长诗《天问》中说：“化为黄熊，巫何活焉？咸播秬黍，莆雚是营。何由并投，而鲧疾修盈？”问鲧为什么遭到摒弃，背了那样大的罪名。鲧就像从天神宙斯那里盗火给人间民众的普罗米修斯，不怕被天神夺去生命。羽山一带，百姓修了鲧庙，“四时以致祭祀”（《拾遗记》），永远纪念他。

禹革新了鲧的治水办法，却也有所承继。文献说：“禹乃以息土填洪水，以为名山。”（《淮南子·地形训》）堵截，至今仍然是治水的一法（筑堤就是堵截）。相传，禹疏引河川时，“黄龙曳尾于前”，为他开道；“玄龟负青泥于后”，必要时就用这神土来堵截（参见《拾遗记》）。那“青泥”就是息壤的剩余，是鲧用生命换来的神土。

延伸阅读

由鲧能够用神土息壤筑成原始堤坝，推测出他能够建造防水、御兽、制敌的土圩——原始城墙。许多文献说鲧发明城墙，

乃至创建城市、国都。《楚辞·天问》:“鸱、龟曳衔,鲧何听焉?”鸱(chī)是猫头鹰。许多学者说,这暗示鲧听从它们的指引,修好水道,筑出城墙。

鲧禹时代的大洪水,约发生在公元前三千年(后期),危害极大。在“女娲补天”神话里,大洪水更是几乎把人类都灭绝了,女娲不得不用黄土重新做人。世界各大文明几乎都有洪水灭绝人类的传说。影响最大的是基督教《圣经·旧约·创世记》里,人类犯了“罪”,上帝耶和华发怒,降下洪水,要将他们灭绝。只有诺亚“行善”,上帝允许他造一艘大“方舟”,带上一家人和各种动物(雌雄各一),才把地球上的人类和物种保存了下来。后来,考古学家发现了苏美尔—巴比伦的史诗(那是刻在泥版上的“楔形文字”),上面也有洪水故事。

还有科学家论证,在冰川时代,由于气候变暖,海平面上升,淹没了许多地区,确实是世界性大灾难,牢牢地保存在人类的远古记忆细胞里,再现为相关的神话传说。中国的冰川遗迹,从前是不明确,但近几十年在南北某些高山上都有清楚的发现。几千年洪水的水线印迹,也在某些地区被找到。浙江余姚河姆渡的文化(相当于北方仰韶文化,早于鲧禹时代)已比较先进,却几乎在一夜之间消失。有专家说是因为发生了海浸,幸存的部众为避水全都迁徙了。

这些证明,中国乃至世界确实发生过大洪水。但仅就鲧禹所治理的洪水而言,却主要是黄河的泛滥。这条“母亲河”哺育了华夏人,却也害苦了中下游的百姓,一旦发水,千里庄稼绝收,白骨遍野。

大禹治水

（华夏—汉人）

鲧，为治水奔忙终生，不惜以生命换取治水的法宝，却命丧羽渊。“命啊，这都是命！他死得可怜，死得惨。我们今年不死，明年、后年，也注定要死在大水里，还有什么指望呢？”有些岁数大的部落民哀叹道。

尧再次召开四岳会议，征询该派谁去指挥治水。

“禹！”

四岳和巫师、酋长们异口同声地推荐禹，鲧的独生子。

禹提出代替父亲“单纯防堵”的新方案，以“疏浚引导”为主，把泛滥的河水引到大海里去（据说他在黄河下游开了好几道小河，让洪水舒畅奔流进黄海）。他在灾区四处奔走，跑得腿肚子都瘪下去了。他到水灾最严重的地区，指挥大家挖开水道，让洪水泄走，部众就说他能移山倒海；他在最危险的地方观察治理泥石流，救出被埋灾民，部众赞颂他能命令石头走路；

他测知雨量、风向，部众传言他能呼风唤雨；他到处巡查、调研，部众就猜测他能上天入地。

于是，他被崇拜为水神（死后还被封为“大地之神”）。

就这样，禹长期担任治水总指挥。按照他的办法，以疏为主，以堵为辅，可能时还要开些沟渠，引水灌田，蓄水备旱；沼泽地区多种些芦苇、蒲菜……

禹经常跟河工一起挖土抬泥，有时一整天都半身泡在水里，得了类风湿关节炎，险些偏瘫，半个身子都干枯、麻痹、酸痛，可他仍然拖着一条病腿，四处奔走、检查，百姓和巫师模仿他的样子，编制仪式舞蹈，叫作“禹步”。

为了疏导，让黄河之水分流，平缓而有序地流进大海，禹在黄河下游开凿了九条支河（“九”是约数，形容其多）。要挖河，就得挖掉或者劈开挡路的大山。最难开的就是位于中原的一座大山。白天，大禹组织许多民工来初步开凿，晚上亲自变成神龙用巨爪来扒开山路，他还命令部下应龙、灵龟等来扫除碎石，清理河道。开得有点儿模样的时候，他就请来开山的巨灵龟手足并用，把山由中间撑开，分为两半，让水通过。有的传说还讲，快完成之时，禹爷爷从二郎神那里借来赶山鞭，“啪”的一声巨响，便把那山劈成两半，大水呼啸而下。据说，岩壁上还留有巨灵龟或者大禹的手模、脚印。

这就是今天还屹立着的龙门（峡）。“黄河西来决昆仑，咆哮万里触龙门。”（李白诗）山势险峻，河道狭窄，水流湍急，却有

大禹治水

大禹以疏浚法治水获得巨大成功，成了除黄帝以外影响最大的圣王和英雄。在中国可谓家喻户晓，妇孺皆知。

许多鲤鱼，于特定季节在这里逆流而上（为了到上游产卵）。一条条大鲤鱼身子一扭，就势跃得几丈高，越过峡间岩块，游到上游去了。老百姓都说，这是禹爷爷变成巨龙开出来的峡，鲤鱼“登上龙门”，就“身价十倍”（其实，龙门是一座山，中开如门，黄河由其间流过；在今山西河津、陕西韩城交界处）。

那时，几乎整个中华大地都闹洪灾，要想疏浚开凿，堵、引兼用，就得统一规划，大家坐下来谈。禹召开几次部落联盟酋长会议，请舜“王”亲临，大家商量出一个方案来。哪里挖，何时挖；谁该做出牺牲，得益的部落又该怎样补偿他们；该怎么提供和分配劳力、口粮和工具，怎样编队，谁人指挥……就这样，一整套新的制度、组织建立起来了。

从前，部落联盟酋长或代表会议开得很少，就是开，也是争吵不休。自从禹提出有牺牲就有补偿、有贡献就有奖励的互惠方案以后，大家都口服心服。舜王南征逝世以后，主持联盟会议的大禹，自然而然地成了联盟长。以“夏”命名的大联盟已有了国家的雏形。这不是靠战乱、征服与暴力得来，而是主要依赖和平对话、谈判协商和引导自然形成的。

“大禹治水”取得伟大成功，成为中华民族处理与自然复杂关系的典范，是中国人民勤劳、勇敢而又有智慧的民族精神与思维方式的象征。北京故宫博物院珍宝馆里一块几千斤重的和田玉，刻的就是大禹治水的宏大场景。

作为治水业绩的反映，疏导成为中国政治思想、策略的核心。老百姓有什么不满，让他说出来，加以鉴别、慢慢引导。“防民之口，甚于防川”，憋在心里，不满变成怨恨，无处宣泄，越积越多，一旦爆发，跟黄河决堤一样力量巨大，后果不堪设想。

延伸阅读

传说中，大禹治水得到了不少灵物的帮助。

例如，大禹观察黄河水势的时候，河里跳出一个又肥又白的人面鱼身的巨人，自称："我是河精。"他送给大禹一版《河图》，据说上面刻有种种河道、水势、山形、田地，以及简明扼要的治理办法。这是最古老的地图和治水"规划书"（很可能由夏禹等编制，假托河精，强化其神圣性与合法性，借以说服各族部众）。

也有人说，水神使者神龟来献"秘籍"——《龟书》。大禹等后来还参照这些宝典口述了《尚书》里的《洪范》（哲理）和《禹贡》（古地理书）。近年，在安徽含山凌家滩新石器晚期遗址，出土了一块玉质的长方形牌子，上面俨然刻出了原始八卦图，有八条箭头似的"圭"，指向四面八方；玉版还夹在玉龟胸腹之间，分明在汲取并且体现龟灵的神力——这就是古籍上常见的《龟书》。

神龟不但贡献"规划书"，背着神土息壤，而且能够引路治水和筑城——也许古人以为龟鳖之类有极强的记忆力和辨别力，能够识路或者指向，有助于水道的布局和规划。龟鳖，特别是大的象龟，背甲坚固，负载力极强，神话说整个地球都放置在它的背上。古人让它驮石碑，有的碑就象征大地。

如前所说，大禹开掘河道，修筑堤防的时候，"黄龙曳尾于前"，"玄龟负青泥于后"。

前面提到有一种龙图腾是有翅膀的应龙，它不但协助黄帝吸收雨水、战胜蚩尤，还帮助禹开河。《楚辞·天问》中，"应

八卦

“八卦”是根据太阳的时空运动创作的，对整理大地、规划水道有大作用。相传，伏羲氏曾参照蜘蛛网发明渔网，从而创造出“八卦”。

龙何画？河海何历？”写的就是这件事。

无论对自己，还是对部属，大禹都是高标准、严要求。四川传说，在开凿巫峡的一条水道时，有一条龙没有按照禹的规划，把水道开歪了。禹不得不把它杀掉。这个峡就叫“错开峡”，峡上有一块孤零零的巨石，就是“斩龙台”。

最初的“八卦”是“八（只）圭”指向“四面八方”，中心是八角星形太阳。《拾遗记》说，大禹凿龙门时，找到一个大洞穴，见到一位蛇身人面的大神，是成了天帝的伏羲。他赐给禹一块金版，上面是古老的“八卦之图”；又赏了一枚扁长形的

玉简：

长一尺三寸，以合十二时（辰）之度，使度量天地。

掌握了这些神圣工器，大禹便有测量天地的能力，可以策划治水方案。《山海经》说，大禹命令“竖亥”，由东极“步”到西极，测量出其距离是“五亿十选九千八百步”（参见《山海经·海外东经》）。《淮南子》则说，禹命大章，由东极“量”到西极，步测出是“二亿三万三千五百里七十五步”；令竖亥，由北极“量”到南极，也一样（说明大地是“方”的）。还计算出山川的数目。这是多么宏伟的工作！

《苗族古歌》说，天地分开并且长成以后，必须丈量天地，同样需要老鹰做助手。

老鹰是好汉／来往乱飞翔。
他来当尺子／来把天地量；
量来又量去／天地一样宽。

彝族史诗《梅葛》说，五兄弟造好天地，却“不知道天有多大，不知道地有多大”，需要飞虫来帮忙。

请飞蛾来量天／请蜻蜓来量地。
天上量一量／地下量一量，
天有七拿，[1]
地有九拿。

---

[1] 拿（pǎi），两臂平伸后的长度。

地造大了，天地合不拢，还要拉扯伸缩调整才行。这里包含着古代的算术，乃至简单的几何学。

羌族的治水英雄、水神羊（杨）二郎，也曾“喜来折草量天地，怒后担山赶太阳”。

发动大水的妖恶——鲮鲤：蛟

（无角的蛟，或“螭”，战国青铜器图纹）

动物，有的参与治水，有的发动大水。古人的“二元对立”观念把动物做了“善/恶”分类。例如，“有角曰龙，无角曰蛟”，蛟是异化的龙，往往做些坏事。

大禹治水，邀请神物相助，还顺带杀怪除害。

远古时代，民众都非常迷信，认为洪水是某种怪物，例如巨蟒、疯牛或者“水猴子”，故意“发动”起来害百姓的。

据说，有一次在小河中发现了一种蛟——没有角的、妖魔化了的龙，口中喷出泥水，冲垮堤岸。有人说是猪婆龙，把堤圩拱倒了。大禹发动群众捕杀了一部分。

最精彩的一次，是在江苏盱眙的龟山下，有的说在安徽桐柏山，发现一只大猴子，在洪水里上下翻腾，耍得正欢，浪也

越来越大——人们叫它淮河水怪无支祁——大禹亲自下水跟它搏斗，好容易把它抓住，用青铜链子锁起来，关在淮水的一处洞穴里，禹嘱咐说，谁都不准放它出来；它一出来，淮河就要大决堤，发大水。

无支祁问：“难道我就永生永世，闷在水底下，不见天日了吗？”大禹指了指水边的一块尖石头说：“它什么时候开花，你就什么时候可以出来。”无支祁没法子，垂头丧气地“闷”在水底了。

过了好些年，有个渔夫夜间在这里捕鱼，顺手把灯笼挂在尖石头上了，远看就是一朵美丽的小红花。只听得水底咕嘟咕嘟冒出大气泡，浪花也越翻越大。渔夫到水边一看，好像有金光灿灿的东西在跃动，原来是长长的大铜链。渔夫便把它捞起来，越捞越长、越沉，实在捞不动了，那浪却翻腾得有丈把高，渔夫吓得赶紧去报告官府。官府安装了绞盘，用好几头牛，拉呀拉呀，好不容易拉到尽头，只见水中跳出一只几人高的大猴子，头上银毛，颏下黑须，雪白的牙，金色的爪，浑身长着白毛，水流不止。它身子蹲伏着，弯腰屈背，蜷足藏爪，口鼻都在喷水，只是眼睛还闭着，好像还没回过神来。片刻，两眼一张，金光射出。纵身一跃，张牙舞爪，向人们扑来，只对那几头怒吼着的牛有些忌惮。

人们吓坏了，赶紧把它轰下水去，铜链也都哗哗地沉下去……官府看到它有些怕牛，便用铁铸了几头“伏牛”来镇压这水怪，镇压洪水。至今，洪泽湖畔、都江堰上、颐和园中，许多地方的水滨，还有古老的铁牛或铜牛趴着。

无支祁同各地的猿怪猴神，包括印度猴王哈奴曼，一起构成孙悟空形象的来源。孙猴子老跟牛魔王闹矛盾，原因也在此。

涂山氏之子：夏启

（华夏—汉人）

大禹为了治水，公而忘私，曾经“三过家门而不入”，被传为佳话。

大禹过涂山的时候，曾经遇到一位狐图腾族的女子，十分俊俏，而且魅力无穷。禹情不自禁地爱上了她。她能歌善舞，唱道：

绥绥白狐，九尾庞庞；
我家嘉夷，来宾为王。
成家成室，我造彼昌；[1]
天人之际，于兹则行！[2]

他向四岳会议提出跟“狐女”涂山氏结婚的事。四岳说：“不行，这是我们世世代代没做过的事情。”禹说：“疏导洪水，

[1] 造，去。
[2] 行（háng），“交通”。

九尾狐

（《山海经》插图，古人的构拟）

禹妻涂山氏，羿妻纯狐，洛神，甚至嫦娥、女娲，都可能曾经化形为狐。九尾，尾多善于繁殖，是“动物（形）大母神”的意象。

开通新河，祖宗不也没做过吗？”四岳被反驳得无话可说了。舜还算开通，考虑再三，特别是想到禹的勋绩与将来的功业，便同意了这场婚事。

禹忙着挖河引水。涂山氏要为他送饭。禹同她约定：一定要听到我敲响岸上的石鼓，你才能来，不然，要出大事。涂山氏依从了。有一天，不知是谁在石鼓上掉了一些饭粒，乌鸦飞来吃，啄得石鼓“咚咚”地响。涂山氏赶紧提着竹篮、瓦罐赶来。却不见丈夫，只有一只大狗熊在用嘴和爪子“扒”河（那是禹变的）。涂山氏大叫一声，昏倒在地，变成了一块巨大的圆石。禹变回人身，急得大喊。那石头“轰”地炸开了，从中跳出来一个白胖小子——夏启。

中国第一个奴隶制王朝的君主，就是治水建盟成功的大禹的儿子——启。他相当神气活现，不像禹那样艰苦朴素。他乘坐

两龙（或龙马）拉的车子驰行（《山海经·大荒西经》），其上有“云盖三层”。他左手拿着祈雨用的鸟羽，右手抓着举行仪式的玉环，身佩玉玦，虽然为王，还兼着大巫（参见《海外西经》）。

有一次，他遭遇了一场严重的旱灾，赤地千里，颗粒无收。他采用传统的办法，杀了三个“妃子”（或女奴），献给天帝，并颂唱能够招风祈雨的《九辩》《九歌》（这种原始性巫术歌舞，热烈而又放肆），却依然没有求得大雨。

夏启登上王位的前后，自然灾害严重，政治也动荡不安，他只得采取某些严酷的手段来应对。比如，由于大禹把权位交给儿子，世袭制代替了选举制。很有些实力的夷殷集团的代表人物伯益，本来有可能通过“选举”继位掌权，现在却让启接了班，他当然不服，便使用各种手段来反抗，企图夺权。

当时巫术依然盛行。有一种“黑色的”巫术是：用皮革做一个圆圆的、像人头似的“囊袋”，灌上血，使之具有“生命”并且能够“代表”被伤害者，然后用毒箭射它，希望置对方于死地。这皮袋叫作“鞠”，有些像足球，也叫“射鞠”。黄帝杀死蚩尤以后，就用他的胃做了一个鞠让人射，多中多赏（有人说，鞠是最早的足球）。殷商的某些君王，甚至用“革囊盛血”（射鞠）来代表天或天帝，亲自用箭射它，叫作“射天”，代表对泛滥的神权的反抗。

伯益就是用这样的射鞠来代表启或他的灵魂，用箭射它，希望杀死“新王”，夺下他的权位。哪里知道，“升天”的大禹暗中保护儿子，伯益的巫术失灵了，没有害死启，反而被启所杀（参见《楚辞·天问》等）。

夏启

（《山海经》插图，古人的构拟）

珥四蛇，驾两龙，夏启比艰苦朴素的父亲豪奢多了，他是中国第一个专制王朝的头领。

延伸阅读

夏启即位前后，经历了一场惊心动魄的政治斗争。

大禹因为组织许多利益集团治水，取得极大成功，成为“大部落联盟长”，离王位只差一步，已享有相当大的权力，例如以“迟到”为罪名杀了防风氏以示威。

随着历史—社会结构的演变，他要进行大变革，例如要把

"选举制"改变为"世袭制"。现在看起来，世袭制很不好，因为那只认血统，以所谓"长子继承"来决定政权移交程序。如果"合法继承人"是个傻瓜或者混蛋，大家也只好认命。但到了禹—启交替时代，原始"选举制"已烂熟得到了头：谁都可以宣称自己（或自己的代表）最优秀，应该掌管权力。例如有一定实力的"夷殷集团"的伯益，就在许多人的"哄抬"之下，要做"王"，习惯势力结伙要求禹"传天下于益"（参见《韩非子》），逼迫"以启为吏"。别的集团也纷纷要求继位。这就引起混乱。如恩格斯《家庭、私有制和国家的起源》所指出，因为战争等而掌握实权的领导者，"习惯地由同一家庭选出他们的后继者的办法，特别是从父权制确立以来，就逐渐转变为世袭制"，并且慢慢为大家所接受。启就这样接了禹的班，登上了王位。这样就有伯益的阴谋抗争，失败而被杀。

伯益，也是个有本事、有根基的优秀人物。他是大舜手下负责畜牧的专家，善于驯化野生动物，"佐（协助）舜调训鸟兽，鸟兽多驯服"（《史记·秦本纪》）。他还懂得禽言兽语，能够用动物懂得的信号跟它们交流，效果极佳（参看《汉书·地理志》等）。

他掌管圣火种，用烧山的办法田猎，就是《孟子》说的"烈山泽而焚之"，使禽兽乱逃，以便射杀。

作为夷殷的小酋长兼巫师，他有个鸟化身（就像夏启也可能化身为龙）。伯益的"益"，古文字形体像燕子，"益"模拟燕的叫声；"益"也与"燕""乙""偃"等字读音相似。"伯益"又写作"伯翳"（yì，或作"鷖"），原指由燕子神化而来的凤凰的一种，善于行云布雨。所以，不但鸟与龙有矛盾，伯益（翳）善于操纵风雨，跟启的擅长处理干旱（启，或为旱神、晴神）正好对立，他们发生冲突正是情理中的事情。

伏羲与女娲：洪水遗民

（古苗人）

伏羲、女娲兄妹很小就没有妈妈。有一天，爸爸打猎去了，只听轰隆隆几声巨响，闪电过后，就是瓢泼大雨，连房顶都要被掀开了。雷声中，好像有一只怪鸟绕着他们的房子飞来飞去，雷也跟着它响个不停，孩子们非常害怕。好在这时爸爸回来了，他空着手，什么也没打到。“真倒霉。撞上雷公，把野物都给吓跑了。”爸爸放下肩扛的三股叉，说，“我跟它干了一仗。它打不过我，却飞跑了。太可惜啦。”

“爸爸，”孩子们说，“它好像在我们家屋顶上飞哩。”

爸爸说：“不要怕。看我收拾它。”

那时的西南方先民多住在山洼里，很怕发大水。大水是由雷公降大雨造成的，所以西南民族的雷公是坏蛋，不像中原的雷神那样受人尊敬（有专家说，西南的雷公，相当于中原发动洪水的共工氏）。

爸爸说，他早就在屋顶上铺了一层层的青苔，就等雷公上当落网。话没说完，只听“唧溜”一声，从雨湿的青苔屋顶上滑下来一只没有毛的大公鸡，贼头贼脑，有两只“老鼠眼”在滴溜溜转。只见它浑身发绿，长着蝙蝠那样带膜的肉翅，两条腿却像仙鹤一般又细又长，两只手像鹰爪。

爸爸大喜，顺手抄起猎叉，一下把它叉起，扔进大鸡笼里了。孩子们好奇地看它蜷成一团、连头都不敢抬、一副斗败的公鸡的狼狈相（雷公神通广大，可他是鸡形，逃不出鸡笼、鸡罩）。“看住它，别让它跑了。”爸爸叮嘱道，“我上街打点醋，买点盐。”并一再强调：“这家伙不怕饿，就怕渴。千万不能给它水喝。一滴也不行。”

爸爸走后，孩子们又玩了起来。这时，笼子里的雷公“活”了过来，忙着搓脚、擦肉翅、磨鸡嘴，渐渐地也不老实啦。孩子们不睬它，晓得爸爸编的鸡笼结实，它出不来。

“渴啊，我渴。”它抓耳挠腮，痛苦异常。

“给我一点儿水喝吧，好孩子，只要一点点儿。”

“不行。”妹妹说。

“爸爸说，只要有一点水，你就会跑掉。”哥哥说。

“不不不。我坚决不跑。”它一副可怜相，“行行好吧，乖孩子们。”

雷公挤出几滴眼泪来，“可怜可怜我吧，我要死了。给我一滴水吧。”妹妹看它太可怜，想用葫芦瓢舀点水给它喝，被哥哥阻止了。

“就是用刷锅把上的几滴泔水给我润润喉咙，也是好的。”

妹妹看它实在可怜，想着几滴泔水也不会有什么事，便用刷锅把蘸点水，隔着鸡笼，滴进它张开的大嘴里。

雷公

（上：雷神，民间造像，旁边有雷鼓和侍从；

下：山东沂南汉墓画像石，雷神驾车出行）

雷神在“正统”的谱系里地位较高。汉画中，依然是风雨开道，专人背着“连鼓”。他坐在四条龙拉的、“以蛇为轮”的雷车上，似以“虎形”亲自擂响大鼓（建鼓）。在民间却是鸡形。南方者，尖嘴猴腮，形象猥琐，似乎坏事做多了。

“好！谢谢你们。好心有好报。”它从嘴里硬敲下一颗牙齿，做了个往地里栽种的动作，再递到他们手中。“你们躲远点，往山顶上跑。我要飞走了！”

话犹未了，只听得天崩地裂般一声巨响，随着一团烈焰，连房子带鸡笼全都炸碎了，雷公也不见了踪影。大雨随即瀑布一般奔泻而下。兄妹俩赶紧朝山上跑，洪水紧紧追赶，只差一点点就淹着他们了。好不容易跑到山顶，水还没停。四周围一片汪洋，就是脚下的山巅，也快被水淹没了。

眼看无处可躲，妹妹忽然想起雷公送给他们的牙齿，赶紧把它种在地里。说也怪，那“牙”猛地一下发出芽来，片刻之间就生出藤、叶子和花，再一会儿，居然结出一只大葫芦瓜来，开始在水上漂浮。兄妹赶紧敲出一个洞，也不顾瓜里长满种子，硬往里挤，那“葫芦船”便在洪水恶浪之中，顶风冒雨，漂荡起来。

过了几天，洪水渐渐退了，葫芦停在一座高山之上。兄妹俩一看，四周只是光秃秃的石头，连尸首都看不见，好像一切生命都消失了。他们只能依靠葫芦的肉，加些野菜活命。渐渐才打猎到一些小动物。

兄妹俩长大了。想起爸爸和乡亲们来，仍是哭。怎么办？太孤单了。这世界不能只有两个人。如果他们都死掉，那不是连一个人都没有了？

为了繁衍人类，他们成了亲。后来，妹妹生下一只葫芦瓜，剁碎以后全变成小人儿，他们来自同一祖宗，组成了一个大家庭。

伏羲、女娲兄妹这样的故事，在许多兄弟民族、地区，甚至几乎整个亚洲东南部（例如泰国、越南等）都有。专家统计，有五百篇以上情节大同小异的被命名为“洪水遗民”的传说故事。在不同群团中，兄妹的名字多有不同，但某些读音大致一样：韵母大体是e、o、a，只是开口度略异；声母多是k、g、h（古称“喉音”）——跟“瓜”的读法相似。这不是偶然现象。

后来，这故事及其“改型”传播越来越广。特别是在河南、陕西、山西，女娲的故事特别多；伏羲跟“太昊”混淆，并且与“八卦”的来源发生纠葛，许多地方（尤其是河南、甘肃）都有伏羲庙。各地汉唐墓葬，包括新疆出土的画像石中，有大量伏羲、女娲人首蛇身交尾的图像。虽不能仅仅据以确认故事的“原生地”，但在研究上有很大价值。山洪爆发，雷雨超常，南方比北方多得多。目前，国内外多数专家认为，伏羲、女娲故事的原生地在云贵高原的可能性较大，却也并非定论。

初民以为“宇宙生命一体化”，万物不但都有生命，皆平等，而且能够相互转化，不受限制。大神如伏羲、女娲的化身很多。女娲更是“一日七十化”。基本为两种：

植物模式：瓜—葫芦（壶、瓠、匏）

动物模式：蛇、蜗螺、蛙……

中国台湾高山族阿美群传说中，兄妹结婚以后，生下蛇、

蜥蜴、青蛙、乌龟等爬行动物和两栖动物（他们主要以蛇为图腾）。后来，太阳教会他们祭祷，才生出俊美的子女。当初，他们生下来的，就是其图腾的动物原形，也是他们自己的动物化身。这些也都是生命的意象，是繁育的力量、生殖的象征。

伏羲和女娲后来成为汉族的至高祖先神，就像盘古被接受为开辟神一样。他们还曾被某些文献并列为“三皇”。伏羲与太昊相融汇，传说他创制“八卦”、发明渔猎，等等。汉唐墓室里常见人首蛇身的伏羲、女娲交尾图像，那也有祝愿（死者）再生、祝愿宇宙生命再造的意思。

女娲补天，防治火山爆发及海啸、洪水，再造世界及人类，都是很宏伟的神话，可惜在洪水遗民的故事里只留下一些痕迹（请参见上卷“女娲补天”一章）。有极少数故事说，女娲生下“葫芦娃”以后，还用泥捏了一些人跟他们一起玩儿和生活。

广西毛南族传说，是“盘兄”与“古妹”洪水后成婚，却不能生育，二人捏了许多泥人，乌鸦用十九年时间衔走，丢到各地，才变成人类。河南桐柏县等地传说，盘古兄妹补天（或开天）以后，遭遇洪水，得以幸存，婚后不育或所生婴儿夭折，只好用泥土捏成人。

壮族故事说，斗雷公的是英雄布伯，小兄妹是他的孩子。布伯把伞倒过来，变成一条“伞船”，借着风威雨势，漂在大水

伏羲和女娲

伏羲、女娲本是南方“洪水遗民”和世界的再造者。进入中原以后地位越来越高。有一种“三皇”组合，就是他们与盘古。伏羲还与太昊融合，成了“八卦”（象征世界）的创造者和掌控者。

之上，四处找雷公报仇。雷公见他舍命冲来，非常害怕，赶紧扳开闸门，那天河水猛一下冲到“伞船”上。在最后一刹那，尖利的锯齿般的伞边截断了雷公又长又粗的双脚，但布伯被冲下高空，不幸在山尖上摔死，他的心脏由胸腔里迸出，嵌在天空中，成了光芒四射的启明星！

傈僳族有个不太古老，却很有意思的传说：盘古创造或再造人类。盘古用火塘里的南瓜子种出大南瓜（相当于葫芦），用刀一劈，出来兄妹俩（相当于伏羲、女娲。两扇瓢，或说暗指天与地、阴与阳）。经过合磨等占卜、试验后，他们结婚了。

可见伏羲、女娲这两个洪水遗民再造人类的故事，可能与盘古—槃瓠属于一大“宗”，后来才分化。有时还被移置或者混淆成盘古兄妹的事迹。

在中原和西南某些地区，洪水遗民里的男女主角不是伏羲、女娲，而是盘古兄妹（有的称“盘哥哥”“古妹妹”，有的称“盘古儿”与“盘古女”，有的称“盘古爷”“盘古奶”，有的称“盘古与女娲”）。

在比较古老可靠的材料里，女娲多是单独出现。例如《楚辞·天问》：“女娲有体，孰制匠之？”通篇没有提到伏羲。长沙马王堆汉墓出土的《西汉帛画》，上部中心位置出现的是人首蛇身的女娲，没有伏羲。上古多用母系来确定家族传承系统，女神往往唯我独尊。所以，女娲作为女性始祖神，地位显赫。在湖南长沙子弹库出土的战国《楚十二月神帛书》，以及马王堆汉墓出土的《西汉帛画》中，可能伏羲、女娲并见，却不一定是兄妹关系。

廪君和盐水女神

（古巴人）

四川古巴人，巫师名叫“诞”的，有几支后裔，最有名的叫作“务相”（湖北土家族群众还称“务相”为“巴务相”或“向王”，认为他是自己的祖先）。

他们都出自地穴（大地母亲之腹）。这几支都争着做“老大”，内斗，很可能自相残杀。务相说：“这样争下去不是个办法。不如来比赛本领，谁本领大，谁就做君长。”

有一处地穴，地穴当中有块形状奇特的石头。比赛的办法是“掷剑”（可能是一种石制的匕首），谁掷中穴里石头，谁就胜利。于是轮着投掷。务相以外的“四姓”代表，都不知道扔到哪里去了，只有神射手务相懂得目测和瞄准，把“剑”扔到石头当中，不偏不倚，深深刺入，好像原先就长在那上面似的。大家输得心服口服。

这是一种领导权力的竞争，就好像人们所说的“争雄”。这

早就在许多雄性动物之间发生，人类加进许多技术或智慧的要素，不仅仅是比体魄和力气了。例如，突厥王子阿史那凭借跳高本领争得继承权。鲜卑英雄檀石槐单骑夺回被抢的牛羊群，成了“大人”（大酋长）。掷剑跟射击，是最常见的争雄竞赛。

务相为了巩固自己的胜利，又提出比赛乘坐“土船”渡河，看谁先到对岸。泥做的船，怎能经水泡？大家坐的“土船”入水不久就化了，沉了，能保住性命就不错了。务相的彩画“土船”用火烘烤过，成了大陶缸，所以不沉。于是他到达了目的地（盐水之南：盐阳），被推举为“廪（lǐn）君”[1]。此前他们还主要依靠流动的“渔猎经济”，廪君这一支较早掌握烧制彩画陶器的技术，这是跟种植、保藏谷物的发展阶段相一致的。这一带发现过“船棺葬”，也就是把葬具做成船的样子，这显然是在纪念水上打鱼的生活。

廪君到了盐阳地方，遇到一位“盐水女神”。女神说：“这里地域广大，有鱼有盐，留下来跟我们一起住吧。”大概是因为此地不大适合农耕，他没有答应。此地的好处是有许多地穴，有很多钟乳石（喀斯特地貌，“岩溶洞”）。有一块凸出的“阳石”，雨涝为灾，鞭打阳石，天就放晴；还有一块凹入的“阴石”，由岩盐构成，一鞭打就下雨。这是因为结构和质地不同，钟乳石对阴晴雨旱有极其灵敏的反应，许多地方参考它预报天气。“鞭打”则是一种仪式或迷信。廪君他们没有悟出“天气预报”的重要性，不想定居在此。

盐水女神到廪君处住宿。第二天早上，奇怪的事情发生了。

---

[1] 廪，“粮仓”或“粮食”的意思，“廪君”表示他们从此进入半定居农业社会；或说，“廪”是巴语“水”，廪君就是“水君”。

她好像变成一只飞虫，许多虫子跟着她飞翔，只弄得天昏地暗、日月无光。这一情形持续了七天七夜，廪君他们都分辨不清东南西北，哪儿也不能去。

廪君只好想办法脱离这里，就拿一根青绿色丝绳出来——这大概是系在箭尾上的长丝，古人叫作“矰”（zēng），用来绕住射中的鸟兽，又便于在丛莽中找寻。他对盐水女神说：“送给您吧。您戴在脖子上，实在太漂亮了。它代表我，跟您永远在一起。别客气，快绕上吧。”

一阵花言巧语，哄得盐水女神把丝绳戴在脖子上了。

第二天，廪君站在那块“阳石”上，瞄准有青绿色丝绳的飞虫射箭，一下子就射中了盐水女神，她悲惨地死去；群虫立刻飞散，就好像雨过天晴一样。太阳冲出虫群和雾霾，金光四射，万里无云，长空一色。

廪君他们乘坐陶土之舟，到了适宜耕种居住的夷城地方。这里江岸、水流弯弯曲曲，极难攀登的岸壁有许多土穴，就像北方的窑洞。廪君叹一口气，说：“我们好不容易摆脱了土穴，难道又要穴居吗？”话音未东落，只听轰的一声，江水把岸壁冲出许多阶梯状的凹陷，廪君把它看作神赐的天梯，一步步地攀爬上去了。

江岸上有一块很大的平石，廪君登上一看：果然是块好地方，宜耕宜牧，宜渔宜猎。他就拿出许多长长窄窄的竹木片片（像竹简似的，古人叫作“策”），在大石台上策划计算建筑居民点，开辟农田的“方案”。没想到，这些竹木片都紧紧地粘在石台上了，看起来像地图，把田地、牧圈、渔场、猎圩（wéi）全都清清楚楚地标明出来。廪君大喜，就按照“天意”，在这里建“城”定居。

湖北民间传说，廪君沿着夷水走出大山的时候，手持牛角一路吹着，直吹得大山向两边让路，河水由小变大，更便于行船。民间相传：“向王天子鸣牛角，鸣出一条清江河。”赞颂祖先披荆斩棘，开山造屋的功劳。

延伸阅读

廪君与盐水女神的爱情纠葛有些古怪，许多秘密专家也讲不清楚。也许因为我们对巴人的历史、文化、语言、风俗知道得太少。

巴蜀地方潮湿多雾。虫飞蔽天，加上雾霾，对生产、生活有一定害处。盐、虫和雨雾，都属“阴”，跟“阳刚”的射手廪君是有冲突的。廪君跟后羿一样，领有“太阳神”格，当然要“射”开虫雾，拨云见日。

问题在于廪君为什么这样无情地对待痴爱之中的情人。后羿也射过嫦娥，射过月亮，那是怨恨嫦娥独吞仙药，弃他而去；心中还暗暗希望她“幡然归来”。可廪君却硬是把盐水女神射杀了，她又没做什么大坏事。古时，许多山居民族都是缺盐而又嗜盐的。巴蜀虽然有岩盐、井盐，但巴人也是需要盐的呀。

白族有位“谷女”发现了美味的盐，造福人民，却被坏人害死。老百姓纪念她，天帝也封她为“卤主：盐神母”。

阿昌族也有一位女盐神。“拉涅旦[1]有个智慧的盐婆/名字

---

[1] 南极。

叫作‘桑姑尼’[1]/她炒菜放盐巴/将士吃了才又有了力气。”（史诗）她身不由己地爱上“天公”遮帕麻。但是魔王乱世，“地母”遮米麻带信叫遮帕麻回家除害，他不得不离开盐神。

另一种说法是，女盐神随着遮帕麻回去。战胜魔王以后，桑姑尼亲自为将士们做饭做菜。饭菜意外可口，大家都以为她放了“仙水”，其实她只是加了些山区最缺乏的盐巴。

阿昌族女盐神也充分体现盐的自然特征和功效。桑姑尼（女盐神）死后，为了让后代子孙能吃到美味佳肴，就将自己的头变成盐岩，身子变成一条盐水河，头发变成葱和韭菜，脚趾、手指变成大蒜和姜。

这简直是盘古氏身化万物式的自我牺牲。盐神变成盐河，是对“盐溶于水”的神话解释。

湖北民间传说却相当善意而乐观。他们说，廪君、盐水女神成亲后，向王（廪君）只是乘陶（土）船向上游去，盐水女神在后面追，嘴里喊着：“我哥来，我哥来！”如今江上划船人依然边划边喊“我哥来”，只是转音变成：“啊嗬嗨，啊嗬嗨！”

渔猎出身的廪君常常化为白虎出游，后代也是白虎，这显然是以白虎为“图腾：假想祖先”。据说，他的后代还有变成老虎精的，叫作“貙”或“貙人”，平时是人，一转眼却变回猛虎，像欧洲的“狼人”，就是不大伤人。据民族学家潘光旦调查鉴定，廪君后代一支发展成为今天勇敢勤劳的土家族，依然多在湘西居止活动。他们依旧既崇拜又顾忌老虎，称虎为“坐堂白虎”，耍龙灯也耍“白斑虎灯”，却说祖先以射虎为业。

[1] 意为惠美女人。

从人到仙的西王母

（华夏—汉人）

西王母，自汉魏以来，在人们心目中，是一位风韵犹存的美女，“修、短得中”，“容颜绝世”（《汉武内传》）。

作为生命之神，她主管的是寿数，能够让人长生不老，多子多孙，从权贵到平民都非常崇拜她。汉哀帝时，京城万民设祭，设置各种博弈和游戏的场所，欢歌喜舞，专门奉祀这位“老寿星”（那个时候还没有“太上老君”）。据说门户转轴下有“白发丝”，是西王母的头发——过去的门都是木头做的，一遇到潮湿，常见丝状真菌密布，民间却相信确是神物。

西逢王母，慈我九子，相对欢喜。
王孙万户，家蒙福祉。（《易林·鼎之卒》）

后来，民间与通俗文艺作品还把她传成“王母娘娘”（有

意省略掉重要的“西”字），成了玉皇大帝的皇后，她住的“瑶池”也搬到天上去了。

她为什么能够让自己和信徒都长生不死呢？

因为她掌握着“长生不老药”。这药，由汉画等材料看，似乎是“灵芝草”。神话说，神箭手后羿，渡过千岩万壑，出生入死，才得到这“灵芝草”，却被寂寞难耐的嫦娥偷吃了，飞上月宫。“嫦娥应悔偷灵药，碧海青天夜夜心”（李商隐诗）。

还有就是西王母的蟠（pán）桃。《荆楚岁时记》说：“桃者，五木之精，厌伏邪气，制（伏）鬼魅。”古医书说，桃肉和桃仁能够杀寄生虫。加上桃子富含养分，有益健康，所以有“仙桃”“寿桃”之称。汉人说，西王母桃树五百年一开花，一千年才结果，吃了长生不老。玉皇大帝“知人善任”，派孙猴子去看守王母娘娘的蟠桃园，后果可想而知。

让人长寿的蟠桃

（偷窃王母蟠桃的东方朔）

西王母拥有“长生不老药”，蟠桃就是一种，五百年开花，一千年结果。汉代方士东方朔吹牛说他偷吃过几次，证明其长命。

古老神话书《山海经》里的西王母，是原生态的，却很“可怕”。她有“虎牙”，她“蓬发”，“戴胜”，戴着哑铃形的巨大头饰；她像大型哺乳动物（或灵长类的狒狒），住在洞穴里，有三青鸟为其取食，大概吃些野果；她样子“如人”，却有长长的“豹尾”；而且“兽啸”，能发出野兽般的啸声。

《山海经》里的西王母

（古人构拟的西王母图）

虎齿豹尾，蓬发戴胜，实在不是汉人所描写的三十来岁的端丽少妇。插图所见，只是一位瘪嘴老太太。其真面目还有待探讨。

公元前十世纪，西周出了一位王者旅行家——周穆王。大约在他即位的第十三年（公元前964年），他开始“西游”，很可能游到了西域（今新疆及以远）。

有一本半小说半历史的“纪实性文学”书，叫《穆天子传》（约公元280年，晋太康3年，出土于河南汲县古墓，成书可能在战国），说这位大旅行家居然到了“边春”之山（即《山海经》里的“春山”，汉代称葱岭），就是“世界屋脊”帕米尔高原。

他在其西面会见了“西王母”，她却是一位颇为庄严而又娴雅的西域女王，至少是位传说人物，再也不是蓬着头发，突着虎牙，拖根豹尾的怪神了。

传说他们还“以歌代言”，诗赋相和。

比如，西王母唱道：

白云歌

白云在天，
山陵自出。
道里悠远，
山川间之。
将子无死，
尚能复来？[1]

“八骏日行三万里，穆王何事不重来？”（李商隐诗）周穆王

[1] 今译：
白云高高飘在天，山陵隐约雾中显。
悠悠道里相逢难，山川远隔路不见。
愿你长生永无死，何时再能会一面？

要不失身份，打点官腔，却也不愿意就此永别，唱道：

离别歌

予归东土，

和治诸夏。

万民平均，

吾顾见汝！[1]

当然，穆天子西游，主要为了政治与外交，“宣扬国威”，互通有无；有人说，穆王西征是为了得到和田玉，《山海经》里西王母就住在“玉山”。河南安阳殷墟妇好墓已发现和田玉，可见内地与西域“交流”已久。

西王母不是华夏—汉人，而属西戎（狄人集群的一支）。前引穆王的歌，已将她排除在“中土”与“诸夏”之外，但她与华夏—汉人肯定同属蒙古人种。

她所处的西域—中亚地带，战国以前，主要居止和活动着两种人：

塞种人（sacae），所谓斯基泰人东支，属于白色的古欧洲人种；

羌人，黄种，通称“蒙古人种”，世代与夏、周通婚。

古新疆的“小月氏”，主要是羌人；“大月氏”为白种，但也含羌人成分。这里多处发现羌人遗骨，直达帕米尔高原以远。战国以前，此间没有具“种群意义”的华夏—汉人遗骨出土。

西王母自称“帝女”，“北徂（去）西土，爰居其野”，并非土著。

---

[1] 今译：
我回东方去，谐调华夏和诸族。
万民均等都幸福，你我定能再相晤！

西王母接待周穆王 ▲

（古代文献插图）

西王母亲切接待周天子。后来的故事中，汉武帝替代了周穆王。

西王母可能是羌人“贵族”，远嫁给塞种人的王，不习惯他们吃马肉、饮牛奶、伏马背、住帐幕的生活；所以觉得异常孤寂，好像只能“虎豹为群，於（乌）鹊与处”。塞王死后，她成为“女主”，王母。这也是符合西域人风习的。

延伸阅读

那么，《穆天子传》中的“外族”西王母之邦到底在哪里？

前述穆王先到帕米尔高原，再转进西王母之邦。由此推测，她的“根据地”很可能在“大宛（费尔干纳）—撒马尔罕”一线，再远去就是“大旷原：吉尔吉斯草原”了（科学界对西王母及《穆天子传》所记地点有极大兴趣，其确切所在，至今争论不休）。

这一带，是“群鸟解羽”之所，即候鸟脱去冬天的厚羽的休息地，周穆王车队到西域的目的之一是搜集鸟毛做箭羽（有人说，那时已有简便羽绒服、羽绒被，用来对高寒地带游牧民族作战时御寒）。还有个重要目的，是搜罗优良马种，以便与蒙古马杂交，以对付骑射民族。这里盛产草原高头大马，例如大宛等地的“汗血马”，“天马来出月支窟，背为虎文龙翼骨”（李白诗）。

“若非群玉山头见，会向瑶台月下逢。”李白诗中提到西王母居住之地。古人“祭日于东，祭月于西”。西王母地位尊贵，又远处西疆，曾经被羌人或华夏—汉人崇拜为月亮女神，或“落日女神”。

殷墟甲骨卜辞里有“东母”（或指太阳女神，生十“日”）

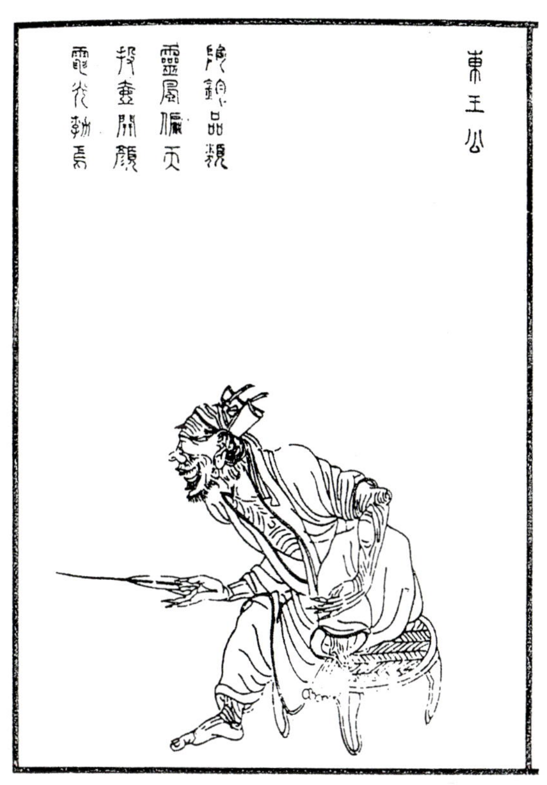

东王公

（古人的一种构拟）

东王公，见于文献很晚，好像是后人捏造出来与西王母做伴的。然而看战国以前材料，他尚属古老，应该还兼着太阳神。

瑶池王母

西王母曾兼为“暮日”与“落月”女神。到了汉代，她演变为年可三十许的丽人神仙了。

和“西母”（或指月亮女神，生十二“月”）。或说，她们对应着见于《楚辞》中的“东皇”和“西皇”。

据说，汉代人看她太孤单，为西王母创作了一位“东王公”做配偶（身上有周穆王等的影子），在汉画里就常见他们二人相对。其实，由神话学看，这位“东王公”就是作为太阳神的“东皇”的后代或异称，资格十分古老，只是见于文献太晚罢了。

东皇（太一）——太阳神——相当于“东王公”

西皇（西母）——月亮（女）神——相当于“西王母”

汉画里的东王公，是很普通的王者形象。可在魏晋或六朝古籍《神异经》（托名东方朔著）中，却不免古怪：“东荒山中，有大石室，东王居焉。长一丈，头发皓白，人形鸟面而虎尾，载一黑熊，左右顾望。”大概用来与“蓬发戴胜，虎齿豹尾”的西王母相配对。

《神异经》还说，昆仑山“天柱”上方，有（大鹏）那样的巨鸟，“名曰‘希有’，南向，张左翼覆东王公，右翼覆西王母”。这种鸟，背上不长毛的小块肌肤就长达一万九千里。“西王母岁登翼上会东王公也。”跟牛郎、织女相似，他们每年只能在“鹊桥”上见一面。

汉以后，西王母完全变成了女仙，而且成了玉皇大帝的皇后。瑶池也搬进了天宫。

“三弃三收”的后稷

（华夏—汉人）

创立周王朝的周人，传说始祖名叫“弃”，称号为“后稷”。名称着实古怪，却都有理由。“后”是尊称，指大神或重要祖先（后稷、后羿、后土都称“后”）。“稷”是粒子较大的小米，跟黏性的“黍”有区别。小米是中国北方民众的主食，有“小米群文化”的说法，跟南方的“稻文化”相对。

“后稷”，简单说，就是“小米王”或“庄稼神”。

这孩子，才生下便会爬。据说，几个月就会说一串的话，会跟大人要好吃的，甚至自己找食。他几岁大就会种庄稼，一点儿也不奇怪。《诗经·大雅·生民》里称赞他利用天赐良种种植作物的本领：

蓺之荏菽，荏菽旆旆。禾役穟穟，麻麦幪幪，瓜瓞唪唪[1]

---

[1] 蓺（yì），种植。荏（rěn）菽，大豆。旆旆（pèi），茂盛。役，禾尖。穟穟（suì），美好。幪幪（méng），茂盛覆地。瓞（dié），小瓜。唪唪（fěng），多果实貌。

农神后稷

后稷也不妨说成“小米（群）”作物的人格化，他的被“弃”，象征着种子落入土地，即将发芽再生。

后稷：庄稼神

（左：后稷，古代文献插图；右：民间的庄稼神）

“后稷”的意思是“庄稼王”，与社（土地）神合称“社稷”，就是以农立国的政权的象征。

后稷一生下来就被母亲扔掉，所以名叫“弃”。

当然，这不是因为后稷有什么不好，是畸形或怪胎，不吉利，触犯忌讳。相反，他是个重要角色，带着神性，“丢弃”是为了证明他经得起磨炼或者考验。

他的母亲叫姜嫄，是羌人的“圣处女”，后来被祀为“姜水平原女神”；以下简写为“姜原”（我们提到过，羌人跟华夏—汉人有规律地“对婚”）。据说，后稷是她踩着神的足迹后受孕而生的：有一天，这位美丽的羌人姑娘在郊野游玩，忽然看见

一个不浅不深，有臀部那样大小的石坑……啊，那不是龙的足印吗？比人的足印大得多，却好像只有三个趾头。她欢喜极了，小心翼翼地把自己的光脚踩到那上面去。龙，那真是龙！一条极大的神龙，它的大拇趾窝刚好容纳进她整个的脚。

刚踩进那“拇趾窝”，她的心便剧烈跳动起来，肚子忽然抽搐了一下：“啊，我得孕了！神龙让我受孕了！”

姜原欢天喜地地跑回家，一天一天，每天都高高兴兴地过去，十月期满，一个胖男孩就落地了。没有大痛苦，没有大出血，就像母羊生小羊似的顺顺畅畅地生了出来。孩子白白胖胖、羊头羊脑，《诗经》说他生下来像“达”，“达”的意思是“七月生羔”。

然而，部落里的人担心这孩子不吉利，有人甚至认为应该把他杀掉。后来经过商量，决定举行隆重的仪式，让神来判定他是好种还是坏种。于是他被故意丢弃了三次。

第一次：丢在窄路上，看经过的牛羊是否踩踏他。不管孩子怎么哭叫、挣扎，看到一群羊、一群牛远远地走来，就把他撂在一条绕不开也躲不过的小路上了。怪事发生：那羊、那牛，躲避不开，竟一只只地从他身上蹦了过去，一点儿都没有伤到他。还有一只母羊停在他跟前不走了。那娃儿挣扎起来，仰起头，把母羊发胀的奶头含在嘴里，使劲吮吸起来——啊，真是一只“小羊羔”！（羌人以羊为图腾：假想祖先。）

后稷被丢在路上，牛羊避而不践（参见《史记·周本纪》），而且可能用奶喂他（参见《诗·生民》），看来是承认并且接纳他了。

第二次：扔进森林里。初民在居民点之外，往往选择深山老林的某个地方做“圣地”，古老、奇特或者高大的树木尤其受到

把婴儿扔在冰面上

（古代文籍插图）

把婴儿扔在冰面上，既是一种考验，也是一种锻炼。假如孩子一下子就冻死，那将来也经不起寒冷与艰险的侵袭，活不下来；假如经得起冻，那就抱回来养。

崇拜，这些依附着祖先或图腾的某种“灵性”，但是，这种“圣地”十分神奇而且秘密：举行仪式时，一旦有人闯进，一切都不灵了，或者作废。后稷入“平林”，恰恰遇到有人砍树，看孩子哭得可怜，便把他抱了出来，那这场考验仪式至少是无效。当然也可能发生了有利的奇迹，抱后稷的人出来一说，大家信了。

第三次：把婴儿脱光了，放在小河的冰面上。这一次，奇迹真的发生了：一群鹰鹫类的大鸟飞到冰上，张开巨翼，把后稷捂得严严实实，暖暖和和的。

经过这三场“考验”仪式，族众全都信服了：这真是个天神护佑的孩子。他被抱回来精心抚养，后来被尊为庄稼大王，农业之神，还是周朝帝王的嫡系祖先（有的材料还说他从小就会开弓射箭，简直百发百中）。

延伸阅读

后稷生下来就会爬，个把月就能说话，会走路就学着种庄稼。这么乖的孩子为什么叫作“弃”，而且确实被“弃”过？

据说，越珍贵、越聪明的孩子，越要起个贱名儿，“弃”就好像“狗丢”“甩料”，物极必反，神仙鬼怪也不来注意他，他就容易长大。

可后稷是一生下来就确确实实被周人、羌人，甚至妈妈给扔掉了。这是为什么？

有的专家指出，后稷本来就是“庄稼神（王）”，应该像撒

种子一样，把他丢弃在田地里让他萌芽，生长。“一粒麦子闲放着只是一粒，种在地里就会结出许多粒来。”后稷生来就被丢弃，确实具有象征或仪式的意味。但更重要的，在原始性社会里，“弃子”还是具有复杂意义与功能的“史实”或者“故事”。类似的故事疑难很多，学术界提出几十种解释，都不大圆满。

经过种种考验或试炼的“弃子”，后来多成为发明家、英雄、领袖、“圣王”或神祇。他们的诞生，他们的奇迹，他们通过试炼或考验，表面好像是“天赐神授”，却构成对神的威胁。因为人类一旦掌握某种重要的本领或技能，像用火、文字、耕种等，就能够自我生存，发展文化，不害怕神、依靠神、尊敬神了。

像后稷这样“早慧的天才”，劳动能手，媲美“神农”的农业发明家，而且还是“神射手”，是会让天帝大大惊恐的。有人说，那么残酷的考验，本来是上帝的“折磨”，三番五次要置之死地，却反而成全了他；就像孟子说的，天要降大任给某一位可能杰出的孩子，一定先“劳其筋骨，饿其体肤……增益其所不能”——磨难造就英雄，这也有道理。在一些优秀的神话传说和民间故事、文学作品里，天帝往往不免野蛮、残酷、贪婪、狭隘，有时还相当愚蠢（《西游记》里的玉皇大帝就是个糊涂蛋），特别是给“青年英雄”制造麻烦和困难。这在神话学上叫“小英雄与天帝的矛盾”。

像苗族故事《龙女配召赞》，龙女生下一个男孩，会兴风作雨，调皮捣蛋，只好把他丢回人间。刚生下时，哭了一夜，第二天，“却已经会跑路了，他还在那里跑来跑去蹚水玩哩”。六七岁时念书，“上午先生教他，下午他就反过来教先生了”。他上天见外公，却把龙宫里的三根“顶天玉柱”弄断，可吐口

唾沫又粘上了。龙王爷大为震惊：这个孩子本事太大，得想法子把他除掉；要不，二天（明天）我全家都要给他做奴隶。

这就是小英雄跟老天帝冲突的一个缩影，所以后稷的诞生也使得“上帝不宁”。

中国人的“文化英雄”，被当作神的杰出人物或祖先，大多数是为百姓做实事，为历史做贡献的好人。但是他们往往因为得罪了神或上帝，不免遭遇悲剧的命运，直到壮烈地死亡。如大鲧为了治水盗取天帝的“息壤”而被杀。后稷“惊帝切激”，让“上帝不宁”，他勤劳艰苦，播种百谷，却“山死”（原因不明，可能因为开山烧田而累死）。

另外一种说法，后稷变成“蜥蜴龙”，像水蜥冬眠那样，沉睡在“盐泽”（据《汉书·西域传》等，指罗布泊，当时有湖水）。“潜龙勿用”，等到春雷一声，“飞龙在天”，死而复苏。

他虽然“冬蛰”或者“山死”，却依然为民造福。有的材料，如《山海经·海内经》说，他埋葬在“都广之地”，在他的墓穴或者尸体之上，生出肥硕甘美的大豆、稻麦、小米，冬夏两季都能播种或收成。埋葬他的地方变成一所植物丰茂、动物活跃的人间乐园。“鸾鸟自歌，凤鸟自舞，灵寿[1]实华，草木所聚。”就好像夸父死后，手杖落在人间，变成万树桃花。

[1] 灵寿，一种神木或仙草，似竹，有枝节。传说不但自身“冬夏不死”，还能使人长生不老。

小朱蒙

（古朝鲜人）

小朱蒙的爷爷是天帝；父亲是“天王郎”，名叫“解（xiè）慕漱”。天王郎威风凛凛，头插五彩的鸟羽，腰佩发光的宝剑，五条龙为他拉着金车，从天上降到地上。他爱上河伯的大女儿柳花，河伯不赞成这门亲事，就提出跟他比试“变化”的本领（神话学上叫作“化身斗法”，有些像《西游记》里杨二郎斗孙悟空，孙悟空斗牛魔王）。

河伯先变鲤鱼，天王郎变水獭捕鱼；

河伯又变成鹿，快速奔走，天王郎就变成豺狼抓它；

河伯再变雉鸡，天王郎变成老鹰把它扑打下来。

河伯认输了：“真是天帝的儿子，本领真大。”只好把女儿许给了他。可河伯还暗藏祸心，策划着别的诡计。

河伯表面欢宴未来的女婿，实际是用烈酒把他灌醉，用一个大皮袋（浑脱）把他跟柳花装在一起，再把皮浑脱扔进大海，让他们回归混沌，重回黑暗。天王郎有些警觉，醉醒过来，知道危险，便拔下未婚妻头上的银簪，在皮浑脱上刺了一个洞，

化作一道金光，飞上天去，伺机再救柳花——她总是一条鱼吧。河伯发现后，大怒：“你败坏我的门风，是不孝之女；连‘水族’都不让你做了。”他用布扎住柳花的嘴，拉长再扎，拉成几尺长——也许是把她变成“水鸟”，表示逐出鱼龙部落，并把她沉入大湖。渔师报告天王郎说：“有怪物把湖里的鱼都吃光了。”天王郎命令围捕，拉上网一看，原来是柳花。花了很多功夫才把她的嘴唇修复回原样。他们结婚了，夫妻恩爱如初。

天王郎实际上是太阳神。柳花结婚后，总有阳光笼罩她，这阳光使她怀孕生子。可她生下来的却是一颗闪亮的“肉蛋”（太阳的世俗形式，“宇宙卵”的改型；另说，她是吞卵致孕）。即令是云雾迷漫的日子，它也发出金光。只好把它搁在野地里，任凭风吹日晒。天王郎结婚后，回天庭去了，只能暗中保护儿子。

野猪过来嗅一嗅，也许想吃它吧，可不知在哪儿下嘴，呼出来的气却为它平添了几许温暖；野马过来闻一闻，不知道是什么东西，踢了它一脚，它滚得老远，可一会儿又滚回来了，

增加了活力。有的文献说，它跟后稷一样，丢在路上，牛马不踩；扔在野外，群鸟呵护。

天长日久，有地气的熏陶，阳光的送暖，肉蛋终于裂开，跳出一个浑身发光的漂亮小子，这就是“小太阳”朱蒙（各种文献有不同写法，如东明、东蒙、邹牟、朱明，等等）。柳花欢喜极了，赶紧喂他奶。

他睡在摇篮里，还没满月，就会叽叽咕咕地说许多话，口齿清楚，意思明确。有一天，他忽然说：“妈妈，给我做一副弓箭吧。”妈妈柳花对他生下不久便会说话早已见怪不怪，便问他：“你才这么一点点大，要弓箭干什么？”他说：“苍蝇老是叮我的眼睛，弄得我没法儿好好睡觉。”妈妈只好用坚韧的桑树枝给他做了一张小弓，把芦苇秆削尖，做了几支箭。他接过来玩了一会儿，就在弓弦上搭箭，眯起小眼睛瞄准，一箭一只，把来袭的苍蝇射落在地，苍蝇发现摇篮中“火力”强大，再也不敢飞来了。

他又叫：“妈妈，箭，我还要！”妈妈看他百发百中，不禁暗暗称奇，又用芦苇秆为他做了几十支箭。他吃饱奶，睡够觉，躺在摇篮里，闲着也是闲着，便张弓搭箭，把那些不长心眼儿、胆敢来犯的苍蝇等小飞虫，统统射死。房子清静、光洁多了。

太阳神及其子孙都擅长射箭。朱蒙确实是天生的神射手，

河　伯

（《山海经》插图，古人的构拟）

河伯（名叫“冰夷”）是很重要、很威风的神。由于他管理河水很难如人之意，水灾常常危害民众，人们就迁怒于河神，不时加以责备或讽刺。许多英雄神，像后羿、天王郎等，都是“小太阳”，当然与水、水神起冲突。

他到高句丽当兵，英勇善战，立了许多功（有人说，“朱蒙”其实是满语“卓琳满阿”，为“善射”之意）。

国王怕他本领太大，又是神的后裔，可能夺了自己的王位，就定计杀害他。办法之一是让他牧马，准备在偏僻地方杀他；或者，说他没有放好马，将他关起来。

朱蒙是何等聪明的人，他提前觉察，跨上一匹好马，赶紧逃走。国王派大军追赶，朱蒙逃到一条大河边，找不到渡船。眼看着追兵马上就到，他解下弓来，敲击水面，巨鱼龟鳖全都浮上来，头尾相接，构成一座长桥，朱蒙就从上面跑了过去。追兵赶到，鱼鳖全都沉到水里，无法渡河。

鱼鳖们都知道，朱蒙是天帝之孙、太阳之子、河伯外孙，当然听他指挥。

后来，朱蒙做了夫余国国王，尊祀父亲天王郎，供养母亲柳花。据传，他只是跟外公河伯搞不好关系，老是闹矛盾。河伯就是兴风作浪，也奈何不了他；他倒是截引河水、开渠灌溉、修桥铺路，为百姓做了许多好事。

作为“小太阳”，朱蒙也能治水、筑城。

据民间故事，朱蒙有个对头叫“松让王”，他要水淹被占领的都城（这样当然要殃及百姓）。他把一头白鹿倒挂在悬崖上。鹿代表干旱，可是跟风雨也有关系。松让王说：“我决不会轻易放走你。你哭喊吧，一直哭喊天降大雨来救你。”白鹿不断哀鸣，哭声响彻天空。上天发生“同情”，就降下大雨给它解渴。可是它叫得太厉害了，雨下了七天七夜，把都城淹没，水怪乘机兴风作浪，百姓死了不少。

朱蒙站了出来，解下白鹿，用鞭子朝大水身上抽打，大水吓退了。

都城被淹，毁坏太甚，必须新造。松让王提出要与朱蒙比赛建造都城和宫殿，谁的更雄伟华丽，谁就胜利称王。朱蒙收集旧都与各地的废旧材料，迅速建起一座巍峨的宫殿，外表十分浮华。松让王来参观时大吃一惊：如此雄伟，又造得这样快，其实力未可估量，于是他甘拜下风。松让王一离开，朱蒙就令人拆毁“假宫殿”，选择可用材料，另择新址，大兴土木。由于准备充分，各方支持，进展很快。宫殿修好后，果然实用又高大美观，普天下都敬服了。

延伸阅读

小朱蒙跟夷殷英雄开国祖先商契、后羿、布库里雍顺、徐偃王等一样，是同一类型的传说人物。作为崇拜鸟图腾和太阳的东方夷人集群的代表性人物，他们的传奇事迹，要点大致相同，只是或全或缺，或显或隐，或多或少罢了。

母亲吞卵（果）而生子——商契、朱蒙、布库里雍顺
生时如肉蛋——朱蒙、徐偃王
被弃——后羿、朱蒙、徐偃王、布库里雍顺
跟神鸟有关系——后羿、徐偃王、朱蒙
神射手——后羿、徐偃王、朱蒙、布库里雍顺
杀怪除害——后羿、朱蒙
建功立业——商契、后羿、朱蒙、布库里雍顺、徐偃王

“朱蒙”的名字，满语意为“善射”，汉语“朱明”“东明”“东蒙”等，都跟太阳的光芒、色泽、升起的方位相关。也有人说，“契”暗示开启乌云、阳光普照的意思；只是商代的文字记录太简单，传说又大都失落，一时搞不清其秘密罢了。

西南方兄弟民族也多见与上述太阳“卵生儿”颇为相像的英雄。例如，云南大理白族传说，绿桃村有位“龙母”，年轻时到山中砍柴，吃了一颗绿桃，就怀孕了，生下一个男孩（吞卵生子），只好丢在深山里（弃）。有一条大蛇衔来食物，盘在大树上，将其喂大（龙蛇的救护）。他生下三四天，便好像几个月大；不到三年，就有十二三岁那么高（速长）。他割过草的地方，第二天就长得茂茂密密，还发现了“仙草”。龙王（实际是外公）有病，他用这草将其治好。有一天，他看到“龙袍”花花绿绿的挺好看，就往身上一披，立刻变成一条黄龙。后来他打败了兴风作浪的黑龙，平息了洪水（除害）。百姓建祠祭奉他。每逢“龙母”生日那天，他就回村拜寿；当日，再大的旱也会下雨。他若是晚上回来，就有两盏红灯在“海”上漂浮，乡亲们说：“小龙来拜寿，该栽秧了。”

神鸟衔果天生儿

（满族）

神鸟赐孕

（满族萨满剪纸）

神鹊授果给小仙女佛库伦，让她受孕——满族始祖布库里雍顺与仙果正在她腹中。

三位天帝的女儿，在吉林长白山的天池（布尔胡里池）里沐浴游泳，有一只喜鹊衔来朱红色的果子，落在最小的一位仙女佛库伦衣裳上。她看这只朱果太美丽、太芳香，情不自禁地把它吃了，从此有了身孕，生下一个男孩，就是建立清王朝的满族人的始祖。母亲没法带他上天，只好舍弃在人间。他也是早慧的天才，生下就会说话。

孩子没多大一点，母亲就用桦树皮为他造一条小船，满载着水果、铺满了鲜花，让他上船漂流。“你是天仙、神鸟的儿子，自己去闯天下吧。”说罢，她就飞上天了。他随波逐流，到了“鄂谟浑”，或虎尔哈河（即牡丹江），自己爬上岸，折了一些柳条，编了一张类似凳子那样的坐具，端端正正坐在上面。正好此地有三姓家族争权夺利，闹得不可开交，谁也不肯让谁。有人看见一个孩子端坐在“交椅”上。“那是天神给我们送来的贝勒（王子）啊！”众人都上前参拜，询问孩子的来历。孩子说：“我额娘是天帝的小公主佛库伦。她吞了神鹊衔来的天上朱果才有的我。我生在布库里山下，就叫‘布库里雍顺’。我额娘的心是金子做的，透明闪光，她让我姓‘金子’——爱新觉罗。”（“爱新”，满语意为“金子”，是王族的姓。）

他举起母亲为他做的小弓箭，表示他能用武艺征服四方。

“三姓”听了，大为惊讶，敬服：“您就是我们的王！”另外一种说法是，当地最有实力的族长或“城主”，把女儿雅伯利许配给了他，希望他继承家业，并且开疆拓土。

接着，“三姓”听了坏人的挑拨，自相残杀，而且危及邻族。布库里雍顺奉命去平息这场内乱。他赶到他们的战场，向高空发射三只“果勒敏箭”（长哨响箭），发出音乐般的哨声。“三姓”士兵没见过这种响箭，停下刀枪，愿听小王子的调解和处置。

他联络、团结的部落越来越多，他也找到母亲要他寻找的吉地，开始他“闯天下”的伟业，这块地方就叫“满洲”——“吉祥”和“英明”。

有一次，布库里雍顺（或其儿孙努尔哈赤）被追兵赶得无处躲藏，只好钻在荆棘丛中隐身。那是一条窄窄的山路。追兵正要向前追踪，忽然看到一只孔雀栖息在路口，而且打开华丽的尾羽，开出一扇蓝绿相间的尾屏。追兵的领队想：如果有人，孔雀还会停在这里吗？于是掉头而去。这叫“图腾救护”。

所以满族在建立清朝后，一直用孔雀翎羽装饰朝帽，翎羽的“眼斑”越多越尊贵，“三眼花翎”便是最高奖赏。

他们的后代，满族先祖猛哥帖木儿的弟弟凡查逃亡、藏躲，“七姓野人”穷搜不舍，“会（刚好）有神鹊栖儿头上，追兵疑为枯木桩，遂去”。衔果赐孕的神鹊，亲自出面救护它的儿孙了（或说是努尔哈赤的故事）。

另一种说法是，一群乌鸦落在努尔哈赤藏躲的地方，瞒过了追兵。所以满族每逢年节，都要立杆子祭天，撒肉给乌鸦吃。

总之，都是神鸟在救护他们的祖先、英雄，也证明鸟是他们的图腾。

相传“天女”佛库伦，布库里雍顺的母亲，实是太阳的女儿。太阳的死敌是“天狼”（星），他时刻追逐太阳，老想咬它一口（这样就造成日食），“借”得一点光明，来装点自己的黑暗。他见佛库伦姑娘出落得十分俏丽，想强娶她，佛库伦才跟着姐姐逃到人间。

如今，天狼星又寻踪找到佛库伦的儿子，挑起外族与三姓城主的战端。布库里雍顺奉命出征，一上阵，就发现躲在阴暗角落里指挥、挑动敌兵的天狼。“射人先射马，擒贼先擒王。”

布库里雍顺用他母亲亲手制作的强弓，射出一箭，贯通天狼的脖子，虽然没有杀死他，却把他赶回天空，至今还在一闪一闪地眨眼，晃身子，脖子疼呢！

布库里雍顺又连发七七四十九箭，敌兵为之溃散。从此他威震天下，青史留名。

神鸟救助英雄

（满族萨满剪纸，上图为神鸟救英雄，下图为英雄射猎）

太阳族英雄既为神鸟赐孕而生，有危难时，自然会有神鸟救助：孔雀开屏为他遮拦，乌鸦站立其首以蒙哄敌人——害得追兵七颠八倒，头晕目眩。这叫作“图腾救护”。

也有材料说，满族的世俗开国君王努尔哈赤跟他的神圣祖宗同样，是上天赐生的。三位天女在长白山天池里沐浴。天鹅把一颗红果放在最小的一位天女衣裳上，她将其吞下，孕生努尔哈赤。她把他放在桦木筏上，顺流而下。下游有两位妇女正在洗衣裳，其中一位“王”姓，还没生育，看到木筏上的孩子这样可爱，就用镐头把木筏钩过来，抱起了孩子。以后就称他为“王镐”。“王镐”后来成为满洲的“罕王”（相当于“克汗”，就是“王者”的意思）。

另一说，他是长白山的流浪儿，饥寻野果吃，渴饮天池水。后来做了明朝大将的随从，被发现脚底有七颗红痣，叫“脚踏北斗七星落地”，是条“混龙”。又说，他曾足踩七颗珍珠，珍珠陷入脚心，才形成七颗痣。

据称，连顺治皇帝（福临）都有其母“吞果”而孕生的说法。

自从汉高祖刘邦自称是母亲“感龙而生”以来，许多专制帝王都制造或利用“神圣叙事”，说自己的出生、创业乃至容貌、身体、举止有许多神奇之处，用来证明自己是“真命天子”，那跟远古或上古由民间自然发生的神话、传说完全不同了。

天鹅之爱

（哈萨克族）

在辽阔的草原上，有一位孤儿，尽心放牧着羊群。他，跟所有的哈萨克人一样，最喜欢白色。白是纯洁、坚贞、高贵的象征。他的羊群特别干净，羊圈经常打扫，羊毛不时梳理、清洁，决不让它们沾上污秽。他的羊白得像蓝天里的白云。

他躺在草地上，好像飞起来，跟他的羊一起飞上天，同白云化为一体，在天空中翻卷、飞飘，实在分不清哪里是羊群，哪里是白云了。忽然，从蓝色的高空上，飞来一只比“羊群—云朵”还要白、还要耀眼的天鹅，先是在云端翱翔，渐渐地飞进“云朵—羊群”之中。正在分辨不出它的身影的时候，它忽然出现在牧童身旁。他高兴极了，情不自禁地去抚摸它光洁的羽毛，它也不怕人，反而靠拢了一些，好像还把它那夭曲、柔软的长颈靠在他的肩膀上……他想拥抱它一下，它似乎吃了一惊，羞涩地迅速飞起。他被惊醒了，原来是一个梦。

清晨，他照样早早地打开羊圈，让羊儿奔向肥美的草原，

奔向清澈的水泉。他似乎忘记了昨天的梦，照样弹起他的“冬不拉”（一种弹拨弦乐器），唱起连羊儿都喜欢听的歌。正唱得高兴，突然一阵飞沙走石，阴霾蔽天，草原上罕见的“沙尘暴”突然袭来，气势汹汹，好像要把一切都卷走。好在羊儿们很有经验，迅速向牧童靠拢。他赶紧抱起两只羊羔，趴倒在地，让羊群紧围着他，决不让一只羊给风暴刮走。

黑色风暴中，突然有白光一闪，好像有一只大鸟摔在羊群附近的草丛中。牧童毫不犹豫，把羊羔往母羊腹下一送，迅即跑向那只翅上不断流血的白色大鸟。正要把它抱起的时候，只见尘埃砂石之中，冲出一只大得出奇的黑色公狼，鬃毛耸起，血淋淋的大口龇出两对白森森的獠牙，害着沙眼的红眼睛紧盯着活物，向天鹅，也向牧童扑来。

牧童哪来什么武器？幸好，他赶羊的鞭子有些特别，不但皮鞭能够划出优美的弧度，甩出清脆的声响——而且鞭杆特别长。他一般不用鞭子抽羊，只是用它发出羊儿听得懂的信号。如果有个别调皮捣蛋的跑离羊群太远，不听招呼，“鞭长莫及”，他便把皮鞭绕在鞭杆上，将它朝“开小差”的远远掷出，算是警告，调皮羊怕惩罚，也就很自觉地回头了。

这鞭子就是他的武器。他把受伤的天鹅挡在身后，朝恶狼“啪啪啪”几鞭，抽得它嗷嗷地叫唤，可它实在饿极了，还是恶狠狠地直向他的咽喉冲来。他知道恶狼不好对付，便低下身子，用鞭杆横扫它的腿部，狼腿最底下的一节比较细而脆弱，狼最提防的也是它的“腿跟”，它灵活地闪避着；可没想到这“毛孩子”还有些功夫，三下两下，就一棍正中它的前腿末端，那坏家伙怪叫一声，提起前腿，再不能落地，一瘸一拐地逃跑了。也奇怪，沙尘暴也忽然停止，一阵凉雨过后，立即气朗天晴。

牧童撕下自己的衣襟为天鹅包扎，慢慢将它抱起，招呼羊群跟着他回帐篷休息。那天鹅也不挣扎，乖乖地把长颈靠在他肩背上。

他天天侍候它，喂吃喂喝，帮它换草药，没几天它便康复了。

那天他放羊回来。不见天鹅，只道它飞走了；却看到一位披着白纱的姑娘，手中拿着羽衣，倚在床上，羞涩地朝他笑着。后面的故事大家都能猜到了吧。

延伸阅读

天鹅是美和纯洁爱情的象征。柴可夫斯基作曲的俄罗斯芭蕾舞剧《天鹅湖》，不也是“天鹅姑娘”的悲喜剧吗？

《周书·突厥传》说，突厥之“先”索国有泥师都（王），“别感异气，能召风雨”，有两个妻子，是夏神、冬神的女儿。一胎生下四男，老大变成“白鸿”——白天鹅。有学者说，这一支可能就是哈萨克的先民。因为：

哈萨克 -（白）天鹅

Kazak = kaz（天鹅）+ak（白）

哈萨克人传说，地上有位英勇的“汗王”（大约相当于《周书》上的“泥师都王”），与天上的大汗女儿结婚，生下四个孩子，大的成为“阿克胡札（汗）”。他是现代哈萨克人的祖先。

“阿克”（ak）= 白

“胡札”（haza）= 雌天鹅（鸿）

哈萨克民间故事说，有一位将军远征时，遭遇沙尘暴，迷

路、昏倒、干渴、饥饿，有一只白天鹅将他驮载到山上，用水和食物将他救活——更常见的是为他洒水，并且引导他到安全之地（所谓“图腾的引导”）。天鹅变成美女，与他成婚，生下男孩“哈孜阿克”（意为“白天鹅”，音转为“哈萨克”）；再生出三个孩子，成为哈萨克三大部落（大、中、小“玉兹”）的祖先。

哈萨克人非常喜欢、敬重天鹅，尽心爱护这美丽的精灵。他们有丰富的“天鹅姑娘”故事。

“天鹅姑娘”型故事也是世界性的，据说，有一千则以上。有名的《天鹅湖》也属于这一型“人/鸟”的“异类婚姻”，只是失落了重要的“羽衣”情节而已。

一个标准或完整的“天鹅姑娘”（型）故事，应具备如下基本情节要素：

（1）一群神鸟（如天鹅、燕子）“姊妹”，脱下“羽衣”，变成美丽的姑娘，到水中沐浴；

（2）某个调皮而又优秀的男子（英雄），偷走其中一位“天鹅姑娘”的“羽衣”，藏了起来，她恢复不了“原形”，升不上天空（仙界），只好跟他结婚；

（3）婚后，生活美满，还有了孩子，男子以为再不会有变故，丧失警惕，“羽衣”被妻子偶然发现，披上，她变回了天鹅，飞返天空。……

此型故事早在中国流传。例如《搜神记》的《田昆仑》（有敦煌写本），其改型或变种极多，情节要素变化很大。有些，“羽衣”被替换为某种“圣动物”的“皮”或“壳”，例如“田螺姑娘”。

在《西游记》的盘丝洞里，“天鹅处女”变成七只蜘蛛精（其实蜘蛛也是生殖女神），叼走她们衣裳的是变成饿鹰的孙猴子，而妄图亲近她们的却是丑陋的猪八戒。神话确实是“变化多端”。

太阳蛇卵的后代

（高山族）

你们看，那是什么？

太阳居然在山上下了一个蛋。

有一条巨蛇叫作“布农”，它来孵这个“太阳蛋”。

蛋终于“成熟”了，破开时，跳出男女二人——这就是高山族排湾群的祖先。

其他的人呢，那是青蛇“利赖”孵出来的。

排湾群布苏尔玛家社相传：太阳降下地来生蛋，蛋被一条蛇吞下，就是说，经过蛇的再孕育（变成“太阳蛇卵”）——结果是生出人类。

人/蛇可以互化。相传有一位叫作沙依的青年，他有一支刻着五步蛇图案的笛子，吹奏起来，就有许多花蛇聚集起来跳舞。后来为坏人所害，烧掉他的“蛇笛”，他也投入火焰，变成一条大腮短尾、强壮而又美丽的五步蛇或百步蛇，复归他的祖先的形象。

高山族极其尊敬、爱护五步蛇或百步蛇，从不加以伤害。

他们的屋室，特别是族长居室与公共会所，到处刻有“百步蛇”“五步蛇”祖先的形象。

他们神圣的陶罐（象征“母腹”或“卵：胎胞”），装饰着太阳神蛇的形象。所以，陶罐、葫芦一类容器，也可以像卵、石蛋那样，经过“太阳蛇 / 鸟”的授孕而生下孩子。

太阳神蛇

初民认为，蛇有极强的生命力，蛇卵里孕育着万物，包括人类的生命。如果有太阳的照射，生命就会破壳而出，而且带上太阳的灵力。

“太阳卵”或者鸟、蛇的蛋（或陶罐、葫芦），在某些神话传说里又被转换成石头蛋。初民认为，它们中间含有“生命因子”，给以刺激或滋养，就能孵化出后代——孙悟空不就是从石头蛋里蹦出来的吗？

中国西南部、东北，以及中亚地区，都有类似神话。

高山族各群团有大量“石生”神话。这里只简单介绍跟“太阳—蛇”紧密相关的。

鲁凯群神话，远古时，加里阿郎山顶有一块巨石。石裂，名叫“荷马利利”的男子出生，寻找食物时，他遇到携带粟种的女子“荷马利奴”，二人结婚，生活丰足，生下三个儿子（长子留在原地，二、三子分别迁往台南、花莲）。长子所生兄妹二

人，躲避大洪水时，碰到一蛇一鸟。

蛇说：“你们以后遇到蛇，要善加爱护。否则，我们要咬你们。”

鸟说：“你们以后出门，要先听听我的鸣声，来预知吉凶。”

兄妹结婚，触犯禁忌，生下跛足和盲目的两个孩子，第三个正常的又太衰弱，夭折了。做母亲的日夜在窗下哭泣。光辉闪处，飞来一只槟榔（还有拌食的石灰）——原来是太阳赐给她的圣果，她吃后怀孕生子，这是“太阳之子”。太阳还常常为母子送来衣物；还赐给装饰着蛇的神圣陶罐，表示这是“太阳蛇”的后代（卵，转换为果），也是高山族几个大群团的祖先。

中国台湾高山族这类“蛇孵太阳卵而生人”的故事实在很多，但也有异变的。

有的说，有根巨竹（实是蛇的异化）裂开，出现千颗蛋，太阳光一直照射着它们，其中两颗孵化出蛇形的一对男女，另两颗则孵出“正常的”男女二人（成为人类祖先）。

有的说，排湾排鲁斯社的上方，每天太阳经过时，都在山顶生下一颗蛋，但都被巨蛇吞吃。三位女神合力抓住这条蛇，扔到深渊里去。没有蛇来吞了，太阳第二天在山顶生下的两颗蛋得以生存，裂出了一对男女，成为排鲁斯社与马卡迦社的始祖。

有的说，太阳蛋虽被巨蛇吞食，但是神者或人剖开蛇腹，从中取出二人，成为某一族群的祖先。

有的说，一只“女性的陶壶”，被阳光照射，生出了一颗“女性的蛋”，这个蛋跟波康家的男人或其灵魂婚配，生下一个女人，这个女人又跟山里的百步蛇（或五步蛇）婚配，生下两个男孩，分别是两个群团的祖先。也有说“女性的蛋”跟石头蛋生出的男子婚配的。

排湾群神话还说，太阳在考加包根山上生下了红、白各一

颗卵，卵里孵出男、女两位神，他们是部落首领的祖先。其他人从青蛇卵中孵出。

或说，在皮那包敖加桑地方，出现了一条神蛇，（其卵）分化为男、女两蛇神，他们是人类祖先。

一般来说，这种祖先神蛇卵，都要经过阳光孵育，或者直接由太阳“下”出来。

延伸阅读

崇拜太阳是很普遍的。特别是中国东部、东南部（滨海地区），几乎普遍崇拜太阳。

然而太阳自身直接下蛋，在上述地区神话里比较罕见。

一般来说，太阳崇拜跟某一种动物崇拜融汇在一起，太阳通过这种会生蛋的“太阳动物”（鸟类、爬虫类、虫类等），生下蛋来。较常见的：

太阳 { 太阳神鸟
太阳神蛇 }（生）太阳蛋（孵出人祖）

浙江余姚河姆渡出土的族徽性质的象牙刻版，上面是一对“太阳鸟”在海浪上拥着一颗蛋，那蛋中心有“黄”，有“胚胎”，其上升腾着（太阳）火焰，显然是一颗“太阳（鸟）蛋”（实际也是“宇宙卵”）。

太阳与蛇的结合，在大陆较为少见（高山族则颇多见）。

排湾群的屋室雕刻，神蛇有作半圆形者（或说象征虹或“虹蛇”），就像古埃及环绕“日轮”的“太阳蛇”。

直接下蛋的太阳似乎是双性的，自身就能生殖。

蛇，一般是阴性的，“蛇蛋”要经过阳性的太阳的孵育，才能生出“太阳：蛇”的后代（人形/半人蛇形/蛇形）。

然而，有时，蛇又成为阳性，它使母性化的太阳生下的蛋真正有了生命，能够孵出后代。

情况确实复杂多变。

有时仅仅单性（或者说“双性同体”），仅仅是太阳或单单是蛇，也能生下后代。

但是，也许异性的太阳或蛇躲在后面，完成“太阳—蛇”后代的生殖。

中原（以及东南沿海）被看作“祖先”的蛇，大多数已经神化或者尊化成龙，所以“龙生子”相当常见，而“蛇生子”则主要见于民间故事，文献上较少。蛇儿其实就是龙子，同样是“龙的传人”。

高山族大多数被认为是“百越”的一支，而大陆东南沿海的诸“越”，是曾经崇拜蛇或龙为“图腾：假想祖先”的。台东长宾东面的海里，常有下海捕鱼的人，为蛟龙所伤害。但有人发现，几个身上画着红黑相间的蛇状花纹的男孩子，在海中像海蛇似的游来游去，蛟龙（海蛇，或传说中的海蟒）不但不伤害他们，还在他们之中快乐地穿行，就像跟他们一道游戏似的。向孩子们打听，他们说：

“蛟龙是我们的朋友/亲戚。”

“我们身上画着跟它们一样的花纹，它们认识我们，不但不吃我们，还保护我们，跟我们一起玩哩。”

于是有大胆的成人，模仿孩子，浑身画上龙蛇一般的花纹，果然，蛟龙从不伤害他们。这就是（蛇形）文身的起源。

［越人］常在水中，故断其发，文其身，以象龙子，故不见伤害也。（《汉书·地理志》注）

他们都是蛇龙的后代。只不过要用符号来标识，免得“大水淹了龙王庙，一家人不认识一家人”。

西南兄弟民族也有以蛇（或蛇龙）为“图腾：假想祖先”。

云南纳西族有繁复的“天”（或“天光：太阳”）使卵孵出人类或万物的神话。

云南怒江、碧江、泸水等地傈僳族，有残留的“蛇”氏族（叫作“雷府扒”），或以“蛇”为姓氏的。相传这是远古姊妹俩与大蛇婚配传下来的。

云南怒族传说，老母亲带着三个女儿上山打柴，遇到一条大蛇，它问：“你们三个姑娘，哪一个愿意嫁给我——以后你们的母亲就不会因为背柴累死了。”为了母亲，小女儿答应嫁给蛇。以后他们生了许多后代，分居老母登、果课、普乐等地。

大量的“蛇郎”故事，其实都带着蛇图腾的机制或遗痕。

怒族还传说，古时候有个姑娘很会绩麻和唱歌，一唱歌，就有许多小伙子来聆听、攀谈，但都被姑娘一一婉拒了。歌声打动一条巨蛇，它变成一条小虫常来听她唱。她不高兴，把它扫出去；可它又回来了。“再来，我打死你！”小虫却张口说话：“谁让你唱得这么好听呢？你要是答应做我的妻子，我会变成人。”姑娘怎么会相信呢，随口说：“你要能变成人，我就嫁给你。”话音未落，一个大帅哥站在她面前了。姑娘只好跟他结

婚。婚后，才知道他是一条神蛇。后来他们繁殖出“蛇氏族”。

海南岛黎族神话，雷公（雷替换太阳）把预先放在山中的蛇卵轰破，生出女子“黎母”，她与大陆来的采药人结合，生下儿孙。

侗族也有崇拜蛇和蛇变人的故事：七位姑娘都很会唱歌，最小的一个唱得最好。有一条大蟒蛇也喜欢上她们的歌，几乎每晚都来偷听。回家时，大姐一不小心踩在巨蟒身上，吓得魂飞魄散，姑娘们乱作一团。巨蟒抬起头，吐出舌头，瞪着她们。小妹好像悟出了什么，半真半假地说：“要是你真爱上我们，就不要吓唬人，快走吧，以后再来提亲。”巨蟒游走了。回家后，母亲说：“这就糟了。它肯定会来找你们，不答应亲事，全寨子都要死光。”要她们各准备一个大篮子等着。果然，巨蟒来了，游进七妹妹的篮子里。她只能嫁给他了。路上，巨蟒口吐人言：“你是真爱我，还是害怕我？”她说：“我早就把我的心许给最喜欢听我唱歌的人。”蟒问：“你真不害怕我吗？”姑娘笑着说：“有点害怕，也有点爱。”“爱”字刚出口，轰隆一声，爬行得好好的巨蟒变成了俊俏的小伙子，原来他是“南海龙子”。他们后来成了“蟒龙”氏族的祖先。

据称，傣族有五百五十部叙事长诗集《阿銮》，其中说，大雷雨时，树洞里飞出五颗蛋：第一颗由野鸡孵出一位佛祖；第二颗进入母野牛腹中，孵出另一位佛祖；第三颗由龙孵出，成

龙文身

文身的意旨或功用有好几样。其中一样，是模拟图腾动物，免得在特定环境中活动时被“自家人”所伤害。东南部“百越”（包含台湾兄弟民族）蛇龙群团文身的目的之一，就是模仿蛇龙，认同蛇龙。

为又一位佛祖——而西双版纳的故事则说是由蛇孵出，可见“蛇/龙”之间能够融通变化；第四颗捧在一位妇女手中，孵出一位青年；第五颗孵出时，是极乐世界（或说是世界毁灭的种子）。

还有一位“四脚蛇阿銮”，母亲在河里洗澡，感应四脚蛇（蜥蜴），怀孕生下“蛇郎”。他经过求婚考验，跟公主结婚，变成俊男，并且蜕下蛇皮。

这些“蛇儿”或“龙子”较少与太阳融汇。东南的“百越”与西南的“百濮”，虽然有文化联系，却各有特色。

较为罕见的是贵州苗族神话，太古时有九颗蛋，“太阳之母”孵蛋，生出九个孩子：一“雷”，二“龙”，三“蛇”，四其他动物，第九才是人。

这里包含龙蛇由“太阳母亲”之卵中孵出。

南亚次大陆、东南亚、南洋和中太平洋诸岛，也有“卵生、石生、壶生”的神话（“卵、圆石、壶”能够相互转换）。

这里只简单介绍最像高山族“太阳蛇卵生儿”的神话。

缅甸的山族传说：太阳之子与“蛇女”结婚，生下三颗蛋，孵出的两个男孩后来都成了国王，第三颗蛋打碎了，变成红宝石与其他宝石。

菲律宾马约族传说：河中出现两颗蛋，一颗孵出一个女人；另一颗孵出一条蛇，蛇尸“生”出一个男人（或说他们成婚，繁衍后代）。

这些神话，跟中国台湾、大陆东南沿海的类似神话是什么关系，是否相互影响或传播，还有待研究（有人说，太阳鸟/蛇“卵生”神话是泛太平洋文化的重要因子）。

人祖英雄阿巴达尼

（珞巴族）

珞巴族的“共同父亲”是阿巴达尼（“阿巴”略如“阿爸”，指祖先；“达尼”是名字）。他是大地（或大地所出的葫芦）“生”出来的。

他外形的最大特征是有四只眼睛。四目之神或神怪很多，如黄帝时期的仓颉、蚩尤与方相，多与太阳有关。阿巴达尼两眼在前，另两眼在后，专看鬼怪的动静（有些像古罗马的门神有前、后两张面孔）。“前观光明人世间 / 后察黑暗鬼魔渊。”（珞巴族古史歌，据于乃昌引）他跟身躯巨大的魔王格保是死敌，他们常常或明或暗地竞赛，斗法，争雄。

阿巴达尼带了鸡、猪、牛等来拜会魔王格保。格保认为，这是人们原来给自己献的东西，他却拿来做人情，心里就有气，可仍然装着高兴，说：“该播种啦。明天，咱们一起去烧草木灰（刀耕火种，灰可做肥料）。你在山头烧，我从山脚烧，好不

好？”“行啊。”可是魔王女儿告诉达尼要当心，早做准备。

他起个大早，赶在山头上挖个大坑。魔王知道火会向上烧，也提早烧山，很快风助火威，直上山顶。阿巴达尼向坑里一跳，用大石板盖上。一切都烧光了，魔王上山找兽肉吃，顺便拾达尼的骨头。他嚼得正起劲，达尼笑嘻嘻地出现：“吃什么啦？能不能分一点给我？”魔王大吃一惊。

魔王又有了新点子。“明天咱们砍树，放木头。这回，我在山上‘放’，你在山下‘收’，好不好？”“行啊。”魔王以为，山间只有一条道，提前把退路封死，还不压死他吗？达尼在山脚两棵大松树之间绑上许多粗绳子，把魔王滚下的树干全网住了。魔王下山查看他的尸体；他从松树梢上慢悠悠地下来：“您辛苦啦。找什么？”魔王又气又惊，手脚都发抖。

魔王有次肚子痛，看到箩筐里有一块姜黄（珞巴语“玛格”，一种良药），捡起来就吞下去。谁知不但没有解除难受，反而越来越痛。坏了，阿巴达尼变成姜黄，钻进他肚子了。魔王赶紧杀鸡宰牛求神，可一点用没有。魔王拼命地咳、吐、打喷嚏，想把达尼赶出来，在“七窍”口外布上渔网，竹篓，想趁机把他兜住。他仍然在肚里折腾。魔王只好给自己灌水，想淹死达尼，可他变成魔王的汗珠，由身上流出，回家去了。

魔王知道阿巴达尼喜欢“跳吊索”（一种游戏），一得胜就放松警惕，就约他定期比赛。魔王女儿警告阿巴达尼说：“你只能输不能赢。他跳三下，你只能跳两下。”达尼答应了，可一比起来就只想得胜。吊索一端系在天柱上，一端系在“日崩树”上，看起来很保险。

魔王和群鬼跳两下，达尼跳三下，胜了。他越跳越起劲。魔王他们跳三下，他就跳四下，又胜了。他更来了精神。树的

一边，母鸡在下蛋，叫道：“咯咯咯，两颗不如一颗；咯咯咯，三颗不如两颗。”意思是叫他不要逞能。

他正跳在兴头上，哪顾旁的。魔王他们跳四下，他跳五下，正待跳第六下，魔王把系在“日崩树”上的活扣一拉，他仰天跌下。群鬼早就在下面插了许多尖竹竿。阿巴达尼跌下，正好把脑后两只看鬼怪、防偷袭的眼睛全刺瞎了。魔王见他没了后眼，不怕他了，也不纠缠他了。

阿巴达尼于是没有了跟鬼怪打交道的看家本领。遇到人类一时弄不清或有关鬼怪的事，只好去占卜。母鸡提醒过他，他就用鸡或者鸡蛋占卜（或看鸡的行为，或看鸡的内脏；打开鸡蛋，蛋黄完好为吉，散黄为凶，越不新鲜越不吉利）。从此珞巴族“看鸡卜”，还委托了专门看卦问卜的人，因而有了巫师，鸡也成为神鸟（有人说鸡是太阳睫毛变的，有人说是太阳送给珞巴族的）。

阿巴达尼专管人间的事。他还有“前观光明人世间”的两只亮眼。

“前眼”越来越专注，越来越锐利，达尼的射箭技术有了大长进。他出了巴嘎山谷，到草木繁盛的帕宗邦嘎地方打猎。有一天，他射落了一只难得的“兴阿鸟”，剖开嗉囊一看，里面有鸡爪谷、稻谷、青稞等等。那时珞巴族还不会种庄稼，他就把种子交给他们，“善鬼玛奈为达尼祈祷 / 达尼把籽种埋进地母胸膛”，种出了五谷，生活好过多啦。

他看到蜘蛛织网，又想起自己从吊索上跌下来的倒霉事，便想为乡亲们在珞瑜急流上架一座“藤网桥”（也叫网索桥）。这里山高浪急路险，不好拉绳，他把绳子系在箭尾上，一箭射入对岸的岩缝中；稳当以后，再拉藤索，底部呈网状，以免过

客像自己那样跌落江心。

他还扩大了火的用途。“火鬼布秀送来火种 / 达尼把火种播撒在森林草场。……草木衰落五谷生 / 金巴巴娜福祉扬 / 酒神奥依娜酿酒曲 / 酒歌飘香醉山岗。”（古史歌）

魔王女儿格辛雅明爱阿巴达尼，达尼也感谢她多次提醒，但还要经过“卵卜”。一颗大鸡蛋按照他们的祝祷从当中裂开，蛋清飞溅四方，蛋黄完好无损。他们结合了，繁衍出珞巴族苏龙等部落。

延伸阅读

据于乃昌《珞巴族文学史》等书介绍，《阿巴达尼》是珞巴族最早的古史歌，具备“英雄—祖先史诗”的特性，在许多部落中传唱，巫师就是歌手和讲述者。它的内容庞杂，几乎包罗人生万象，一环套一环，一节生一节，好像无休无止，可以把许多故事组织起来，像“接龙”一样。这也是《格萨尔王》一类史诗的结构特征。

地母（斯金）{ 太阳（金冬）{ 日尼（虎仔）：阿巴达尼——珞巴族祖先；日洛（猴崽？）——藏族祖先 }；月亮（金洛） }

“溯源神话”说，地母（斯金）是珞巴和藏族的“始祖：大母神”，生下太阳、月亮和它们的子孙。

珞巴族、藏族有如亲兄弟。他们的神话、传说、民俗相互影响。

两面的神，往往反映“阴/阳”二元对立的观念：正/反，善/恶，白/黑，日/夜……珞巴族祖先阿巴达尼，一面对“阴”（鬼怪），一面对“阳”；失去一面，专门关注人间的事。

阿巴达尼失去“监视鬼怪”的后视眼以后，只能凭借“看鸡卦”“（鸡）卵卜”等来占卜与鬼怪相关的吉凶、疑难。太阳睫毛落地变成鸡——

从此鸡鸣太阳起，雄鸡最晓日尼意。[1]
从此珞巴行鸡卜，鸡卜能晓凶和吉。

表面上很消极，其实达尼丧失“后眼”，便专注于人间凡俗之事，为百姓做了许多奇事、实事、好事。就好像西方谚语说的：把上帝的还给上帝，把恺撒的留给恺撒。

神的事情与人的事情分开，“教权”（神权）与“政权”（王权）离析，是人类历史发展的一个趋势，就像前述颛顼时期那样——神话也从中独立出来，成为“少女的诗，孩子的梦”，为人类永远宝爱和欣赏。

[1] 日尼，即达尼。

沙壶生九龙

（古哀牢夷）

有个女子，叫沙壹（或“沙壶”），在哀牢山下捕鱼为生。一天下水洗衣服时，有一段长长的木头，不知道为什么撞了她一下，她就怀孕了。

十月期满，生下九个男孩子。

那段长木头变出龙的本相，问沙壹说：“您为我生的孩子在哪里？”八个孩子都吓跑了，只有最小的那个没有跑，陪他爸爸坐下。龙爸爸很高兴，就用舌头舔他，把他舔得干干净净的；就因为这陪坐，得了个“九隆”的名字（记载说，“九隆”是当地语言，就是“陪坐”的意思；或说他坐在龙背上，“九隆”是“坐背”的意思）。

沙壹带着“九隆”住在九龙山下（按照华夏—汉语，“九隆”就是“九龙”，是龙或“龙木”的第九个孩子，所住正是“九龙山”）。这孩子很有才气，练得一身好武艺。哥哥们说：“他能够跟

河畔洗衣

（《列女传》古代插图）

古代民间妇女多在水滨洗衣，往往会发生一些故事。断木—龙蛇，或说是洗衣杵的神秘化——它有所象征，能够感孕。

龙说话，又有聪明才智，没有人再比他贵重了。”就推举他为王。

刚好哀牢山下有一对夫妇，生下九个女儿，就跟九个龙兄弟结为夫妻。于是人烟渐繁。他们都仿效祖先，衣服后面拖着龙尾巴，手臂上、小腿上都“文”着龙花纹。世代相传，山居水处，几乎跟中原隔绝。西南的“昆明”（族）把他们当作祖先（参见《华阳国志·南中志》《后汉书·西南夷列传》等）。

白族到今天还流传着一则故事：云南保山易罗丛村有个美丽的姑娘，在黄龙潭边洗衣裳，黄龙出水游玩时看到了，怕吓着她，就变成一条大鱼跟她戏耍（这里，龙直接出现，没有变成木头）。

从此，她在梦中常遇见一位标致男子（当然是黄龙变的），跟她交谈。不久，她就怀孕了，谁知一胎生下九个孩子。他们才过三个月就非常顽皮，下地奔跑玩耍。

地方管事的想要这九个（龙）孩子，就搭座高台，接见他们母子。孩子们哪里管他，只顾在一边玩沙子，堆了一个山岗，比高台高得多。它如今还在，叫作“九龙岗”。官府明白这些孩子都是龙种，不好招惹的。

可一个姑娘，带九个淘气的男孩，容易吗？到哪里给这些能吃能喝、生龙活虎的小家伙弄东西吃？

有个晚上，黄龙变成书生，又来见她。她生气地说：“你倒好，一走了之，连个影儿都不见。我怎么带这九个孩子？”“好好好。还给我就是了。”

第二天，她到黄龙潭，流着眼泪，把孩子们一个一个，拎着小腿往水里扔，只见浪花翻滚，知道是爸爸把他们接走了。扔到第九个，那孩子死死抱住她不肯松手。她实在舍不得，留下了。

这孩子并不省心，照样整天上房爬树，惹是生非；却越长越有力气，越有智慧，终于成了大理白国国王。这就是有名的白王细拿罗，王位传了十三代（这故事是从云南大理古代文献《白国因由》演绎出来的）。

龙鱼互化

大鱼（包括水下哺乳类的鲸）往往被初民看作龙的一种“分身”或“化形”。龙常常变成鱼出游。而鱼，一长得极大，或者很老，也会变成“龙”。更不用说“鲤鱼跳龙门”的故事了。

傣族也有“九隆王”传说，勇士蒙伽独有九个儿子，个个都有勇力（前半段故事失落，其实应是摩利羌感应“龙木”生下的）。易罗湖里有九条妖龙作怪，它们“眼睛像火盆，嘴像兽洞，牙齿像山峰，鳞甲如铁石”，兴风作浪，为非作歹，不是滥下大雨，就是制造干旱，甚至吃人。蒙伽独决心为民除害。下

水前，他把一条白头巾交给儿子们，说如果白头巾变红，就是他遇害了，要为他报仇。

不幸，雪白的头巾变红了，孩子们知道“不好”。老大是长子，义不容辞，带着弓、刀就去了。结果弓裂、刀断，遍体鳞伤败了回来。七个哥哥给吓住，不敢再去，唯独最小的九隆挺身而出——人们都说，他的身体是九条青龙变的，有“九龙”般的力气。

在出征的路上，他遇到一位老人。老人要考察他的力气与本领，不能白白去送死。要他射穿九块岩石，他射穿九块；要他砍倒九棵巨树，他砍倒八棵。老人说：“不行。最后一招决定胜败，力量要用在最后一击。”又要他烧熔九块大岩石，他烧了九九八十一天，把它们烧成石汁。老人说：“要把它烧干才行。”小九隆就有这种“咬定青山不放松”的决心与实力，烧啊烧啊，终于将石汁烧干，精华凝成一把快刀，九支利箭。

来到易罗湖边，只见九根木头翻滚出浪花，这分明是九条妖龙变的。九隆向九木射出九支利箭，把它们钉在湖底。那龙，不能上天，也不能入地，只能现出原形，在波涛里折腾。九隆跳上龙背，抽刀待砍。妖龙们吓坏了，开口哀求道：再也不敢做坏事了。九隆想了一想，说：“以后只准你们及时行云布雨，调节水旱，将功赎罪。”妖龙纷纷点头。九隆拔箭收刀，跟随它们潜入龙宫。

他知道，龙宫有数不尽的金银珠宝美玉，但最珍贵的是九位龙女以千年甘露苦心培育的青黄色粮种。他不贪财宝，只取那能够一代一代结出千百万粒谷物的种子。他把它植入枯黄的土地，立即一片青葱，再转成遍野“黄金”，老百姓们高兴极了。

九个龙兄弟跟九位龙女结了婚，公推九隆做了“九龙山”一带的王。他控制着那九条妖龙，实现了风调雨顺，国泰民安。

延伸阅读

哀牢人很明显以龙为“图腾：假想祖先”，跟好几个民族，包括今天的白族、彝族等关系都很大。

据说，后来诸葛亮为南中昆明诸侯做“图谱”，先画天地、日月，再画“神龙，龙生夷”，受到他们极大重视。这跟此类神话有很大关系。

云南大理古代文献《白国因由》也讲了类似故事，只是加了一个“梦”：女主人公常梦见一位美貌男子（由龙变来的）跟她谈话。

《云南通志·杂志》给出她的称号，“摩利羌”（哀牢人蒙伽独的妻子，父溺死），却又说她名叫“沙壹”（沙壶）。她在水边触碰一段大木头，孕生九子（九龙）。可见沙壹与摩利羌本是同一位“龙母”，九隆就是九龙。

类似文献，还记载有大同小异的故事。

例如，“佑妃”（本是渔家女），偷偷在西洱河沐浴，遭遇“金龙”，孕生“国主”世隆。

段宝龙夫人（阿妹）在霞移江游泳，足碰（元祖重光变的）断木，就是龙，生下英雄。

中原也有“九龙”，还有“龙生九子”之说，但与上述故事模式不同。

竹王

（古夜郎）

跟“沙壶生九龙”多少有些相似的是“竹王”传说。

贵州，古有“夜郎国”。有一位女子洗衣于遯（dùn）水（指北盘江）之滨，有三节大竹流到女子足间，推之不肯离去。她听到竹里头似有哭声，便把它们带回家去。破开，得到一个男孩。

男孩长大，有本领，聪慧，而且通武艺，便称雄于这块荒僻之地。

把竹筒扔到野外，成了一片竹林。现在这里有“竹王祠”（民间根据竹筒有三节，推出“竹孩子”有三个，所以祠庙有竹王大郎、二郎、三郎的位子）。竹筒成为竹林，象征着竹王文化的广披，对生态的影响，就像夸父的手杖变作桃林，象征太阳“火”的普遍传播一样。

“沙壶生九龙”和“竹王”这两个故事有相同点，但是，“不同”更多，说明“竹生”很有特色。都是女子水滨洗衣，遭遇竹木触碰；但一个怀孕，另一个仅仅是得个婴儿。

都是圆浑长滚的竹木植物的异变；但“九隆”父亲是雄龙，“竹王”是由中空的“母腹”象征物里生出。

一个暗指图腾龙的授孕；一个明说是图腾竹的孕育（虽说竹林也有“龙吟细细、凤尾森森”的描述，但我们查了许多资料，都没有发现此“竹筒”或“竹王”跟龙有关系的痕迹，只是跟水有关联）。

两位奇异诞生的孩子都成了“王”；但九龙是九位，“少子继承”，竹王至多三个，其他二位无着落。

近年民族学家整理出了一部家藏秘本的《夜郎史传》，开篇说：

夜郎竹王生，夜郎竹根本
夜郎水里来，夜郎水发祥

说明“竹王”由竹而生，“竹母”由水而来，“竹”与“水”对于古夜郎族众来说，是“根”，是生存的前提和根基。

夜郎王率领众人到一块大石（山）上，命令随从烧羹汤。随从回答说没有水。他用剑击打大石，水就涌出。“夜郎水发祥”，或暗指此事。

“夜郎文化”跟近世的几个兄弟民族有亲缘关系。

在族源传说上，最相似的是贵州贞丰县皎贯乡仡佬族民间相传：远古时，有一根大竹顺河漂来，漂在白色的沙滩上，“破裂”出一个人——这就是仡佬族的始祖。

夜郎以“竹”为姓。仡佬族至今在祭祖时，还在神龛里摆着竹筒当祖先牌位。

贵州彝族的“灵筒”，用竹制成，代表祖先或长辈的灵魂，其中还要放置一些羊毛或死者的遗物，置于山洞中，称为“玛堵”（意为“祖为竹生”），表示生于竹还于竹——人类学叫作“图腾的复归”。

贵州西北威灵一带，还用竹片刻成人形，画上五官，缠绕各色毛线、丝绳，放进“祖灵竹筒”，代表祖先。

贵州不少兄弟民族，还用竹做占卜的器物，据说用别的材料就不灵，证明“竹崇拜”的普遍。

延伸阅读

由竹子里生出小孩，是亚洲东部、东南部传说的重要母题。有些故事，相似得令人怀疑是同一母源，逐渐传播、分化、变异。它们还涉及中国苗、壮、彝、傣等好几个民族，引起世界文化史家的兴趣，中日学者做了很多研究。

例如日本有《竹取物语》，西藏有《斑竹姑娘》，福建和广东（黎族）有《竹生姑娘》，竹中所生都是女婴，而且跟月亮（女神）相关。菲律宾群岛、印尼的苏门答腊、马来半岛、中国的台湾岛……都有类似故事，骨干都是“巨竹生幼婴”。

竹子里有微型的女婴，后来成为“月亮女神”。据说，这表示女婴跟“新月”一样都是竹笋那样的嫩芽尖，暗藏在“竹母亲”的肚子中，竹子因而发光。

竹的特征是中空而有“节”，节节生长跟月亮的变化同步。有的神话说，月亮出一次，竹子长一节。

这个故事的源头可以远推到湘妃（娥皇、女英）：她们的眼泪染成斑竹。“女英”，就是“发光的女子”，她的化身叫“宵明”，就是“夜里发光者”（月亮），而她的古老名字叫“常仪”（嫦娥），即月亮女神。

黎族的《竹生姑娘》，也来自月宫，并飞回月宫。

日本的“竹姑娘”叫作“辉夜姬”：照亮黑夜的少女（月亮）。她自述：“是月宫中仙女。”一看到月亮，她就长吁短叹，后来终于披上“天宫羽衣”飞进月亮了。为什么披着羽衣呢？原来她跟“女英：女匽（燕）”一样曾化身燕子（玄鸟）。

藏族的斑竹姑娘也对燕子窝的金蛋情有独钟，而“斑竹”据说是姑娘母亲的眼泪滴成的。

竹与月亮（女）神

竹，由于有规律地生长并且有“节”，被看作与月亮的节律变化同步。

湘江女神与斑竹相联系，“女英”的前身是常仪（嫦娥），所以被看作“月之女神：斑竹姑娘”。

树生儿

（维吾尔族）

古代新疆，在哈拉和林有两条河，两河汇流的地方，长出紧靠着的两棵树：一棵像松，树叶在冬天似柏，果实的外形和味道都跟松仁差不多；另一棵叫“脱思”（toz）。两树之间忽然冒出个大土丘，有条光线由高空正照其上（象征太阳光的“授孕”），母亲腹部似的土丘慢慢长大（参见伊朗志费尼的《世界征服者史》），看来会有什么活物生出来。这是大地的力量，但是两棵树显然给它以神奇的营养和生命力。

维吾尔的先民怀着惊讶和崇敬接近这个土丘，听到其中发出像唱歌一样美妙的声音。不但白天，每个晚上都有光线照射在土丘周围三十步的地方（暗示月亮也参与滋养大地和树木，孩子是“日月所生”）。后来，就像孕妇分娩似的，土丘裂出一扇大门，大门里有五间像帐幕那样的小房子，每座房子内都坐着一个男婴儿，嘴上还挂着一根细细长长的吸奶用的管子——这也象征树根与大地交流着营养与生命力。帐篷上还铺着一张“银网”，跟大树的“伞盖”一样。维吾尔各部民众都赶来观看

这桩怪事，顶礼膜拜，祈祷祝福，尊敬异常。

还有的材料上说，是那两棵神树（吸收着两河之间土地的滋养）长出五颗“树瘿”，同样受到阳光的照射，像母腹似的，越鼓越大，最后分裂出五个婴儿来，他们跟其他小英雄一样“见风长”，并且早慧。

《世界征服者史》接着说：当风吹拂到孩子身上，他们变得强壮起来，开始走动。终于他们走出“石室”，被交给乳母照管，同时，人们举行种种崇拜的典礼。他们断了奶，能够说话，马上就询问自己的父母，人们就把这两棵树指给他们看。他们走近树，像孝子对待父母一样跪拜；对生长这两棵树的土地，也表示恭敬。

神树教导孩子们说，要加强道德修养和政治文化锻炼，接着，祝他们长寿和功业不朽。最小的一位成为“卜古”可汗（王），他英俊、聪慧，很有才干。天帝还赐予三只懂得世界各种语言的神鸟，成为他的使者。

卜古可汗睡在帐中，梦见一位少女神灵来拜访他，很害怕，不敢跟她说话。后来听从群臣劝告，跟随女神到大山中，对话到天亮。七年六月二十二天，夜夜如此。女神最后与他分别时说：“好好管理你的国家和民众，自东到西，都会接受你的治理。”

又有一晚，卜古可汗梦见一个手持白色权杖的白衣男子，赐给他一块白色美玉（这就是举世闻名的和田玉），说：“你如果能够永远保存这块白玉，就能征服四方。”玉在这里象征神圣的权力。

维吾尔族英雄史诗《乌古斯传》说，乌古斯汗出猎时，在树洞中发现一位安坐的少女。“她的眼睛比蓝天还蓝，头发好似流水，牙齿好比珍珠。”见到她，马奶都会变成马奶酒。汗王娶

了她。这就是有名的“树洞姑娘”，实质上仍是“树生儿”。

维吾尔族民间有一则《神树母亲》的故事，大意说：一位姑娘受到妖怪追逼，哭求“大树母亲”庇护，大树敞开一处空隙，就像大门连着房子。妖怪以牙为斧砍劈大树。天上闪过一道光亮，苍狼出现，驱逐妖怪。

大树为逃难者提供“母腹”，让其回归。

苍狼则父亲一般给予实力之保护。狼崇拜不但跟树崇拜相联系，而且还渗透着中亚与北亚民族常有的“天光信仰”。苍狼往往出现在太阳的金光中；夜晚，则与月光一起出现，让代表黑暗的妖怪心惊胆战。

这是以古维吾尔人为代表的中亚特有传说：树母狼父，植物与动物的力量相结合，大地与天光的神圣相融汇。

维吾尔族及其先民喜欢喝牛奶，所以其古代文化（含民俗、神话、传说）跟“（牛）乳”关系很大。“于阗”或“和阗”，是维吾尔的古称之一，战国到汉唐时叫“郭端”或“霍萨旦那”（Gostana）。根据专家介绍，go是梵语“大地”，stana是梵语“乳房”的意思。

“于阗”为什么叫作“大地之乳”呢？这里有一段神话。玄奘（就是唐僧）的《大唐西域记》说，于阗国王没有孩子，就去求神，神的前额“剖出”一个孩子，可是没有奶吃。神前土地突然鼓起一个大包，就像母亲的乳房，孩子扑上去吮吸，得以长大。他以后建立大功，扩展国力，就把自己的国家命名为“大地之乳”（霍萨旦那）。

维吾尔英雄史诗的主角乌古斯汗，“乌古斯”是“初乳”的意思。而由“土丘”或“树瘿”所生的五婴儿，也是靠管子（树根）汲取树汁和“地乳”才长大的。

延伸阅读

包括维吾尔在内的阿尔泰语系史诗和传说里，还有英雄或“王汗”为神树所生的讲述。

当玛达依—卡拉（婴儿在天上的父亲）“抛弃”他的孩子时，他说出了这样的话：

漂亮的独子啊，你是我们的孩子，
现在你有一座黑山做你的父亲，
今后你的母亲是一棵长着四根树干的桦树。

玛达依—卡拉的孩子不会忘记这些话。后来他宣告：

桦树汁哺育我，
我变得强健有力。
我的父亲是一座黑山，
我成了一个英雄。

新疆蒙古族也相信这个传说，还说生下的孩子取名“错罗斯”，就是“木管子”（吸乳）的意思。他后来成为“准噶尔蒙古”的祖先。

华夏—汉人也有河畔枯树“生儿”的传说。“水滨之木，得彼小子。”（《楚辞·天问》）据说伊尹的母亲淹死以后变作“空桑”，人们听到哭声，从桑树的空洞里抱出了一个婴儿，就是日

后成为殷商君王“第一助手”的伊尹。所以，《列子》说：“伊尹生乎空桑。”桑叶摘了很快长出，跟吃桑叶的蚕宝宝一样是“再生”的象征。“桑：丧”同音（在甲骨文中几乎是同一个字），似乎不吉利。但“哭丧棒”多用桑木制成，一方面为了赶走可能危害尸体的恶鬼，另一方面，是祈愿死者像桑和蚕一样复活。所以，富于生命力的“空桑”会生出婴儿来。

这里还暗藏一个洪水传说。伊尹母亲怀孕，梦见一个女神对她说：“看见舂米的臼和生火的灶突然出现青蛙（或说是蟋蟀似的小虫，俗称“灶马”），快跑，千万不要回头！”果然，有青蛙出现在臼灶里（小动物对灾变十分敏感），伊尹母亲赶快跑，只听到背后有哗啦哗啦的怪声，忍不住回头一看，坏了，洪水漫天而来，把城市和乡村全都淹没了。她也变成一棵桑树。水退以后，有人听到桑树洞里好像有哭声，掏出来一看居然是个“肉蛋”（婴孩的胞衣未破），十分惊奇。酋长命令“烰人”用热炕来孵这个“肉蛋”，就像用温室炕小鸡似的，终于把伊尹从“蛋衣”里解脱出来。

伊尹长大，特别聪明。虽然像奴隶般生存，被“拘束”在厨房里，可是他干啥都能学习精通，烧得一手好菜。后来殷商征服了“伊”部落，就把他收留下做厨师。这时“商人”还是夏的部属，夏桀（夏代最后的昏君）向他们索取宫女和奴隶，商的“成汤”就把伊尹送去，实际是让他深入宫廷当间谍。但进宫就得接受“宫刑”，伊尹就做了中国“第一太监”。他到了夏宫，跟夏桀的宠妃“妺喜”打得火热，得到许多情报；协助商汤灭亡了夏，并且逐渐成了汤的高级助手。

有一天，商汤问他为政之道。他说，这跟烧菜一样，要五味调和，必须善于平衡、调节各个方面的利益。汤大为赞赏。

狼王子

（古突厥人）

相传，北方骑射民族匈奴的“单于”（王）有两个女儿，都很美丽。民众见了，都说：“这不是人，是神啊。”单于很高兴：“我有这样‘神’一般的女儿，怎么能许配给凡人呢？应该献给天，让天来决定。”

于是，他在北面空无人迹的地方筑一座高台，让两个女儿住在上面（只定期派人送给养）。这是某些民族的风俗，让待嫁的姑娘住在封闭而神秘的居所里，等待某种时机、征兆或者启示。这里，男性是不能也不敢来拜访或窥探的（违者处死）。像“履迹生子”之前的姜原，就住过某种“秘宫”。

三年过去了，一点儿动静也没有。她们的母亲实在舍不得孩子，说：“接她们回来吧。”单于说：“不行。说不定就差那么一点儿呢。”又过了一年，来了一只老狼，白天黑夜都伸长脖子，向着高台嚎叫，“嗷——”“嗷——”，那声音悲凉苍劲极了。狼渐渐在台下挖土掏洞，大概被台基石板阻挡住了，它干脆在那“地穴”里安下家来，一觉醒来，仍朝台上干嚎，除了

觅食，硬是不肯离开。

妹妹说话了："父亲把我们放在这里，是把我们托付给天了。现在老狼来了，说不定就是神、是天派来的。"说罢，就要下台去亲近它。姐姐听了这话大惊："狼是畜生，怎么能嫁给它？这不是侮辱我们的父母吗？"

妹妹不听她的话，坚决下了高台，做了狼的妻子，生了孩子，后来繁衍称大部落（以上参见《北史·高车传》)。至今他们还喜欢引吭高歌，歌声激昂、苍劲、沙哑而悲凉，外人听起来还有些像老狼嚎（参见《通典·高车》)。

这则故事，到近世还在新疆维吾尔族的某些地区流传。不过那只"应聘"的老狼在婚前变成很帅的小伙子。

"狼王子"成了突厥一支的"王罕：单于"。中原人后来还称北方游牧人的王为"狼王"。

延伸阅读

耕稼民族，甚至普通民众，对狼多有偏见，认为其凶残、冷酷、野蛮。法国人布封特别描写狼的"吃相"难看，拼命撕咬、吞食，连嚼都不嚼，吃饱了还要死撑，所以时时闹胃病，把吃的又吐出来，弄得周边一塌糊涂（中国人也说"呕吐狼藉"）；如此，就时刻处在饥饿之中，一饿就吃，吃了就吐，吐了又吃。其实不完全是这样。狼是草原"清洁工"，吃掉许多病残动物、腐肉和尸体，保持了环境健康与生态平衡。游牧民族

对狼的态度比较辩证：既保护羊群不受饿狼侵犯，又赞美狼的勇敢、机智、坚忍、顽强。瞿秋白也曾用“狼孩”比喻鲁迅是“吃狼奶长大的”，所以如此坚韧、刚强。

从大兴安岭、燕山到天山、昆仑山，再到高加索与喀尔巴阡山，这一条“草甸—山原”游牧带，确实有许多游牧民族崇拜狼，或以狼为“图腾：假想祖先”。举些例子：

乌孙国王“昆莫”，他父亲的小“国”被匈奴（或说是“大月氏”）攻灭，“昆莫”刚刚生出来就被扔在野外。有乌鸦衔着肉飞翔其上，一只母狼来为他哺乳。有人看见，报告了匈奴王（单于）；大家都惊奇，以为是神。单于非常喜欢、珍视他，长大后让他带兵，建立功勋。后来成了乌孙王（参见《史记·大宛列传》）。“昆莫”自然是个“狼孩”。被狼发现的婴儿，饿极了，便吮食狼奶，触发了母狼的母性。狼不但不吃他，还会喂他，把他带大。哈萨克人认为乌孙是他们先民的一支，民间也流传这个故事。

古代突厥，有一部落被邻国杀灭全体，男女老少全杀光，只剩下一个婴儿，邻国的部下不忍杀害，但还是把他的手臂和脚砍断，扔在大沼泽地里。有一只孤独的母狼，也许刚丧失了狼崽，跑来喂奶给他吃，以后还衔来肉，就这样把他带大了。他和狼相配，狼有了身孕。到了高昌（在新疆）西北的一座大山，生下十个男孩子，其中有一位叫“阿史那”，智勇双全。这里有一块很大的山原草甸，水草丰美，于是他们繁衍壮大起来，阿史那成了“王”。

为了表示不忘本，突厥大旗上还绣着“金狼头”，就像罗马人和爱尔兰人的旗帜上有“狼头”一样。

新疆维吾尔族保藏的珍籍《突厥语大辞典》说，别人打听一个新生儿的性别，不是说“男孩？女孩？”而是问：生的是

"狼"还是"狐狸"?

属于阿尔泰—突厥语系的中国维吾尔族英雄史诗《乌古斯传》说:"我们的族称是'吉祥',我们的号令是'苍狼'。"征伐途中,有苍狼为乌古斯可汗引路。黎明时节,乌古斯"牙帐"外射进一道似日光非日光的光芒,一头苍毛长鬃的老公狼出现在光中,口出人言,高唱道:

嗨依,嗨依,乌古斯,
你要去征伐乌鲁木;
嗨依,嗨依,乌古斯,
让我在前面来带路!

它在大军前面时行时止,时隐时现,大军完全依它的指挥行动,令行禁止,直到取得胜利(这种神圣动物,叫作"图腾引导兽")。

《蒙古秘史》说,蒙古人的祖先是一匹"苍色的狼"与"惨白色的母鹿"生下来的(许多学者加以隐讳)。

新疆的蒙古族到近世还流传着这个故事,明确地说,是"苍狼"与"白鹿"交配生下他们的祖先。打仗时,只要高叫"苍狼的子孙们,前进!"就能取胜(他们还相信,白母鹿与白天鹅都是他们的祖先)。据说,居住在蒙古的哈萨克人的巫师,"叫魂"时喊:

狼,狼,我的狼主人,
我的保护神,你快来吧;
我的乌弥妈妈,

我的长头发的艾再孜！

新疆哈萨克族民间传说：有一位单身汉牧马人乌热勒，被三只狼引到石洞里。有个老人说，他可以在三个“狼女”中挑选一个做妻子。这三位姑娘一个比一个光鲜。“说像月亮，她们比月亮更加温柔妩媚；说像太阳，她们比太阳更加光彩照人。”乌热勒看得差点儿昏了过去。

他挑选了小妹妹。

老人嘱咐道：“为了保护我的女儿和你，防备王爷的侵犯，你的妻子白天不得不披着狼皮，当然不会好看；晚上，她才脱下狼皮，可你一定要保护好这张皮，决不能损坏或丢失它。不然会给你们带来大祸！”

小伙子回家不久，邻里们来看披着狼皮的新娘子，夸她贤惠、能干、善于待人接物（可是——他们没有说别的）；那些权贵、公子哥儿，却嘲笑说：“简直是只母狼。”姑娘也不生气。

小伙子渐渐忘记了老人的嘱咐，总觉得不能让如此美丽可爱的媳妇，白天披着狼皮见人。有一天，他居然在姑娘睡熟的时候，把她垫在身下的狼皮抽出来烧了！——“天鹅姑娘”及其“羽衣”的情节，被改换为狼女和狼皮。姑娘知道大事不好，汗王晓得她的姿色以后就来逼婚——幸亏她的父亲赶来救援，惩罚了坏人（但也有说结局是悲剧的）。

由东北迁徙到西北的锡伯族有一则《狼女婿》的故事。一匹狼老是跟在牧羊老人身后，时间长了，老人半真半假地盘问起它来。

“你想吃我的羊吗？”——狼摇摇头。

“难道想吃我？”——狼摇摇头。

“莫不是想娶我的女儿？”——狼竖起耳朵，张大眼睛，非常诚恳地点点头。

老人正有三个待嫁的女儿，就把它领回家了。大女儿、二女儿都不愿意嫁给狼，老人半真半假地问小女儿：“你再不愿意，狼就要吃我了。”

小女儿说：“父亲把我养这么大，不容易。我不能让父亲给狼吃了。我听父亲的话，跟它走。我能驯服它。”

她跟它走了。它始终供养、爱护她，她有了真感情，爱情的力量使他变回了人形（原来他中了魔法），而且极帅。

有的学者（如戴友荪等）认为，突厥“狼祖先”的说法，跟古罗马的“狼孩”传说基本是一回事。因为中国北朝时期，突厥为罗马统治，罗马所部有突厥雇佣兵。

古罗马人的祖先罗慕路斯（Romulus）和勒莫斯（Remus）是一对双生子，被统治者阿穆略王派牧人扔进台伯河，漂流到河滩，被母狼养大，后来复国。他们的名字跟“罗马”（Roma）相关。还有一只啄木鸟衔来东西给这对孤儿吃——这跟乌孙王昆莫“狼乳鸟哺”的情节确实太相似了。

欧亚草原的“狼图腾祖先”“狼孩”“狼公主”传说，甚至欧洲的“狼人”故事等，是不是有亲缘关系，怎样发生或传播，学术界是有争论的。

格萨尔王的诞生

（藏族）

藏族有一部世界上最长的英雄史诗《格萨尔王》，主人公南征北战，扬善除恶，抵抗外来侵略者，建立伟大功勋。这里只简单介绍其神奇的诞生。

据说，天国白梵天王的第三个儿子，化形为一只巨鸟给格萨尔的母亲（或说是龙女）“授孕”。她怀孕十几个月，过了产期，才生出鹰雕等神奇的动物，最后“生下来一个像羊肚一样圆圆的肉蛋”（贵德分章本）：太阳神鸟卵。母亲用箭头把蛋剖开，跳出一个健美的婴儿，他立即开口说话，宣布他是天上的太阳降生的。他的食指向上指着，并且做出开弓的样子。

我要做黑头人的君长，
我要制服凶暴强梁的人们。

我是［勇士］白盔上的保护神……
我是哥哥［的］白螺大鹏鸟
永远不离岭国丈夫身。

他还说："我是世界人类的太阳 / 去到何方完全由自己。"

他的叔叔超同嫉恨他的聪慧勇敢，偷偷把他丢弃了。"挖了一个九层的深坑，里面放上刺鬼（荆棘之类），把孩子放在刺鬼上，四肢都钉上一个大木橛子，心口用刺鬼点成灯，用大石头把脑袋压上，最后，用土把深坑填平。"

超同一个转身，小格萨尔就从土坑里跳了出来，"已长得像八岁孩子那样大了"。

他是太阳神鸟——大鹏金翅鸟，佛教文化的凤凰——的化身。他的前身便是神鸟。"这只鸟儿，上身是黄灿灿的黄金做成，下身是绿油油的绿松石做成，腰是雪白雪白的白海螺做成，四个爪子是漆黑漆黑的黑铁做成，两只眼睛是花花的花玛瑙做成。"

龙女生出格萨尔王时，他"长着大鹏鸟首，手持白色绸结"，一出现就呼啦啦展开双翅（参见《花岭诞生》）。作为太阳鸟，他也跟化身为牛的"水怪"作对，就好像后羿、天王郎跟河神斗法一样。他听从天母的指示，"变成一只大鹏金翅鸟，落在黄霍尔王的野牛犄角上，砍掉了它的一个犄角"，黑、白霍尔

声名远扬的格萨尔王

格萨尔王是世界最长英雄史诗的主角，是藏族人民引为自豪的旷世英雄。

王野牛的犄角同样被砍掉。角是勇武、权威、丰富与高贵的象征，格萨尔王就这样不容抗拒地诞生并且成长起来。

大鹏金翅鸟

（佛教绘画）

据说，格萨尔是“鸟王”大鹏金翅鸟转世投胎的。它不仅以“那伽：蛇龙”为食，而且能镇魔驱邪。格萨尔王就曾化形大鹏降服（化身）野牛——霍尔王，摘下它的双角（牛具有双重性，野牛、水牛、牦牛及其角，都曾被藏族民众用为辟邪物）。

延伸阅读

格萨尔王到了蒙古族那里，成了“格斯尔汗”。据说他接连诞生三次。

第一次出生在天上，跟速长的小英雄相反，三岁还睡在摇篮里。

第二次诞生在赞比地方，有意装成一个“魔鬼：黑乌鸦

精”，钻进一位老婆婆的肚子，再出现时成了“癞蛤蟆”，并且“三次战胜他的敌人”，而后回到他自己的黑色铁摇篮。

第三次，生在一座顶部平坦的山上，却被他地上（即世俗）的父亲带进深山的一个洞穴里——实际上是丢弃。他大为生气，高声命令：“快把我带回我的铁摇篮。我要吃奶！”

他睡进摇篮，喝足了奶。敌人却派了一只黄色大蚊来叮他，他伸出小手，一把将它抓住，拔掉它嘴上又硬又尖的螫针，换上一根软针，让它不能再蜇人。

敌人又派一只铁乌鸦来啄他。他一巴掌就把它打落在摇篮中，拔下它的铁嘴、铁爪，换上骨嘴、骨爪。英雄是不可战胜的；即使遇到挫折或危难，他也会战斗到底。

在土族长诗《格萨里》中，这位大英雄“身高九丈三个眼”，是金光笼罩的“神人”。天上出现了七个太阳，他

拉着神弓张起神箭，
嗖嗖一箭射上去了，
一个太阳落下来了，太阳落下来了，
变成一只大乌鸦中箭落地了。
格萨里取下了箭，
哮天狗把乌鸦吞吃了。

民间相传，“天狗吃太阳”（或吞月亮），或许和这有些关系。

汉族与羌族的“二郎神”也曾“担山赶太阳”，很可能他的哮天犬也帮着驱除那为害一方的多余的太阳。

崇仁利恩抗天帝

（纳西族）

纳西族的“混沌”及其解破，十分繁复：在极端的寂静、黑暗和动荡之后，出现了“声音”和“气息”，“音”与“气”融合，产生大白蛋（宇宙卵），蛋变鸡，鸡生蛋，生来生去，好不容易生出英雄崇仁利恩兄弟姊妹。没有旁的人，只好兄妹成婚。这触犯了禁忌，“污染”了天地，触发了洪水。幸好听了“阳神”老公公的话，杀了牦牛和黄野猪，用牛皮（或猪皮）做了“大皮鼓”——北方民族叫“浑脱”，就是影视上常见的“牛皮筏”（这东西，使用时要先充气，用嘴吹，很费劲，所以调侃人时说：有本事，到河边“吹牛皮”去吧）。东巴经典《鲁般鲁饶》（牧奴悲剧）描写其制作、使用很具体：“杀掉白脚公山羊 / 剥下羊皮揉皮革 / 皮革涂上肥猪油 / 做成革囊吹上气 / 放进金江跨革囊。”（和志武译）

崇仁利恩躲进“皮鼓”里，逃过一劫。到了一处新天地，

用长刀把“皮鼓：混沌”一划，就好像从母亲的肚子里，重新“生”了出来。

崇仁利恩一个人太寂寞了，便去求“阳神”老公公：“千对好姻缘 / 我要结良缘 / 百对好伴侣 / 我要找情侣。”阳神说，“天高星岩下，万绿丛树中，有两位天女：丑的长一对横眼睛，美的长一双直眼睛，你要选那个丑的。”崇仁利恩跟普通人一样，硬是跟“直眼睛”美女成了亲，结果几胎连续生下蛇蛙 / 松栗 / 猪熊 / 猴鸡……只好照阳神的话，把它们分别扔到该去的地方去，大地上重新布满生物。

崇仁利恩上天找情侣时，天神女儿“衬红褒命”，不愿嫁到坏神“可罗可喜”九弟兄家，决心在人间找一个好小伙子。刚好遇到崇仁利恩，便把他领回附近的家中。阿爸“祖老阿普”天神，闻到了人类的“腥气”，便开始磨刀，准备杀那个闯入者。女儿赶紧坦白，并且把他的优点和家世夸了一大通。阿普说：“金竹弹口弦 / 女孩嘴最甜 / 哪怕夸上天 / 我要亲眼看一看——叫他上天到我的宫殿来吧。”

崇仁利恩一听，立即开始拾掇自己：“九条河来洗 / 洗得白生生 / 九饼油来擦 / 润得光滑滑 / 象牙篦来梳 / 头发亮晶晶。”要到达天宫，必须像“萨满”（巫师）那样“走过九把利剑桥 / 登上九把利剑梯”——赤脚踩在绑在梯子的利刃上，那锋利的刃口全都朝上，一步一步登上顶端。这是联系天 / 地、沟通神 / 人的“天梯”，没有真本事见不到天神。

阿普检查过他的手纹、脚路，没有血迹，才跟他说话：“你不是想娶我的女儿吗？先去砍九十九座丛林，烧九十九片生荒，播上九十九袋种子！”崇仁利恩跟衬红褒命公主，早早准备好利斧、种子——有的材料暗示，还偷走阿普天神藏得严严密密

的良种，好不容易把阿普布置的任务完成。哪知他又翻口说：那种子不好。一个晚上，一个白天，要把九十九袋种子全捡回来！

崇仁利恩咕哝说："天底下只有播种的，没有听说，播下去还得捡回来。"

阿普板起脸来："天上就这个规矩。少了一颗种子，休想娶我的女儿。"

衬红褒命说："跟他没有理讲。只能靠我们自己想办法。"

好在她平时对动物特别好，紧要关头把它们召集来帮忙。白蝴蝶、黑蚂蚁，飞禽走兽，都来帮着捡种子。捡回来后，阿普天神仔细一数，少了三颗半，崇仁利恩他们又几乎绝望了。仔细一想，是从此地飞过的斑鸠捣的鬼。怎么办呢？据前辈学者李霖灿的搜集，《东巴经》有一段绝妙的描写——那一节象形文字也极为有趣（不过衬红褒命的名字改为册恒布白命）。

第二天早上，斑鸠没有事做，飞来落在篱笆上，咕噜咕噜地叫着。崇仁利恩带来了弓和箭，他［向］要射的瞄三瞄，不射的瞄三瞄。他［像］射又不会射。册恒布白命说"射呀射呀"，伸手拿起织布的梭子，向崇仁利恩的手肘上一捣，箭脱手飞了出去，就正好射在斑鸠的嗉上。

崇仁利恩是个好射手，被干扰，也能用箭射中斑鸠的喉咙。剥开嗉囊，果然有三颗种子。衬红褒命想到，斑鸠帮他们捡过种子，还能及时催人下地，便帮它缝好伤口，救活了它，只是至今还在脖子上留着一块白斑，或几个白点。

还有那半颗种子呢？他们俩在地里仔细地找，找呀找呀，不知挖了多少坑，拔了多少草，搬了多少石头，终于在一块大黑石下瞧见一只黑蚂蚁，肚子鼓得老高。衬红褒命用长头发

（或说马尾毛）在它肚皮上一勒，便把那半颗种子挤出来了。至今蚂蚁肚子当中还是细细的，好像分成两段，就是因为贪嘴，被公主用头发勒出来的。

天神阿普又要他们挤三滴老虎奶，这太难办，是不可能的事啊。崇仁利恩说："你还有什么折磨人的花招，赶快都说

射鸟取种

（纳西族象形文字经典）

纳西族、羌族、藏族等，都有射中飞鸟，由其嗉囊中取出谷种的神话，属于"盗谷种"故事系列。这反映了经由鸟媒，粮食作物种子得以传播。

崇仁利恩、衬红褒命和天神阿普

（纳西族象形文字）

崇仁利恩爱上天神女儿，与天神阿普发生冲突，斗智斗勇，取得了胜利。

出来，不要这样说话不算话，做事情像羊拉屎似的。”阿普说：“就这一件啦。”

可就这一件，也能要了他的命。崇仁利恩想了一天一夜，也没想出好办法，只好到深山里捉到野狗、山猫、骚狐狸，各挤出一滴奶，回来糊弄阿普。阿普闻了闻，倒不是牛羊的奶；可还得拿到羊圈、牛棚里试试看，它们闻了一点都不害怕。只是拿到鸡笼里的时候，那些公鸡、母鸡，大鸡、小鸡吓得乱飞乱叫——这肯定是那些偷鸡摸狗的野物的奶。阿普气坏了，把奶往崇仁利恩那里一掼：小坏种，竟敢骗我！

崇仁利恩再没有点子了，还是衬红褒命想起阿爸椅子上有块老虎皮，何不拿它玩个计谋。崇仁利恩披上虎皮，找个有虎崽的老虎洞，躲了进去，除掉虎崽，偷偷挤了三滴老虎奶回来。阿普拿到牛棚羊圈里外晃一晃，只吓得牛跑羊走，猪叫狗跳；而拿到鸡鸭笼中，却又波澜不惊，据说老虎不屑于吃小动物：这奶可是真的了。阿普天神不免吃了一惊：他怎么会有这么大本事？

于是盘问他真正的来历——能不能配上自己的女儿。崇仁利恩回答道：

我呀，是开天九弟兄的后代，
是辟地七姐妹的后代；
我的祖先呀，
漫步九十九个大高原，
九十九个山寨所称赞；
翻越七十七座大山坡，
七十七个山庄所夸奖；

我的种族呀，像螺白雄狮那样威武，
像肥壮金象那样高大，
像久高那布那样力大无穷；
一口咬进三腿牛肉哽不住，
一嘴吃下三升炒面不会呛；
江水灌入口也不解渴，
雪山吞下肚也吃不饱；
我的种族呀，所有会杀的人来谋害，
根本不可能杀绝；
所有会打的人来打击，
终究没有被打垮呀！

只有这样“自夸”，才能在气势上压倒天神。纳西族学者白庚胜说，这里充满人的自豪感。阿普只好屈服。

崇仁利恩和衬红褒命结婚了。可他们不愿意住在寂寞的天庭，要到人间去开辟新天地，不要跟那个啰里啰唆、要这要那的老头子住在一起。“重新开辟新天地 / 重新筑墙建村寨 / 九种家畜放山上 / 百样谷种撒地里 / 自己做活自己吃 / 自己放牧自喝奶 / 过着自由幸福的生活。”（参见《东巴经选译 · 崇邦统》）

下凡前，得要量天地；天地量不清，怎么知道该住在哪儿。“崇仁利恩呀 / 带白银丈杆 / 又去丈天空 / 天空不能丈 / 不丈又转来 / 册恒布白命 / 带黄金量尺 / 又去量地面 / 地面被水占 / 地面不能量 / 不量又转回。”他们知道，天地是没法量的，在他们的时代，不能重新创造宇宙。只能由连接天地的“居那什罗山”（相当于“宇宙大山”昆仑），走下山顶，经过山腰，来到山麓。“从天底白山脚迁徙 / 来到天底撒种地 / 从天高星伴山迁

徙 / 来到大地草伴山 / 从种麻麻田坝迁徙 / 来到干地蔓菁里 / 从住人广阔地迁徙 / 来到精肯熟陀地……”

衬红褒命在指甲缝里偷藏了几样好种子，撒在地上，种出了好庄稼，却是以他们最爱吃的“甜荞”为先。“甜荞先于五谷长 / 边长边开花 / 甜荞带粮来 / 边走边叫着 / 快到人间去 / 粮食早满仓。”（史诗《创世记》）天神阿普只知道她藏了芜菁种，便咒骂道：“芜菁就是到了人间，也不能当饭吃，一煮就烂！”至今芜菁只能炒了当菜吃（参见《人类迁徙记》），不能弄成饭食。

因害怕公主“原配的夫家”坏神可罗可喜拦截，寻衅报复，“动神”和“生神”专门在居那什罗山下，迎接和保护他们。所有的古谱、古规、风俗、传统都开始于动神、生神，所以“东巴教”（巫教）最敬仰这两位神。一切营造、生产、婚丧活动，都要祭祀他们，然后再祭祀祖先崇仁利恩和衬红褒命。

延伸阅读

纳西族的民间文学极为发达。光“创世”故事就有好几种：史诗本，散文本；直接的，间接的；原生的，再生的。特别是他们还有世界上唯一的至今还在使用的“象形文字”，记录着他们生动无比的“口头文学”——当然只有东巴巫师和专家才能释读。这些记录本子，有古代的，有近世的，还有现代的。国内影印出来有一千多种，流落国外的还有几千种。云南纳西文化研究所已招收过几批留学生或博士生。他们感叹道：不是材料不足，而是太多。

熊亲人

（鄂温克族）

鄂温克人和鄂伦春人都有类似的传说：

有个猎人被母熊抓去，与之同居，但还是想念故乡和亲人。生了“熊孩”之后，母熊对他看管松了。趁母熊外出觅食之际，他逃上河中的木筏远去。母熊抱着熊孩来追赶，却赶不上。母熊把熊孩一撕两半：一半成了鄂伦春人（或鄂温克人），一半成了现在的熊。

时代演进之后，故事基本框架没有变，重要情节与意义却改变了。鄂温克故事《不怕磨难的巴特尔桑》就是例子。

猎人巴特尔桑的家庭生活很不幸，他的妻子卓玛病死以后，他出去游猎。在大山中，他遭遇一只“人不像人，兽不像兽”的怪物——母人熊。她抓住巴特尔桑，飞奔回洞，“比神马飞得还快”，将猎人塞进洞穴，用巨大的“磨盘石”把出入口封住。她对巴特尔桑非常体贴温柔，喂他肉吃，灌他奶喝，给他兽皮盖。天长日久，他们婚配，生下一男一女的“熊孩”。熊孩越长越有力，越灵活。巴特尔桑搬不动的磨盘石，他们轻轻就掀开

了；巴特尔桑根本上不去的高树，他们嘻嘻哈哈地就爬上了。

有孩子后，母人熊放松了警惕，洞口不盖磨盘石了。

熊洞附近有一条汹涌的大河，河岸上刚好系着一只木筏。巴特尔桑趁母人熊出洞猎食，便爬出洞口，跳上木筏，解开系绳，顺流而下。母人熊带着两个熊孩急匆匆地赶到，大哭大喊。巴特尔桑忍着悲痛，不肯回头。眼看着实在追不上，母人熊哀嚎着把两个熊孩撕开……

猎人巴特尔桑还经历了几场不幸。他到过几个古怪的国度，其中一个国家，到了冬天便雪封冰冻，所有的生命迹象都停息了。他新婚妻子的一家全都冻僵在屋子里。妻子变成一具硬邦邦的“尸体”，鼻孔下还拖着两根长长的冰柱。他将其砸断，还用兽皮、用自己的身体去焐热妻子，希望她能活过来，可无济于事，她仍然声息全无，浑身冰冷。他绝望了。

可是万象一旦回春，河里的冰块乒乒乓乓地冲撞、解体、融化，村子里的“人”全都起死回生，炊烟四起，一派生机。谁都活了，只有巴特尔桑的妻子死了。人们告诉他：这是“冬眠国”，只有鼻子下的冰柱断裂融解的人才不能复活。他害死了妻子。

这好像也是熊在洞穴里冬眠的神话写照。

熊在酷寒地带人们心目中，是能够再生乃至不死的神物。

俄罗斯彼尔姆人的民间故事，也丧失“熊图腾”传说的原始性质，几乎完全“人间化”。布尔玛金迷路后，跟一位女勇士同居，生下孩子。他却找机会乘着木筏逃跑，孩子在家中大哭，“哭得连树林都发出呼啦哗啦的喧响”。女勇士听到，抱起孩子紧追，却追不到，便也把孩子撕开。但布尔玛金始终不知道妻子实际上是一头母熊。

印第安人也有类似的传说。已婚的萧克士被母熊抓去为夫，

生下许多男孩子。萧克士思妻心切，向母熊请求让他回家看看，立即归来。母熊也通情达理地同意了。他回到家，恢复人间生活以后，却把母熊忘个干干净净。母熊寻踪找到他家，把他们夫妻全都咬死，独自把小“熊孩”全都带大，以后成了印第安人的“萧克士族团”。

专家们认为，这一型故事最可能发生于西伯利亚贝加尔湖畔，不但鄂伦春人、鄂温克人，就连印第安人都可能在那儿逗留过，后者渡过白令海峡（远古时是大陆桥）进入美洲。

延伸阅读

鄂伦春人说：熊能够像人那样站立，用前肢抓着东西往嘴里送。他们认为熊是自己的祖先（图腾）。

鄂伦春人称熊“雅亚”（祖父）、“太帖”（祖母）或“阿玛哈”（舅舅）；鄂温克人叫熊“合克”（父辈最高称呼）、“鄂我”（母辈最高称呼）；达斡尔人唤熊“额特尔肯”（老爷子）；赫哲语呼熊“玛法”（老年人，长辈）。

松花江畔的赫哲人，库页岛和北海道的阿伊努人，西伯利亚的吉利亚克人……都曾以熊为“图腾：假想祖先”，有大同小异的“熊变人，人变熊”与“熊/人结婚”的传说。

维吾尔族也有类似的故事。

贫苦的玛丽克姑娘跟母亲到荒无人烟的深山中砍柴，两人走散了。母亲找不到她，天色已晚，只好摸回家中，日夜思念。

玛丽克被一只公白熊抓住，它用牙齿叼着吓昏的姑娘回到洞穴，用大石板盖住洞口。她醒来，发现再也逃不出去了。白熊却天天用山桃野李、鹿羊兔肉和清冽的山泉喂饲她。一年以后，她生了一个浓眉大眼、强壮异常的男孩，长相如母亲，身体却像熊父，只是洁白的皮肤上多了些黄毛。这就是英雄艾里·库尔班。

库尔班长大一些，就问妈妈："为什么你用两条腿走路，爸爸却用四条腿走路?"妈妈哭了，把经过告诉了孩子，并且说，很想念他的外婆。库尔班就想救妈妈。妈妈教他用树干和藤条扎一副木筏，放到洞穴附近的河里，母子俩借助小树干让它漂走，回到了家。

这里没有交代白熊的反应和行动。谁也没有伤害谁，是个喜剧的收场。库尔班从白熊父亲那里学了一些兽语，跟伯益一样能跟野兽打交道。后来，库尔班屠龙杀魔，成了救世与除害英雄。

崇拜熊做"图腾：假想祖先"的群团，当然不能杀熊，吃熊。但是后来，能猎到的野物越来越少，生计所迫，不得不猎食肥美的熊。

但是，要用一些仪式来排解，来清除危险的后果。

猎熊前，要祈祷、祭祀熊祖宗。"熊爷爷，感谢您让我们猎获，让我们有肉吃，让我们活下去。"请求它的饶恕和保佑。

抬着熊尸的队伍，要一路"痛哭"，跟死了亲人一样。

剥皮和剖腹前后，同样要祈求原谅，保留脏腑和头骨，把它供奉在树丫里，年节都要献祭、跪拜。

吃熊肉前后也要请罪、跳舞、祭祀、赞美，使它成为"圣餐"。

萨满巫师说：熊爷爷是永远不死的。就像冬天他睡觉以后还会复活。他是我们的大神。他"暂死"以后，还会繁殖出许

许多多的熊来。他们会投胎转世，永无断绝……

有的还说：熊的灵魂永生。它有时寄居在它残余的躯体或骨骼上，等待时机重新活过来或者“生长”。这跟人保存长辈的尸体差不多。

同样，熊族吃了熊的肉，饮了熊的血，甚至像艾里·库尔班或巴特尔桑那样，只是吃了熊带来的食物，也会长出熊的力量、熊的体魄、熊的勇气。熊魂或熊灵，还会保佑他的儿孙猎兽杀敌，救世除害，建功立业。

熊的图像

（鱼皮制熊头像，赫哲族）

东北亚高寒—草原地带原住民崇拜熊，有的以之为“图腾祖先”，萨满巫师往往以之为神。

风姑娘

（哈尼族）

远古的时候，是天地不分的。

三个大神来造天，造了九千九百九十九年，大体完成，却留下一个大洞。地上的人问："为什么要留个大洞？"

天神回答："不留洞，雨从哪里下来呢？"

九个大神来造地，也留下大洞。

人们问："为什么又要留洞？"

天神答："不留洞，风从哪里刮出来呢？"

风神

风神多属男性，古称"风伯"或"风师"。但也有和风女神，或称"风姨""风姑娘"。商代"四方风神"里也有女性，如北风神。

北方的"风洞"也许很可怕。蒙古族故事《沙丘国》有个黄风怪，就像《西游记》里的黑风怪，住在又深又暗的洞穴里。可没有"风洞"，没有"风"，行吗？

有个时候，哈尼族造地之神留下的“风洞”不出风了。没有风，天就越变越热，连累得雨也不下了（风雨本来是相连，而且是“上下交流”的），树枯草黄，庄稼病痿，人的日子难过了。

这是为什么？人们决定派出代表，带足粮食，骑上骡马，去查看“风洞”的情况。找了三年又三个月，才找到它。奇了，有一位大个子姑娘严严实实地堵在风洞口，美美地睡着了。别看她长得秀丽，打起呼噜来却实在不怎么文雅——那简直就是打雷嘛。看她把风堵住，众人想唤醒她。懂事的说：“不能随便喊。她要发起脾气来，可不得了。”怎么办呢？姑娘们都是欢喜唱歌跳舞的。来吧，唱起来吧，跳起来吧。

吹啊，吹啊，吹得柳发青，花放红，
吹得竹林发新笋，吹得禾苗绿葱葱，
吹得山青水也秀，吹得歌声满天空！

果然，风姑娘渐渐苏醒，她一挪身子，就有一缕清风扑面而来。她站起身，被大家拉进歌舞阵中，曼声歌唱起来。阵阵凉风吹出，天空似乎也有了雨意云情，草地上绽开小花，庄稼秀出大穗，大地回春啦……

“好姑娘，再别睡懒觉啦。要睡，也别睡在风洞口。如果嫌孤单，就跟我们一起唱，一起跳吧。”

风姑娘说：“我的性情多变化，你们也要多留点神，别让热风吹出了病，别让龙卷风吹上了天。”

她跟大家一起唱：

春风暖，夏风凉，
秋风吹出庄稼千层浪，
冬风粮食早进仓。

小伙子们问：“要是冬天没有风呢？”
她装出可怕的样子，唱道：

冬天如果不刮西北风，
到处都是苍蝇和蝗虫；
蚂蚁长得如大象，
蛆虫大得赛蜈蚣。
不刮北风不下雪，
明年收成一场空！

迦楼罗

迦楼罗：印度的大鹏金翅鸟——大风之神

（采自藏传佛教《度量经》）

甲骨文里“风：凤：鹏”同字（上古同音）。四方凤就是四方风，四方风也各具鸟形。大鹏（鸟）就是大凤，大凤能掀起大风。大鹏巨大而凶猛，以滨海地区的鹰鹫为母型，是世界大鸟神话的一种。中国民间却有温柔秀美善良的风姑娘。

华夏—汉人有“风伯”，大概因为造成台风等灾害，所以被后羿射中了膝盖，跑不快，降低了力度，没有太多的故事或业绩。

前文交代过，甲骨文借用“凤”来代替“风”字。古人以为“风”是巨鸟如“大鹏”（就是大凤）扇起来的。凤鸟兼为风神。它住在“风穴”里。

殷墟甲骨卜辞有东、南、西、北四种“凤”（各有专名），兼管着这四个方向的“风”。学术界叫它们作“四方风”。

这种“四方”具有专名的“风”的神话，苏美尔—巴比伦、希腊、印度，以及现在的印第安人等也有。

春、夏、秋、冬四季的风，各有用处，也暗藏着危险。

中国民间有农谚说：

做天难做四月天，蚕要暖和麦要寒。
采桑娘子要晴天，种田哥哥想雨天。

苏东坡也说：“耕田欲雨刈欲晴，去得顺风来者怨。”

哈尼族风姑娘多少回答了这个风吹与停的“难题”。

原来，初民以为，风是由“地穴”或“山洞”里刮出来的。南方有些地方，例如云南昆明七星岩、广西巴马等，确实一年四季都有“凉风”由山洞里“吹”出来。

这种“空洞”，据说是跟共工氏用头“撞”出的“不周山”有关系。《山海经·西山经》说，西北有座山，顶上“不（闭）合”，叫作“不周”。注解说，“不周风”就由这里吹出来。《天问》：“西北辟启，何气通焉？”问的就是这“不周风”。出风的地穴或山洞，古代叫作“风穴”。作为风神的凤鸟，就住在“风穴”里；离开时，翅膀一扇，就刮起大风。古希腊神话也说，天帝或风神，平时把“风”关在洞穴里，需要时再放出来。吉尔吉思人、鞑靼人、卡尔马克人等，从前都认为风（或风神）是住在洞穴里的。风灾时，要用大石头把“风洞”堵起来。

仡佬族故事说，风怪躲在山口凹处，常常出来捣乱，弄得天昏地暗，庄稼受损，树木倒地。阿利决心抓住风怪。预先在两山之间狭窄的“垭口”布置好牛皮口袋（浑脱），放狗去撵风，风到处乱窜，终于被赶进牛皮口袋里。于是将风怪九兄弟关在坑里，压上石头。规定风要按季节、按需要吹。

哈尼族的“风姑娘”倒还听话，三哄两哄，再让她唱一会儿歌，跳一会儿舞，就“善解人意”，不躲懒，也不捣乱。神话总是在传达人们的理想。

白蝙蝠取经记

（纳西族）

远古时，所有的人类呀，都从“宇宙中心”大山“居那什罗”（相当于西北的昆仑、印度的须弥山）迁徙到大地上来。水从高山深林来，鸟由“久阔”山中飞；羊群活在高原，五谷种在肥土。所有的男女呀，都住在“高增白石庄”。大地之子崇仁利恩，天的女儿衬红褒命，自从成为人类祖先以后，快乐地住在人间。

突然，地的独子、白鹤一般的崇仁利恩，天的独女、嘴和面孔都甜美的衬红褒命，生病了。为什么生病，撞了什么鬼，不知道就没法治，就好像不知来了什么客，就没法招待一样。人们只好大举祭祀。用了牛马鸡羊狗猪，直到山石、泉水、林木来祭，病还是不好。请了能念经、会跳神的巫师来作法，同样治不好。能人与智人商议，酋长和官员讨论，“东巴”（巫师）跟卜者争辩。“上天十八国，不如去神国”，只有去请求女神“盘祖萨美”，求来占卜的经书，知晓得病的原因，才能治好他

《白蝙蝠取经记》

（纳西族象形文字经典）

纳西族东巴（巫师），用至今存活的象形文字传承教义和神话传说，十分可靠而又珍贵。巫师学者和专家们依照经典翻译、讲述故事，只有个别释读不同，基本按照“原文”，也只能这样“忠实”。

们的病。可派谁去呢？

大家说：“派白嘴麻雀和花头风鹰去吧，它们飞得远飞得快。”

可它们才飞到白塔寺，三天阴沉三天雪，九天九夜化不光。它们饿坏了。麻雀自顾自去扒人家的麦麸糠；风鹰，什么也找不到，只好把麻雀吃了。

花头风鹰独自飞呀飞呀，飞到最高的“居那什罗”山，见到老窝、英什、本所三大神，禀明了来意。三大神说：“住人辽阔地，远行必成双，二人有个头，单人戴独帽。你的伙伴在哪里？”

风鹰说：“我饿了，我的伙伴小麻雀让我吃了。”

神说：“你吃了同伴的肉，喝了同伴的血。你这花身子的风鹰不干净，带着秽气，不能到盘祖萨美女神那里去了。”

三位大神用棍子把风鹰打下居那什罗神山，从此它身上带着给打过的斑点。风鹰转回来，人们又用没烧尽的炭块打它，把它的尾巴永远“打”黑了两节。它回到山坡，从此“只喝风来不喝水”。

现在派谁去取经呢？

座山雕自以为了不起："我虽然说话声音不悦耳，说不出三句动听的话；可我有劲，飞得又高又远。"

"那正好，"高岩上金翅膀的白蝙蝠说，"我的口才还不错。只是翅膀软，没有力气。可我能够骑在雕背上，飞上天国十八层。这不是'天作之合'吗？"

人们让它说笑了。白蝙蝠既有老鼠的机智，飞鸟的灵活，还是吉祥的白色，长着高贵的金翅。人们想，就让它去吧。

白蝙蝠

纳西族讲的白蝙蝠似是"白化"个体，他们以白为吉祥，白象、白猴等都是神物。白蝙蝠在故事中像个聪明伶俐而又调皮狡猾的孩子。

可座山雕不乐意了："天上会飞的，我最大，它最小；凭什么我让它骑？"

白蝙蝠说："明天早晨呀，太阳出白光；先照到阳光的当头，后照到阳光的做马。"

座山雕呀，惦记着第二天的比赛，一夜没睡好，天没亮就起身飞行，一直飞到西方黑珍山，坐在山头上，呆看着东方。

白蝙蝠呢，先吃饱喝足，美美地睡上一觉，也起个大早，飞到东边的白螺山顶——当然它先照到阳光。在人们的欢呼声中，它登上大雕的背，一直飞到居那什罗山顶，见到三位大神。大神还没瞧见白蝙蝠呢，问大雕有什么事。大雕说："嘎嘎嘎……这个经书，不，这个病；对啦，不是我有病；这个'人'，叫我，嘎嘎嘎，求你们啦，嘎！"

神听了半天，没听懂它说的什么事。小蝙蝠钻出来了，施

过礼，三言两语，就把事情经过和此行目的说清楚了。

“嘎，”大雕说，“对，嘎——不，对。”

“你一嘴的臭气，”神有些生气，“性恶又馋嘴，乱捕飞鸟，胡吃兽尸，污秽满身。”说罢一顿棍子把它赶下天去，从此它一身横七竖八的斑痕。

三大神派出白云做伙伴，派出白风来送行，把白蝙蝠送到女神住处。白蝙蝠先不惊动女神，把她屋里屋外的一切观察得清清楚楚。天黑不打扰人，睡一觉再说。

第二天清早，白蝙蝠飞到女神家晒谷穗的“粮架场”的“母架柱”顶上，恭恭敬敬地施过礼，细声细气地说道：“盘祖萨美请出来，人间的使者有事求见您，不敢弄脏您的房子。”

女神可不轻易见客人。她派出神气活现的女管家，银色裙子金罩衣，一身光鲜，说：“你有什么事，就对我说吧。”白蝙蝠笑道：“衣裳美丽的，内心不一定纯洁。你不是女神，我有三句重要的话，不能对你说。”

女管家只好回去复命：“那个东西，只有手指那么大，口气却有柱子粗。它一定要您见它。”

白蝙蝠叫道：“我是来说好言好语的，恶言坏语我不说。”

女神派出她的三个娇气十足的女儿，一副瞧不起人的样子。白蝙蝠哈哈大笑道：“白羊属于家神，黄猪属于山神，女儿属于外人。你们不是女神。我带来了三句好言好语。可在女孩儿面前不方便说黑道白。还是请你们的母亲自己出来听吧。”

三个女儿回去了，向母亲描述了一番：“身体小得看不清楚，哇里哇啦声音却不小。肩膀上长着肉条子，翅膀上有金片片。像老鼠却有翅膀，如小鸟偏有四条腿，就是这么个怪东西。”

“照你们说的，倒像很久以前我的一个外甥。我出去看看

吧。”女神说。

她有意穿了一身破旧衣裳。见是熟悉的小蝙蝠，便带笑说：“是不是你们那里无饭可吃、无水可饮啦？你找我干什么？”

白蝙蝠恭恭敬敬地回答道：“尊敬的盘祖萨美女神，您家富贵，您不曾享乐；您家荣华，您不曾享福。看您穿的衣裳，就知道您的俭朴。您的穿着虽然破旧，您的内心却非常高尚。”

女神说：“不要说那么多好听的话。有什么要求直说吧。”

白蝙蝠把来意说了一遍：“求您给我们占卜的经书，让我们赶走污秽的鬼怪，治好人类祖宗的病。”

女神说：“他们的病会好的。先进屋坐坐吧，我有话对人类的使者说。”

“我从什么地方进你们的家啊？”

“你从人类迁徙的大门进来吧。”

“您家大门有污秽的东西进出，不干不净。我可不从您家大门进。”也许它认为迁徙的人类里有“不良的”污秽者吧。白蝙蝠从女神家屋顶上两层瓦板缝里“挤”进来。

女神隆重地铺上三层厚坐垫款待它。

第一层白缎垫，“那是神坐垫”，翻开搁上边；

第二层黑布垫，“那是鬼坐垫”，掀开搁底下；

第三层黄绸垫，“那是人坐垫”，白蝙蝠坐下了。

盘祖萨美煮了一只天羊大腿，招待这位“人的使者”。白蝙蝠割下精（瘦）肉，说这是神的份饭，搁在神台上；没有肉的脚骨，是鬼的份额，搁在地皮上；剩下的肉，是东巴巫师分内的东西，它不敢吃——从此以后，男人们到人家吃饭，总是先客套一番，就是向白蝙蝠学来的。

女神问道：“你这也不吃，那也不吃；人类在大地上到底是

怎么吃喝的呀？”

白蝙蝠说：“大地上的人类，把炒面堆得像山那样高来吃，把油化得像海那样大来喝。”

女神就照着它的话，制出“面山油海”让它吃喝。不知道是馋的还是吓的，它飞到面山上坐下，谁知道面粉是松的，就这样陷到油海里，差点淹死。女神觉得，要是“远方的好汉”淹死在这里，有损于天堂的名声，就用一个手指把它勾了出来。可它还嘴硬：“您别以为我是跌到油海里去的。我是想探探这座‘大雪山’有多高，这个‘大海子’有多深。”

女神看它顶着这副“油头粉面”、湿淋淋的狼狈相，还要吹牛，忍不住笑了——可是，女神是不可以张开嘴哈哈大笑的，她赶紧用袖口掩住嘴——汉人说女人“笑不露齿”，必须“掩袖”传情，“向人微露丁香颗”（指牙齿），原来就是从盘祖萨美女神那里传下来的。

白蝙蝠连忙说：“女神，您这样‘手板堵嘴笑’，真是美丽极了。我不但从您这里得到占卜经书，还学到了礼仪。”它也用小手堵住尖嘴，羞答答地笑了一下。

女神识破它的诡计，说：“我什么时候答应马上给你经书？你先在这里做三年客人吧。”

白蝙蝠说：“住人辽阔地，没有‘经’三年，天翻变作地，地覆变成天。”

“那就三个月。”

“住人辽阔地，三月无经全死光；没病会生病，有病更遭殃。”

“起码三天。”

“尊敬的女神，我路上休息一天，昨晚等你一天，加上今天，已经三天了。快把经书给我吧。”

“休得花言巧语，从现在开始算。你不要以为得了经书就万事大吉了。你还要学很多东西哩。”

从此开始，纳西族出猎留他乡要三天，异地做客也要歇三天，规矩就是从天堂来的。

白蝙蝠也许真是女神的外甥。可它不想利用亲戚关系套近乎，它要靠自己的口才和手腕取得经书。

女神大概体谅它这份小小的心机和“虚荣”，不捅破窗户纸。

这三天，通过问答、学习，白蝙蝠把经书的内容、用途，占卜的对象、方法，“法具”的种类、应用，学了个大概。盘祖萨美女神把三十六种卜书和占卜用具送给邻近的各个民族。它们全放在一个红藤匣子里。临行时，她告诫说：“回到大地、见到人类之前，决不能打开匣子。”

白蝙蝠好奇心重，觉得不看看心里不踏实，刚到居那什罗山，就把经匣打开。谁知左边刮起白风来，右边刮起黑风来，把经书吹到四面八方。“竹片卜”传到了傈僳族，“左拉卜”传到了藏族和印度（据说，对希腊也有影响），“羊胛卜”和“鸡骨卜”传到了彝族，“海贝卜”传到了白族……剩下的全落到“美令达金海”中，被海里的金黄巨蛙吞吃了。

盘祖萨美女神也没好办法，只好派出四个“汉子”、四位“天子”去射金黄巨蛙。箭由其身体穿过，与蛙体一起，构成“金蛙八卦”和“精威五行”（木、火、铁、水、土），在纳西族地区流行使用，据说对华夏—汉人的《周易》八卦与“五行”观念还很有影响哩。

卜书到手，查明病根与恶鬼种类，再加上灵验的草药，人类始祖崇仁利恩、衬红褒命的病很快就好了，人类生病也不会束手无策啦。

金蛙八卦图

纳西族创造的占卜用图，内含丰富，布局巧妙。据说对华夏—汉人的八卦很有影响——至少也是重要的参照系。

延伸阅读

《白蝙蝠取经记》是非常有名的纳西象形文字经典。白蝙蝠是热心追寻真理、向往科学的人类代表，像小孩儿似的“弱势力量”，居然机智、勇敢地“取回”了那样多的经典。

纳西文字是今天世界上唯一“存活”（还在使用）的“象形文”，被全世界看作不可再生、不可多得的人类文化遗产和珍宝，现在国内已影印出版千种以上。可惜还有几千种流落在国外，仅仅美国国会图书馆就“特藏”了三千种以上！

“占卜”，本来是原初人类希望理解世界、理解事物发展规律、理解“未来”与“未知”的幼稚而又可贵的尝试。在特定语境里，还能坚定与艰险困难斗争的勇气和信心。

相关经典决不仅仅是“占卜”，更不仅仅是“迷信”。仅以《白蝙蝠取经记》而言，它所涉及的“金蛙八卦”“精威五行”，

居那什罗山与海英宝达树，见《纳西象形文字谱》

作为参照的中原“蓂荚”等神树，山东沂南汉墓画像石

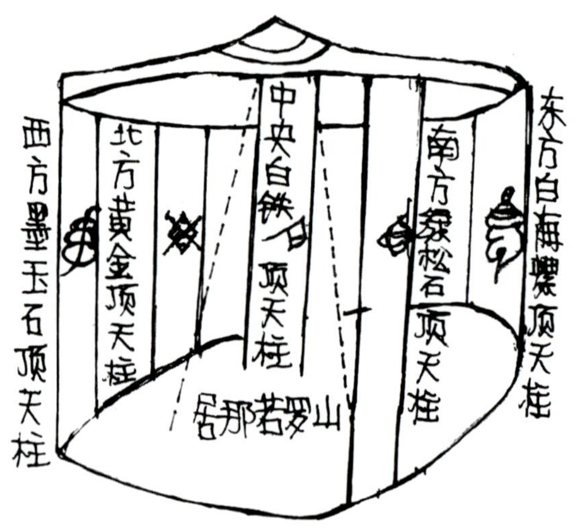

纳西族宇宙观示意图，五柱立地顶天，中央大山为居那什罗

纳西族的宇宙观

纳西族，大体也采用“天圆地方”的“盖天说”宇宙观，五柱撑天；中心大山，为居那若罗（或译居那什罗），相当于昆仑、须弥（山），中心又有宇宙树“海英宝达”，相当于扶桑——它还有“计时”功能，叶子十二片，象征一年十二月及十二生肖，略同中原的“蓂荚”。这些都见于东巴（占卜）经典。

就包含着历史、哲学、科学、文化等人类的“大问题”。比如说，它描述到宇宙的结构、时空的形成、历法的由来等；当然都是通过“神话”来表达。

宇宙有个“中心”山，华夏—汉人说是“昆仑”，西藏说是“冈底斯”，印度说是“须弥”，希腊说是“奥林普斯”，纳西族则说是“居那什罗”。中心山坐落在“宇宙海”（塔老久初，或美令达金）。海中或山上有“海英宝达”宇宙树，相当于华夏—汉人的“扶桑”或“建木”。世界由此展开、扩延，时令由它决定、运作。

一个月三十天，是怎么来的？宇宙海里有一对大金鱼，一个月中“相会”三十次，就是三十天（引按：这不大好理解，可能象征太阳、月亮每天在海里相会一次）。

一年有“阴阳十二月”，又是怎么来的？居那什罗山，太阳从左转，月亮从右绕；三十晚上那天又相遇，初一那天早晨又分开，一个走到一边去；阴阳十二月，就从这里出，就从这里来。

“天地十二属”（生肖），则是由于海英宝达树长出了十二枝。

这些解释很幼稚，很天真，可都是包藏在“经书”里的自然哲学。

原初的人们，就像孩子似的，有强烈的求知欲，什么都想问，也什么都想答。许多微妙的事情，如女人笑时要掩着嘴，也要为它找到一种解释、一种历史依据、一种人性原因。很好玩，也很可贵。

整个《白蝙蝠取经记》，就像《西游记》那样，不论是神仙还是妖怪，都有个性，很会（或者很不会）说话，也不免有些缺点，读起来相当有趣。

听懂鸟兽话的小孤儿

（哈尼族）

孤儿阿夺（相当于苗族的哈立布，蒙古族的海力布），最大的特点，就是喜欢帮助人——还有就是喜欢小动物。他常常主动帮助老阿奶砍柴、背水，帮助老阿公掘地、种庄稼。哪里忙，哪里就有他，分文不取，连杯水都不喝人家的。

有次，寨脚下的老阿公掘地，年纪大了，掘一会儿就得歇一会儿。他看到了，立即上前帮忙。掘到地头，忽然看到一只特大的老鼠在追赶什么，原来是才从水沟里钻出来的一条十分可爱的小白蛇，它拖泥带水，困难爬行，非常可怜。阿夺把手中的锄头扔过去，大老鼠吓跑了。他用树枝挑起小白蛇，送到小河里，“找你爸爸、妈妈去吧”，看看它摇头摆尾，好像还回头望了望，游走了。

阿夺没当回事，第二天下地时，经过那条小河，看到好多好多的蛇拥挤在岸边，正奇怪时，有一条小白蛇挤到跟前，突然细声细气地说起人话："谢谢您救了我的命。我是龙王的小太子。昨天贪玩，迷了路，遇了险。我老阿爸想要好好感谢您哩。""这算什么大事呢，千万别客气。""跟我来吧。记住，他送您什么都别要，只要他嘴里含的东西。它会助您帮更多人。"阿夺下了水，闭上眼，在众蛇簇拥下向大湖游去了。

到了龙宫，哇，到处都是宝贝。金柱银梁，翡翠铺地，珍珠为灯，白玉做桌椅。老龙王见了阿夺，笑嘻嘻地说："谢你啦。我就这么个独生儿子，太顽皮。"不知道是年纪大了，牙齿漏风，还是嘴里含了颗橄榄，龙王说话不大清楚。

"我要送一件东西给你。你随便要，要什么给你什么。"

阿夺摇摇头。老龙王以为他嫌不好，亲自带着他，打开"四九三十六个"宝库让他挑选，什么宝珠、金钻、红珊瑚，全不在话下。小白蛇此时已变成一个风度翩翩的公子，暗暗朝他直摆手。他也忙着摇头。老龙王面有愧色："这人世间实在是太富太富了。看来这孩子什么东西都有。我的宝贝，他全看不上。"他嘟嘟囔囔地说："随便、随便挑一样吧。别、别让我难堪。"小蛇公子暗中指了指老爸的嘴。阿夺也跟着指了指，意思是"这儿"。老龙王吃了一惊，这是我的镇海之宝，是天帝的礼物；这孩子真是"哪壶不开提哪壶"。可大话已经说出了，再改口，就会让群神取笑，叫虾兵蟹将瞧不起。

"你，你是要我嘴里的宝贝吗？"

公子忙点头。阿夺也跟着点头。老龙王无法可想，只好把嘴里那颗似珠非珠、似镜非镜的"透明石头"送给了他。

公子送阿夺上岸的时候，叮嘱说："您含着这块宝石，就

龙王：蛇王

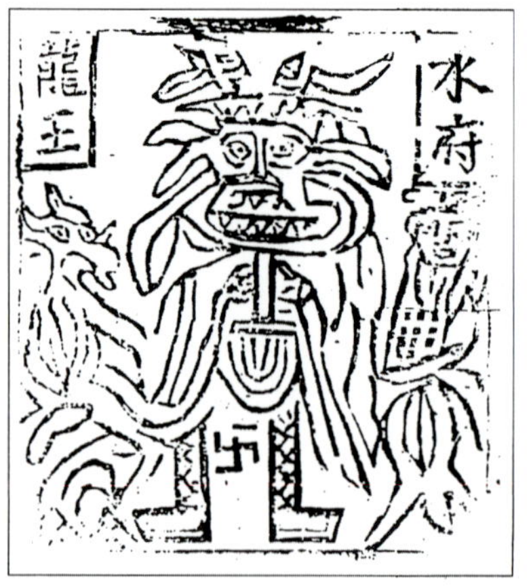

白族“甲马”

蛇王部下

纳西族蛇王或龙王

民间故事里的龙王，不免呆笨而又傲慢。有人说，这是印度神话里“那伽：龙王”负面形象的传统。其实，多包含“草根”们对“权威”的解构和讥嘲。这跟“正统”文献里龙王的形象完全不同。

会听懂所有鸟兽的话。可您如果泄露了这个秘密，也许会丢掉性命。”

阿夺从此能听懂全部的禽言兽语，能跟它们交流信息，相互帮助了。

一夜风雨，喜鹊巢塌了，小喜鹊掉到地上，爸爸妈妈没法救它，只好叫“阿夺救命”，阿夺赶紧捧着雏鸟，攀上高枝，帮了喜鹊大忙。

大象瘸了腿，谁也帮不上忙。“阿夺，快来。”他跑近一看，大象翘起后腿，原来是一根长木刺扎进肉里，快要化脓，阿夺扳着象腿就要拔。“等一等。您捏紧了，先晃几晃，不要留一半在里头。”“您不疼吗？”“再疼，也得忍啦。”阿夺捏紧，使劲一拔，木刺真长，血淌了一地。阿夺替它洗干净，还敷了一把药草。大象甩了甩鼻子，道了别。

有一次，狂风刮倒大树，把一头耕牛夹在树丛里，进不得，退不出，老阿公急坏了。水牛喊：“阿夺，救命！”阿夺跑来，搬不动巨树，便大叫：“大象哥，快来帮个忙吧。”他虽然不会说“象语”，可聪明的大象从那口气明白了是急事。“别慌，别慌。我马上到。”它只用鼻子一拱，巨树就让路了，耕牛得救。

终于出大事了。喜鹊们叽叽喳喳：“要山崩地裂，发大水了。大树要倒，快搬家吧！”那得救的小喜鹊也急得喊：“阿夺哥，快跑吧！”大象赶到阿夺身旁，说：“洪水马上就到。我们也扛不住。快骑到我背上来，我们一起逃吧！”阿夺说：“还有那么多乡亲呢，我怎么能一个人跑？”只听得鸟兽们议论纷纷，大惊小怪，仓皇失措，纷纷离开寨子。

阿夺赶紧跑到乡亲们跟前说：“山洪马上暴发，快跑吧！”老阿公说：“天清气朗的，哪来的大水！”

阿夺说："你们看，老鼠、蚂蚁全出洞，豺狼虎豹也乱窜，连喜鹊、老鸦都在搬家。它们都在喊：'水，大水，快逃命吧。'"

老阿奶说："说瞎话是要天打五雷劈的。你怎么能听懂禽言兽语。"乡亲们都在各忙各的事，笑着摇头，不听阿夺的。

"我能听懂禽言兽语。"他拿出那颗透明石"镜珠"，全不顾自己会因为泄密而遭难。"你们看，山洪露头了。"在阳光照耀下，透明镜珠里，地晃山动，似乎有大浪汹涌。乡亲们信了，在长老带领下，立即向山上飞跑。山洪天崩地裂一般淹没了农田，滑坡加泥石流毁灭了寨子。

乡亲们得救了。回头一看，阿夺慢慢变成了一座石像，手上还拿着那颗不再透明的"镜珠"（有的传说，他化成了青气，就是"风"）。

老乡们大哭。眼泪溅在石像上，今天还能看到斑迹。

延伸阅读

人类渴望跟动物交流，那样，能免掉多少灾难和冲突啊。环境将更优美，生物将更多样，生态将更平衡，世界将更和谐。

中国的后夔，希腊的俄尔甫斯，他们能用音乐与动物交流。他们敲起石磬，弹起竖琴，凤凰来仪（歌舞），百兽率舞。

殷商的伯益，孔子学生公冶长，据说都懂得禽言兽语。

蒙古族有《猎人海力布》，苗族有《英雄哈力布》，情节跟本篇几乎完全一样。我们弄不懂，为什么距离如此遥远的南北民族居然有这样相似的故事。

哈尼族这一篇似乎更加合情合理，特别是它提到动物行为或肢体语言能“预报”灾难。

牛郎和织女

（汉族）

织女是天帝的女儿（或外孙女），一双巧手能够在织机上织出漫天的云彩，遍地的文章（文章，原指纹样、色彩、花头）。可是，王母娘娘光顾得让她为自己、也为神仙亲戚们织造衣裳了，忘记了女孩儿心中秘密的愿望。

织女没日没夜地织布，变纹饰，出花样，除了吃饭、睡觉，哪儿都不能去。她实在闷极了。有一天，她有心多开夜车，织出了三天的份额，偷偷地跑出“天堂”，到人间看一看。人间是多么快乐啊！人来人往，各个都有事情做。虽然忙得浑身大汗，可一到太阳落山，凉水一冲，就出门，对歌、盘诗、游戏、跳舞，累了，往床上一躺，一觉到天亮！

她看到有一位青年农夫，高高大大，漂漂亮亮，赶着一头大水牛，在水田里干活。他天生一副好嗓子，看到织女走近，一扬鞭就唱起来：

绿沉沉的水来雾蒙蒙的山，
哪里来的乌云飘不散？
千里的雷声万里的闪，
想知道妹的心思难上难。

织女拜访牛郎

（古代书籍插图，文人构拟）

织女确实主动接近牛郎，但决不是像古代文人幻想的那样，“仙女”下凡，后花园私定终身——那是书生的“白日梦”。他们是按照西南方兄弟民族的青年男女那样，邂逅、交流，或者对歌，两情相悦。可贵的是，她是天上“神圣的公主”，却不顾“身份”“财产”等的阻隔，主动追寻爱情与生活，“解构”乃至否定了那种“高贵”而空虚的生活。

只唱得大水牛也摇头晃脑，浑身是劲，不用吆喝、鞭打，就使劲拉犁耕田。那歌声，把织女的心都融化了，这可比天上那些神仙念经好听多了。她情不自禁地向他走去，轻轻说了一句："真好听。"

"好听吗？"牛郎笑了，"一会儿再唱一首给你听。"

他接连唱了三首。织女听得都忘掉怎么走路了。便也脱了鞋袜，下田帮牛郎"薅草"。她劲虽不大，可手巧，把杂草捋得干干净净。牛郎看有人帮他干活，十分高兴，怕她走掉，便说："咱们边唱边干吧。可不能光我唱，你也唱一首。"织女害羞："我不会。"牛郎假装生气："哪有小伙子不能干活？哪有姑娘不会唱歌？唱歌的姑娘不美也漂亮，不唱歌的姑娘木头做！"织女给他说急了，只好把在天上听到的唱了一首。

桑树青青兮蚕有丝，
为君织锦兮因君痴。
画上美景兮镜中影，
此中真意兮君不知！

牛郎说："你唱的，我一句不懂，可你唱得比我好。我也还你一首。"就这样，你一首，我一首，边干边唱，直唱得太阳也累得提前下山了。牛郎看天将黑，怕她回家挨骂，便催她走。可她走到哪里去呢？

两个人都饿了。牛郎只好说："到我家吃点儿东西再走吧。"

织女只得跟他回去。小伙子什么都好，就是只有一个人，回家还得生火做饭。织女便帮他淘米洗菜，忙这忙那，两人配合默契，干得起劲，吃得也香。吃罢，天色已晚，牛郎又催她

走。她都要哭出来了。

“我家在天上。现在再也回不去了。你要我到哪里去呢？”

牛郎以为她说笑话，便问她家里还有什么人，她只会摇头。没办法了，只好让她先睡下再说。可只有一张床。牛郎只好抱一堆稻草，朝地上一扔：“你睡床吧。”织女更没主意了，实在累极，只好睡下。

第二天，两个人又有说有笑，一起下地干活，照样你一句诗，我一首歌，唱得水牛摇尾巴，水田起波浪。

渐渐地，寨子（村庄）里传开了：牛郎讨了一个漂亮媳妇儿。你一言，我一语，说得织女面红耳热，没法承认也没法否认，越辩解越不清。牛郎只好说：“她是个流浪的孤女，我们并没有结婚。”乡亲们大笑：“那结婚不就得了？”

于是乎，在乡亲们的忙活与帮助之下，两个人补办了简单的婚礼，和和美美地过起小日子来。

织女省吃俭用，置办了一台织机，发挥特长，把简单的麻布织得花样百出，巧夺天工，不久就远近闻名，人们都来求购，日子越过越红火。男耕女织，夫唱妇随，是乡村的生活理想，谁不羡慕他们呢？没几年，他们又有了一儿一女，都长得健康、漂亮、活泼、善良，谁都想抱一抱，亲一亲。

这边倒是热闹，天上可炸开了锅。人间几年工夫，天上不过几日。好端端的一个“活神仙”，怎么说不见就不见了呢？王母娘娘此时才慌了，思念小女儿。天帝也急了，立即派出天兵天将，改装打扮，明察暗访。果然从织女织出的“天衣”上发现了踪迹。领队的天将到了牛郎家，见了织女，倒是恭恭敬敬跪下，口称“公主”，只说王母想念，求公主回到天上见一面。有这么可爱的外孙、外孙女，老人会不喜欢吗？织女性格本就

温顺、随和，天将说的话又入情入理，不免耳根软，就收拾、交代一下，要跟着走。牛郎看门里门外一大群人马，不免心慌。可“回娘家”，也不好阻拦，只好拉着孩子，噙着眼泪，叮嘱“快去快回”。只有老牛急得哞哞乱叫。织女虽然善良，可也机灵，临行前，把一大幅精心编织的锦缎交给丈夫，亲了孩子，就随来人走了，一出门就不见影踪。

回到天上，天帝翻了脸，把织女软禁起来，天兵轮流看守，仍然要她织更多的布，再也不许出房门一步。

可怜的牛郎，等来等去，一点儿音讯没有。两个孩子想妈妈，整天啼哭，吃不好睡不香。牛郎天天要下地，又要弄饭，还得哄孩子，只忙得焦头烂额，头晕目眩……

一阵风起，把织女留给他们的满天云彩的锦缎吹到门外去了。牛郎赶紧去追。老牛比他机灵，慢慢踏上去，只见那彩缎飘飘，好像要离地而去。牛郎也明白了一些什么，赶紧找一副担子，把孩子一头一个装进去。刚挑上肩，踏上锦缎，那缎子便万朵云霞一般飞了起来。乡亲们都拥挤着来看，他们多受过织女和牛郎的照顾、帮忙，难免抹泪，可又祝福他们赶快相逢。

锦缎飘啊飘啊，飘上了太空，眼看就要进天宫，王母娘娘出现了。只见她拔下发髻上的银簪，在云彩上一划，牛郎面前出现了一条波涛汹涌的大河——这就是“银河”（也叫“天津”“天汉”“天河”），把“凡人”与“神仙”隔开了。孩子们大哭，牛郎哀叫“织女”，声音传进天庭，织女也大哭大喊，用头撞门。《古诗十九首》里有一首描写他们的悲苦之情。

迢迢牵牛星，
皎皎河汉女。

纤纤擢素手，
札札弄机杼。
终日不成章，
泣涕零如雨。
河汉清且浅，
相去复几许？
盈盈一水间，
脉脉不得语。

王母娘娘倒动了些“恻隐之心”，叫乌鸦传话，让他们“七日”在天河边见一次面吧。乌鸦嘴馋，一路上只顾找东西吃，把正事给忘了，见了牛郎，把“七日”说成“七夕”：“娘娘让你们每年七月七日见一次面。”乌鸦传错了话，人们恨死了它，罚它只能吃腐烂的肉；不能像别的鸟儿那样唱歌，只能“嘎嘎”地叫，人们一听见，就向地上吐唾沫……

喜鹊心好，看到他们“七夕”相见之时，没法过“银河”，便头尾相接，在河面上架起一座弯弯的“鹊桥”，让他们母子、夫妻在上面畅叙离别之情……牛郎织女过桥的时候，踏落它们的一些羽毛，所以喜鹊头上、身间还留下一些白色。朝鲜的同名故事说，七夕当天，人间是见不到喜鹊的。“喜鹊”从此跟“报喜”联系在一起。

看他们在桥头上悲伤又亲热的情景，不敢踏上桥去的老牛眼泪汪汪……看那两个孩子抱住妈妈，死也不松手！真可怜啊！

从此，“七夕”成为中国情人节。到了七月七日之夜，小儿女们置办一些瓜果糕糖，烧香点烛，叫作“乞巧”。有的还比赛“穿针引线”，在心里默默许愿：让我等来个牛郎（或者“织

女”）……

连唐代的宫廷，唐明皇和杨贵妃也要“乞巧”，相互倾诉千年不朽的爱情。

> 七月七日长生殿，夜半无人私语时：
> “在天愿作比翼鸟，在地愿为连理枝。”
> 天长地久有时尽，此恨绵绵无绝期！（白居易诗）

延伸阅读

古老的《诗经·小雅·大东篇》，就已写到牛郎、织女星。

维天有汉，
鉴亦有光。
跂彼织女，[1]
终日七襄。
虽则七襄，
不成报章。

睆彼牵牛，[2]
不以服箱。
东有启明，
西有长庚。
有捄天毕，[3]
载施之行！[4]

［意译］
银河闪闪挂天上，
就像空镜白闪光。

[1] 跂，qí，踮脚。
[2] 睆，huǎn，明亮。
[3] 捄，jiù，救。
[4] 施，yí，曲折连绵。

织女翘足日夜望，
一天七次换位忙。
虽然七次来又往，
织不出心中好花样。

可怜望穿天汉牵牛郎，
不能驾车与她再来往。
东边启明星儿闪，
望不到西边长庚星儿亮。
天上虽有抓捕的网，
绕来弯去白白忙一场！

这首诗，原来是揭发贵族们光会摆空架子，说漂亮话，就像唐代的注疏说的，讽刺“有名无实”。汉人写的《易林》也说：“天女推床，不成文章。”钱钟书《管锥编》举出几十个诗文例子，揭发的全是没有实际意义的“虚名”。然而它也很含蓄地描写出民间文艺中“牵牛”（星）与“织女”（星）隔着“天汉”的苦苦相思。

“牛郎和织女”，实质上是一则“星辰神话”。古人想要弄明白：茫茫太空中那些忽明忽暗的大小星星代表着什么？是谁？又为什么把它们安置在那里？空中，为什么会有一道密集着许多星星的、闪着银光的“天河”？

《史记·天官书》记载：“河鼓，大星。……其北织女；织女，天女孙也。”《尔雅·释天》说：“河鼓，谓之‘牵牛’。”《史记》唐人张守节《正义》说：“自昔传牵牛、织女七月七日相见，此星也。”《史记索隐》说：“织女，天孙也。”《荆州占》

说："织女，一名天女，天子女也。"织女是小公主，或者是天帝的孙女儿。

如今我们知道，"河鼓"（牵牛）第二星，相当于西方"天鹰座"的第一星。它的两边，有两颗暗星，就是牛郎织女的两个孩子。河鼓距离地球为十六光年，隔着大得难以想象的"银河（系）"，是"天琴座"，最亮的一颗就是中国的"织女"，距离地球为二十七光年，它比太阳亮四十五倍！可这样一来，就一点儿"神话"、一点儿诗情画意都没有，变得没有多少味道了。

说起"银河"（天汉）的来历，倒挺有意思。"飞流直下三千尺，疑是银河落九天。"那是王母娘娘用头上的簪子在天上"划"出来阻隔牛郎、织女的，就"落"下九天，也没什么可惜的。

生存艰辛的中国人，更关心"饮食男女"之类生活上的事

"天河"畔的牛郎织女

这幅画倒是再现了织女、牛郎的纯朴形象。银河里仙人的"星槎"（槎，也指木筏），也许是画家希望它能够将他们接到一起相聚。

儿，硬是把“星辰神话”跟缠绵悱恻的爱情故事融汇起来，变成“天女之恋”或“神人恋爱”（悲喜剧）。有的，居然将“牛郎织女”的“鹊桥会”变成“董永与七仙女”的“天仙配”。开头是“天鹅姑娘”式的“羽衣”情节单元或“母题”。七位（或九位、三位、两位）仙女偷偷下凡，在湖中戏水。老牛教牛郎（或董永）把最小的一位仙女的衣裳（羽衣）藏起来；小仙女没法飞走，只好跟他结婚生子。以后仙女找到“羽衣”，坚决穿上，飞走了。苗族的《牛郎与织女》，也大致是这样的情节，只不过把织女的“登天羽翼”变成“羽扇”罢了。

日本的故事《天仙媳妇》也大致一样：米克郎（牛郎）偷走“沐浴仙女”的衣裳，弄得她不得不与他结婚，生下三个孩子。以后找到“羽衣”，便带着孩子飞上天去。可是最小的孩子却掉了下来，身上有纸条说，赶快栽种竹子，待竹长成“天梯”后，带着孩子上天团聚。仙女的父亲很不愿意，骗米克郎睡进“冬瓜”（相当于中国洪水故事里的“葫芦：母体”）。冬瓜切开，冲出一条“大水”，就是“天河”，把米克郎“隔”在一边；限定夫妻俩只能在“七夕”一年一度重逢。

中国老百姓觉得，牛郎和董永是这么老实、忠厚，怎么能像调皮的大黑天、孙猴子那样去偷藏女孩子的衣裳，就把这个“情节母题”割爱了。只说董永“葬父卖身”，感动得织女以身相许。“天灵感至德，神女为秉机。”（曹植诗）有的还加上财主看到“美丽的织锦”，动心劫财，进而劫色，让织女狠狠地耍弄（或惩罚）得狼狈非常。这些都离开这故事的“原生”形态，表达的是另一番意思了。

兄弟民族也有些“牛郎织女”比较淳朴的口传，与华夏—汉人的不大一样。例如内蒙古传说，牛郎在天上干活种田，备

极辛苦，还受到虐待。在老牛帮助下，跟王母的第七个外孙女（织女）结了婚。但是，玉皇大帝还要出些难题折磨他，还好有织女的暗中帮助，他都“解决”了，取得与玉皇竞赛的胜利。最后，却因为王母金簪画错了方位，他们被银河隔开，只能一年见一次面。

傣族、彝族等有悲剧性的牛郎织女故事。

例如《召三路与婻亚斑》，一对主人公，因为自由恋爱受阻，殉情而死，分别葬在东山、西山。到了晚上，他们琴声相和；坟上各长出一丛藤子，交缠在一起。干预者用斧头砍藤子，怎样都砍不断，却由其上“蹦”出两颗火星（他们灵魂所寄），飞到天上“银河”两岸，成了牵牛、织女两个星座。

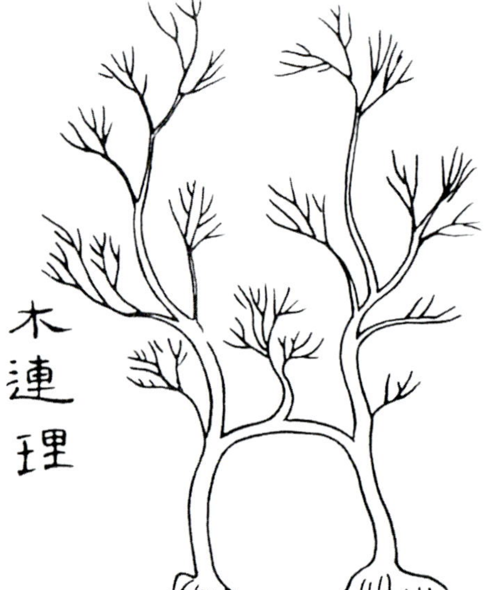

在地愿为连理枝

（汉代石刻画）

也有民间故事，把牛郎、织女跟“连理枝”联系在一起。还有的说，常青藤在银河两岸搭起“连理枝”，让牛郎、织女在枝头相见。

后记

这是一套简单介绍中华各民族代表性神话传说的普及读物。选择的标准有两个：一是相对重要，意义也比较积极；二是故事性较强。华夏—汉人的上古神话，往往有“神”无“话”，即使有点儿故事，也很简单。除个别之外，只能不选。这样，也就顾不到“系统性”了。

兄弟民族的神话传说，大多数在口头长期流传积累，生动而又繁复，渗入很多后代的成分。我们尽可能选取原生性和独特性较强的，尽可能优选有较古老文献依据的，有文物可参照的；但舍弃其中的芜杂与重复。这些神话传说和故事，都是先行者艰苦搜集或整理的。虽然全都经过改写，在细节上和情节转变部分做些润饰或调谐，但基本框架是无法也不能改变的，这就有“掠美”之嫌。

在“延伸阅读”部分，对“正文”或“文本”的结构、意义、源流或背景，有力求浅显的讨论，当然不免吸收前人和同行的许多创见。而普及性、通俗性著作，限于体例和篇幅，又不能全都注出编整者、立说者的姓名和论著的出处，只能在这里谨致歉意与谢忱。作者的个人意见，大多见于业已出版的著作（例如《楚辞研究》《中国文化的人类学破译》系列），有兴趣者可以参看。当然也有一些修正和补充，研究者、爱好者不妨翻翻——这两本小册子，还可以看成作者有关神话传说见解的集中或提要，读起来也许能方便和轻松一些。

图书在版编目（CIP）数据

中华民族神话与传说 / 萧兵著；雪鱼绘.—南京：译林出版社，2020.8（2020.9重印）

ISBN 978-7-5447-8326-2

I.①中… II.①萧… ②雪… III.①神话－作品集－中国 IV.①I277.5

中国版本图书馆 CIP 数据核字（2020）第 091668 号

中华民族神话与传说　萧　兵 / 著　雪　鱼 / 绘

责任编辑　宋　旸　马爱新
装帧设计　郭　凡
校　　对　王　敏　戴小娥
责任印制　单　莉

出版发行　译林出版社
地　　址　南京市湖南路 1 号 A 楼
邮　　箱　yilin@yilin.com
网　　址　www.yilin.com
市场热线　025-86633278
排　　版　南京展望文化发展有限公司
印　　刷　南京爱德印刷有限公司
开　　本　718 毫米 × 1000 毫米　1/16
印　　张　34.25
插　　页　0
版　　次　2020 年 8 月第 1 版
印　　次　2020 年 9 月第 2 次印刷
书　　号　ISBN 978-7-5447-8326-2
定　　价　198.00 元

图书在版编目（CIP）数据

中华民族神话与传说 / 萧兵著；雪鱼绘.—南京：译林出版社，2020.8（2020.9重印）

ISBN 978-7-5447-8326-2

I.①中… II.①萧… ②雪… III.①神话－作品集－中国 IV.①I277.5

中国版本图书馆 CIP 数据核字（2020）第 091668 号

中华民族神话与传说　萧　兵／著　雪　鱼／绘

责任编辑　宋　旸　马爱新
装帧设计　郭　凡
校　　对　王　敏　戴小娥
责任印制　单　莉

出版发行　译林出版社
地　　址　南京市湖南路 1 号 A 楼
邮　　箱　yilin@yilin.com
网　　址　www.yilin.com
市场热线　025-86633278
排　　版　南京展望文化发展有限公司
印　　刷　南京爱德印刷有限公司
开　　本　718 毫米 ×1000 毫米　1/16
印　　张　34.25
插　　页　0
版　　次　2020 年 8 月第 1 版
印　　次　2020 年 9 月第 2 次印刷
书　　号　ISBN 978-7-5447-8326-2
定　　价　198.00 元